Brandilyn Collins · Ohne jede Spur

Brandilyn Collins

Ohne jede Spur

Roman

Aus dem amerikanischen Englisch
von Barbara Schuler

johannis

Bibliografische Information Der Deutschen Bibliothek
Die Deutsche Bibliothek verzeichnet diese Publikation in der Deutschen Nationalbibliografie; detaillierte bibliografische Daten sind im Internet über http://dnb.ddb.de abrufbar.

ISBN 3-501-01520-8

Bestell-Nr. 72 454

Titel der amerikanischen Originalausgabe: *Stain of Guilt*

Umschlaggestaltung: Wilfrid Schroeder, Karlsbad
Lektorat: Sylvia Kepler-Albert
Gesamtherstellung:
St.-Johannis-Druckerei, Lahr/Schwarzwald
Printed in Germany 16167/2006

www.johannis-verlag.de

Meinen wöchentlichen Gebetspartnern,
Carol Lee, Jacqueline Clark und Sally Ball.
Unzählige Male haben wir
Gottes Kraft und Gnade am Werk gesehen.

»Denn wo zwei oder drei in meinem Namen
zusammenkommen, da bin ich selbst in ihrer Mitte.«

Matthäus 18,20

Dank

Wieder einmal muss ich einigen wunderbaren Menschen meinen Dank aussprechen:

Les Caldwell, Hilfssheriff im Ruhestand, und seiner Frau Marilynn, die mir bei einigen kniffligen kriminaltechnischen und polizeilichen Fragen weiterhalfen und auch das Manuskript auf Fehler durchlasen. Les, du bist der Beste.

Niwana Briggs für ihre Anregungen zum Manuskript.

Meinem Mann und meiner Familie, dass sie es mit mir ausgehalten haben. Vor allem während der hektischen letzten Woche des Schreibens.

Karen Ball und Dave Lambert, meinen genialen Lektoren, die meine Schreibe so viel besser machen. Und den vielen kreativen Leuten bei Zondervan, die meine Bücher ermöglichen. Besondere Erwähnung verdient Curt Diepenhorst für seine grandiose Umschlaggestaltung der (Originalausgabe der) *Hidden Faces*-Reihe.

Ein Wort zum Schauplatz von *Stain of Guilt.* Grove Landing an sich ist zwar fiktiv, aber seine ganze Umgebung ist real. Der *Record Searchlight* ist eine Tageszeitung im kalifornischen Redding. Allerdings arbeitet dort kein Adam Bendershil und das Verhalten des Reporters in diesem Roman ist reine Fiktion. Entschuldigen möchte ich mich beim Sheriff's Department vom Shasta Bezirk dafür, dass ich die Architektur ihres Gebäudes in Redding um der Geschichte willen etwas verändert habe.

»Du kannst dich waschen, so viel du willst,
selbst mit der schärfsten Lauge – der Schmutz
deiner Schuld bleibt mir immer vor Augen«,
spricht Gott der HERR.

Jeremia 2,22

Der HERR sagt: »Kommt her, lasst uns prüfen,
wer von uns Recht hat, ihr oder ich!
Eure Verbrechen sind rot wie Blut,
und doch könnten sie weiß werden wie Schnee.
Sie sind rot wie Scharlach,
und doch könnten sie weiß werden wie reine Wolle.«

Jesaja 1,18

Prolog

Er hätte die Polizei rufen sollen.

Emily Tarell stand in der großzügigen Diele ihres stattlichen Hauses und hatte die Hand auf das Treppengeländer gelegt. Der prächtige Parkettboden glänzte im Licht des Kristallleuchters. Emily liebte diesen Anblick, der frisch polierte Boden wirkte wie von flüssigem Gold. Doch heute Abend schien er sie fast zu verspotten. Sein Schein war zu leuchtend, zu makellos für den Schandfleck, der dieses Haus und das Familienunternehmen Tarell besudelt hatte. Ein kalter Schauder fuhr Emily mit dürren Fingern zwischen den Schulterblättern entlang. Sie sah die geschnitzte Holztür zum Studierzimmer ihres Mannes zugehen. Im letzten Moment steckte Don seinen Kopf durch den sich schließenden Spalt und warf ihr einen seiner »Mach dir keine Sorgen, Liebes«-Blicke zu.

Doch half das nur wenig. Emily konnte die düstere Vorahnung nicht abschütteln, die sich ihr um die Schultern legte und gespenstisch von nahendem, ungekanntem Bösen flüsterte. Es säuselte und wisperte, hörbar und doch unhörbar, Warnungen, die von weit her über einen Abgrund kamen.

Don war manchmal einfach zu großherzig. Zu vergebungsbereit. Wäre es nach ihr gegangen, dann würde Bill Glatt jetzt auf der Polizeiwache in einem schmutzigen kleinen Kabuff verhört werden, anstatt es sich in einem Sessel im Studierzimmer seines Chefs bequem zu machen.

Klack. Die Tür fiel zu, schnitt die vier Männer ab.

Emily schluckte. Was sollte sie jetzt tun? Sie konnte nicht einfach herumstehen und warten, verfolgt vom Zischen brodelnden Hasses. Sie hatte ihre Gefühle sowieso schon viel zu offen gezeigt, als sie Peter Dessinger mit einem nervösen »Hallo« an der Tür begrüßte und Bill Glatt kaum in die Augen sehen konnte, als er eine halbe Stunde später eintraf. Sollte Bill es bis dahin nicht gewusst haben, dass man ihm auf die Schliche gekommen war, dann wusste er es jetzt, allein ihrer Durchsichtigkeit wegen. Ihr Sohn Edwin hatte Emily zugenickt und mit den Lippen »Keine Bange« geformt. Wie sein Vater. Beide beruhigten sie; sie wollten nicht auf ihr Gefühl hören, dass da etwas, *etwas Bedrohliches* auf sie zukam, um sie zu verschlingen. Hatte sie nicht das gleiche dumpfe Magengrummeln gehabt an dem Tag, da Wade seinen Unfall hatte?

Emily drückte sich vom Geländer ab und ging Richtung Küche, ihre flachen Schuhe schlappten über die Dielen. Ein Kräutertee würde ihr gut tun. Beruhigende Pfefferminze. Dann würde sie sich mit einem Buch ins Wohnzimmer setzen. Der Fernseher würde aus bleiben. Auf diese Weise könnte sie ein Ohr in Richtung Studierzimmer spitzen und auf eine laute Stimme oder sonst einen Hinweis auf den Verlauf der Aussprache lauschen. Sie wählte einen Teebeutel aus einer lackierten Dose und ließ ihn in ihre Lieblingstasse fallen. Die, die Wade ihr zum Geburtstag geschenkt hatte, als er zwölf war.

Ach, Wade.

Emily wappnete sich gegen den vertrauten Ansturm der Gefühle, als sie den Teekessel mit Wasser füllte. Ihr jüngster Sohn war vor etwas über einem Jahr bei einem Autounfall ums Leben gekommen. Er war gerade erst vom zweiten Studienjahr heimgekehrt und fuhr los, um sich mit früheren Schulfreunden zu treffen ... Er kam nie zurück. Sie würde diesen Verlust nie verwinden.

Mit zusammengepressten Lippen schob sie diese schmerzlichen Gedanken beiseite. Sie konnte sie jetzt nicht ertragen, nicht an diesem Abend.

Kein Laut drang aus dem Studierzimmer. Emily horchte angestrengt. Die Stille sauste und brauste ihr in den Ohren. Was taten sie da drinnen? Hatte Don Bill eröffnet, dass seine Veruntreuung entdeckt worden war? Dass es an der schmutzigen Spur nichts zu deuteln gab?

Was würde Bill *tun?*

Der Tee war gebrüht und Emily begab sich ins Wohnzimmer, sie nahm ihr eigenes Atmen wahr und dieses Kratzen hinten in der Kehle. Sie ließ sich auf die Couch sinken, stellte ihre Tasse auf einem Endtischchen ab und starrte auf den gemauerten Kamin. Sie hatte vergessen, sich einen Roman aus den Regalen zu nehmen, die die Wände säumten. Was machte es; sie konnte sich ohnehin nicht genug konzentrieren, um zu lesen.

Sie wurde diese Ahnung nicht los ...

Ihr letzter Blick in Wades strahlendes Gesicht, ehe er in jenes Auto stieg ...

Hör auf damit, Emily. Die Fantasie geht mit dir durch.

Sie klammerte sich an ihren Tee und stierte blicklos auf den blauen Flauschteppich. Das Haus war so ruhig. Was konnte –?

Wumm!

Der heftige Knall erschütterte die Luft. Emily erstarrte. Was war das? Das klang ja fast …

»Nnnein!«

Der lange, erstickte Schrei ging ihr durch und durch. Edwins Stimme, doch anders, als sie sie je gehört hatte, rau und verzerrt.

Ein zweiter Knall dröhnte ihr in den Ohren.

Emily ließ die Tasse fallen. Die nahezu kochende Flüssigkeit drang durch den Hosenstoff und griff ihre Beine wie mit dem Biss von tausend Feuerameisen an. Mit dem Verstand versuchte sie zu bagatellisieren, sich weiszumachen, dass das, was sie gehört hatte, nicht sein konnte.

Steh auf, steh auf!

Sie fand eine Kraft, die nicht von ihr kam, um sich auf die Füße zu stemmen, und stolperte um das Tischchen und die Couch herum. Sie rannte über das glänzende Parkett, wäre beinahe ausgerutscht und riss die Tür zum Studierzimmer auf.

Der Anblick, der sich ihr bot, brannte sich ihr augenblicklich ein. Don zusammengekrümmt auf dem Boden neben seinem Schreibtisch. Peter auf dem Sofa hingestreckt. Edwin über Bill Glatt, ihr Sohn kämpfte um sein Leben.

Emily schrie.

»Mutti, hau ab!«

Edwins und Bills Hände fuchtelten zwischen ihren Körpern herum, sie kämpften um etwas. Im wilden Gerangel konnte sie nicht erkennen, worum, bis das Ding zur Seite flog. Eine Pistole! Sie schlug dumpf auf den Boden und kreiselte. Bills rechte Hand versuchte, sie zu erreichen. Griff daneben. Suchte wieder fieberhaft wie eine Spinne auf Beutefang, die Finger schlossen sich um den Lauf. Er riss die Waffe hoch und donnerte Edwin das Kolbenende gegen die Wange.

»Aahh!« Edwins Gesicht verzerrte sich, er griff sich an die Wunde. Bill bäumte sich auf und schüttelte ihn ab. Auf allen Vieren krabbelte er zur Tür. Edwin packte ihn am Knöchel und riss ihn wieder zu Boden. Bills Kopf krachte knallend auf das Parkett.

Emily wich in den Türrahmen zurück.

Beide Männer rappelten sich angeschlagen hoch. Bill hielt die Pistole immer noch am Lauf. Edwin machte einen Satz nach vorn. Mit einem seltsamen Doppelschritt wich Bill ihm aus und wirbelte zur Tür. Sein glasiger Blick traf Emilys und in jenem Sekundenbruchteil sah sie die Furcht in seiner mörderischen Seele. Er wusste, dass Edwin ihn für das, was er getan hatte, umbringen würde.

Ehe Edwin erneut angreifen konnte, war Bill schon an Emily vorbeigestolpert und in der Diele. Er riss die Haustür auf und polterte die Verandastufen hinunter.

Edwin hinterher.

»Nein!« Emily warf sich ihm in den Weg. »Er ist bewaffnet!«

Ihr Sohn krümmte sich vor ihr, keuchend, die Unentschlossenheit ritzte Furchen in seine Stirn. Draußen heulte ein Motor auf. Reifen jagten quietschend davon. Edwin ließ die Schultern hängen. Er blinzelte einmal, zweimal und wandte sich dann seinem Vater zu. Grimmige Entschlossenheit stand in seinem Gesicht. Zusammen schwankten er und Emily zu Don und sanken neben der reglosen Gestalt auf die Knie. Emily musste zurückweichen, als Edwin Don auf den Rücken drehte.

»Papa, Papa!« Edwin legte seinem Vater die Finger an den Hals, um nach dem Puls zu fühlen. Ein Schrei stieg Emily in der Kehle hoch. Blut hatte Dons Hemd befleckt, über seinem Herzen war ein Kugelloch.

»Nein, nein, nein, nein, nein«, gurgelte eine Stimme, die nicht die ihre sein konnte, eine Stimme wie die einer Ertrinkenden. Emily warf sich über die Brust ihres Mannes.

»Mutti, weg da! Lass mich gucken, ob ich ihm helfen kann!«

Edwin zog sie an der Schulter und sie ließ sich wegheben, die zitternden Hände in die Luft gehoben. Sie wartete darauf, dass Don etwas sagte, dass seine Augenlider flatterten, sie wartete auf *irgendetwas*, das ihr sagte, dass er noch lebte. Vergebens suchte Edwin einen Puls am Hals, am Handgelenk seines Vaters. Er umfasste das Gesicht seines Vaters mit den Händen, presste die Finger in die Wangen und schüttelte es.

»Papa! Komm schon, Papa, *komm!*«

Schluchzer gurgelten ihm in der Kehle, als er das feine Hemd seines Vaters aufriss, dass die Knöpfe absprangen. Das T-Shirt darunter war tiefrot getränkt. Edwin riss es hoch und entblößte eine tödliche Wunde. »Nein, nein.« Er presste die flache Hand darauf und rieb, als wollte er sie ungeschehen machen, die unvorstellbaren Ereignisse der vergangenen zwei Minuten ungeschehen machen.

Sie ist so klein. Der Gedanke hallte Emily durch den Kopf. *So klein.* Solch eine kleine, kompakte Wunde konnte so viel Blut verströmen? Konnte ihr den Ehemann nehmen, das Leben?

Edwin richtete sich mit Blut an den Händen wieder auf. »Er lebt nicht mehr.« Die Worte kamen gequetscht.

Emily zwinkerte heftig und versuchte, Worte zu formen, nachzudenken. Kalte Säure tröpfelte ihr durch die Adern, raubte ihr die Energie.

Edwins Brust hob sich. Er wischte sich mit der Hand über den Mund, schmierte sich das Blut auf Mund und Kinn. »Ich muss ... Da ist ...«

Kopfschüttelnd stemmte er sich hoch und schritt durchs Zimmer. Emily rollte sich am Boden in einer Selbstumarmung zusammen und verfolgte mit glasigem Blick, wie sich ihr Sohn auf Peter Dessinger zubewegte. Peter war auf dem Sofa zusammengesunken, eine Hand war unter seinem Rumpf gefangen, die andere baumelte über dem Boden. Der Nacken war in einem eigentümlichen Winkel verdreht, das Gesicht halb in den Kissen begraben.

Er ist auch tot, wurde Emily schlagartig klar. *Don ist tot. Peter ist tot. Wade ist tot.*

Ich bin tot.

Abwesend sah sie zu, wie Edwin Peters Körper vorsichtig auf den Boden gleiten ließ und ein Kugelloch mitten auf der Stirn untersuchte. Peters Augen waren weit geöffnet und starr.

Schleimige Übelkeit kroch Emily die Kehle hoch. Sie hatte kaum Zeit, den Kopf von Don abzuwenden, ehe sie sich erbrach. Als ihr Magen nichts mehr hergab, würgte sie trocken.

Sie konnte Edwin mit der Faust auf den Boden trommeln und »Nein, nein!« rufen hören. Sie bekam mit, dass er sich hochrappelte, immer heftiger leugnete, immer wütender wurde. Sie hielt sich immer noch die Seite und würgte mit offenem Mund. Edwins Geschrei schwoll an zu Wellen rasender Wut, die ihn durch den Raum warfen, ihn Nippes von den Tischen fegen, Bücher zu Boden schmeißen und einen Sessel umkippen ließen.

»Ich bring ihn um!« Eine Porzellanfigur zersprang an der Wand in tausend Stücke. »Ich bring ihn *um!*«

Emily kippte auf die Seite, krümmte sich in sich zusammen. Versuchte, die kehligen Drohungen, den Gestank von Erbrochenem und Blut auszublenden. Verschwommen sah sie, wie sich ihr Sohn zur Tür des Studierzimmers schleppte. »Den schnapp ich mir.« Die Worte kamen ihm wie abgeschnitten über die Lippen.

»Edwin.« Ihre Stimme war zittrig, kaum ein Wispern. »Nein.«

»Ruf du die Polizei. Ich schnapp ihn mir.«

»Edwin! *Nicht!*«

Ihr Sohn drehte sich nicht um. Er schob sich über die Studierzimmerschwelle und zur offenen Haustür. Emily heulte auf, als seine Schritte den Gartenweg hinunterschlurften und mit der Dämmerung verschmolzen.

Dienstag, 4. Mai

Kapitel 1

Die große Standuhr schlug ein Uhr Nachmittag.

Mein Besuch kam aber auch zu pünktlich.

Ich stand im hohen Hauptraum meines stattlichen Blockhauses und spähte durch die Fensterfront auf den weißen Mercedes, der soeben vorgefahren kam. Die Fingerknöchel ans Kinn gepresst, beobachtete ich, wie die vorderen Wagentüren aufgingen. Auf der Fahrerseite stieg ein Mann aus. Das musste Edwin sein. Mitte vierzig. Braunes Haar, eine Andeutung von Geheimratsecken. Mein Zeichnerblick erfasste buschige Augenbrauen, eine kräftige Nase. Die senkrechten Furchen, die seine von Natur aus aufwärts geschwungenen Lippen nach unten zogen. Dem Beifahrersitz entstieg eine vornehm aussehende Dame, die Ende sechzig sein mochte. Das graue Haar war sorgsam frisiert. Sie hatte einen weichen Mund und weit auseinander stehende Augen. Ähnlichkeiten zwischen Mutter und Sohn waren kaum festzustellen. Vielleicht schlug Edwin mehr dem verstorbenen Vater nach.

Sie verfielen in Gleichschritt und gingen zielstrebigen Schrittes nebeneinander auf meine Haustür zu. Keiner von beiden sprach.

Ich hatte nur eine ungefähre Ahnung von ihrem Anliegen. Aber das reichte, um es mir mulmig werden zu lassen.

Mit einem tiefen Atemzug ging ich zur Tür.

»Mrs Tarell.« Ich zwang mich zu einem Lächeln. »Mr Tarell. Kommen Sie doch herein.«

»Vielen Dank. Bitte nennen Sie mich doch Emily.« Die Stimme der Frau ergoss sich wie Sirup über mich, dickflüssig und süß.

»Und ich bin Edwin.« Er schüttelte mir die Hand mit dem festen Händedruck des selbstbewussten Geschäftsmanns. Wie ich ihn jetzt aus der Nähe sah, fand ich ihn auf eine melancholische Art gut aussehend. Als ob ihm das Leben die Tragödie, die er mit angesehen hatte, auf die Züge gemalt hätte. »Es ist sehr freundlich von Ihnen, uns so kurzfristig zu empfangen.«

»Keine Ursache. Ach, und nennen Sie mich doch Annie.« Ich deutete auf die Sitzgruppe vor dem massiven Steinkamin. »Meine Kinder sind in der Schule, also können wir hier Platz nehmen. Darf ich Ihnen etwas zu trinken anbieten?«

»Danke, nein.« Emily hob den feinen Kopf und beäugte den riesigen Raum mit der fünf Meter hohen Decke. »Schön haben Sie es hier. Ausgesprochen schön. Wohnen Sie hier schon lange?«

»Erst seit letztem Frühjahr. Mein Vater hat das Haus vor jetzt fast sechs Jahren bauen lassen. Meine Schwester und ich haben es geerbt, als er unerwartet starb. Ein Herzinfarkt.

Emily schloss die Augen. »Oh, mein aufrichtiges Beileid.« Edwin murmelte etwas Ähnliches.

Während ich mich nickend bedankte, schickte Emily sich an, mit sehr geradem Rücken auf einem der überdimensionierten Sofas Platz zu nehmen. Edwin wartete, bis ich die Couch gegenüber von Emily auf der anderen Seite des großen gläsernen Couchtischs gewählt hatte. Er setzte sich in einen Sessel dazwischen mit dem Gesicht zum Kamin.

»Ihre Kinder sind wie alt?«, erkundigte sich Emily.

»Kelly ist dreizehn und Stephen sechzehn.« Ich zuckte ganz leicht zusammen. »Zwei Teenager.«

»Ach ja, wie gut ich mich noch an diese Zeit erinnern kann. Aber Sie packen das schon. Das tun wir doch alle.«

Bei ihrer letzten Bemerkung wanderte ihr Blick zum Kamin und ich spürte, dass sie durch einen sich windenden Tunnel in die Vergangenheit blickte.

»Mutti?« Edwins Stimme war sanft. »Soll lieber ich Ms Kingston – Annie – erzählen, warum wir hier sind?«

»Nein, nein, das mache ich schon.« Emily straffte die Schultern, plötzlich ganz geschäftsmäßig. »Ich möchte gerne ganz von vorne anfangen, wenn es Ihnen recht ist. Damit Sie nachvollziehen können, wie wichtig dies für mich ist. Also, wie ich Ihnen bereits am Telefon mitteilte, habe ich letzten Sommer zum ersten Mal von Ihnen gehört, als überall in den Nachrichten davon berichtet wurde, wie mutig Sie diesen schrecklichen Mörder außer Gefecht setzten.«

Außer Gefecht setzen. So konnte man es auch nennen.

»Im Herbst, Annie, habe ich dann den Fortsetzungsartikel über Sie gelesen – dass Sie aufgrund dieser Erfahrung Gerichtsanthropologin werden wollten und sich entsprechend fortbilden würden. Das alles hat mich sehr interessiert, denn in meinem Hinterkopf begann sich ein Plan zu formen.« Emily strich sich den Rock glatt. »Ich habe Ihnen bereits erzählt, dass es sich in diesem Frühjahr zum zwanzigsten Male jährt, dass mein Mann Don, Edwins Vater, erschossen wurde. Zusammen mit seinem Vizepräsidenten, Peter Dessinger.«

»Ja, das tut mir aufrichtig Leid.«

Sie nickte. »Mein Mann war ein Vollblut-Unternehmer. Als wir jung verheiratet waren, gründete er ein kleines Kunststoffwerk. Mit den Jahren baute er es zu einem äußerst erfolgreichen Unternehmen aus – das er an seine beiden Söhne vermachen wollte. Seit Dons Tod hat Edwin die Firma geleitet. Er war noch sehr jung, als er so plötzlich die Geschäfte übernahm, aber er hat sich wacker geschlagen ...« Sie blicke zu Edwin.

»Und Ihr anderer Sohn?«

Emily kniff den Mund zusammen. »Wade, unser Jüngster, kam kurz nach seinem einundzwanzigsten Geburtstag bei einem Autounfall ums Leben. Nur ein gutes Jahr, bevor Don starb.«

Ich schluckte, während ich nach einer angemessenen Antwort suchte. Einen Sohn und einen Mann innerhalb solch kurzer Zeit zu verlieren? Die Trauer konnte ich nur erahnen. Emily bemerkte meinen betroffenen Gesichtsausdruck und lächelte mich traurig an.

Edwin sah auf seine Hände. Selbst noch nach so vielen Jahren fiel es ihm offenbar schwer, den Schmerz seiner Mutter zu sehen.

»Peter Dessinger war schon seit über fünfzehn Jahren bei Tarell Plastics gewesen«, fuhr Emily fort. »Er und Don waren nicht nur Geschäftspartner, sie waren die besten Freunde, und wir standen uns als Familien sehr nahe. 1980 stellte Don einen neuen Finanzabteilungsleiter ein, der noch recht jung war – erst neunundzwanzig. Das war der Mann, von dem ich Ihnen schon am Telefon erzählt habe. Bill Glatt.« Emily schüttelte den Kopf. »Das muss man sich mal vorstellen, solch ein Name. Und dazu sah er auch noch glatt aus. Durchschnittliche Statur, Seitenscheitel, hellbraunes Haar. Brille. Das Gesicht war irgendwie teigig. Einfach ... nichtssagend. Er hatte wenig Sinn für Humor und kaum Hobbys außer Lesen. Er war sehr verschlossen, fast schon reserviert. Kurz, das klassische Klischee eines Buchhalters.«

Möglich, doch musste er ein skurriles Doppelleben verborgen haben. Der typische Buchhalter beging keinen Doppelmord. Ich unterdrückte ein Schaudern. Mein überaktives Hirn stellte schon wieder die wildesten Spekulationen an. Was mochte jemanden wie Bill Glatt zu solch einer Tat bewogen haben?

Edwin schien meine Gedanken zu lesen. »Der Mann, den mein Vater einstellte, war nicht derselbe, den ich kennen gelernt habe. Bill Glatt hatte eine dunkle Seite. Trotzdem, wir hätten uns nicht träumen lassen, was geschehen würde. Nie im Leben.«

»Die Menschen sind oft nicht das, wofür wir sie halten.« Ich bedachte ihn mit einem schiefen Lächeln, als sich das Gesicht meines Ex-Manns in meine Gedanken drängte und mich verspottete. Vor drei Jahren hatte mir Vic – wie ein Blitz aus heiterem Himmel – eröffnet, dass er mich wegen einer Sheryl verlassen würde, ein Mädchen, das wesentlich jünger und hübscher war als ich. Damit hatte ich nicht im Traum gerechnet.

Emily blickte mir in die Augen, als mäße sie mich ab. Aus irgendeinem Grund schien ihr zu gefallen, was sie sah. Sie mochte mit Bill Glatt einen fatalen Fehler gemacht haben, aber ich spürte, dass sie immer noch an ihre Menschenkenntnis glaubte.

»Also.« Sie seufzte. »In den ersten drei Jahren lief alles bestens. Dann kriselte es in Bills Ehe. Wir bekamen zunächst nichts davon mit; Bill war so verschlossen. Und als Susan, seine Frau, nicht zur Betriebsweihnachtsfeier kam, nahmen wir ihm die Geschichte ab, dass sie zu Hause bei ihrem kranken Einjährigen bleiben müsse. Doch nach und nach kam die Wahrheit ans Licht. Sie hatten Probleme – massive Probleme. Sie hatte ihn wegen eines anderen Manns sitzen lassen, der schon bald aus dem Bundesstaat wegziehen würde. Das Baby hatte sie mitgenommen. Im Frühling waren sie geschieden. Bill war völlig durch den Wind. Er liebte seine Familie innig. Ja, geradezu unbändig. Mir war es immer so vorgekommen, als wollte er seine Frau zu stark kontrollieren. Und er war so peinlich genau, wissen Sie – alles in seinem Leben hatte seine genaue Ordnung. Seine Arbeit, sein Zuhause, seine Finanzen. Und jetzt war alles ein Scherbenhaufen.«

Edwin rieb über die Sessellehne – eine unbewusste Geste der Konzentration, von der ich mir vorstellen konnte, dass er sie auch auf der Arbeit machte, wenn er Probleme löste. »Bill war eben ein richtiger Kontrollfreak. Ich kannte ihn besser als Mutter. Aber er war in vielerlei Hinsicht sehr verschlossen. Später habe ich von Susan erfahren, dass Bill nicht das Geld hatte, um ihr ihre Haushälfte auszuzahlen. Und er wollte unbedingt in dem Haus wohnen bleiben.«

»Und dazu kamen monatliche Unterhaltszahlungen auf ihn

zu«, ergänzte Emily. »Susan heiratete ihren neuen Partner nämlich aus Berechnung extra nicht, damit die Zahlungen weiterhin flossen.«

Das kam mir bekannt vor. Sheryl war auf ihre Art berechnend gewesen. Mir war erst viel später klar geworden, dass sie vom ersten Augenblick, da sie Vic kennen gelernt hatte, ein Auge auf ihn geworfen hatte. Bill Glatt war wie ich auf offener See zurückgelassen worden, ein Schiffbrüchiger auf einer kargen, zerklüfteten Insel. *Ihm* hatte man sogar noch das Kind genommen ...

Aufgepasst, Annie.

Der Widerstreit hielt meine Gedanken in der Waage. Wenn ich richtig vermutete, was die Tarells wollten, dann würde es notwendig sein, sich in den Mörder hineinzufühlen. Doch, ach, wie unangenehm das wäre. Aber was machte das schon. Ich würde ihnen sowieso absagen.

Emily hob die Hand von ihrem Schoß. »Das sind natürlich nur unsere Vermutungen, warum er das Geld veruntreut hat. Wir haben nie eine vollständige Erklärung von ihm bekommen.«

»Weil er geflohen ist, meinen Sie.«

»Richtig«, Edwins Finger trommelten nun auf die Armlehne, »das stimmt. Aber er hat an jenem Abend, als wir ihn wegen des Geldes zur Rede stellten, genug gesagt. Darum würde ich sagen, dass dies mehr als bloße Vermutungen sind.« Er holte Atem. »Ich denke, meine Mutter hat Ihnen mitgeteilt, dass ich an jenem Abend dabei war, als mein Vater und Peter ermordet wurden. Sie müssen wissen, ich habe für die Firma in der Finanzabteilung gearbeitet. Ich habe die fehlenden Gelder überhaupt erst entdeckt. Mir war von Anfang an klar, dass es nur einen gab, der das getan haben könnte.«

Emily machte ein leises Geräusch im Hals. »Und natürlich, nachdem ... es geschehen war und die Ermittler sich mit dem finanziellen Aspekt der Angelegenheit befassten, war die Spur sehr deutlich. Sie führte geradewegs zu Bills privatem Girokonto. Solch eine Dummheit muss man sich mal vorstellen.«

Sie verstummte, fingerte am Saum ihres Rocks. Einen Moment lang sprach niemand ein Wort.

Dann blickte Emily abrupt auf. »Erzählen Sie mir von den Kursen, die Sie besucht haben, Annie.«

Der Themenwechsel ließ mich blinzeln. »Also schön.«

Ich hatte Glück gehabt, dass im letzten Schuljahr eine ganze Reihe Kurse angeboten worden waren. Ich erklärte Emily und Edwin, dass ich an verschiedenen Einrichtungen wie der Scottsdale Artists' School in Arizona und der Sam Houston State University in Texas an einwöchigen Seminaren teilgenommen hatte. Dazu gehörten unter anderem eine Einführung in die Gerichtsanthropologie, plastische Gesichtsrekonstruktion Teil eins und zwei, Phantombildzeichnen, das menschliche Gesicht, der Alterungsprozess und zweidimensionale Identifizierungstechniken für Fortgeschrittene. Viele der grundlegenden Zeichenkonzepte waren mir bereits vertraut gewesen, da ich im Hauptfach Kunst studiert und zehn Jahre Berufserfahrung als Gerichtszeichnerin hatte, aber ich wollte bei meiner neuen Karriere ganz von vorne anfangen.

»Da sind Sie aber viel von zu Hause und Ihren Kindern fort gewesen.«

»Ja. Aber ich habe eine famose Schwester. Jenna. Sie liebt es, mich herumzukommandieren. Und daran, dass ich überhaupt in diese Richtung gegangen bin, ist sie nicht ganz unschuldig. Wenn ich also jemanden brauche, der bei den Kindern bleibt, dann ... erinnere ich sie sozusagen daran.«

Milde Belustigung umspielte Edwins Lippen. »Geschieht ihr recht.«

Die Standuhr schlug halb zwei. Emily holte Luft. Wie ihr Blick so auf der Uhr ruhte, musste ich daran denken, wie schmerzlich die Zeit in den vergangenen zwanzig Jahren verstrichen war. Denn in jedem Tag, jeder Woche, jedem Monat, die heilend vergingen, steckte der Stachel, dass Don Tarells Mörder der Gerechtigkeit entging.

»Glauben Sie an Gott, Annie?«, Emily richtete den Blick wieder auf mich.

Hoppla. Die Frage traf mich völlig unerwartet. Ich schaute zu Edwin, der den Blick abwandte. Augenscheinlich überließ er das Schnüffeln in anderer Leute Privatleben seiner Mutter. Ich wollte die Frage schon abschmettern, als mich etwas in Emilys Augen zurückhielt.

»Ja.«

»Gut. Und glauben Sie, dass er unser Leben führen will?«

Ich zögerte. Spürte Emily etwa, dass ich geistlich auf der Suche war? Noch vor einem Jahr hätte ich ihre Frage ohne zu zögern mit Nein beantwortet. Doch vor einem Jahr, das war bevor meine Nachbarin Lisa ermordet worden war, vor dem GESICHT.

Vor meinem aus schierer Verzweiflung gemachten Versprechen, dass ich Gott suchen würde.

»Nun«, suchte ich nach den richtigen Worten, »ich bin dieses Jahr regelmäßig zur Kirche gegangen und ... habe viel gelernt. Die Leute dort glauben ganz bestimmt, dass Gott uns leiten will.«

Sie betrachtete mich eingehend, zweifellos verwundert über meine ausweichende Antwort. »Das glaube ich auch.« Ihre Worte waren leise aber bestimmt. »Und ich möchte Ihnen jetzt keine Angst einjagen oder Sie verschrecken, aber ich glaube fest, dass er mich heute hierher geführt hat. Zu Ihnen.«

Mir fiel keine Antwort ein. Edwin betrachtete eingehend den Fußboden.

Emily verlagerte ihr Gewicht und überkreuzte die Knöchel. »Seit zwanzig Jahren, Annie, bete ich, dass in diesem Mordfall die Gerechtigkeit siegt. Seit zwanzig langen Jahren. Und die ganze Zeit über war Bill Glatt flüchtig. Es ist schwer vorstellbar, dass er sich einfach in Luft auflösen konnte, aber genau das tat er. Mit den Jahren ist die Spur kalt geworden. Der Fall ist immer noch ungelöst, aber das Sheriff's Department vom Shasta Bezirk fahndet nicht mehr aktiv nach ihm. Und jetzt gehen wir auf einen bedeutenden Jahrestag zu. Ich habe für eine Möglichkeit gebetet, den Fall noch einmal öffentlich aufzurollen, und Gott hat mein Gebet erhört. Auf äußerst kreative Weise, muss ich sagen. Wie ich am Telefon erwähnte, möchte *American Fugitive* die Geschichte von den Morden bringen – mit einer Zeichnung von Bill Glatt, wie er heute aussehen könnte. Hier kommen Sie ins Spiel.«

Edwin hob den Blick und sah mir ins Gesicht. Ich bemühte mich, die Fassung zu wahren. Ich hatte richtig geraten: Sie wollten von mir, dass ich das Älterwerden eines Erwachsenen darstellte; genauer gesagt, ein künstlich gealtertes Phantombild zeichnete. Gealtert um zwanzig Jahre. Während meiner Fortbildung zur Gerichtsanthropologin war dies genau die Art von Auftrag gewesen, von der ich gehofft hatte, dass sie mir erspart bleiben würde.

»Annie? Sie sind so still.«

Ich verknotete die Finger und drückte zu. Es würde mir keine Freude bereiten, diese Frau zu enttäuschen. Oder Edwin. »Ist Ihnen bewusst, was alles zur künstlichen Alterung eines Fahndungsbilds gehört?«

Emily zog eine Schulter hoch. »Ich weiß, dass man dazu verstehen muss, wie das Gesicht altert. Dafür braucht man Kenntnisse in Gesichtsanatomie und wie sich diese verändert. Aber genau das haben Sie doch studiert, nicht wahr?«

»Ja. Aber offen gestanden ist es weniger der anatomische Teil, der mich stört, als der *innere*.«

Ihre Augenbrauen zogen sich zusammen.

»Ich müsste mich in den Verdächtigen hineinversetzen, Emily. Ich müsste alles Erdenkliche über ihn in Erfahrung bringen. Seinen genetischen Hintergrund. Seine Gewohnheiten, seine Gesichtsausdrücke, wie er isst, wie er sich bewegt.

Wie er *denkt*. All das beeinflusst, wie ein Gesicht altert. So bestimmen zum Beispiel seine Essgewohnheiten, wie viel Gewicht er zunimmt. Bestimmte Gesichtsausdrücke, wie etwa Schielen, wirken sich auf die Runzelbildung aus.«

Edwin nickte langsam. »Ich verstehe. Sie sagten, Sie *müssten* diese Dinge in Erfahrung bringen. Als ob ... Sie das nicht tun werden?«

Ich legte den Kopf in den Nacken. Wie sollte ich diesen Fremden erklären, dass mich mein stures, selbstherrliches Hirn zum denkbar ungeeignetsten Kandidaten für solch eine Aufgabe machte? Mein Hirn ließ täglich seinen eigenen Filmprojektor laufen, wobei es jeden x-beliebigen vagabundierenden Gedanken, der ihm in die Quere kam, in grellen Farben visualisierte. Ich konnte nur ahnen, was es meiner geistigen Gesundheit antun würde, wenn ich mich auf diesen Auftrag einließ. Je mehr ich mich dareingäbe, Bill Glatt und sein mörderisches Hirn zu verstehen, desto mehr würde ich jedes Bild in meinem Kopf »sehen«. Ich wäre als unfreiwillige Zuschauerin dabei, wenn er von seiner Frau sitzen gelassen wird. Wenn er mit vor Angst klopfendem Herzen der Firma zum ersten Mal Geld entwendet. In dem dunklen und verzweifelten Moment, als die Entscheidung fällt zu töten.

»Sie fürchten sich davor, wie soll ich sagen, in die Haut eines Mörders zu schlüpfen. Ist es das?« Die Sorgenfalten auf Emilys Stirn vertieften sich. »Ich kann mir vorstellen, dass dies eine Furcht erregende Angelegenheit ist. Aber sind Sie nicht dazu ausgebildet?«

»Schon, aber es gibt ganz verschiedene Aufgaben für Gerichtsanthropologen. Phantombilder zu zeichnen, Fotos von vermissten Kindern künstlich zu altern, Köpfe zu rekonstruieren. Auf allen diesen Gebieten bilde ich mich fort, nur dieses eine –«

»Bitte.« Emily hob die Hand. »Bitte denken Sie einfach einmal darüber nach. Wir erwarten keine sofortige Antwort von

Ihnen. Obwohl wir sie bald brauchen.« Sie legte zwei Finger an den Mund. »Was muss ich sagen, um Sie zu überzeugen?«

Ich versuchte, mich in Details zu flüchten. »Warum kommen eigentlich *Sie* mit diesem Anliegen zu mir? Sollte nicht jemand von *American Fugitive* den Künstler auswählen?«

»Normalerweise schon.« Edwins Hand hob sich von der Sessellehne, dann fing sie wieder an zu trommeln. »Aber –«

»Hier kommt Gottes Antwort auf meine Gebete ins Spiel.« Emily lehnte sich vor. »Sharon Dessinger, Peters Frau. Sie ist vor Jahren zurück in den Osten gezogen. Ihre Tochter Stacey lebt in New York. Weihnachten letzten Jahres fing sie endlich wieder an, mit jemandem auszugehen – fünf Jahre nach einer unerquicklichen Scheidungsprozedur. Und an wen gerät sie? Ausgerechnet an einen Mann, der für *American Fugitive* schreibt. Jetzt können Sie verstehen, warum ich das nicht als puren Zufall deuten kann. Und Sharon geht es genauso. Die Idee mit der Sendung kommt von ihr.«

Es *war* recht erstaunlich. *American Fugitive* hatte eine Erfolgsgeschichte, die selbst dem abgebrühtesten Verbrecher im Untergrund schlaflose Nächte bereiten würde. Im Verlauf der letzten zehn Jahre hatte die Serie Hunderte von Mördern, Vergewaltigern, Einbrechern und Betrügern zur Strecke gebracht. Wenn man während der Sendung ein gut getroffenes Bild von Bill Glatt zeigte, würde er höchstwahrscheinlich gefasst werden.

Hatte Gott diese Tür für Sharon und die Tarells aufgetan?

»Aber warum ausgerechnet ich? Warum suchen die von der Sendung sich nicht jemanden aus New York?«

Emily lächelte. »Weil Sie *hier* vor Ort sind. Ganz in der Nähe vom Sheriff's Department vom Shasta Bezirk, das für den Fall zuständig ist. Man wird Ihnen die vollständige Akte anvertrauen. Sie können die Unterlagen durchgehen, lesen, sich darein vertiefen –«

Sie zuckte zurück, ihr Mund schloss sich, als ginge ihr auf, dass sie das falsche Wort benutzt hatte.

»Außerdem«, sie hob das Kinn, »ist es für Sie ein Leichtes, sich mit den Leuten in Verbindung zu setzen, die Sie befragen müssten – Leute, die Bill Glatt gekannt haben. Edwin würde sich gleich als Erster anbieten.«

»Ich verstehe.« Ich blickte von Emily zu ihrem Sohn. »Einen Ortsansässigen zu nehmen, hat tatsächlich Vorteile – und ich bin hier in der Gegend wohl die einzige Gerichtsanthropologin. Aber ich fürchte, ich bin noch nicht qualifiziert genug, um solch einen großen Auftrag anzunehmen.«

Seit meinem ersten Fall letzten Sommer, als ich das GESICHT gezeichnet hatte, ohne überhaupt Phantombildzeichnerin zu sein, hatte ich fünf weitere Porträts von Verdächtigen aus der Umgebung von Redding gezeichnet, die meistens wegen kleinerer Raubüberfälle gesucht wurden. Alles in allem sechs Phantombilder – und damit noch lange nicht die erforderlichen fünfundzwanzig, die man brauchte, um überhaupt ein Zertifikat zu bekommen. Und da wollten diese trauernde Witwe und der vaterlose Mann, dass meine Arbeit in einer landesweit ausgestrahlten Fernsehsendung gezeigt wurde!

»Annie«, gewann Emilys Stimme an Bestimmtheit, »Sie sind qualifiziert. Sie haben diesen Fall letzten Sommer mit Bravour gemeistert, als hätten Sie seit Jahren nichts anderes getan.«

Das war ein Witz. Wenn sie wüsste, was ich durchgemacht hatte.

»Nun, ich ... danke Ihnen für Ihr Vertrauen.« Wie lahm das klang.

»Dafür brauchen Sie mir nicht zu danken. Das haben Sie verdient.« Sie klopfte sich mit beiden Händen flach auf die Schenkel. »Also schön. Wie es ausschaut, haben wir nichts weiter zu sagen. Edwin, hast du noch etwas?«

Er räusperte sich. »Nein. Äh, doch.« Er legte die Hände zusammen, beide Ellbogen auf die Sessellehne gestützt. »Ich möchte ganz ehrlich mit Ihnen sein, Annie. Ich spüre Ihr Zögern. Darf ich Sie nur bitten, dass Sie sich nur an diese Aufgabe machen, wenn Sie sich auch ganz sicher sind, dass Sie erfolgreich sein werden. Meine Mutter hat schon genug durchgemacht und ich möchte ihr jede weitere Enttäuschung ersparen.«

»Oh, Edwin.« Emily warf ihm einen strengen Blick zu, dann schaute sie mich fest an. »Sie müssen meinem Sohn verzeihen; das ist der Geschäftsführer in ihm. Ich werde im Gegenteil enttäuscht sein, wenn Sie das *nicht* machen. Sehr enttäuscht sogar. Weil ich weiß, dass Sie das können, Annie. Und dass Sie Gottes Antwort auf meine Gebete sind. Damit es endlich ein Ende hat mit diesem ... Fegefeuer des Wartens. Damit endlich die Gerechtigkeit siegt.« Ihre Stimme wurde leiser. »Und eins sag ich Ihnen ganz ungeschminkt: Es würde mich wundern, wenn Sie jemals einen Fall bekommen würden, der lauter nach Gerechtigkeit schreien würde als dieser.«

Sie hielt meinem Blick stand, als ich ihre Worte in mich aufnahm. Emily schien zu wissen, dass sie meinen schwachen Punkt getroffen hatte. Als ich dem GESICHT auf der Spur war, hatte mich in den dunkelsten Momenten nur das starke Verlangen, der ermordeten Lisa Willit Gerechtigkeit zu verschaffen, durchhalten lassen. Ich hatte Dave und Erin Willit einfach nicht hängen lassen können. Und immer, wenn ich sie heute in ihrem Garten gegenüber sah, immer, wenn Erin zu uns kam, um Kelly zu besuchen, empfand ich tief in mir drin ein Gefühl der Zufriedenheit. Trotz der Gefahr, der ich ausgesetzt gewesen war, hatte ich die richtige Entscheidung getroffen.

»Eins noch«, wich ich aus, »Sie können nicht einmal sicher sein, dass Bill Glatt überhaupt noch lebt.«

»Das stimmt.« Edwin legte den Kopf schief.

Seine Mutter hob die Hand. »Tut er das nicht, dann möchte ich das gerne herausfinden. Dazu bräuchten wir aber trotzdem Ihre Zeichnung.«

Meine Zeichnung.

Mein Herz hämmerte. Ich wollte diesen Leuten so gerne helfen. Wenn ich die Mittel hatte, ihrem Fegefeuer ein Ende zu bereiten, warum nicht? Den Blick auf die Eichenwendeltreppe auf der anderen Raumseite geheftet, dachte ich an das, was ich selbst verloren hatte – Vic und unsere Ehe; der plötzliche Tod meines Vaters; Lisas Ermordung; die Aufsässigkeit meines Sohnes und seine Drogengeschichten.

»Emily, was wäre der Zeitrahmen für diesen Auftrag?«

Sie zog die Augenbrauen hoch. »Ich muss gestehen, die Zeit ist knapp. Sharon hat erst ziemlich spät grünes Licht für die Sendung bekommen und die Zeichnung muss in ein paar Wochen fertig sein.« Sie schüttelte den Kopf. »Was umso mehr für Sie als Zeichnerin spricht, Annie. Außerdem haben Sie das Talent, um die Aufgabe zügig zu meistern, und, was noch wichtiger ist, das Herz dazu. Ja, ich kenne Ihre Art, mit Menschen umzugehen, und Ihre Hartnäckigkeit. Ich habe mit Kommissar Ralph Chetterling im Sheriff's Department gesprochen, ehe ich hierher gekommen bin. Er hat mir versichert, dass Sie den Auftrag annehmen würden. Und dass es Ihnen gelingen würde.«

Ach, tatsächlich! Was nahm sich Chetterling heraus!

Aber ich konnte mich nicht lange damit aufhalten. Stattdessen wunderte ich mich über das Vertrauen, das der Mann in mich setzte. Wie konnte ich den Tarells absagen, wenn er mich über den grünen Klee lobte? Selbst wenn das unverdient war.

Ich starrte auf meine Füße. Emilys und Edwins Bitte ließ mich wie auf Treibsand stehen. Ich wollte ja helfen. Aber ich fürchtete mich davor, ein künstlich gealtertes Fahndungsbild eines Verbrechers zu zeichnen. Wie hatte Emily sich noch ausgedrückt? *In die Haut eines Mörders schlüpfen*. Diese Aussicht schmeckte mir gar nicht.

»Also schön, ich sag Ihnen was.« Ich sprach die Worte zum

Fußboden. »Ich werde ... darüber nachdenken und Sie heute Abend oder morgen anrufen. Was halten Sie davon?«

Ein müdes Lächeln runzelte Emilys Gesicht. »Ich schätze, mehr können wir nicht verlangen. Vielen Dank.« Sie erhob sich und Edwin tat das Gleiche. »Und machen Sie sich keine Sorgen wegen Ihrer Ängste, Annie. Falls Sie sich daranmachen – *sobald* Sie sich daranmachen –, werde ich für Sie beten. Gott hat mir in den letzten zwanzig Jahren beigestanden. Er wird auch Ihnen beistehen.«

In die Haut eines Mörders schlüpfen ...

Ein Schauder kroch mir das Rückgrat hinunter.

Sollte ich diesen Auftrag annehmen, würde ich alle Gebete brauchen, die Emily Tarell zustande brachte.

Donnerstag, 6. Mai

Kapitel 2

Drei Archivschachteln voller kopierter Unterlagen. Ich ließ mich auf meinen Bürostuhl plumpsen und betrachtete sie, wie sie da so nebeneinander aufgereiht wie Wachtposten auf dem Teppich standen.

In dem Moment hätte ich meine Lage nicht gerade als die Antwort auf die flehentlichen Gebete eines anderen eingestuft. Dies hier hatte nichts mit Gott zu tun. Es war alles Ralph Chetterlings Schuld.

Gestern hatte ich nach einer unruhigen Nacht des Grübelns dem Sheriff's Department in Redding einen Besuch abgestattet. Einfach nur, um mit Chetterling zu sprechen. Um ihn zu fragen, wie er darauf kam, Emily Tarell so viel Hoffnung zu machen. Und dann hatte der Kommissar sich auch noch so benommen, als hätte er mit meinem Auftauchen gerechnet. Er war geradezu heiter gewesen, so aufgeräumt kannte ich ihn sonst gar nicht. Der Mann ist 1,90 Meter groß, überragt meine 1,65-Meter-Statur also lässig, und er hat riesige Hände und kleine dunkelbraune Augen. Es hat eine Zeit gegeben, wo er mich regelrecht eingeschüchtert hat. Mittlerweile habe ich oft genug mit ihm zusammengearbeitet, um darüber hinwegzukommen, aber trotzdem, Chetterling ist Chetterling: die Autorität in Person.

»Annie, was ist los mit dir?« Er verschränkte die Arme und schaute an seiner Nasenspitze vorbei auf mich hinunter. »Es ist mir gar nicht in den Sinn gekommen, dass du diesen Auftrag nicht übernehmen wollen könntest. Du hast gerade mal ein Jahr Ausbildung zur Gerichtsanthropologin hinter dir und nichts Geringeres als *American Fugitive* landet in deinem Schoß!«

»Ralph, es ist nicht die Sendung, die mich stört, es ist der

Auftrag! Du kennst doch mein feines Gespür für Menschen. Und in die Haut eines kaltblütigen Mörders zu schlüpfen, ist wirklich das Letzte, was ich will. Schon beim Gedanken daran gruselt es mir.«

Er warf mir einen Blick zu. »Das Letzte, was ich von dir erwarten würde – feinfühlige, fürsorgliche Annie Kingston – ist, dass du jemandem eine Bitte abschlägst, der dich wirklich braucht. Wie könntest du Emily Tarell abweisen?«

Ich starrte zurück. Offenbar musste ich meine Taktik ändern. »Zu deiner Information, ich würde ja gerne zusagen. Aber ich bin noch nicht qualifiziert genug. Ich brauche noch mehr Schulung.«

Da zog er seine Polizistennummer ab: die Hände in die Hüften gestützt und breitbeinig. »Willst du's noch mal versuchen?«

Ich schaute zu ihm auf und ließ die Schultern hängen. Er war fast genauso schlimm wie meine Schwester. Wenn auch nicht ganz so. Selbst mit seiner ganzen Gewichtigkeit reichte Chetterling noch nicht an Jennas stierköpfige Herumkommandiererei heran. Als ich sie am Abend zuvor angerufen und ihr von dem Auftragsangebot erzählt hatte, hatte nur noch gefehlt, dass sie durch die Telefonleitung gekrochen kam und meine Finger gezwungen hätte, augenblicklich Emily Tarells Nummer zu wählen.

Die Welt hatte sich gegen mich verschworen. Wie ich Chetterling so gegenüberstand, erstarben mir alle weiteren Argumente in der Kehle.

»Ach, Ralph.« Ich setzte mein kläglichstes Gesicht auf. »Morgen früh werde ich mich dafür hassen.«

Er lächelte mit bedächtiger Zufriedenheit. »Nein, das wirst du nicht. Und ich sage dir, wenn dieser Fall vorbei ist, wirst du in deiner Karriere völlig anders dastehen.«

Chetterling bestand darauf, dass ich Emily Tarell noch von seinem Büro aus anrief, damit ich meine Meinung nicht noch änderte. Emily reagierte mit einem schlichten: »Ich habe gewusst, dass Sie Ja sagen würden. Ich habe dafür gebetet.«

Anschließend brachte mich Chetterling mit siegesgewisser Miene, die er nicht verhehlen konnte, unverzüglich zu Sergeant Justin Delft, der unter den Ermittlern gewesen war, die 1984 zum Tatort vom Tarell/Dessinger-Mord gerufen worden waren. Delft war ganz aus dem Häuschen wegen der kommenden *American Fugitive*-Sendung. Er wünschte sich vor seiner Pensionierung nichts sehnlicher, als den Fall abzuschließen, der ihn seit zwei Jahrzehnten plagte. Delft ging mit mir das erforderliche bürokratische Prozedere durch, damit ich die Fallakten einsehen durfte. Wir verständigten uns darauf, dass ich mir einen ganzen Tag lang Zeit zum Lesen nehmen und mich dann für ein Gespräch mit ihm treffen würde.

Und nun saß ich also in meinem Büro und die drei Schachteln voller Unterlagen verspotteten mich. Wieso nur hatte ich mir das aufgehalst?

Ich konnte mich nicht länger davor drücken, die erste Archivschachtel zu öffnen.

Also stemmte ich mich hoch und hievte die mit Nr. 1 beschriftete Schachtel vom Teppich auf den Schreibtisch, der einmal meinem Vater gehört hatte. Erst seit einigen Monaten hatte ich angefangen, ihn als mein Eigentum zu betrachten. Er sah noch genauso aus wie in der Zeit, als Vater ihn benutzt hatte. Doch ansonsten hatte sich der Raum stark verändert. Verschwunden waren das Sofa und die Beistelltischchen, die Flugzeugbilder an den Wänden und der hohe hölzerne Aktenschrank. Ich hatte sie ausgetauscht gegen einen Zeichentisch, zwei gedrungene dreischubladrige Kommoden für meine Zeichenutensilien und eine Fotomontage aus Landschaftsbildern. Falls ich jemals wieder ein Opfer in diesem Büro interviewen wollte, wie ich das mit Erin Willit getan hatte, dann durfte ich keine Bilder von Menschen aufhängen. Denn jemand, der versuchte, sich an das Gesicht eines Verdächtigen zu erinnern, könnte von anderen Gesichtern beeinflusst werden.

Ich öffnete die Schachtel. »Lesen Sie sie der Reihe nach durch«, hatte Delft mir geraten, »fangen Sie mit den Aussagen von Emily und Edwin Tarell an. Auf diese Art können Sie sich am besten ein Bild von den Vorgängen machen.«

Genau davor fürchtete ich mich.

Doch ich hatte die perfekte Ausrede, das Lesen noch ein oder zwei Minuten hinauszuzögern. Erst einmal wollte ich mir Bill Glatt ansehen. Ich blätterte die Unterlagen durch, bis ich ein Bild von ihm fand, das auf ein körniges Acht-mal-zehn-Format vergrößert worden war.

Das also ist der Mann.

Ich starrte das Foto lange an, wobei ich auf jedes Detail achtete. Er sah tatsächlich glatt aus. Das Haar war mitteldick, links gescheitelt und über den Ohren kurz geschnitten. Er trug eine Brille mit schwarzem Gestell. Die Augen, von einem stumpfen Grau, waren klein und rund. War er kurz- oder weitsichtig? Wenn Ersteres, dann würden die Gläser seine Augen kleiner wirken lassen, als sie waren.

»Teigig« hatte Emily ihn beschrieben, und sie hatte Recht. Die Kieferlinie war schwach ausgeprägt, das Kinn weich, obwohl er nicht übergewichtig schien. Er erinnerte mich an eine grobschlächtige Tonskulptur, die der Künstler im unfertigen Zustand hatte stehen lassen müssen. Die Lippen waren recht dünn und die Mundwinkel eine Idee heruntergezogen. Er hatte für das Foto nicht gelächelt. Sein Jackett war dunkelblau über einem weißen Hemd und einer soliden dunkelkastanienbraunen Krawatte. Konservativer ging es nicht.

Bill Glatt sah harmlos aus. Selbst sein Foto verströmte die Aura einer reservierten, stillen Persönlichkeit.

Doch je länger ich darauf starrte, desto mehr spürte ich eine gewisse ... Essenz. Was nur? Es hatte mit der Art zu tun, wie er in die Kamera schaute, das Kinn ein bisschen zu hoch haltend, eine Augenbraue eine Idee hochgezogen.

Arroganz. Das war es. Selbstverliebtheit in die eigene Intelligenz.

Wie siehst du heute aus, Bill Glatt? Warum hat dich niemand finden können?

Ich dachte darüber nach, stellte mir vor, wie zwei Jahrzehnte ihre Spuren auf seiner Haut, an seinen Augen hinterließen, wie sich die nasolabialen Falten, die »Lachfalten«, von der Nase zu den Mundwinkeln vertieften ...

Okay. Schluss jetzt, Annie. Zeit zum Lesen.

Ich atmete tief ein und nahm die oberste Akte heraus, die mit *Emily Tarell* überschrieben war.

Binnen Minuten war ich ganz in Emilys Beschreibung von ihrer bösen Vorahnung in jener schicksalhaften Nacht vertieft, als sich die vier Männer im Studierzimmer ihres Mannes trafen. Prompt surrte der allgegenwärtige Projektor in meinem Kopf los und übertrug die flachen Worte auf dem Papier in eine lebhafte Szene. Ich malte mir aus, wie Emily sich eine Tasse Tee machte und sich damit hinsetzte – wartend. Das Bellen der Schüsse. Der Kampf, den sie mit angesehen hatte, nachdem sie ins Arbeitszimmer getaumelt war. Wie sie über dem Körper ihres Mannes zusammenbrach. Würgend ...

Ach, Emily.

Ihre Seelenqual drückte mir das Herz ab. Ich lehnte mich mit geschlossenen Augen auf dem Stuhl zurück. Emilys Geschichte war zu real, zu roh. Anders natürlich als das, was Erin durchgemacht hatte, als ihre Mutter bei ihnen im Haus ermordet worden war, doch klangen die gleiche Furcht und Entsetzen an.

Es war gut, dass Lisas Ermordung schon zehn Monate her war. Weniger Abstand, und ich hätte nicht mit den Emotionen umgehen können, die dieser neue Fall sicherlich mit sich bringen würde.

Fünf Minuten vergingen, ehe ich mich aufraffte, mir Edwin Tarells Akte vorzunehmen – das Vernehmungsprotokoll, das detailliert beschreiben würde, was sich in jenem Arbeitszimmer zugetragen hatte, als sich die vier Männer trafen. Langsam schlug ich die Akte auf.

»Es ist alles meine Schuld!«

Kommissar Delft hatte diese Worte zuoberst notiert: *»Es ist alles meine Schuld; es ist alles meine Schuld!«*

Meine Augen schlossen sich wieder. Ich stellte mir einen sehr viel jüngeren Edwin vor, der diese Worte heulte.

Edwin erzählte dem Kommissar, dass sich er, sein Vater und Peter in seinem Elternhaus eine halbe Stunde vor dem mit Bill vereinbarten Termin getroffen hatten. Peter kam direkt von der Arbeit. Edwin legte einen kurzen Zwischenstopp in seinem eigenen Reihenhaus ein und machte sich dann auf den Weg zu dem Haus, in dem er aufgewachsen war. Von dem Augenblick an, da Bill in der Tür erschien, war Edwin davon überzeugt, dass der Mann den Braten roch. Er sah, wie steif sich Bill bewegte, wie beide Ellbogen von seiner Seite wegstrebten.

»Bill hat diesen merkwürdigen Tick, das Kinn zweimal hochzureißen und dann wieder sinken zu lassen«, erzählte Edwin dem Kommissar. »Wenn er nervös oder gestresst ist, wird es schlimmer.«

Das Kinn hochreißen. Das notierte ich mir. Würde Bill diesen Tick auch heute noch haben? Wie mochte sich das auf den Alterungsprozess seines Gesichts ausgewirkt haben?

Ich blickte wieder auf die Akte. Edwin hatte Delft eine detaillierte Beschreibung gegeben, einschließlich seiner Gedanken bei der Begegnung mit Bill Glatt. Im Nu war ich wieder in den Strudel der Geschichte hineingezogen, die Filmkamera in meinem Kopf begann zu surren. Ich sah Bill Glatt durch Edwins Augen vor mir,

wie er in der Diele steht, sein Kinn sich hebt und senkt. Bill ist noch im Anzug. Edwin, sein Vater und Peter haben ihre

Jacketts abgelegt und die Krawatten gelockert, wie sie das auch oft bei der Arbeit tun. Bill legt das Jackett niemals ab. Einmal hat Edwin gescherzt, dass er damit wohl zu Bett gehen würde.

Bill nimmt alles so genau. Er ist so pingelig.

»Komm herein, Bill.« Edwins Vater versucht nicht einmal zu lächeln. Er kann immer noch kaum fassen, was Edwin ihm und Peter vergangene Woche berichtet hat. Edwin auch nicht. Selbst wenn ihnen der Beweis aus den Büchern schwarz auf weiß entgegenstarrt.

»Vielen Dank.« Bill nickt. Förmlich, wie ein Fremder. Als hätte er sich innerlich schon von ihnen zurückgezogen, weil er weiß, was er gleich tun wird. Edwin wird das erst später auffallen und er wird sich fragen, warum er nicht vorausgesehen hat, was passieren würde, warum er nicht geschaltet hat. Peter sagt kein Wort. Er schlüpft hinter Vater und Bill ins Arbeitszimmer wie eine Bestatterfachkraft.

Edwin ist flau im Magen. Vielleicht hätte er ihnen lieber nichts erzählen sollen. Vielleicht hätte er Bill einfach selbst zur Rede stellen sollen, damit er das Geld zurückbringt.

Aber was dann? Nichts sagen und Bill weiter in der Firma arbeiten lassen, die er bestohlen hat? Die Firma, die Edwin eines Tages übernehmen wird?

Bill zögert, dann lässt er sich auf die Sesselkante sinken. Peter nimmt die Couch links von Bill, die rechtwinklig zum Sessel steht. Edwin schlendert zum Kamin, gegenüber von Bill, und lehnt sich gegen den Sims. Sein Vater geht gewohnheitsmäßig zum Schreibtisch, bleibt aber davor stehen, die Knöchel reiben über das Holz.

Niemand sagt ein Wort. Bill schluckt und es macht ein klickendes Geräusch in der Kehle.

Edwins Vater drückt sich vom Schreibtisch ab und stellt seinen Finanzabteilungsleiter zur Rede: »Ich komme gleich zur Sache, Bill. Wir wissen, was du getan hast. Wir haben die Bücher gesehen und es hat keinen Sinn zu leugnen. Wir haben die ganze letzte Woche damit verbracht, das Geld aufzuspüren – fast eine halbe Million. Die Spur führte zu einem Konto, das du vor drei Monaten bei der Huntington Bank eröffnet hast. Als ich mit dem Präsidenten der Bank sprach, den ich zufälligerweise kenne, wollte er mir nur bestätigen, dass du das Konto eröffnet hast. Ohne polizeilichen Erlass wollte er uns die Kontoauszüge nicht zeigen. Bill, wir gehen jede Wette ein, dass das Geld dort ist, und wir haben genug Gründe, um auf der Stelle zur Polizei zu gehen. Doch ehe wir das tun, wollten wir mit dir sprechen, um dir die Chance zu geben, die Sache zu erklären. Peter und Edwin sind hier als meine Zeugen. Ich frage dich – ist unser Firmengeld auf diesem Konto?«

Bill schießt Edwin einen Blick zu, dann schaut er zu Boden. »Ja. Zum Teil.«

Edwins Vater sackt gegen den Schreibtisch. Bills stockender Atem füllt den Raum.

»Warum, Bill, warum hast du das getan?«, Peters Stimme ist belegt.

Bill schiebt den Kiefer hin und her. Als er spricht, sind seine Worte kaum hörbar. »Ich saß in der Falle. Susan hat mir bei der Scheidung alles genommen. Ich brauchte ganz schnell Geld, um ihr die Haushälfte auszuzahlen, sonst hätte ich verkaufen müssen – das Letzte, was ich mein Eigen nennen konnte. Außerdem wusste ich nicht, woher ich das Geld für das Kind und die Unterhaltszahlungen nehmen sollte. Also habe ich ein bisschen genommen. Und es ging so einfach. Ich habe einfach … immer wieder ein bisschen genommen.«

Edwins Kehle brennt vor Abscheu. Der Typ ist ein betrügerisches, jämmerliches Wiesel. Ein Feigling. Kann ihnen noch nicht einmal in die Augen gucken. Edwin hatte es doch gewusst, dass er zusammenklappen würde, sobald man ihn zur Rede stellte. Bill hatte einfach nicht genug Fantasie, um einen guten Lügner zu geben.

»Ich hätte dir das Geld geliehen. Ich hätte alles getan, um

dir zu helfen.« Trauer legt sich wie eine Kreuzschraffur auf das Gesicht von Edwins Vater, bis Edwin den Anblick nicht länger erträgt.

Bills rechte Hand arbeitet sich zu seinen Jackettknöpfen hoch. »Es ... tut mir Leid.«

Stunden später, als es längst zu spät ist, sollte Edwin sich an die Art erinnern, wie Bill diese Worte sprach. Wie sie sich aus seiner Kehle quetschten. Als entschuldigte er sich nicht für das, was er getan hatte, sondern für das, was er im Begriff war zu tun.

Edwins Vater schüttelt den Kopf. »Wir verlangen das Geld auf der Stelle zurück. Und du bist mit sofortiger Wirkung entlassen. Aber trotzdem, Bill, werden wir zur Polizei gehen müssen. Eine solche Angelegenheit kann man nicht als Lappalie –«

Und da passiert es – jene nur wenige Sekunden dauernde schauderhafte Sequenz, die ein Leben lang anhalten wird. Edwin behält Bill im Auge, während sein Vater spricht. Bill knöpft das Jackett auf. Greift in die Innentasche und zieht beim Aufstehen etwas heraus. Etwas Schwarzes aus Metall. Edwin sieht es mit den Augen und sein schockiertes Gehirn bemüht sich zu begreifen, aber es ist so langsam, so langsam. Bill hebt das Ding hoch und zielt damit auf Peter.

Pistole, es ist eine Pistole!, *schreit Edwins Verstand, aber es bleibt keine Zeit mehr. Eine Explosion zerreißt den Raum. Peter gibt keinen Laut von sich. Er fällt einfach auf der Couch vornüber.*

Edwins Mund öffnet sich zu einem Schrei, doch die Kehle ist zu. Die Welt verliert an Schwung, wird seltsam langsam, als neige sie sich auf ihrer Achse in die falsche Richtung. Und dann fängt die Pistole an, sich durch die Luft zu bewegen, nach rechts auf Edwin zu. Bill dreht und dreht sich, der Lauf zielt auf die Tischlampe, dann die Wand, dann den Kamin, dann Edwins Brust. Ich bin tot, *denkt Edwin, doch dann bewegt sich die Pistole weiter. An ihm vorbei, vorbei am Kamin, Bills Füße drehen sich auf der Stelle und die tödliche Waffe richtet sich auf Edwins Vater.*

»Nein!« Der Schrei zerreißt Edwin die Kehle wie ein schartiges Messer. Ein Zittern geht durch seinen Körper, als er mit ausgestreckten Armen losrennt. Ein Satz und die Pistole dreht sich; noch ein Satz und die Pistole dreht sich weiter.

Wumm! Edwins Vater kracht zu Boden. Edwin sieht das aus dem Augenwinkel, als er sich auf Bill stürzt –

Mein Bürotelefon klingelte. Ich wäre beinahe unter die Decke gesprungen.

Mit halbem Auge noch auf die Akte vor mir starrend, schwebte ich in zwei Welten. Mein Verstand sprang Edwin bei, um auf Bill Glatt loszugehen, während sich meine Hand indessen langsam vom Schreibtisch hob. Ich blinzelte ein paar Mal, dann nahm ich ab.

»Hallo?«

»Annie. Du klingst, als hättest du soeben ein Gespenst gesehen.«

Es war Jenna. »Oh, hi. Ja. Vielleicht.«

»Was machst du denn gerade?«

Ich erzählte es ihr.

»Oh.« Sie zögerte. »Ist es so schlimm, wie du es dir vorgestellt hast?«

»Schlimmer. Und dabei habe ich noch gar nicht angefangen, mich näher mit Bill Glatt zu befassen.«

»Immer positiv denken, Annie. Stell dir vor, dein Name wird bei *American Fugitive* genannt.«

»Stell dir vor, ich lande in der Klapsmühle.«

Jenna seufzte. Was Bände sprach. Obwohl sie sieben Jahre jünger war als ich, besaß sie zweimal mehr Mumm. Und den hatte sie auch eingesetzt – um mein Leben in die Hand zu nehmen, wenn sie fand, dass ich nicht gerade einen Knaller daraus machte. Was oft vorkam. Ich hatte Emily Tarell die Wahrheit gesagt – ich *hatte* es Jenna zu verdanken, dass ich in der Gerichtsanthropologie gelandet war. Obgleich ich meine Würde aufgeplustert hatte, indem ich vorgab, diese Entscheidung ganz allein getroffen zu haben.

Ich hatte es in den vergangenen zehn Monaten schon weit gebracht im Selbstbewusstseins-Aufbauprogramm. Das konnte selbst Jenna nicht leugnen. Trotzdem würde es noch Jahre dauern, bis ich zu ihr aufgeholt hatte.

»Also, Jenna, was gibt's?«

»Immer der Reihe nach. Du hast nicht gewusst, dass ich es war, die angerufen hat, stimmt's?«

»Nein.«

»Aha. Was bedeutet, dass du euch immer noch keine neuen Telefone besorgt hast, bei denen die Nummern der Anrufer anzeigt werden. Und ich wette, du hast dir auch noch nicht die Zeit genommen, deine Nummer aus dem Telefonverzeichnis streichen zu lassen.«

Ich wand mich. Die alte Leier. Meine besserwisserische Schwester hatte mich auf frischer Tat ertappt. »Ähm, nein, aber ich hatte echt vor –«

»Annie, das hast du jetzt schon seit *Monaten* vor. Worauf wartest du eigentlich?«

»Na ja, es ist doch alles ruhig; mich hat schon seit Monaten kein Reporter mehr belästigt.« Seit letztem Herbst, um genau zu sein.

»Das tut nichts zur Sache. Bei deinem Beruf halte ich es einfach nicht für gut, dass du im Verzeichnis stehst. Schließlich –«

»Na schön, na schön, ich habe verstanden. Du hast Recht, wie immer. Ich kümmere mich darum, okay?«

»Versprochen?«

»Versprochen.«

Na prächtig. Jetzt war alle Konzentration auf Edwin Tarells Akte futsch. »Hast du nur deshalb angerufen, um mir wegen dieser Dinge hinterherzuspionieren, Jenna?«

Sie machte ein Geräusch in der Kehle. »Nein, du Undankbare. Ich wollte dir nur mitteilen, dass ich hier noch ein großes Projekt zu Ende bringen muss und vermutlich dieses Wochenende nicht zu euch hochfliegen werde.«

Im letzten Sommer hatte man Jenna ihre Stelle in der Marketingabteilung einer Softwarefirma im Silicon Valley gekündigt. Nach einem Monat des Schlingerns hatte sie beschlossen, sich als Unternehmensberaterin selbstständig zu machen.

»Du könntest doch von hier aus arbeiten.«

»Das möchte ich aber lieber nicht.«

»Warum? Wegen der Flugzeit? Mit deiner Maschine bist du doch in weniger als einer Stunde hier.«

»Das ist es nicht. Es ist einfach ... zu viel los bei euch. Ich brauche Frieden und Ruhe.«

Oho. Jetzt hatte ich verstanden. Übersetzt hieß das: *Dein pampiger Sohn geht mir auf den Keks und ich habe gerade keinen Nerv auf ihn*. Das war verständlich. Stephen ging mir auch auf die Nerven. In der Tat, wenn es mir gelingen sollte, meinen Erstgeborenen großzuziehen, ohne ihn umzubringen, würde mich das äußerst erstaunen.

»Alles klar, Jenna, ich verstehe. Wenn du deine Meinung aber doch noch ändern solltest, gib mir einfach Bescheid.«

Jenna hatte natürlich ihr eigenes Zimmer – das Elternschlafzimmer mit eigenem Bad –, also spielte es wirklich keine Rolle, ob sie kam oder nicht. Obwohl ich diejenige war, die richtig in Grove Landing wohnte, hatte ich mich für das hinterste Zimmer im ersten Stock entschieden, um neben Kelly zu sein.

»Mach ich. Danke für dein Verständnis. Ach, und Annie, ich weiß ja, dass du an diesem Fall arbeiten wirst. Wenn es dir zu schwer wird, ruf mich an, ja?«

Das versprach ich.

Als ich auflegte, huschte mein Blick schon wieder zurück zu den Unterlagen.

Bald schon las ich, wie Edwin auf Bill Glatt losging und darum kämpfte, ihm die Pistole aus der Hand zu schlagen. Wie seine Mutter darüber ins Arbeitszimmer gerannt kam. Ich konnte nicht umhin, für einen Augenblick zu Emilys Gefühlen umzuschalten, als Edwin erzählte, dass er Glatt verfolgt hatte. Wie schrecklich für sie, mit den Leichen zweier Männer zurückgelassen zu werden, während Edwin in die Dämmerung verschwand. Wie verzweifelt sie gewesen sein musste, nachdem sie erst das Jahr zuvor einen Sohn und jetzt den Ehemann verloren hatte. Und für sie hatte es so aussehen müssen, dass auch der zweite Sohn getötet werden würde – oder aus Rache selber töten und im Gefängnis landen würde.

Ich blickte wieder auf das Protokoll des Sergeants von Edwins Verfolgungsjagd.

»Mir war nicht richtig bewusst, was ich da tat«, räumt Edwin ein. Sein Verstand scheint auf einer anderen Bewusstseinsebene zu schweben, während er auf der vergeblichen Suche nach Bill eine Runde nach der anderen dreht. Er kann den Kommissaren noch nicht einmal genau sagen, wie lange er fort war. Er erinnert sich aber an ein paar Orte, die er abgefahren hat: die Büros von Tarell Plastics; Bills Haus; das Appartment, in dem seine abgehauene Frau Susan und sein Baby jetzt wohnen; Parkplätze. Edwin jagt von einem Ort zum anderen und nimmt sich nicht einmal die Zeit, einer bestürzten Susan zu erklären, warum er völlig verstört an ihre Türe hämmert.

Er sieht keine Spur von Bill, nicht den geringsten Hinweis, wo der Verräter sein könnte.

Irgendwann kommt Edwin zur Besinnung, erinnert sich an seine Mutter im Haus, die beiden Leichen auf dem Boden. Mittlerweile werden Kommissare dort sein und Fragen stellen. Seine Mutter wird ihn brauchen.

Also rast Edwin zurück zu seinem Elternhaus und dort erwartet ihn der nächste Schock. In ihrem aufgelösten Zustand hat sich seine Mutter die ganze Zeit über um die Leiche seines Vaters gekümmert – und nicht die Polizei gerufen. *Was, wenn Bill Glatt mittlerweile aus der Stadt geflüchtet war? »Beeilen Sie sich!«, fleht er die zum in die Luft gehen ruhige Stimme am anderen Ende der Leitung an. »Sie müssen ihn finden, ehe es zu spät ist!«*

Dort endete Sergeant Delfts Protokoll von Edwins erster Vernehmung.

Ich lehnte den Kopf zurück gegen den Stuhl und starrte an die hohe Balkendecke. Dachte an Edwin Tarells Gefühle, als Jahr um Jahr vergeht und der Mörder seines Vaters auf freiem Fuß bleibt. Ob er sich jemals gewünscht hatte, Bill Glatt an jenem Abend gefunden zu haben? Den Mann eigenhändig umgebracht zu haben?

Wäre mir dieser Gedanke an seiner Stelle nicht gekommen?

Ich stand auf und streckte mich in dem Versuch, den Kopf etwas frei zu bekommen, bevor ich mich dem nächsten Bericht zuwandte. Vielleicht würde Sergeant Delfts eher technisches Tatortprotokoll meinen inneren Projektor nicht ganz so heiß laufen lassen. Die Schultern kreisen lassend, blickte ich zum Bürofenster hinaus und meine Gedanken wanderten zu Bill Glatt. Es gab so viele Fragen, auf die ich eine Antwort brauchte, ehe ich diesen Mann verstehen konnte. Warum hatte er sich überhaupt an jenem Abend bei den Tarells blicken lassen? Warum hatte er sich nicht einfach aus dem Staub gemacht, ohne sich aufs Morden zu verlegen? Welche angeborene Persönlichkeitsschwäche würde eine scheinbar nicht gewalttätige Person dermaßen aus dem Ruder laufen lassen?

Wohin war er gegangen, als er aus dem Haus der Tarells floh?

Und wo, um Himmels willen, hatte er zwanzig Jahre lang gesteckt?

Freitag, 7. Mai

Kapitel 3

Ein Summen lag in der Luft von Sergeant Delfts Büro wie von einer schwachen elektrischen Spannung. Dieses Gefühl ließ mich am Eingang verwundert verharren. Kam das von meiner eigenen Nervosität bei der Beschäftigung mit diesem Fall? Ich hatte jetzt schon die zweite Nacht hintereinander schlecht geschlafen. Nachdem ich die Fallunterlagen gelesen hatte, war ich von zusammenhangslosen Träumen über die Morde geplagt worden, die in meinem Kopf wie abgenudelte Filme abliefen.

Doch nein. Was ich spürte, ging nicht von mir aus. Die Spannung in diesem Raum war die von Erwartung. Und es war Sergeant Delft, der knisterte.

Er bat mich, auf einem Holzstuhl mit gerader Rückenlehne Platz zu nehmen, dann wuchtete er sich mit geübter Präzision auf einen ebensolchen Stuhl hinter seinem abgewetzten Schreibtisch.

Justin Delft war ein breitschultriger Mann, der mich an einen Ausbilder bei den Marines erinnerte, bis hin zum Igelhaarschnitt und dem permanenten Stirnrunzeln. Kommissar Chetterling zufolge brüstete sich Delft mit seiner langen Erfolgsserie beim Sheriff's Department im Bezirk Shasta. Über dreißig Jahre lang war seine Arbeit sein Leben und seine Identität gewesen. Es gab nur einen Schönheitsfleck in seiner Karriere: dass er Bill Glatt nicht gefasst hatte. Und nun, sieben Monate vor dem Ruhestand, hatte er eine letzte Chance bekommen. Sein persönlicher Glücksfall war eine landesweit ausgestrahlte Fernsehsendung, die schon viele Verbrecher zur Strecke gebracht hatte.

Eine dunkle Vorahnung klimperte in mir herum, als ich Platz nahm. Trotz allem, was ich am Tag zuvor gelesen hatte,

hatte ich nicht das Gefühl, Bill Glatt besser zu verstehen. Nun hoffte ich inständig, dass die Gespräche, angefangen mit Sergeant Delft, Antworten auf meine nagenden Fragen bringen würden. Die freudige Erwartung, die Delft an den Tag legte, erhöhte den Druck auf mich nur umso mehr. Die zwanzig Jahre Frustration dieses Mannes, ganz zu schweigen von den zwanzig Jahren, die die Tarells und Sharon Dessinger nun schon auf Gerechtigkeit warteten, und der Erfolg der *American Fugitive*-Sendung lasteten nun auf einer Sache: meinem künstlich gealterten Fahndungsbild von Bill Glatt.

»Haben Sie die Unterlagen gelesen?«, Sergeant Delft saß kerzengerade da, sein Blick war stechend.

»Ja. Ich habe dafür gestern fast den ganzen Tag gebraucht.« Ich schlug meinen Notizblock auf. »Ich habe mir ein paar Dinge notiert, die ich Sie fragen wollte. Wie ich schon sagte, als Sie mir die Unterlagen gaben, muss ich versuchen, Bill Glatt so gut es geht zu verstehen, damit ich ihn als gealterten Mann richtig treffe.«

»Ja. Schön. Schießen Sie los.«

»Gut.« Einen Moment lang fragte ich mich, wo ich anfangen sollte. »Erstens, der Tatort. Ich habe Ihre detaillierte Beschreibung gelesen, aber ich würde gerne ... Ihren gefühlsmäßigen Eindruck hören.«

»Der Tatort war verhunzt, das war mein Eindruck. Wenn Mrs Tarell und ihr Sohn ihn absichtlich hätten durcheinander bringen wollen, hätten sie es nicht besser machen können.« Delft schaute mit zusammengekniffenen Augen auf die Wand hinter mir, als erlebte er den Moment noch einmal. »Die Leichen waren bewegt worden. Die Mordwaffe war verschwunden. Das war natürlich nicht ihre Schuld. Mrs Tarell hatte sich in ihrem Schock bemüßigt gefühlt, den Raum aufzuräumen. Das kommt schon mal vor, wissen Sie. Damit üben die Leute das Wenige an Kontrolle aus, was ihnen in der Situation noch bleibt. Eine Form der Selbsterhaltung. Sie hatte ihren Mann mit einer Wolldecke vom Sofa zugedeckt – nicht den Kopf, aber den Rest des Körpers, als ob er lediglich schliefe. Leugnung, Sie verstehen. Sie hatte ihr eigenes Erbrochenes aufgewischt. Sie war sogar schon dabei, das Blut aufzuwischen, als wir eintrafen.«

Ich zuckte zusammen. »Was genau hatte sie aufgeräumt?«

»Die Sachen, die Edwin geschmissen hatte. Und schlimmer noch, den Sessel, wo Bill Glatt gesessen hatte. Edwin und Bill sind bei ihrem Kampf da hineingekracht. Ich habe Mrs Tarell gebeten, ihn wieder genau so hinzustellen, wie sie ihn vorgefunden hatte. Sie hatte auch die Kissen auf dem Sofa, wo Mr Dessinger gesessen hatte, wieder aufgeschüttelt.«

»Und das Blut?«

»Das verspritzte Blut von Peter Dessinger war noch intakt. Das haben Sie den Unterlagen mit Sicherheit entnommen – dass es auf der Rückenlehne der Couch war und auf dem Boden hinter der Couch eine ziemlich lange Lache bildete. All das passte zu Edwins Beschreibung, wo Bill Glatt stand, als er den Abzug drückte. Wir konnten das anhand der Flugbahn der Kugel ermitteln. Aber Mrs Tarell hat sich erst um ihren Ehemann gekümmert, bevor sie ihn zudeckte. Wenn ich mich recht erinnere, war etwas von seinem Blut auf die Decke gesickert, weshalb wir die Decke zu den Beweisstücken gezählt und mitgenommen haben. Bevor sie ihn zudeckte, hat sie ihm noch das Blut von der Brust gewischt und das Hemd zurechtgezogen. Es hat uns Mühe gekostet, sie von seiner Leiche wegzuziehen.«

»Und«, ich zog meine Notizen zurate, »Ihrer Schätzung zufolge hat es etwa vierzig Minuten gedauert, bis Edwin zurückkam und die Polizei gerufen hat?«

»Ja. Ich kann mich an diese Einzelheiten erinnern, als wäre es gestern gewesen. Das Treffen fing um zwanzig Uhr an. Binnen zehn Minuten waren Dessinger und Tarell tot. Etwa fünf Minuten später rannte Edwin aus dem Haus. Der Anruf kam um 20:57 Uhr.«

»Es wundert mich wirklich, dass Emily Tarell in der ganzen Zeit nicht die Polizei gerufen hat.«

Delft zog die Schulter hoch. »Tja, das war ohne Zweifel ein schlimmer Fehler. Wer weiß, vielleicht hätten wir Glatt gefasst, wenn nicht so viele Minuten vergeudet worden wären. Aber Mrs Tarell konnte in dem Moment nur noch reagieren. Wenn Sie sie gesehen hätten, würden Sie das verstehen. Sie war völlig aufgelöst. Sie hatte ja erst vor gut einem Jahr einen Sohn verloren. Und jetzt war ihr Mann tot und der einzige ihr verbliebene Sohn drauf und dran, entweder zu töten oder getötet zu werden. Das Haus liegt fünf Meilen außerhalb von Redding – deshalb fällt es auch in unseren Zuständigkeitsbereich und nicht den der Polizei –, aber wir waren nach Edwins Anruf in Minutenschnelle da.«

Die letzte Bemerkung des Kommissars hatte einen Anflug von Schärfe. Offensichtlich hegte er keinen Zweifel daran, dass er und seine Männer unter den gegebenen Umständen getan hatten, was sie konnten.

Ich nickte. »Sie haben von der Pistole gesprochen. Eine ...« Ich versuchte, mich an die Typenbezeichnung zu erinnern. Sie war vom gleichen Typ wie die meiner Schwester, nur größer. Ich kannte mich mit Schusswaffen nicht gut aus, obwohl ich mir nach meiner Erfahrung mit dem GESICHT geschworen hatte, eines Tages schießen zu lernen.

»Von den Kugeln her zu urteilen, war es eine Smith & Wesson Achtunddreißig Spezial mit Vier-Zoll-Lauf. Eine verbreitete Waffe, leicht erhältlich und zu handhaben.«

»Hat Glatt sie legal erstanden?«

»Wie es ausschaut, nicht.«

Ich dachte darüber nach. Woher wusste ein Mann wie Bill Glatt, wie man sich eine illegale Handfeuerwaffe beschaffte? »Hat denn irgendwer aus seinem Bekanntenkreis, etwa die Tarells oder die Dessingers oder andere Freunde von ihm, so eine Waffe besessen? Vielleicht hat er sie geklaut?«

»Nicht dass wir wüssten. Und wir sind dem nachgegangen. Aber letzten Endes haben wir die Suche nach der Herkunft der Waffe nicht zur Priorität gemacht. Wir brauchten alle unsere Leute – und das waren damals einige –, um nach Glatt zu suchen.«

Ich machte mir eine Notiz. »Gut. Und nun zu Bill Glatt. Ich muss vor allem verstehen, warum er das getan hat. Es gibt mehrere Punkte, die mich verwirren. Erstens hat es für mich nach Edwins Aussage den Anschein, als sei Glatt bereits mit dem Vorsatz zu töten bei den Tarells aufgetaucht. Er hatte die Pistole bei sich und er zögerte ja auch nicht, sie herauszureißen, kaum dass er die Veruntreuung gestanden hatte.«

Sergeant Delft beugte sich vor und legte die Unterarme auf den Schreibtisch. »Da bin ich andrer Meinung. Ich denke nicht, dass er mit dem Vorsatz zu töten zu diesem Treffen ging. Er ging mit dem Plan, zu töten, wenn das aus seiner kriminellen Sicht notwendig sein würde. Zu seinem ›Notfallplan‹, wie wir ihn nennen können, gehörte auch, dass er vor dem Treffen alles gestohlene Geld vom Konto abgehoben hat – für den Fall, dass er flüchten müsste. Und offenbar hatte er auch schon einen Fluchtweg ausgetüftelt.«

Ich dachte darüber nach. »Und was hat diese Morde dann notwendig gemacht?«

»Sie haben es selbst gesagt. Er hat die beiden Männer erschossen, unmittelbar nachdem er wegen seiner Veruntreuung zur Rede gestellt worden war.«

»Aber warum? Wenn er sich doch schon denken konnte, dass sein Diebstahl auffliegen würde, warum hat er sich dann nicht *vor* dem Treffen aus dem Staub gemacht?«

Delft entwich ein langsamer Atemstoß. »Das, Ms Kingston, ist die 64 000-Dollar-Frage. Um die Antwort zu verstehen, müssen Sie verstehen, wie Bill Glatt denkt. Und wenn Sie verstehen, wie Bill Glatt denkt, dann werden Sie verstehen, mit was für einem wahrhaft gruseligen Gegner wir es zu tun haben.«

Ein Schauder strich mir über die Schultern. »Ich höre.«

Delft lehnte sich auf seinem Stuhl zurück. »Nach außen hin war Bill Glatt ein stiller, braver Zahlenschieber. Doch seine Persönlichkeit besaß eine Kombination von Schwächen, die ihn zerbrechen ließen und sich als fatal herausstellen sollten. Wie ein doppeltes Handicap.«

Was hatte Edwin noch gesagt? *Der Mann, den mein Vater einstellte, war nicht derselbe, den ich kennen gelernt habe.* »Edwin hat ihn als Kontrollfreak bezeichnet.«

»Richtig. Edwin wird Ihnen mehr darüber sagen können. Ich nehme doch an, dass Sie noch einmal mit ihm sprechen werden.«

»Oh ja. Er steht als Nächster auf meiner Liste.«

»Gut. Reden Sie auch mit Bills Ex-Frau. Ihre Adresse findet sich in den Unterlagen. Susan und Edwin waren die, die Bills andere Seite kennen gelernt haben. Ja, er war ruhig und still, doch nur, solange er alles unter Kontrolle hatte. Wenn er sich bedrängt oder gestresst fühlte, wenn er das Gefühl hatte, die Kontrolle zu verlieren, dann regte ihn das dermaßen auf, dass er ein andrer wurde. Er tat alles, um die Kontrolle über eine Situation zurückzugewinnen. Wo er eigentlich Dinge sorgfältig plante, konnte er impulsiv werden, sich zu dummen Entscheidungen hinreißen lassen. Wo er eigentlich gutmütig und vorhersehbar war, konnte er wütend und unvorhersehbar werden. Wie Susan einmal zu mir sagte: ›Es ist, als ob Bill zwei verschiedene Personen sei.‹«

Zwei verschiedene Personen. Bei dem Gedanken wurde mir unbehaglich zumute. Ich schrieb die Wörter auf und kreiste sie ein.

»Und an noch eins können Sie sich vielleicht aus den Unterlagen erinnern: Glatt hatte ein Hobby – Lesen. Wissen Sie noch, was er las?«

»Ja. Kriminalgeschichten.«

Er nickte. »Ausschließlich. Glatt besaß jeden Agatha-

Christie-Krimi, der je gedruckt worden ist. Und viele der bekannteren und weniger bekannten Krimiautoren aus neuerer Zeit. Susan hat uns erzählt, dass Glatt jeden Abend nach der Arbeit etwa eine Stunde gelesen habe, ganz egal, zu welcher Zeit er nach Hause gekommen sei. Und bei Tarell Plastics arbeitet man oft bis abends spät. An Wochenenden habe er nicht selten einen ganzen Roman verschlungen. Krimis seien das Einzige gewesen, für das er regelmäßig Geld ausgegeben habe. Büchereibücher kamen für ihn nicht in Frage; er wollte sie besitzen. Bei der Hausdurchsuchung habe ich nicht schlecht gestaunt. Die Bücher waren fein säuberlich aufgestellt, Regal für Regal alphabetisch nach Autor sortiert. Und sogar innerhalb eines Verfassers waren sie wiederum nach Titel sortiert.«

Ich machte mir Notizen. »Dann meinen Sie also, dass er beim Lesen Informationen sammelte? Über Morde und Polizeiarbeit?«

Sergeant Delft zuckte die Achseln. »Ich denke, er hat aus Vergnügen gelesen. Aber Sie haben schon Recht – diese ganzen Informationen haben sich in seinem Hirn abgelagert. Und als er sich dann plötzlich möglichen Schwierigkeiten gegenübersah, hat er sich dem zugewandt, womit er sich eh schon die ganze Zeit beschäftigt hatte: Wie man einen Mord begeht und sich dann in Luft auflöst.«

Ich biss mir nachdenklich auf die Lippe. »Zurück zu meiner Frage. Warum ist er nicht vor dem Treffen getürmt?«

»Also schön. Es läuft auf Folgendes hinaus.« Delft stützte das Kinn in eine Hand. »Wir wissen, dass Edwin Tarell an jenem Tag gegen Mittag zu Glatt ins Büro ging, um ihn über das Treffen um acht Uhr abends zu informieren. Nun war das für Glatt etwas höchst Ungewöhnliches, zum Haus seines Chefs bestellt zu werden. Er hat den Braten vermutlich gerochen. Wir wissen auch, dass er ungefähr drei Stunden später zur Bank ging und den Rest des gestohlenen Geldes vom Konto abhob. Das war Pech für Don Tarell. Wäre Don zuerst zur Polizei gegangen, hätte das Konto gesperrt werden können.

Es ist also klar, dass Glatt darauf vorbereitet war, im Notfall mit dem Geld zu flüchten. Aber verstehen Sie, Glatt wusste ja nicht genau, worum es bei dem Treffen ging. Er hatte bereits seine Frau und seinen kleinen Jungen verloren. Wenn er des Diebstahls überführt werden würde, würde er auch noch seinen Job und seine Karriere verlieren. Und er würde ins Gefängnis kommen. Angesichts all dessen gab es wenig, was ihn im Falle seiner Überführung davon abgehalten hätte zu fliehen. Doch was, wenn er gar nicht ertappt worden war? Dann würde sein Verschwinden nur Anlass zu Fragen geben und höchstwahrscheinlich dafür sorgen, dass alles aufflog. Außerdem würde er seinen Sohn nicht einmal mehr besuchsweise sehen, wenn er türmte – und das war Glatt sehr wichtig. Er würde nicht das, was von seinem Leben noch übrig war, voreilig wegwerfen und gegen ein Leben auf der Flucht eintauschen, wenn er sich nicht absolut sicher war, dass er keine andere Wahl hatte. Was tut er also? Er erscheint zu dem Treffen, hat aber das Geld für alle Fälle schon im Auto versteckt. Und er hat eine Pistole dabei, für alle Fälle. Und als er dann mit dem Rücken zur Wand steht und keinen Ausweg mehr sieht, führt er genau das aus, was er sich schon zurechtgelegt hatte: Er zieht die Waffe.«

»Warum ist er denn an diesem Punkt nicht einfach weggerannt?«

Delft hob die Hand. »Wie weit wäre er denn gekommen – bis zur Haustür? Wenn nicht Don Tarell oder Peter Dessinger, dann hätte ihn mit Sicherheit Edwin zur Strecke gebracht.«

Natürlich hätte er das. Ich rieb mit dem Daumen über meinen Stift. Wie war es möglich, dass Bill Glatt so gar kein Gewissen hatte? »Edwin hat sein eigenes Leben gerettet. Und das seiner Mutter.«

»Zweifellos. Glatt hätte sie alle umgebracht, um zu entkommen. Zeit war das, was er am dringendsten brauchte. Ja, in der Tat war Zeit der zweite Hauptgrund, warum er nicht schon vor dem Treffen das Weite gesucht hat. Denn dann hätte er nur ein paar Stunden Vorsprung gehabt. Doch stellen Sie sich dagegen vier Leichen nachts in einem Haus vor. Niemand würde sie vor dem nächsten Morgen vermissen; erst wenn die drei Männer nicht zur Arbeit kämen. Damit hätte Glatt mehr als zwölf Stunden Zeit zum Fliehen. Und in der Zeit kann man ganz schön weit kommen.«

Klamme Finger strichen mir über den Nacken. Bill Glatt war bereit, vier Menschen zu ermorden, nur um zu entkommen. Und in den Kopf *dieses* Mannes musste ich hineinkriechen. Die Haut dieses Mannes musste ich auf meinem Gesicht spüren. Wie und wann würde er lächeln? Ich rutschte auf meinem Stuhl herum. Je mehr ich über diesen Mann erfuhr, desto monsterartiger kam er mir vor.

Warum nur hatte ich nicht die Finger davon gelassen?

Ich blickte Sergeant Delft wieder an. »Ich habe mir dieses eine vergrößerte Foto von ihm in den Unterlagen genauer angeschaut –«

»Sie sind sich bewusst, dass das Führerscheinbild von ihm jüngeren Datums ist?«

»Ja. Das werde ich wahrscheinlich für meine Zeichnung verwenden. Doch was ich sagen wollte, als ich mir sein Gesicht genau anschaute, meinte ich, eine Spur von Arroganz zu entdecken.«

»Aber natürlich. Wie sollte man auch nicht arrogant sein, wenn sich die ganze Welt um einen dreht?«

Das war es. Da lag der Schlüssel zu Bill Glatt: Alles drehte sich um *ihn*. Ganz gleich, was das andere kosten mochte.

Ich notierte mir das und starrte dann zu Boden. Wie konnte jemand nur zu so einem emotionalen Eisblock werden? »Aber er liebte seine Frau, richtig? Und er war ein guter Vater?«

Delft zuckte die Achseln. »Definieren Sie mal ›gut‹. Er ist seiner Frau nicht untreu gewesen, soweit wir wissen. Hat gut für sie gesorgt. Aber er hatte diesen starken Drang zu kontrollieren, der immer wieder durchkam.«

Ich schüttelte den Kopf. »Es ist nur einfach so schwer vorstellbar, dass dieses völlig gewöhnlich aussehende Gesicht zu solch einer schrecklichen Tat fähig gewesen sein soll.«

»Aber gerade das macht doch das Leben auf dieser Welt so gefährlich, oder nicht, Ms Kingston?« Delft sah mir fest in die Augen. »Ich sag Ihnen was. Vor ein paar Monaten habe ich eine Larry-King-Sendung über Gary Ridgway gesehen, diesen Green-River-Serienkiller oben in Washington. Es ist sicher, dass er mindestens achtundvierzig Frauen umgebracht hat. Die meisten davon Prostituierte. ›Warum?‹, hat ein Ermittler ihn gefragt. Antwort: ›Weil ich für den Sex nicht zahlen wollte. Und außerdem hatte ich Krach mit meiner Frau.‹« Delft hob beide Hände. »Mehr nicht. Weil er Sex für umsonst haben wollte, mussten achtundvierzig Menschen sterben.«

Der Gedanke ließ mich schaudern. »Gary Ridgway war auch ein Familienmensch, stimmt's?«

»Oh ja. Ein liebevoller Ehemann und Vater. Kein Mensch hätte das geahnt und seine Familie schon gar nicht. Keiner. Sogar die Kommissare sagten, Ridgway sei ruhig, höflich und fast nie ausfällig gewesen. Die Sorte Mensch, mit der man an der Bar ein freundliches Schwätzchen hält.« Delft beugte sich vor, die Hände flach auf den Tisch gelegt. »Man möchte immer gerne glauben, dass das Böse monsterhaft aussieht, Ms Kingston. Das tut es nicht. Das Böse ist der Typ von nebenan.«

Ich schloss die Augen, als mich die Wirkung seiner Worte traf. *Der Typ von nebenan.* Die Beschreibung passte genau auf Glatt. Der Typ von Mann, mit dem man sich über den Gartenzaun unterhielt. Den man in der Menge übersehen würde.

Ein Mann, der ein heimliches Leben führte, von dem niemand etwas ahnte.

Ich warf einen Blick auf die Uhr. »Danke, dass Sie sich die Zeit genommen haben, Sergeant. Ich muss mich jetzt auf den Weg machen, um meine Sprösslinge von der Schule abzuholen.« Ich schob meinen Stuhl zurück und erhob mich.

Er stand ebenfalls auf und legte in einer kurzen, prägnanten Geste die Schultern zurück. »Kein Problem. Für Sie habe ich alle Zeit der Welt. Aus meiner Sicht tun Sie mir einen Gefallen.«

Er geleitete mich zur Tür, hielt aber an der Schwelle inne. »Ich nehme an, Sie wissen, dass wir alles tun, um die Sache mit der Sendung unter Verschluss zu halten. Alles steht und fällt mit dem Überraschungsmoment, besonders im Fall unseres Kandidaten. Darum wollen wir unbedingt vermeiden, dass die örtliche Presse davon erfährt. Bill Glatt hält sich vermutlich auf der anderen Landesseite auf, aber Lokalnachrichten kann man von überall aus verfolgen.«

Das wusste ich natürlich. Ich hatte erst am Morgen mit dem Produzenten von *American Fugitive* über meinen Auftrag gesprochen und er hatte mich ebenfalls auf die Wichtigkeit des Überraschungseffekts hingewiesen. Doch wie Sergeant Delft das jetzt ausgedrückt hatte ...

Ich drückte den Notizblock an die Brust. »›Besonders im Fall unseres Kandidaten‹?«

Delft ließ den Blick eine Weile auf mir ruhen. »Wie ich schon sagte, braucht Glatt das Gefühl, alles unter Kontrolle zu haben. Vor zwanzig Jahren hatte er diese Kontrolle eine Zeit lang verloren, aber jetzt, nachdem er dem Gesetz so lange entkommen ist, wähnt er sich mit Sicherheit wieder im Besitz der Kontrolle. Was wird er also tun, wenn es mit dieser Kontrolle wieder aus und vorbei ist? Ich hoffe nur, dass er nicht just gerade dann fernsieht, wenn die Sendung ausgestrahlt wird. Ich hoffe, dass Ihre Zeichnung genau ins Schwarze trifft und dass dann unmittelbar Hinweise eingehen, damit wir ausrücken und ihn umstellen können, ehe er weiß, wie ihm geschieht.«

Genau ins Schwarze. Nur ein bisschen Druck, Annie. »Meinen Sie, dass er sich verschanzen und kämpfen wird? Jemanden umbringen?«

Der Sergeant verengte die Augen. »Ich denke, dass Bill Glatt *alles* tun wird, um seine Haut zu retten, Ms Kingston. Das letzte Mal war er bereit, vier Menschen umzubringen. Menschen, die er kannte und mit denen er zusammenarbeitete. Sagen Sie selbst: Nach zwanzig Jahren auf der Flucht – wen und wie viele würde er Ihrer Meinung nach jetzt bereit sein umzubringen?«

KAPITEL 4

Polizei.

Er ging offline.

Sein Blick heftete sich auf die Uniform. Der Mann stand auf der anderen Ladenseite und sprach mit Al, dem Inhaber. Wer war das? Ein Schmierstreifen auf seinem Bürofenster machte das Gesicht des Mannes unkenntlich.

Er stand auf. Als ob er sich die Beine vertreten musste. Starrte.

Ted Dallings. Von der örtlichen Polizei. Erinnerte ihn an Zackary Bright aus *Ruck*.

Dallings lachte. Al auch.

Ein freundliches Schwätzchen.

Seine Muskeln entspannten sich.

Er setzte sich wieder an den Computer. Mit einem Auge zum Polizisten schielend, ging er wieder online. Reddings Lokalnachrichten im Internet. Er überflog die Überschriften. In der Früh war nichts drin gestanden, aber manchmal wurden im Laufe des Tages noch Artikel eingestellt.

Immer noch nichts.

Raus aus dem Netz. Er löschte die Spuren der besuchten Internetseite.

»Ey, machste langsam Schluss?«

Er drehte sich um. Billy Doppelkinn. Ein lustiger Kerl. Verkäufer im Laden. »Bald.«

War Dallings weg? Er warf einen Blick durch sein Fenster.

»Also, ich düs ab. Ey, haste Lust, morgen Mittag mit mir diesen neuen Imbiss auf Tauglichkeit zu testen?«

»Das könnte ich tun.«

»Ey, Mann, red kein Blech. Dass du das können tust, weiß ich auch. Ob du Lust hast, hab ich gefragt. Will dir schließlich nichts aufzwingen.«

Ich lasse mir nichts aufzwingen.

»Ich komme mit, weil ich das so möchte, Billy.«

Der Mann schüttelte den Kopf und grinste. »Du ›möchtest das so‹, was? Na, dann ist mein Tag ja gerettet.«

Ja, so war er eben zu seinen Mitbürgern.

KAPITEL 5

»Stephen, ich habe Nein gesagt.«

Mit meinem Sohn zusammen zu sein, war in letzter Zeit die wahre Wonne. Seit ich ihn von der Schule abgeholt hatte, hatten wir uns unentwegt gestritten. Als wir zu Hause ankamen, zitterte ich beinahe vor Wut.

»Warum?«

»Wie oft soll ich dir das noch sagen?« Ich fuhr das Auto in die Garage und stellte den Motor ab. »Ich kann weder dir noch deinen Freunden trauen.«

»Du *kennst* meine Freunde doch gar nicht.«

»Das macht es nicht besser. Ich weiß ungefähr, wie sie heißen. Und ich sehe sie herumhängen, wenn ich dich von der Schule abhole. Und ehrlich gesagt, von dem, was ich sehe –«

»Erzähl mir *nicht*, dir passen ihre Nasen nicht!« Stephen schnappte sich seinen Rucksack, schob sich aus dem Auto und knallte die Tür zu. »Du kennst sie doch überhaupt nicht, wie kannst du dir da ein Urteil erlauben?« Sein letzter Satz war laut genug, um durch die geschlossenen Autofenster zu dringen.

Ich sah die Flappe, die er in letzter Zeit fast ständig zog, und die Kälte in den dunklen Augen. Das mit Gel steil aufgestellte Haar. Die tief hängende Jeans und das übergroße T-Shirt. Mit dem Outfit hielten die Leute ihn vermutlich für einen Querulanten. Seufzend öffnete ich meine Tür.

»Ich habe es satt, euch beide ständig streiten zu hören.« Kelly gab ein »Pff« von sich, als sie hinten ausstieg. »Was anderes könnt ihr ja schon gar nicht mehr.«

»Tja, *meine* Schuld ist das nicht.« Stephen schulterte seinen schweren Rucksack. »Wenn sie mir wenigstens ab und zu mal was erlauben würde.«

Kelly schüttelte den Kopf und verschwand durch die Tür in die Küche.

Ich raffte mich auf und stieg aus dem Sportgeländewagen, wobei ich Handtasche und Schlüssel an mich nahm. Wäre mein Sohn vertrauenswürdiger, würde ich sie der Bequemlichkeit halber im Auto lassen. Doch in letzter Zeit war ihm kaum mehr zu trauen. Es war durchaus denkbar, dass er noch einmal mit dem Auto nachts ausbüchste. Oder mir sogar Geld aus der Handtasche klaute. Neulich hatte ich das Gefühl, als ob eine Zwanzigdollarnote fehlte, und das nicht zum ersten Mal.

»Stephen, ich lasse dir so viel Freiheit, wie das im Moment möglich ist. Und ich würde dir auch mehr erlauben, wenn du dich verantwortlicher zeigen würdest. Aber was soll ich denn machen, wenn du praktisch nur Fünfer mit nach Hause bringst? Wenn du mein Auto klaust, um mit deinen Freunden eine Juxtour durch Redding zu machen? Wenn du beim Nachhausekommen nach Marihuana stinkst?«

Er sah mich höhnisch an. »Ach, komm, Mutti, du würdest den Geruch von Marihuana ja noch nicht mal erkennen, wenn –«

»Lass stecken, Stephen!« Ich riss die Hand hoch, mein Rückgrat versteifte sich. »Ich werde mir diese Unterhaltung nicht zum zehnten Mal antun. Nein, du kannst mein Auto heute Abend nicht haben, um mit deinen Freunden loszuziehen.«

Sein Gesicht lief rot an. »Ich bin *sechzehn!* Ich habe den *Führerschein!*«

»Das heißt noch lange nicht, dass du auch Auto fahren kannst. Und vor allem nicht *mein* Auto.«

»Dann kauf mir mein eigenes.«

Ich warf ihm einen angewiderten Blick zu und ging zur Tür.

»Und was soll ich dann bitte schön machen?« Er knallte mir die Worte in den Rücken. »Das ganze Wochenende hier auf dem Land hocken? Alleine Videospiele spielen?«

Wir wohnten gar nicht richtig auf dem Land. Doch angesichts der Probleme, die ich mit Stephen im vergangenen Jahr gehabt hatte, war ich dankbar, dass wir aus der Bucht von San Francisco nach Grove Landing gezogen waren, eine fünfzehnminütige Autofahrt von Redding entfernt. In der Bay Area hatte sich Stephen nachts einfach aus dem Haus stehlen können, um sich mit Freunden zu treffen. Hier draußen, umgeben von Wäldern, waren derartige nächtliche Ausflüge nicht ganz so einfach zu bewerkstelligen.

Ich drehte mich um. »Was du machen so*llst*, Stephen? Sieh zu, dass deine Noten besser werden. Lass die Finger von Drogen. Fang an, dich so zu benehmen, dass ich dir vertrauen kann. Und bring Freunde mit nach Hause, die nicht aussehen, als hätte man sie von der Straße gekratzt.«

Kaum war mir der letzte Satz entschlüpft, da bereute ich ihn auch schon. Zu sagen, welche Gefühle ich gegenüber Stephens Kumpeln hegte, würde nur bewirken, dass mein Sohn sich mir noch mehr entfremdete.

Stephen blieb wie angewurzelt stehen, kalter Hass umwaberte ihn wie Trockeneis. »Schön, Mutti.« Seine Stimme war leise, hart. »Du kannst meine Freunde nicht leiden, du kannst mich nicht leiden. Und ich kann dich nicht leiden. Und das Leben hier stinkt mir sowieso. Also warum lässt du mich dann nicht bei Papa leben, häh? Ohne mich wärst du doch hier viel glücklicher.«

Bei diesen gefürchteten Worten verließ mich aller Kampfgeist. Das hatte ich schon seit Monaten kommen sehen. Ich wusste, dass dieses Ansinnen, einmal ausgesprochen, zwischen mir und meinem Sohn hängen würde wie eine wurmstichige, faulende Frucht am Baum. Ich lehnte mich gegen die Tür, eine Hand am Knauf, und suchte in Gedanken fieberhaft nach einer Antwort. Stephen würde die Wahrheit nicht verkraften können, obwohl er sie tief innen wahrscheinlich schon wusste. Sein Vater würde niemals einwilligen, ihn zu nehmen.

Vics junge Frau hatte mit allem Nachdruck klar gemacht, dass sie nicht das Kind einer anderen großziehen würde. Und meins schon gar nicht. Als ob ich ihr jemals etwas getan hätte.

»Stephen, ich wäre nicht glücklicher ohne dich, und das weißt du auch. Ich wünschte nur, wir könnten ... uns vertragen.«

Er starrte mich an, die Lippen zusammengepresst. »Das ist wirklich *zu* nett von dir.«

Ehe ich noch etwas sagen konnte, hatte er meine Hand vom Türknauf gestoßen und riss die Tür auf. Er stampfte schon durch die Küche und das Wohnzimmer, als ich mich ins Haus schleppte. Als ich meine Handtasche auf die Theke legte, hörte ich ihn schon die Stufen zu seinem Zimmer im Souterrain hinunterpoltern.

Kelly stand vor der Speisekammer mit dem Rucksack zu ihren Füßen. Ich sah ihr zu, wie sie eine offene Chipstüte hervorzog und zu knabbern anfing. Sie betrachtete mich mit milder Entrüstung, offensichtlich regte sie sich immer noch über Stephens und meinen tausendsten Streit auf. Ich zog mir einen Stuhl unterm Tisch hervor und sank darauf. Die Wut meines Sohnes war schon schlimm genug. Aber obendrein noch Kellys Verstimmung, das war zu viel.

Vic, warum hast du mir die Erziehung zweier Kinder ganz allein überlassen?

»Mutti?« Kelly kam herüber, um mir ins Gesicht zu schauen. »Alles in Ordnung?«

»Ja, ja. Prima.« Ich versuchte ein Lächeln, aber es hatte Schlagseite.

»Stephen kann manchmal ein Blödmann sein.« Sie pfefferte die Chipstüte auf den Tisch.

Ich gab keine Antwort.

»Kommt Tante Jenna dieses Wochenende?« Kelly saß rechts von mir auf einem Stuhl und wandte mir das Gesicht zu. Offensichtlich versuchte sie, meine Gedanken von Stephen abzulenken.

»Nein. Sie muss ein Beratungsprojekt abschließen.«

»Oh.« Sie schlug die Beine übereinander und wippte mit dem Fuß. »Erin kommt heute zum Übernachten. Weißt du noch?«

Ich nickte. »Das geht in Ordnung.«

Plötzlich dröhnte Rapmusik durch die Lüftungsschlitze der Heizung. Stephen hatte seine Stereoanlage aufgedreht – in einer Lautstärke, die seinem aufgebrachten Gemütszustand entsprach. Ich unterdrückte ein Seufzen. Diese Musik war mir *so* zuwider.

»Aber wenn ihr zwei vorhabt, den Tag morgen gemeinsam zu verbringen, dann könnt ihr vielleicht am Spätnachmittag hinüber zu Erin gehen. Ich habe einen Termin in Redding.«

Kelly schüttelte sich eine lange braune Haarsträhne aus dem Gesicht. »Wofür?«

Ich zögerte. Ein Teil von mir zuckte immer noch zurück, wann immer ich mit Kelly über meine neue Karriere als Gerichtsanthropologin sprach. Die Rückstände vom letzten Sommer, als ich mein erstes Phantombild gezeichnet hatte, hafteten immer noch unseren Erinnerungen an.

»Ich muss mit einem Mann wegen dieser Zeichnung sprechen, die ich für *American Fugitive* mache.«

Sie grinste, was mich überraschte. »Das ist *so* cool, Mutti, dass du für diese Sendung arbeitest. Erin findet das auch.«

»Erin? Kelly, das hast du doch nicht etwa noch mehr Leuten erzählt, oder? Du hast versprochen, du würdest es niemandem erzählen. Du weißt doch, es ist wirklich wichtig, dass diese Sendung bis zu ihrer Ausstrahlung ein Geheimnis bleibt.«

»Ja, ja, okay. Aber wird dein Name im Fernsehen sein, wie, du weißt schon, immer am Ende im Abspann?«

Ach, wenn das doch nur meine größte Sorge wäre. »Wahrscheinlich schon, aber ganz sicher bin ich mir nicht.«

»Aber der Produzent hat dich doch gestern angerufen, richtig? Hast du ihn denn nicht gefragt?«

Die Unschuld der Jugend müsste man haben. Ich lehnte mich vor und strich ihr mit einem Knöchel über die Wange. »Nein, habe ich nicht.«

Stephens Musik hämmerte.

»Die werden dich voll gut bezahlen.« Kellys braune Augen leuchteten.

Ich hob achselzuckend die Hände.

»Und, tun sie's?«

Ich betrachtete meine schöne Tochter. »Es reicht.«

In Wahrheit tat es das nicht. Eine Million Dollar würden nicht reichen. Ich konnte einfach mein mulmiges Gefühl bei diesem Fall nicht abschütteln. Und außerdem hatte ich den Beruf kaum wegen des Geldes gewechselt. Bei dem, was Jenna und ich von unserem Vater, einem erfolgreichen Anwalt, an Aktien und Geld geerbt hatten, brauchte keine von uns jemals wieder arbeiten zu gehen.

Ein leichtes Runzeln furchte Kellys Stirn. »Was hast du denn dann? Du scheinst diese Zeichnung nicht gerade gerne zu machen.«

Au weia. Kelly war feinfühlig. Sie merkte mir meine Stimmungen im Nu an.

»Das wird doch nicht etwa gefährlich, oder?«, hakte sie nach. »Ich meine, es ist einfach eine Zeichnung wie alle anderen, die du dieses Jahr gemacht hast, und nicht wie bei ... als Erins Mutti ...«

»Natürlich nicht.«

Sie hielt meinen Blick eine Weile, als sei sie sich nicht ganz sicher, ob sie mir glauben konnte oder nicht.

»Wirklich, Kelly, es ist nicht gefährlich. Mach dir keine Gedanken.«

»Okay. Aber mach bloß –«

Es klingelte.

Kelly drehte den Kopf zum Wohnzimmer. »Das ist Erin.« Sie stand auf und trabte aus der Küche.

Ich lauschte auf ihre Schritte auf dem Hartholzboden, auf die fröhliche Begrüßung der beiden Freundinnen. Normalerweise fuhr Erin nach der Schule bei uns mit, aber heute hatte sie wegen eines Zahnarzttermins schon früher nach Hause gemusst. Mir konnte es recht sein – so hatte sie den Streit zwischen mir und Stephen nicht mitbekommen. Jetzt aber wurde sofort über den Schultag geplaudert, und hatte Kelly schon mitgekriegt, dass Tom und Selena miteinander gingen?

Miteinander gehen. Die Mädchen waren gerade mal in der achten Klasse. Ich konnte mich bei Mittelstuflern einfach nicht an diesen Ausdruck gewöhnen.

»Hallo, Erin.« Ich trat ins Wohnzimmer, um sie in den Arm zu nehmen. Sie sah niedlich aus in dem rosa Oberteil, das ihre helle Haut und das blassblonde Haar betonte.

»Hi.« Sie klammerte sich kurz an mich, wie sie das meistens tat. Und wie immer stockte mir dabei kurz das Herz. Wir sprachen selten darüber, dass ihr die Mutter fehlte, aber der Gedanke daran war stets gegenwärtig.

»Oh, das Lied mag ich.« Sie deutete mit dem Kinn in Richtung Stephens Höhle.

»Tja, ich nicht. Ich werde ihm sagen, dass er die Musik leiser stellen soll. Ich habe zu tun.«

Meine Arbeit rief mich wie das verhängnisvolle Locken der Sirenen aus der Antike. Ich musste mich ins Arbeitszimmer verziehen und die Notizen von meinem Gespräch mit Sergeant Delft lesen. Außerdem musste ich einige der Vernehmungsprotokolle von Edwin Tarell durchgehen, damit ich für das Treffen mit ihm morgen vorbereitet war.

Die Mädchen sprangen die breite geschwungene Treppe hoch, sie gingen in Kellys Zimmer. Erin hatte eine lavendelfarbene Tasche mit ihrem Nachtzeug dabei. Ich zwang meine Schritte zur Treppe ins Souterrain. Kaum dass ich die Tür zum Treppenschacht öffnete, schlug mir Stephens Musik unangenehm laut entgegen. Mit zusammengebissenen Zähnen ging ich hinunter zum Freizeitraum. Die kratzige Stimme und das Wummern der Basstrommel hämmerten auf mich ein.

Stephen saß über seinem Computer gebeugt und tippte wütend vor sich hin. Zweifellos ließ er all seinen Frust online bei seinen Freunden ab. Die Schiebetür, die zu unserer großen Terrasse führte, stand offen und ließ eine sanfte Brise herein. Und Fliegen. Er hatte es versäumt, das Fliegenschutzgitter zu schließen. Ich ging hin und schob es zu, die Schönheit des Waldes hinter unserem Garten kaum wahrnehmend. Der Lärm machte jedes Denken unmöglich.

»Stephen –«, ich stellte die Stereoanlage aus. Augenblicklich überfiel mich Friede.

»He!« Sein Kopf fuhr hoch, die dunklen Brauen stießen beinahe zusammen. »Warum kommst du runter und spielst dich auf, als wärst du hier der Herr im Haus?«

»Weil ich das *bin*.«

Er schob den Kiefer zur Seite.

»Hör zu, du kannst deine Anlage ja wieder aufdrehen, nur nicht ganz so laut. Ich versuche zu arbeiten –«

Ein Stockwerk über uns klingelte ein Telefon – in einem anderen Ton als unsere Privatleitung. Mein Geschäftsanschluss im Büro. Vermutlich ein Anruf im Zusammenhang mit dem Fall.

»Oh, Mist.«

Ich hastete durch den Freizeitraum und die Treppe hoch. Noch ehe ich halb oben war, dröhnte Stephens Musik wieder los. Das Telefon klingelte erneut. »Stell die Anlage leiser!« Die Musik wurde ein paar Dezibel leiser, als ich in die Wohnhalle eilte und die Tür hinter mir schloss. Von oben waren die Stimmen der Mädchen zu hören, wurden dann aber von Kellys Lieblings-Punkrock-Band übertönt. Na wunderbar. Ihr Zimmer lag genau über meinem Büro.

Das Telefon läutete zum vierten Mal, als ich das Mobilteil hochriss. »Annie Kingston.«

»Hallo, Ms Kingston. Mein letzter Anruf ist schon eine Weile her. Hier spricht Adam Bendershil vom *Record Searchlight.*«

Oh nein, sag bloß ... Adam Bendershil war bei der Reddinger Lokalzeitung für die Sparte Verbrechen zuständig. Ich beugte mich über den Schreibtisch und versuchte mir einzureden, dass dies purer Zufall sei.

Kapitel 6

»Wie ich weiß, zeichnen Sie für *American Fugitive* ein künstlich gealtertes Phantombild von Bill Glatt«, kam Adam ohne Umschweife zur Sache. »Ich wollte Ihnen dazu ein paar Fragen stellen.«

Kellys Stereoanlage jaulte und Stephens wummerte. Ich drückte mich vom Schreibtisch ab, während ich versuchte, mir eine ausweichende Antwort zu überlegen, aber ich konnte kaum denken.

»Eine Sekunde, ja? Es ist gerade etwas, äh, laut hier.« Ich verließ das Büro und ging durch die Halle. Trat vor die Haustür auf die Veranda. Auf der Straßenseite gegenüber jätete Erins Vater das Blumenbeet, das seinen Gartenweg säumte. Er schaute nicht auf.

»Ms Kingston?«

»Ich bin noch dran.«

Was sage ich ihm bloß? Sollte ich einfach alles abstreiten?

»Gut. Meiner Kenntnis nach bezeichnet man die Art von Zeichnung, die Sie anfertigen, als künstlich gealtertes Phantombild, ist das korrekt?«

»Woher wissen Sie davon?«

Pause. »Ich bin ständig mit Leuten von der Polizei im Gespräch. Das ist mein Job.«

»Aber wer hat Ihnen *hiervon* erzählt?«

»Ich darf meine Quelle nicht preisgeben. Tut mir Leid.«

»Adam, Sie dürfen diese Story nicht bringen. Haben Sie überhaupt eine Ahnung, welchen Schaden das der Ermittlung zufügen könnte?«

»Ich sehe nicht, dass das überhaupt Schaden anrichten könnte.«

Kellys Fenster schwang über mir auf, ihre Musik schwappte auf die Straße. Das Geräusch ließ Dave beim Unkrautjäten aufblicken.

»Ach, nein? Nun, dann stellen Sie sich nur mal vor, Ihr Artikel wird mit breitem Interesse aufgenommen. Und dann bekommt Bill Glatt irgendwie Wind davon. Wie schön für ihn – dann kann er nämlich die Identität, die er zwischenzeitlich angenommen hat, wieder abstreifen.«

Dave hob eine behandschuhte Hand in meine Richtung. Ich winkte geistesabwesend zurück.

»Aber das ist doch ausgeschlossen, Ms Kingston. Glauben Sie denn, dass Glatt sich nach all den Jahren immer noch in der Gegend von Redding aufhält?«

»Nein. Aber Sie wissen sehr gut, dass die Nachrichten heutzutage im Internet stehen. Und ich denke sehr wohl, dass sich ein flüchtiger Verbrecher dafür interessiert, was in der Gegend, wo er zwei Leute umgebracht hat, über Verbrechen berichterstattet wird – besonders, wenn sich ein bedeutender Jahrestag nähert.«

»Mannomann! Sie halten den Typen für so clever? Die meisten Mörder denken nicht so weit.«

»Die meisten Mörder schaffen es auch nicht, dem Gesetz zwei Jahrzehnte durch die Lappen zu gehen.«

Stille.

»Ms Kingston, ich werde diese Geschichte bringen, mit oder ohne Sie. Das ist mein Job. Ich würde Ihre Hilfe allerdings begrüßen, um die Fakten möglichst korrekt darzustellen.«

Als Gerichtszeichnerin hatte ich zehn Jahre lang mit diversen Reportern zusammengearbeitet. Ich wusste, wie es in ihrer Branche lief. Ich wusste auch, dass sie alles daransetzten, um vor der Konkurrenz an eine Geschichte heranzukommen.

»Bitte tun Sie das nicht, Adam. Jedenfalls noch nicht. Verstehen Sie denn nicht, dass es den Killer vorwarnen könnte? Ich weiß, die Wahrscheinlichkeit ist nicht besonders hoch, doch warum überhaupt ein Risiko eingehen bei dem, was auf dem Spiel steht? Hören Sie, nach der Sendung gebe ich Ihnen auch ein Exklusivinterview.«

»Ausgezeichnet, ich komme hinterher auf Sie zurück. Aber ich werde diese Geschichte *nicht* hinauszögern. Sie hat nämlich jetzt Sensationswert.«

Zorn wallte in mir auf. Ich ging ein paar Schritte auf und ab, raufte mir das Haar. »Lassen Sie mich eins klarstellen. Wenn Sie diese Geschichte jetzt bringen, werde ich nach der Sendung *kein Wort* mit Ihnen reden. Ja, ich werde nie wieder über einen Fall mit Ihnen reden.«

»Ms Kingston, so schlimm kann es doch nicht sein. Ich will doch nur –«

»Alles, was Sie wollen, ist eine Story, und in Ihrer Gier sind Ihnen andere Menschen völlig egal. Menschen, die zwanzig Jahre lang getrauert und an dem Fall gearbeitet haben. Aber nicht mit mir.« Meine Stimme wurde lauter. »Was Sie betrifft, arbeite ich an keinem solchen Fall. Ja, ich habe nicht die geringste Ahnung, wovon Sie reden!«

Ich riss mir das Telefon vom Ohr und unterbrach die Verbindung.

Die Musik meiner Tochter tat mir immer noch in den Ohren weh.

»Kelly!«, schrie ich zu ihrem offenen Fenster hoch. »Kelliiee!«

»Was?« Ihr Gesicht tauchte über mir auf, gereizt gerunzelt.

»Stell die Musik aus! *Sofort.*«

»Pscht. Ist ja okay.« Sie verschwand. Der Lärm verstummte.

Ich lehnte mich gegen einen Holzpfosten, das Telefon baumelte mir in der Hand. Hatte der Reporter schon Delft angerufen? Oh, der Sergeant würde nicht erfreut sein. Wenn er die durchlässige Stelle im Sheriff's Department fand, würde er vermutlich den Kopf desjenigen auf einem Tablett fordern.

Und was war mit Emily und Edwin Tarell? Hatte Adam sie angerufen? Ich wollte nicht diejenige sein, die ihnen beibrachte, dass die Sache durchgesickert war. Sie setzten so große Hoffnungen auf die *American Fugitive*-Sendung.

»Hallo, Nachbarin.«

Ich hob den Kopf und sah Dave Willit auf unserem Gartenweg stehen, die Hände in erdverkrusteten Handschuhen. Er sah mich an, als sei er sich nicht ganz sicher, ob er mich ansprechen sollte oder nicht, die grünen Augen halb zusammengekniffen. Schweiß tropfte ihm aus dem blonden Haar und rann die Schläfe hinunter. Ich spürte, wie mir das Blut in die Wangen stieg. Wie hatte ich Kelly vor ihm nur so anbrüllen können? Und am Telefon so herumschnauzen? Er hatte vermutlich jedes Wort verstanden.

Auch zehn Monate nach dem Tod seiner Frau fühlte ich mich in Daves Nähe immer leicht unbehaglich, ob als Nachbar oder Kirchgänger. Obwohl er mir immer wieder versicherte, dass ich mir wegen des Geschehenen keinerlei Vorwürfe zu machen brauchte – ja, er schien mich immer nur in den höchsten Tönen zu loben –, konnte ich mein Schuldgefühl nicht völlig abschütteln. Vielleicht hatte auch der Umstand, dass er nun ein allein erziehender Vater und ich eine allein erziehende Mutter war, ein Anstandswarnsystem in mir installiert. Ich wollte nicht, dass Leute voreilige Schlüsse zogen, was unsere Beziehung anging. Unsere Töchter waren beste Freundinnen, mehr nicht.

Anstandswarnsystem. Na, wenn das kein Wort war.

»Hi, Dave. Du hast heute aber zeitig Feierabend gemacht.« Dave besaß Gewerbeimmobilien in Redding und arbeitete von seinem Büro zu Hause aus.

»Ja, ja. Es ist Freitag.« Er blickte zu Kellys Fenster. »Unsere Mädels sind ja gerade die reinsten Plagegeister.«

»Oh nein, ganz und gar nicht.« Was sollte ich nur mit meiner freien Hand anstellen? Ich hakte einen Finger in eine Gürtellasche meiner Jeans. »Es tut mir Leid, ich hätte nicht so herumschreien sollen. Es war nur ... das hier war kein gutes Gespräch«, ich deutete auf das Telefon, »und die Musik wird mir ein bisschen viel.«

»Wäre es dir lieber, sie kämen zum Übernachten heute Abend zu uns? Ich bin zu Hause, also ist es mir genauso recht.«

»Nein, wirklich, das ist okay.« Ich lächelte ihn an. »Die Mädchen sind noch das Beste, was diesem Haus gerade passiert.«

Na super, da hast du ein schönes Stichwort geliefert.

Er streifte sich einen Handschuh ab und wischte sich den Schweiß vom Gesicht. Ich hatte das Gefühl, dass dies eine Verzögerungstaktik war, dass er sich fragte, ob er Fragen stellen sollte oder lieber nicht. »Ist es Stephen? Ich meine, Erin hat ein paar Mal erwähnt, dass er ...«

»Mir immer noch Schwierigkeiten macht?« Ich legte das Telefon auf die Terrasse und hielt die Ellbogen umklammert. »Ja, das tut er. Und ich fürchte, ich kann damit nicht besonders gut umgehen.«

Er holte tief Atem. »Weißt du noch, wie ich dir letzten Sommer anbot, ihm zu helfen, so gut ich kann? Ein Junge in diesem Alter hat es nicht leicht.«

Besonders wenn der Vater fehlt. Ich wusste, dass Dave genau das dachte. Und er hatte ja so Recht. Aber wer war ich, dass ich ihn um Hilfe bat? Er versuchte, ein Teeniemädchen allein großzuziehen und musste dazu noch seine eigene Trauer verarbeiten. Wann immer ich Dave anblickte, sah ich den Schmerz, der ihm ins Gesicht gegraben war. Er hatte mit jeder Faser seines Herzens an Lisa gehangen. Ihr gemeinsames Leben hatte so perfekt ausgeschaut. Ehe ich sie kennen gelernt hatte, hatte ich nur die Schattenseiten einer Ehe gesehen, dank meines fremdgehenden Vaters und nicht weniger untreuen Ehemannes.

»Danke, Dave. Aber ich sehe wirklich nicht, was du –«

»Du hilfst immer so viel mit Erin, Annie. Sie ist ständig bei euch und du achtest immer darauf, wie es ihr geht. Ich habe dir so viel zu verdanken und ich kann das gar nicht wieder gutmachen. Wenn ich also *irgendetwas* tun kann, um Stephen zu helfen, dann würde ich das wirklich gerne tun, glaub mir. Vielleicht kann ich ihn ja irgendwann mal zu einem Ausflug mitnehmen.«

Ich starrte ihn an. *Mir* viel zu verdanken? Darauf fiel mir beim besten Willen nichts mehr ein. »Okay. Ich danke dir. Sehr.«

Wie gestelzt das klang. Ich lächelte ihn verlegen an.

Das Telefon klingelte. Ich sah es aus zusammengekniffenen Augen an und wusste schon, dass ich nicht abnehmen würde. *Sollte ich Dave das alles nicht besser erklären?* Was, wenn er dachte, der Anrufer sei einer von Stephens Freunden? Was, wenn er etwas Dummes tat, wie zum Beispiel vorzuschlagen, gleich jetzt, heute Abend, etwas mit Stephen zu unternehmen? Ich wusste, wie mein Sohn in seiner momentanen Stimmung reagieren würde. Erins Vater? Dieser christliche Langweiler, den Stephen jeden Sonntag sah, wenn ich ihn mit zur Kirche schleifte? *Bloß nicht!*

»Das ist wahrscheinlich nur der Reporter von vorhin.« Ich verschränkte die Arme. »Er möchte Informationen über die Sache für *American Fugitive*, die ich ihm aber nicht geben kann. Ich nehme an, Erin hat dir davon erzählt. Jedenfalls weiß ich, dass Kelly es ihr erzählt hat. Aber eigentlich darf das keiner wissen. Und der Reporter dürfte vor Ausstrahlung der Sendung auch keinen Artikel darüber bringen, aber du weißt ja, wie die sind. Zweifellos wird das morgen auf der Titelseite der Zeitung prangen. Und im schlimmsten Falle –«

Gütiger Himmel, ich plapperte ja wie ein Wasserfall. Ich sah beschämt weg.

Dave schüttelte den Kopf. »Ich erinnere mich noch gut an

die vielen Anrufe von Reportern letzten Juli. Und mir war wirklich überhaupt nicht danach zumute, mit denen zu reden. Die scheinen einfach ... keinen Anstand zu haben.«

Ich hätte beinahe gelacht. Er hatte das Wort gebraucht.

»Ja, ich weiß.« Ich zog die Schultern hoch. »Na ja, ich gehe dann mal besser rein. Ich muss mich an die Arbeit machen.«

»Und ich muss zurück zu meinen Blumen.«

»Die sind übrigens sehr hübsch, wie immer.«

»Danke.«

Als ich gerade im Begriff war, die Haustür zu öffnen, das Telefon in der Hand, rief Dave nach mir. Als ich mich umdrehte, sah ich ihn auf dem Bürgersteig stehen.

»Dieser Fall, an dem du arbeitest; da ich in Redding aufgewachsen bin, weiß ich noch gut, wie es passiert ist. Eine geraume Zeit lang schien das das einzige Thema in der Presse zu sein.« Er zögerte.

Ich ließ die Stille zwischen uns hängen und wartete.

»Der Typ ... ist wirklich ein kaltblütiger Killer, Annie. Anders als die letzten Aufträge, wo du eher kleine Fische wie Einbrecher und Autodiebe gezeichnet hast. Dieser ist mehr wie ...«

»Ich weiß.« Ich wollte nicht, dass er den Satz zu Ende führte.

Dave ließ sich beim Anziehen seiner Handschuhe viel Zeit. »Versprich mir nur, dass du vorsichtig sein wirst.«

Seine Besorgnis schnürte mir die Kehle zu. »Das werde ich, das weißt du doch.«

Er nickte.

Ich sah noch, wie er sich anschickte, die Straße zu überqueren, dann drehte ich mich zu meinem Haus. Kaum hatte ich die Tür geöffnet, prügelte Stephens Rapmusik auf mich ein.

Samstag, 8. Mai

Kapitel 7

American Fugitive bringt Redding-Mord

Der Aufmacher grinste mich hämisch von der Titelseite an, als ich vor die Tür trat, um die Zeitung hereinzuholen. Ich schnappte sie mir schleunigst und eilte zurück ins Haus. Zum Glück waren die Kinder noch nicht auf. Wie eine Motte, die es zur Flamme zieht, konnte ich nicht widerstehen, den Artikel zu lesen. Und ich wollte nicht gestört werden, wollte keine Teenager zugegen wissen, was mich zwingen würde, so zu tun, als sei alles in Ordnung.

Ich breitete die Zeitung auf dem Küchentisch aus, sank auf einen Stuhl und las.

> Am 2. Juni wird *American Fugitive* in seiner Sendung den Reddinger Doppelmord 1984 an den Geschäftsmännern Don Tarell und seinem Partner Peter Dessinger bringen. Annie Kingston, eine ortsansässige Gerichtsanthropologin, die durch ihr Phantombild in dem Mordfall Lisa Willit im letzten Sommer bekannt wurde, wird das künstlich gealterte Phantombild zeichnen. Verdächtigter ist Bill Glatt, der schon seit zwanzig Jahren vor dem Gesetz auf der Flucht ist.
>
> Weder das Sheriff's Department vom Shasta Bezirk noch Kingston wollten sich zu der Sendung äußern. Anrufe bei Edwin Tarell, dem Sohn eines der Opfer, und seiner Mutter, Emily Tarell, wurden nicht erwidert. Der Produzent der Sendung, Michael Erwin, wollte diese Meldung weder bestätigen noch abstreiten und sagte lediglich, dass es bei der Ergreifung der von ihnen vorgestellten Verdächtigen »auf das Überraschungsmoment« ankomme.

»Haha. Sehr spaßig.« Ich bohrte die Faust in die Zeitung und wünschte, es wäre Benderhils Birne. »Danke, dass Sie es vermasselt haben.«

> Don Tarell war Gründer und Chef von Tarell Plastics, einem –

Das Telefon läutete. Ich beäugte das Mobilteil misstrauisch. War dies ein weiterer Reporter?

Es klingelte zum zweiten Mal. Mich auf alles gefasst machend, nahm ich ab. »Ja, hallo?«

»Annie. Hier ist Emily Tarell.«

Ich gab einen stummen Stoßseufzer der Erleichterung von mir. »Emily, bitte glauben Sie mir, dass ich mit diesem Zeitungsartikel nicht das Geringste zu tun habe. Der Reporter hat mich gestern angerufen und ich habe alles versucht, ihm das auszureden –«

»Ich weiß, Annie.« In ihrem Ton mischte sich Frustration mit Entschlossenheit. »Ich rufe nur an, um Ihnen zu danken, dass Sie ihm nichts gesagt haben. Es hätte Ihnen sehr viel Publicity eingebracht, und doch haben Sie um der Sendung willen davon Abstand genommen. Dafür bin ich dankbar.«

»Sie brauchen sich nicht bei mir zu bedanken. Ich *wollte* gar nicht mit ihm reden.«

»Eben. Sie können stolz auf ihre Integrität sein.«

Integrität? Der Typ hatte mich einfach nur aufgeregt.

»Ich habe heute Morgen bei Sharon an der Ostküste angerufen, um ihr von dem Bericht zu erzählen. Sie hat sich daraufhin mit dem Freund ihrer Tochter in Verbindung gesetzt, der für die Sendung schreibt. Er meinte, wir sollten uns keine Sorgen machen. Die Sendung wird deswegen nicht gestrichen oder so. Und es ist auch nicht das erste Mal, dass die Lokalpresse vorab Informationen über einen ihrer Sendebeiträge verbreitet hat. Sie sind natürlich nicht glücklich, wenn das passiert, aber uns bleibt jetzt nur zu hoffen, dass Bill Glatt nichts davon erfährt. Und selbst wenn das passiert und er wieder untertaucht, ist es immer noch ziemlich wahrscheinlich, dass Hinweise eingehen werden, die die Polizei auf seine Fährte setzen. Zu wissen, wo Bill sich in den letzten Jahren aufgehalten und welchen Namen er benutzt hat, wäre immerhin ein guter Anfang.«

»Danke, Emily, dass Sie mir das erzählt haben.« Vermutlich hatte Sergeant Delft sich schon mit *American Fugitive* wegen dieser Geschichte in Verbindung gesetzt. Über Glatts Angst vor dem Kontrollverlust geredet. Ich bezweifelte, dass diese Vertröstungen den Mann besänftigen würden. »Sie können mir glauben, ich werde für die Zeichnung mein Bestes geben – Ihretwegen. Weil Sie es verdient haben, dass dieses Drama ein Ende nimmt.«

»Ich weiß, meine Liebe. Ich weiß.«

Nachdem ich aufgelegt hatte, wandte ich mich wieder dem Zeitungsartikel zu. Er ging auf der zweiten Seite weiter, fasste das Verbrechen noch einmal zusammen und erzählte von Edwin und Emily, die beide noch in Redding lebten.

Edwin. Ich hatte um halb vier einen Gesprächstermin mit ihm.

Ich lehnte mich auf dem Stuhl zurück, schloss die Augen und dachte über einige der Dinge nach, die er damals Sergeant Delft noch nachträglich erzählt hatte. Offenbar hatte Edwin in den ersten Tagen nach dem Mord sehr stark Delfts Beistand gebraucht, denn er kreuzte häufig im Büro des Sergeants auf, um ihm »noch eine Sache, die hilfreich sein könnte« zu erzählen. Unter der Last eines solchen Falls musste Delft unter Zeitdruck gestanden haben. Trotzdem hatte er sich immer wieder mit Edwin getroffen und den jungen Mann einfach reden lassen, wobei er Edwins Redestrom protokollierte, falls darin irgendein Hinweis verborgen läge.

Es war vor allem eine Episode, die Edwin erzählt hatte, die

mich nicht losließ – der Zeitpunkt, als der Schock so weit abgeklungen war, dass er begriff, dass sein Vater unwiederbringlich fort war. Meine eigene Mutter war gestorben, als ich sechzehn war. Bis heute konnte ich mich an den Moment erinnern, als mir die Wirklichkeit ihres Todes mit voller Wucht ins Gesicht schlug. Es war, als würde man innerlich zerfleischt, der Schmerz war so groß, dass es einem den Atem nahm. Als ich Edwins Schilderung seiner Gefühle las, hatten sich meine Augen mit Tränen gefüllt.

Ich blickte zum Küchenfenster hinaus und rief mir Edwins Worte ins Gedächtnis. Dabei sprang ganz von selbst mein innerer Projektor an und erweckte die Szene zum Leben. Ich fühlte Edwins Trauer, als er wenige Stunden nach der Schießerei zu seinem eigenen Reihenhaus zurückkehrte. Ich hörte die Stille, als er

mit zitternden Händen ins Haus schlüpft. Er hetzt von Raum zu Raum, macht überall Licht. Im Herzen weiß er, dass Bill Glatt längst über alle Berge ist, doch sein rasender Herzschlag zwingt ihn, alle Ecken nach dem Mann abzusuchen. In keinen vier Wänden wird er sich mehr sicher fühlen; kein Schloss wird ihm mehr Seelenfrieden verschaffen. Wenn sich im Haus seines Vaters eine solche Tragödie ereignet hatte – und das durch die Hand eines Angestellten, dem man vertraut hatte –, dann konnte sich das überall ereignen. Nichts würde je wieder sein wie vorher. Niemals.

Edwin stellt fest, dass er auf seinem Bett sitzt. Er weiß nicht, wie er dorthin gekommen ist. Ein Schuh ist ausgezogen. Er starrt auf den Kleiderschrank an der gegenüberliegenden Wand, starrt durch ihn hindurch, bis er verschwimmt. Vaters Studierzimmerschreibtisch ist aus ganz ähnlichem Holz. Er sieht Vaters Knöchel auf die Tischplatte klopfen. Klopf, klopf, klopf, klopf. *Das Geräusch wiederholt sich so lange, bis es mit dem Schlag seines eigenen Herzens durch ihn zirkuliert.*

Klopf, klopf.

Erst da bemerkt es Edwin. Das Blut auf seinen Hemdsärmeln. Spritzer und Streifen auf den weißen Manschetten.

Vaters letzte Lebenstropfen.

Edwin wird ganz heiß in der Brust, es schnürt ihm die Kehle zu. Erst berührt er einen Fleck mit der Fingerspitze, dann quetscht er ihn zwischen Daumen und Zeigefinger zusammen, bis sich seine Hand verkrampft. Ich konnte ihn nicht retten, ich konnte ihn nicht retten, ich konnte ihn nicht retten. *Zorn wallt in Edwin auf. Die Handgelenke fangen an zu jucken, als steche ihn das Blut, er springt auf, zerrt an den Knöpfen, reißt sich das Hemd vom Leib. Er schmeißt es auf den Fußboden. Es verspottet ihn, schreit vom Teppich zu ihm hoch. Da packt er es wieder, rennt damit in die Küche und stopft es in den Mülleimer unter der Spüle. Als er die Schranktür zutritt, kann er das Hemd immer noch schreien hören.*

Das wird ihn noch zum Wahnsinn treiben.

Mit einem Fluch öffnet er den Mülleimer wieder und greift sich den kompletten Müllbeutel. Damit eilt er in den Garagenanbau, wo er den Beutel in die Mülltonne pfeffert und den Deckel zuknallt. Plötzlich fällt ihm ein, welcher Tag es ist. Morgen kommt die Müllabfuhr. Edwin haut auf den Schalter an der Wand, um das Garagentor zu öffnen, und schleift die Tonne nach draußen.

Er hastet zurück in die Garage, schließt das Tor, eilt ins Licht seiner Küche. Das Hemd ist jetzt weit genug weg. Er kann es nicht mehr schreien hören –

»He, Mutti.«

Ich fuhr mit dem Kopf herum und blickte meine Tochter geistesabwesend an. Hinter ihr tauchte Erin auf, die sich gegen einen der hohen Balken lehnte, die unsere Küche vom großen Hauptraum trennen.

Meine Tochter zog die Stirn kraus. »Was ist los?«

»Ach.« Ich faltete mit einer Hand die Zeitung zusammen

und drehte sie um. »Nichts. Ich war bloß ... in Gedanken. Was macht ihr denn schon so früh auf den Beinen?«

Sie zuckte die Achseln. »Keine Ahnung. Wir hatten Hunger.«

Damit verschwand ihr Kopf hinter der Kühlschranktür. Erin lächelte mich noch halb verschlafen an. »Morgen.«

»Morgen. Dein Orangensaft steht da drin.« Ich deutete mit dem Kinn auf den Kühlschrank. Meine Kinder mochten beide keinen Orangensaft, aber ich hatte immer eine Flasche für Erin da.

»Danke.«

Ich schenkte mir Kaffee ein und trank ihn, während ich mit den Mädchen plauderte, wobei ich die ganze Zeit über versuchte, die nagenden Gedanken an den Zeitungsartikel und das bevorstehende Gespräch mit Edwin Tarell zu verdrängen. Doch irgendwie bewirkte die Gegenwart der Mädchen, dass ich die Last der Verantwortung nur umso stärker spürte. Die schlanken jungen Körper in Schlafanzügen, das glänzende Haar und die glatte Haut, all das rührte mein Mutterherz auf eine Art, die ich mir nicht recht erklären konnte. Vielleicht erinnerte mich meine Liebe für sie daran, wie viel ich mit dem Tod meiner eigenen Mutter verloren hatte. Wie viel Erin verloren hatte. Und Emily.

Die Mädchen wuselten in der Küche herum, zogen zwei Sorten Cornflakes aus der Speisekammer hervor und beschlossen schließlich, Appetit auf Pfannkuchen zu haben.

»Dann nur zu.« Ich deutete mit der Hand auf die Packung Fertigmischung, die Kelly auf die Theke stellte.

»Ach, Mutti, kannst du das nicht machen?«

»Klar *kann* ich das. So wie ihr.«

Dann verzog ich mich mit der Zeitung und meiner Tasse Kaffee. »Räumt nur bitte hinter auch wieder auf.«

Drei Stunden später war es fast Mittag. Ich war die Fallunterlagen noch einmal durchgegangen und gut auf mein Gespräch mit Edwin vorbereitet. Ich hatte – wieder einmal – mit Stephen gestritten, der besonders schlecht gelaunt aufgewacht war. Und ich hatte mit Jenna telefoniert. Oder besser gesagt, ihr etwas vorgejammert. Erst über Stephen und wie schwer er mir das Leben machte, und dann über den Fall.

Was meinen Sohn anbetraf, so hatte Jenna vollstes Mitleid. Sie wusste, wie schwierig er sein konnte. Im Blick auf die Bill-Glatt-Zeichnung aber hatte sie sich von mir mittlerweile schon ein Dutzend Gründe angehört, warum ich den Auftrag nicht hätte annehmen sollen. Und sie wäre nicht Jenna, wenn sie nicht jeden Einzelnen abgeschossen hätte.

»Annie, jetzt mach mal halblang. Du musst aufhören, ständig darüber zu grübeln, was alles schief gehen könnte. Denk lieber daran, was *gut gehen* kann. Stell dir vor, wie du dich fühlen wirst, wenn sie den Typ festnehmen. *Sobald* sie den Typ festgenommen haben.«

Unser privates Telefon klingelte, während ich mit Jenna auf der Geschäftsleitung telefonierte. Ich bekam vage mit, dass Stephen im Fernsehzimmer abnahm. Eine Sekunde später steckte er den Kopf zur Bürotür herein.

»Mutti, ich muss mit dir reden. Jetzt sofort.«

»Einen Augenblick, Stephen, ich bin am Telefon.« Als ob er das nicht sehen könnte.

»Jetzt, Mutti. Bitte!«

Nur Stephen konnte dieses Wort eher wie einen Fluch klingen lassen. Mein Sohn zerrieb mich auf dem Mühlstein des Mutterseins und dabei hatte das Wochenende gerade erst angefangen. Ich konnte nicht länger mit ihm diskutieren. Seufzend sagte ich Jenna, dass ich Schluss machen müsse, und hängte auf.

»Kann ich heute Abend mit Jeff zum Schulbasketballspiel gehen?« Das Mobilteil baumelte noch in Stephens Hand, offensichtlich wartete Jeff am anderen Ende.

Jeff. Einer von diesen Jungs, deren Aussehen mir nicht gefiel. Glatze, Ohrpiercings und nur am Abhängen.

»Wenn ich dich hinbringen und abholen kann.«

»Jeff hat ein Auto.«

»Ich auch. Ich bring dich hin.«

Er schob den Kiefer zur Seite, wollte gerade etwas sagen, hielt dann aber inne.

»Okay. Schön. Aber dann bringt mich Jeff nach Hause.«

Das war noch schlimmer. Es gab keine Garantie für das, was sie zwischen dem Spiel und dem Nachhausekommen anstellen würden. *Falls* sie überhaupt bei dem Spiel blieben.

»Nein. Ich werde dich abholen.«

Stephens Gesicht lief rot an, die Augen wurden zu schmalen Schlitzen. »Ach, komm schon, Mutti! Was *soll* das? Nie erlaubst du mir was. Es ist doch nur ein Basketballspiel!«

»Um das Spiel geht es mir auch gar nicht, Stephen, sondern –«

Die Türglocke klingelte. Ich ignorierte sie. Kelly würde schon aufmachen gehen.

»– darum, was du *außerhalb* des Spiels anstellen könntest.«

»Was redest du da für einen Stuss? Ich werde überhaupt nichts anstellen!«

»Stephen, hör zu, ich werde jetzt nicht –«

»Mutti!«, tönte Kellys Stimme von oben herunter. »Gehst du aufmachen?«

Mit einem Seufzer schob ich mich vom Schreibtisch zurück und ging durch den Raum, um zu ihr hochzuschreien. »Kannst du nicht öffnen?«

»Wir probieren gerade Klamotten an und sind nicht ganz angezogen.«

Ich schloss die Augen. »Stephen, lass mich zur Haustür gehen.«

»Aber ich muss wissen –«

»Nein, du musst das jetzt nicht sofort wissen. Du kannst Jeff zurückrufen.«

Meine Schritte wurden vom Parkettboden zurückgeworfen und reflektierten von der reichen Holzverkleidung des großen

Wohnraums. Ich erreichte die Haustür und öffnete sie einem schönen sonnigen Mainachmittag – und einer leeren Veranda. Ich trat nach draußen und schaute mich um. Ein kleines blaues Auto fuhr die Sackgasse hinunter, weg von unserem Haus. War der Fahrer hier gewesen und hatte sich so schnell wieder auf den Weg gemacht?

Ich ließ den Blick sinken. Erst da bemerkte ich die lange weiße Schachtel zu meinen Füßen. Mit rotem Geschenkband. Sie sah aus wie eine Schachtel für langstielige Rosen.

Das konnte nicht sein. Mir hatte noch nie jemand Rosen gesandt. Vic während unserer gesamten Ehe eingeschlossen.

Ich beugte mich hinunter, um die Handschrift auf dem kleinen Umschlag zu lesen, der mit Klebefilm an der Schachtel befestigt war. Er war an Ms Annie Kingston adressiert.

Ms? Sollte mir tatsächlich jemand Rosen schicken, dann klang die Anrede aber reichlich förmlich.

Ich griff nach der Schachtel, hielt dann aber inne, um zuerst die Haustür zu schließen. Stephen musste ja nicht unbedingt seiner eigenen Agenda folgend hinter mir auftauchen und ungeduldig glotzen, während ich herausfand, was in der Schachtel war.

Hatte mir *tatsächlich* jemand Blumen geschickt? Bei dem Gedanken bekam ich Herzklopfen.

Behutsam hob ich die Schachtel hoch. Rosen waren zart. Ich wollte nicht das kleinste Blättchen verlieren. Ich trug die Schachtel über die Veranda und setzte mich in einen der Korbstühle, die ich vor kurzem gekauft hatte. Ich legte mir die Schachtel auf die Knie.

Was sollte ich zuerst öffnen, die Karte oder die Schachtel? Ich zögerte, dann zog ich den Umschlag ab und öffnete die Klappe. Schob die Finger hinein.

Nichts.

Ich drückte den Umschlag an den Enden zusammen, um ihn aufzublähen, und spähte hinein. Nicht der geringste Fitzel Papier.

Seltsam.

Den Umschlag zur Seite legend, machte ich mich an die rote Schleife. Ich zog an den Schlaufen, machte den Knoten auf. Als das Band nachgab, streifte ich es von der Schachtel und ließ es neben meine Füße fallen. Ich legte die Finger an beide Deckelenden und drückte sanft. Erst wollte der Deckel nicht, doch dann hob er sich mit einem leise schnarrenden Geräusch. Bei der geringen Erschütterung war innen etwas zu hören – beinahe ein Knistern.

Was war denn das? Blumen knisterten doch nicht.

Eine dunkle Vorahnung rieselte mir durch die Adern. Hier stimmte etwas nicht. Ich kannte niemanden, der mir Rosen schicken würde, und vor allem nicht ohne eine unterschriebene Karte. Und dann dieses Geräusch ...

Ich schüttelte die Schachtel sanft.

Ein trockenes Flüsterklappern, wie das Rascheln von Skelettteilen.

Bilder von dürren Knochen wirbelten mir durch den Kopf. Was würden sie tun, wenn ich die Schachtel öffnete? Sich zusammensetzen, sich mit mumifiziertem Fleisch zu einer greifenden Hand vereinigen ...?

Um Himmels willen, Annie. Hör auf.

Ich spannte den Mund an, nahm den Deckel mit einer fließenden schnellen Bewegung ab und warf ihn beiseite. Schaute hinein.

Ein Dutzend langstieliger Rosen. Alle tot. Verwelkte Blätter, vertrocknete Blüten. Die Knospen waren so schwarz, dass man kaum erkennen konnte, dass sie einmal rot gewesen waren.

Ein Schauder überlief mich. Was für ein Streich war denn das? Wer konnte das getan haben? Ganz sicher keine Frau. Dafür war der Scherz zu übel, trat zu stark in den Schmutz, was einer Frau als heilig galt. Es musste ein Mann gewesen sein. Jemand, den ich kannte? Der Projektor in meinem Kopf sprang an, zeigte die Nahaufnahme *einer Männerhand, die die Rosen in die Schachtel legt. Eine nach der anderen. Vorsichtig, auf die Dornen achtend. Schwarzbraun auf Weiß, die bröseligen Blätter kratzen einander und die Pappe ...*

Ich zwinkerte die Szene fort.

Dann sah ich das Schmuckpapier – eine einfache Grußkarte, die zum Umschlag passte. Zwischen die dornigen Stiele gesteckt, die kleinen Druckbuchstaben in roter Tinte halb verborgen. Mit Daumen und Zeigefinger zog ich sie heraus. Hob sie zum Lesen hoch.

Manche Dinge lässt man besser in Ruhe.
Wie diesen Fall.
Bleib auf der Hut, Annie. Und am Leben.

Ich keuchte und schnippte die Karte zur Seite wie ein Streichholz, das mir die Finger verbrannte. Als ich aufsprang, rutschte mir die Schachtel vom Schoß. Dabei fiel sie auf die Seite und ihr Inhalt raschelte wie Schlangen über die Veranda.

Wer hatte das getan? War er noch in der Nähe? Beobachtete er mich etwa gerade?

Meine Gedanken verhedderten sich, dann transportierten sie mich in rasendem Tempo zurück zum letzten Sommer, zu dem GESICHT. Eine Minute lang konnte ich mich nicht rühren. Was sollte ich tun? Ich wollte ins Haus rennen und mich verstecken. Es einfach nicht wahrhaben, dass es schon wieder passiert war, dass ich mich in einen zweiten gefährlichen Auftrag hineinmanövriert hatte, und diesmal würde es mich teuer zu stehen kommen.

Ich wirbelte zur Haustür herum – und prallte in eine Gestalt, die mir den Weg vertrat.

Kapitel 8

Er nahm ihr Gesicht unter die Lupe.

Runde Wangen. Haselnussbraune Augen. Braunes schulterlanges Haar, ein wuscheliger Pony. Die Lippen leicht nach oben gezogen. Nicht hübsch ... aber sympathisch. Sie hatte etwas Anziehendes.

Seine zusammengekniffenen Augen vertieften sich wieder in ihre. Ja. Da war Sanftheit in diesen Fenstern zur Seele. Fürsorglichkeit.

Das war gut. Sehr gut. Eigenschaften, die er sich zunutze machen konnte.

Er lehnte sich auf seinem Stuhl zurück und verschränkte mit erhobenem Kinn die Arme. Starrte auf ihr Foto auf dem Computerbildschirm. *Ich werde dich schon noch kennen lernen, Annie Kingston. Ich werde jeden Artikel über dich und deinen »Heldenmut« lesen. Aber irgendetwas sagt mir, dass du dir gar nicht wie eine Heldin vorkommst, hab ich Recht? Du bist einfach ... biegsam. Du hast ein Herz für die Unterdrückten.*

Auch das würde er benutzen.

Sie war Valery Ness aus *Die Nacht der Schrecken*. Das ahnungslose Pfand. Er war Mel Platson. Das Superhirn.

Er schaute auf die Uhr in seinem kleinen Heimbüro. Der einzige Raum, zu dem seine Familie keinen Zutritt hatte. Die Zeit verspottete ihn. Es waren schon zu viele Stunden vergangen, seit er die gefürchtete Meldung gelesen hatte. Nur gut, dass er unablässig auf der Hut war. Nur wenige besaßen seine Voraussicht. Und jetzt würden ihm Hartnäckigkeit und Organisationstalent das Leben retten. Noch einmal.

Er klickte den nächsten Artikel an.

Die Uhr tickte.

Ihm blieben keine vierundzwanzig Stunden.

Kapitel 9

»Ah!«

Ich machte einen Rückwärtssatz auf der Veranda und hob die Fäuste. Für einen Sekundenbruchteil versetzte mich mein Hirn zurück zum vergangenen Sommer, in die Hände meines Feindes,

die mich durch den Raum eines fremden Hauses zerren, um die Couch und in die Küche. Er schubst mich grob gegen die Schränke, sodass mein Kopf nach hinten fällt und hart dagegenknallt. Er verschränkt die Arme und schaut mich an. Tod steht in diesen Augen, die Bizeps beben. Sein Mund speit Fragen, Fragen, auf die er eine Antwort braucht, ehe er mich umbringt –

»Mutti, was hast du denn?!« Stephen ließ das Telefon fallen, das Richtung Stufen segelte, und riss beide Arme hoch.

Ich erkannte die Gestalt meines Sohns, seinen bestürzten Gesichtsausdruck und bekam weiche Knie. »Oh. *Oh.*« Das Herz trat mir gegen die Rippen wie ein Pferd in einem brennenden Stall. Ich hob beide Hände in einer zittrigen Entschuldigung. »Es tut mir Leid. Wirklich. Ich dachte ...«

»Was ist denn das?« Stephen schielte hinter mich, beäugte die weiße Schachtel und die verstreuten toten Rosen. Fasziniert schubste er mich mit einem schiefen Grinsen zur Seite.

»Nein, Stephen!« Ich stellte mich vor ihn. »Fass bloß nichts an.«

Er schaute finster über meinen Kopf hinweg. »Was ist das denn?«

Mein Hirn kämpfte um eine unverfängliche Erklärung. »Etwas ... das mir jemand geschickt hat.«

Er glotzte mich an. »Verwelkte Blumen?«

Ich versuchte zu lachen. Es klang halb stranguliert.

Stephens Gesichtsausdruck wurde angespannt und darin erkannte ich die Überbleibsel seiner Furcht vom letzten Sommer. »Warum sollte dir jemand«, er zog die Worte in die Länge, »*verwelkte* Blumen schicken?«

Ich fuhr mir mit der Zunge über die Lippen. »Hör zu, Stephen, bitte. Ich möchte nicht, dass die Mädchen davon erfahren. Sie könnten jeden Moment herauskommen.«

Er nahm die Worte in sich auf. »Das hat mit dem Fall zu tun, an dem du arbeitest, stimmt's?«

»Ich ... Ja.«

Das Telefon machte sich piepsend bemerkbar, dass es nicht aufgelegt war. Stephen machte ein paar Seitwärtsschritte, um es aufzuheben, offensichtlich abgelenkt. »Ich wollte gerade Jeff anrufen. Ihm sagen, dass er mich von dir aus heute Abend nach dem Spiel nach Hause bringen kann.« Die Worte klangen distanziert, als machte er Smalltalk, um seine brennenden Fragen aufzuschieben. Und meine Antworten.

»Also, Mutti.« Er presste den Mund zusammen und starrte auf die Blumen. »Steckst du wieder in Schwierigkeiten?«

»Ich weiß es nicht. Aber ich denke, ich rufe besser beim Sheriff's Department an. Die werden sich das hier angucken wollen.« Ich deutete mit einem Kopfnicken auf die Rosen. »Und deine Fingerabdrücke können wir darauf nicht gebrauchen.«

Furcht grub sich in seine Züge. Doch schon im nächsten Moment nahm sein Gesicht wieder den gewohnten Ausdruck an. Er zuckte übertrieben mit den Achseln. »Wahrscheinlich bloß irgend so ein Spinner, der die Zeitung gelesen hat. Jeff hat mir erzählt, dass da ein Artikel über dich drinstand.«

Ich brachte ein angespanntes Lächeln zustande. »Wahrscheinlich.« Ich zeigte auf das Telefon. »Bring das jetzt erst mal weg, ja? Und hol mir ein paar Handschuhe von unter der Spüle in der Küche. Ich muss diese toten Dinger zurück in die Schachtel tun. Und dann verwahre ich sie im Arbeitszimmer, wo sie keiner sieht. Ich möchte dies fürs Erste nicht Kelly erklären müssen. Es wird ihr nur Angst machen.«

»Ja, okay.« Er ging zur Haustür und schaute dabei über die Schulter zu mir. Seine in Falten gelegte Stirn verriet die Wahrheit: Er war besorgter um seine Mutter, als er mir gegenüber je zugeben würde.

Lieber Gott, bitte hilf mir, damit umzugehen. Hilf uns allen.

Die nächste halbe Stunde verflog nur so, während ich mich um eins nach dem anderen kümmerte, verbissen auf Details konzentriert. Nur dadurch konnte ich meinen Angstpegel am Steigen hindern.

Zuerst legte ich die brüchigen Blumen zurück in die Schachtel und tat die Karte und den Umschlag dazu. Es gelang mir, das Päckchen in mein Büro zu tragen und die Tür zu schließen, ohne von den Mädchen gesehen zu werden. Dann rief ich so lange zu Kelly hoch, bis sie und Erin aus dem Zimmer auftauchten, in einem interessanten Aufzug. Ich zog eine Augenbraue hoch, sagte aber nichts dazu. »Es wird Zeit, dass ihr zu Erin hinübergeht. Und Kelly, vergiss nicht, dein Schlafzeug mitzunehmen.«

Natürlich nutzte Stephen die Gunst der Stunde, um mich in meinem abgelenkten Zustand erneut zu fragen, ob Jeff ihn nach dem Spiel nach Hause bringen könne. Ich hatte keine Kraft mehr zum Diskutieren. »Schön«, winkte ich ab. »Und kann er dich auch abholen kommen? Wie es aussieht, werde ich zu tun haben.«

Stephen glotzte mich an, fasste sich aber schnell. »Klar.«

Dann trat er schleunigst den Rückzug nach unten an, ehe ich zur Besinnung käme.

Das schlechte Gewissen schlug einen Purzelbaum in meinem Kopf. In meiner Not machte ich mir selbst etwas vor. *Es wird schon alles gut gehen, Annie, du hast genug andere Sorgen.*

Dieser Gedanke jagte mich zurück ins Arbeitszimmer, um

das Sheriff's Department anzurufen. Ich erzählte meine Geschichte und fragte nach Kommissar Chetterling. Da wir schon in vielen Fällen zusammengearbeitet hatten, war es ganz natürlich, dass ich mich zuerst an ihn, anstatt an Sergeant Delft wandte. Gott sei Dank war Chetterling im Dienst. Nur Minuten nach meinem Anruf rief er vom Auto aus an, dass er unterwegs sei.

Erst da fiel mir mein Treffen mit Edwin Tarell ein. Ich sank auf den Schreibtischstuhl. *Was sollte ich tun?* Chetterling alles zu Protokoll zu geben und dann noch pünktlich bei Edwin zu erscheinen, war nicht zu schaffen. Und selbst wenn, wie sollte ich meine Gedanken zusammenhalten können?

Und eine noch größere Frage türmte sich auf. Warum sollte ich überhaupt gehen? War mir nicht schon übel genug mitgespielt worden, dass ich besser aus dem Fall ausstieg?

Mit einem Stoßgebet durchwühlte ich den Aktenstapel auf meinem Schreibtisch, bis ich die Mappe mit den Adressen gefunden hatte. Wie ein Roboter wählte ich Edwins Nummer. Wie viel sollte ich ihm sagen? Wenn ich die Sache hinschmiss, würde er sicherlich wissen wollen, warum. Doch was würde dann aus diesem Beitrag der *American Fugitive*-Sendung? Ich bezweifelte, dass sie so kurzfristig einen anderen Zeichner finden würden. Die Sendung würde verschoben werden müssen – und wer weiß, für wie lange.

Ich vernahm vage ein Hallo und da erst ging mir auf, dass Edwin das schon mehrmals gesagt haben musste. Es kam mir vor, als hätte ich mehrere Knoten in der Zunge.

»Hallo. Edwin. Hier ist Annie Kingston.«

»Oh ja.« Sein erwartungsvoller Ton sank wie Blei durch mich hindurch. Ein großer Teil von mir wollte ihn und seine Mutter immer noch nicht hängen lassen.

»Ich fürchte, ich muss unser Treffen für heute absagen. Es ist etwas ... passiert.«

»Oh nein. Aber doch hoffentlich nicht Ihren Kindern.«

»Nein, den Kindern geht's gut. Ich habe heute ... eine Drohsendung erhalten. Hat mit unserem Fall zu tun. Ich werde noch nicht ganz schlau daraus. Jemand vom Sheriff's Department ist gerade auf dem Weg hierher und ich weiß nicht, wie lange das dauern wird.«

Eine Sekunde bestürzten Schweigens verstrich. »Annie. Bitte erzählen Sie mir, was passiert ist.«

Ich informierte ihn in aller Kürze. Als ich geendet hatte, sagte er nichts. Ich konnte mir sein geschocktes Gesicht vorstellen, wie er in Gedanken verschiedene Möglichkeiten durchging.

»Glatt hat Ihnen *tote Rosen* geschickt? Und Ihnen *gedroht?* Was genau stand denn auf der Karte?«

»Im Prinzip, dass ich die Finger von dem Fall lassen soll. Aber eigentlich ist ja gar nicht hundertprozentig sicher, dass Glatt dahintersteckt.«

»Ja, wer denn sonst? Sie werden in der ganzen Stadt nicht einen finden, der den Mann nicht hinter Gittern sehen will.«

»Ich weiß es doch nicht.« Ich hatte einen Kloß im Hals. Ich wollte nicht glauben, dass Glatt dahintersteckte. Stephen hatte bestimmt Recht. »Es könnte einfach ein abgeschmackter Scherz sein.«

»Möglich.« Edwin klang nicht sonderlich überzeugt.

»Sie ... denken da anders?«

Unser Atem vermischte sich in der Leitung. »Es ist möglich, Annie. Und ich würde Ihnen gerne beipflichten, dass nichts weiter dabei ist. Aber ich kenne Bill Glatt. Ich weiß, wozu er fähig ist. Und jetzt fühle ich mich ganz elend – als ob ich das hätte voraussehen müssen. Dass Glatt zwei Gesichter hat, hatte ich ja schon damals gesehen, aber niemals geglaubt, dass er meinen Vater umbringen würde. Und jetzt werden Sie bedroht. Ich kann nicht einfach die Hände in den Schoß legen, bis auch Ihnen etwas zustößt. Das würde ich mir nie verzeihen.«

»Edwin, ich mache Ihnen deshalb keine Vorwürfe.«

»Ich weiß, aber ... hören Sie. Sie haben gut daran getan, das Sheriff's Department zu verständigen. Die können bestimmt herausfinden, woher die Schachtel kommt. Kommt sie tatsächlich von Glatt, dann hat das den Vorteil, dass sie uns umso schneller zu ihm führen könnte. Andererseits könnten Sie in der Zwischenzeit in echter Gefahr sein.«

Bitte, Gott, nein. »Selbst wenn Glatt die Schachtel geschickt hat, heißt das noch nicht, dass er *hier* ist. Er könnte den Zeitungsartikel überall im Internet gelesen und diese ... Dinger bestellt haben. Obgleich ich mir nicht vorstellen kann, bei welchem Laden.«

»Stimmt. Aber es könnte auch sein, dass dies nur die erste Stufe in einem seiner aberwitzigen Pläne ist.« Edwin schwieg einen Moment. »Trotzdem ist das alles irgendwie nicht sehr logisch. Herauszufinden, woher das Päckchen kam, dürfte nicht weiter schwierig sein, und so dumm ist Glatt nicht.«

»Und wenn man es nicht herausfindet?«

Er zögerte. »Dann stehen wir vor einem Haufen Fragen. Doch darüber sollten wir uns erst Gedanken machen, wenn es so weit ist.«

Ich starrte auf die Schachteln voller Unterlagen und stellte mir dabei den brutalen Mann vor, den sie repräsentierten.

»Annie, es tut mir wahnsinnig Leid, dass dies passiert ist. Das muss ein furchtbarer Schock für Sie gewesen sein. Besonders nach allem, was Sie letztes Jahr durchgemacht haben.«

»Na ja. Ich habe schon schönere Tage erlebt.«

Draußen knallte eine Autotür. Als ich mich mit meinem Stuhl drehte, sah ich Ralph Chetterling auf unser Haus zugehen. »Edwin, der Kommissar ist da. Ich muss Schluss machen.«

»Okay, gut. Hören Sie, sobald Sie mit dem Kommissar alles besprochen haben, könnten Sie doch trotzdem noch zu mir kommen und wir unterhalten uns, während die diesem Päckchen nachgehen. Denn falls sich herausstellt, dass es sich hierbei tatsächlich nur um einen makabren Scherz handelt, dann wird es höchste Zeit, dass Sie die Zeichnung in Angriff nehmen.«

»Hmm, ja. Ich sehe mal zu, wie es läuft, und rufe Sie dann an.«

»Gut. Und noch eins, Annie. Weiß meine Mutter von dieser Sendung?«

»Nein, die habe ich ja gerade erst bekommen. Und ich habe noch nicht mit ihr gesprochen.«

»Das ist gut. Würden Sie es ihr vielleicht nicht erzählen? Sie hat wirklich genug durchgemacht und jetzt setzt sie ihre ganze Hoffnung auf diese Sendung. Wenn sie von dieser Sache erführe, würde sie das schrecklich aufregen und sie hätte große Angst um Sie.«

»Das glaube ich gern. Ich werde ihr nichts davon erzählen.«

»Danke. Also dann, machen Sie es gut, Annie. Und rufen Sie mich so bald wie möglich an.«

Ich legte das Telefon auf und ging zur Haustür, die Gedanken auf der Überholspur. Bisher hatte uns die Polizei immer nur aus bedrohlichem Anlass einen Besuch abgestattet. Ich würde mir für die Mädchen irgendeine Erklärung wegen Chetterlings Anwesenheit aus den Rippen schneiden müssen.

Mit anderen Worten, ich würde lügen müssen.

»He, ihr zwei, seid ihr langsam abmarschbereit?«, rief ich nach oben.

»Kommen schon!« Kelly und Erin kamen quietschvergnügt aus dem Zimmer. Sie hopsten die Stufen hinunter, beide mit einer Tasche ausgerüstet, und giggelten halblaut vor sich hin. Ihre Unbekümmertheit drückte mir das Herz ab. Unvorstellbar, ihnen noch mehr Traumatisches zuzumuten.

»Okay. Dann ab mit euch.« Ich zog Kelly für eine Umarmung an mich. »Bis morgen.«

Da klingelte es. Kelly schielte fragend zur Tür. »Wer ist denn das?« Sie trottete zur Tür, um zu öffnen. Bei Chetterlings

Anblick wich sie zurück, ihr Lächeln verblasste wie ein verfinsterter Mond.

»Hallo, Ralph, komm herein.« Meine Worte schwebten förmlich auf ihrer gespielten Leichtigkeit. »Kelly, sag Hallo. Der Kommissar ist gekommen, um mit mir über die Zeichnung zu reden, die ich für *American Fugitive* mache.«

»Hallo.« Kelly warf mir einen alarmierten Blick zu.

»Hallo, zusammen.« Chetterling trat ein, die stämmige Gestalt ganz Autorität. Die zusammengepresste Sprungfeder der Spannung in meiner Brust gab ein wenig nach. Wenn mir jemand helfen konnte, in dieser Situation den Durchblick zu behalten, dann Ralph.

»Hi.« Erins Lippen verzogen sich für einen Sekundenbruchteil zu einem Lächeln. »Komm, Kelly, gehen wir.«

Die Mädchen liefen eilig nach draußen und die Verandastufen hinunter.

Der Kommissar drehte sich um und schaute ihnen nach. »Die scheinen mich nicht besonders zu mögen.«

»Das ist nicht wahr.« Ich schloss die Tür. »Ich fürchte, es sind einfach nur zu viele Erinnerungen.«

Er nickte, dann blickte er mich prüfend an. »Wie geht es dir?«

Meine Schultern hoben sich. »Ich weiß nicht genau. Ich habe Angst. Bin wütend. Denke, vielleicht sollte ich die ganze Sache hinschmeißen.«

»Und nichts von alledem kann ich dir verübeln.«

»Na ja. Also. Komm, ich zeige dir mein kleines Geschenk.«

In meinem Büro untersuchte Chetterling mit Handschuhen die Blumenschachtel samt Inhalt. Er sagte, dass er das Päckchen zur Untersuchung auf Fingerabdrücke mit ins Labor nehmen würde. Ich beschrieb ihm alles so genau wie möglich – die Zeit, wann das Päckchen gekommen war, das blaue Auto, das ich wegfahren gesehen hatte.

»Du weißt ja, dass wir alles in unserer Macht Stehende tun

werden, um den Täter zu finden.« Er stand neben dem Schreibtisch und blickte durch den Raum auf den Zeichentisch und die Utensilien. »Von meinem ersten Eindruck muss ich Stephen Recht geben – es handelt sich vermutlich um einen Spinner, der die Zeitung gelesen hat. Bei dem Medienrummel um den Willit-Fall könnte nahezu jeder herausgefunden haben, wo du wohnst.«

Ich blickte ihm prüfend ins Gesicht. Glaubte er das wirklich?

»Ich kann dir gar nicht sagen, wie Leid es uns tut, dass das mit der Fernsehsendung bekannt geworden ist, Annie. Wir haben keine Ahnung, wer da geplaudert hat. Delft springt im Quadrat vor Wut.«

»Ich weiß.« Ich verschränkte die Arme vor der Brust. »Ralph, was ist, wenn Bill Glatt diese Schachtel geschickt hat?«

Er schob die Unterlippe hoch, das Kinn runzelte sich. »Dann werden wir anhand des Zahlungsmittels seinen Aufenthaltsort ermitteln und ihn festnehmen. Das wäre natürlich das Allerschönste. Aber nicht sehr wahrscheinlich. Erstens wäre es ziemlich leichtfertig von ihm, findest du nicht, nach so vielen Jahren? Und zweitens kann ich mir nicht vorstellen, dass er die Schachtel selbst vorbeigebracht hat oder auch nur in der Nähe lebt. Woraus sich die Frage ergibt: Welcher Florist erfüllt telefonische Bestellungen für *tote* Blumen?«

In Gedanken ging ich durch, was ich über Bill Glatt erfahren hatte. Pingelig. Arrogant. Kontrollsüchtig. Ein zwanghafter Krimileser.

Gewissen nicht vorhanden.

Zwei Persönlichkeiten.

Konnte ein Glatt, der verzweifelt die Kontrolle wiederzugewinnen sucht, derart leichtsinnig geworden sein?

Wenn das bedeutete, dass man ihn bald fasste, wäre das beinahe wünschenswert.

Kapitel 10

Chetterling machte mir Mut, den Termin mit Edwin einzuhalten, und versicherte mir, dass sich das Sheriff's Department unverzüglich daranmachen würde, der Schachtel auf die Spur zu kommen. Trotz meiner Ängste wusste ich, dass er Recht hatte. Außerdem, wenn ich nicht ging, was würde ich denn dann stattdessen tun? Alleine zu Hause herumsitzen und die Ängste ins Unermessliche wachsen lassen? Da war es besser, etwas zu tun zu haben, sich auf den Fall zu konzentrieren. Kelly war bei Erin in Sicherheit; Stephen war fort zu seinem Basketballspiel. Die Kinder konnten also nicht als Ausrede herhalten.

»Annie, ich verspreche dir«, hatte Chetterling beim Verabschieden gesagt, »dass wir sofort anrufen, sobald wir etwas herausgefunden haben. Wenn du außer Haus gehst, hab dein Handy eingeschaltet.«

Ich hatte Edwin angerufen, um ihm zu sagen, dass ich mich auf den Weg machen würde.

Edwin Tarells ausladendes Haus im Ranchstil grenzte nach hinten an einen Golfplatz der gehobenen Klasse von Redding. Mit seiner geschmackvollen Mischung aus Verputz und sandfarbenem Stein verströmte es eine Eleganz, die gut zu einem erfolgreichen Geschäftsmann passte. Eines der drei Garagentore stand offen und ließ einen Blick auf den weißen Mercedes zu, mit dem Edwin vor ein paar Tagen zu mir gefahren war. Eine bunte Blumenpracht säumte den Gartenweg. Entweder beschäftigte Edwin einen Gärtner oder er widmete einen Großteil seiner Freizeit dem Garten.

Ich wusste ein bisschen über Edwins Privatleben aus nachträglichen Eintragungen in die Fallakte. Er war fünfundvierzig – vier Jahre älter als ich. Zweimal verheiratet und geschieden. Aus keiner Ehe waren Kinder hervorgegangen. Soweit ich mir das zusammenreimen konnte, hatte Tarell Plastics ein paar harte Jahre durchgemacht, als Edwin die Firma übernahm. Delft hatte ein Gespräch mit Emily protokolliert, in dem sie zugab, enttäuscht zu sein, dass Edwin die Firma selber leiten wollte. Vielleicht hielt sie ihn für zu jung, zu unerfahren. Doch was immer ihre Vorbehalte gewesen sein mochten, am Ende stellte Edwin seine Tüchtigkeit unter Beweis. Heute war Tarell Plastics ein gesundes Unternehmen mit über hundert Mitarbeitern. Edwin war ein geachteter Mann in Redding. Er war Mitglied im Rotary Club, der Handelskammer und anderen örtlichen Vereinen.

Trotzdem fand ich die Trauer über seinen Vater und die zwei gescheiterten Ehen für ihn am bezeichnendsten. Ich kannte dieses Gefühl, nach außen hin erfolgreich zu wirken – und sich innerlich wie ein Versager vorzukommen.

Edwin bat mich mit einem blassen Lächeln herein und nahm meine Hand in seine beiden Hände. »Wie geht es Ihnen?« Er trug ein Paar gebügelte helle Jeans und ein Designerpolohemd. Ich nahm einen Hauch von Aftershave wahr.

»Danke, gut.« Ich erzählte ihm von Chetterlings Reaktion auf das Päckchen. »Ich habe mein Handy eingeschaltet, falls er gleich etwas herausfindet.«

»Gut, gut.« Seine braunen Augen suchten meinen Blick. »Na, dann kommen Sie doch herein.«

Er führte mich in ein großes Wohnzimmer mit dick gepolsterter Couchgarnitur und einem Flachbildfernseher, der sogar noch größer war als unserer.

»Alle Achtung. Schauen Sie darauf Baseballspiele?«

Er lächelte. »Und Football und Basketball. Manchmal sogar Fußball, ab und zu.«

Edwin bot mir etwas zu trinken an. Ich lehnte ab. Wir ließen uns in zwei Sesseln nieder, seiner stand gegenüber dem Fernseher. Sein Stammplatz, vermutete ich. Seine Finger rieben sacht über den Stoff der Armlehne. »Wenn dieses Päckchen ein schlechter Scherz sein sollte, haben Sie dann irgendeine Ahnung, wer Ihnen das angetan haben könnte?«

»Nicht die geringste.«

Er nickte. »Ich dachte nur, ob es jemand in Verbindung mit Ihren früheren Fällen sein könnte. Vielleicht jemand, der nicht erfreut darüber war, dass eines Ihrer Phantombilder zu einer Festnahme führte.«

Daran hatte ich noch gar nicht gedacht.

»Na ja.« Er trommelte auf seinen Sessel. »Kommt Zeit, kommt Rat. Nun zu unserem Fall. Ich erzähle Ihnen gerne alles, was Sie wissen müssen.« Edwin schüttelte den Kopf. »Ich kann Ihnen gar nicht sagen, wie oft man mir schon versichert hat, man stünde kurz davor, Glatt zu finden. Besonders in den ersten paar Jahren. Mal sah eine Frau ihn hier, mal behauptete ein Mann, er lebe dort. Von überall gingen Hinweise ein. Jedes Mal, wenn mir das Sheriff's Department mitteilte, die Chancen ständen gut, ist mir der Schweiß ausgebrochen. Ich konnte nachts nicht schlafen. Dann verging die Zeit ... und nichts geschah. Also habe ich normal weitergemacht.« Er schnaufte kurz. »Wenn man mein Leben als normal bezeichnen kann.«

Die Bemerkung traf mich. Wie sollte man mit solch einer Verletzlichkeit umgehen? Einen Moment war ich eifrig damit beschäftigt, mein ledergebundenes Schreibset zu öffnen, einen Stift herauszuziehen und Edwins Namen oben auf das Blatt zu schreiben. »Gut. Edwin, ich möchte von Ihnen vor allem mehr über Bill Glatt erfahren. Einige Fragen konnte mir schon Sergeant Delft beantworten. Aber ich werde Ihnen ein paar gezielte Fragen stellen, die mir helfen sollen, die Lücken zu füllen. Sagen Sie mir zunächst – war irgendetwas an Glatts Gang ungewöhnlich?«

Er zog die Augenbrauen hoch. »An Glatts Gang? Ist das wichtig?«

»Nun, es hilft mir vielleicht nicht direkt dabei, das Gesicht zu zeichnen. Aber indirekt könnte es mir helfen, ihn als Person besser zu verstehen.«

»Ich verstehe.« Edwin rieb sich den Kiefer. »Glatt bewegte sich leise. Manchmal war das regelrecht unheimlich. Dann hätte man schwören können, dass er sich absichtlich an einen herangeschlichen hat.«

Könnte Glatt eine Art Spiel gespielt haben? Würde dieser Krimiliebhaber versuchen, sich anzuschleichen, nur um zu sehen, ob er es konnte?

Ich machte mir eine Notiz. »Was für Kleidung trug er in seiner Freizeit?«

»Kakihosen mit Gürtel und ein in die Hose gestecktes Hemd. Niemals Jeans oder ein T-Shirt.«

»Sergeant Delft sagte, er liebte seine Frau und das Baby. Würden Sie dem zustimmen?«

»Ja. Mehr Familie hatte er ja nicht. Ich habe ihn nie über Eltern oder Cousins reden hören.«

»Okay. Können Sie sich noch daran erinnern, als Sie das erste Mal mit dem Kommissar am Tatort über ... jenen Abend geredet haben? Sie erwähnten, dass Bill die Angewohnheit hatte, das Kinn hochzureißen und dann wieder sinken zu lassen. Sie sagten auch, dass er genau und penibel war.«

»Penibel war er, oh ja. Und diese Sache mit dem Kinn – ja.«

»Können Sie mir diese Geste vormachen?«

»Zuerst hat er etwas mit dem Mund gemacht, etwa so.« Edwin zog das Kinn hoch, ließ eine Kerbe unter der Unterlippe entstehen und zog die Mundwinkel weiter herunter. Auf seinem Kinn entstanden zwei vertikale Furchen.

»Könnten Sie einen Moment lang so bleiben?« Ich skizzierte den Ausdruck schnell und fragte mich dabei, wie sich diese Angewohnheit nach so vielen Jahren auf Glatts Gesichtsstruktur ausgewirkt haben mochte. »Okay. Weiter.«

Edwin riss den Kopf hoch und ließ ihn wieder sinken. Das wiederholte er.

Ich schrieb mir das auf. »Wie oft machte er das? So pro Tag?«

»Ich weiß nicht, vielleicht etwa dreimal, wo es mir aufgefallen ist. Und öfter, wenn er gestresst war.«

»War er oft gestresst?«

»Das würde ich schon sagen. Er war nervös, nachdem mein Vater ihn frisch eingestellt hatte. Und dann sah er bei jeder Sitzung, bei der es um die Buchhaltung ging, nervös aus. Vor allem in den letzten Monaten. Jetzt wissen wir natürlich auch, warum. Und dazu hatte es ihm wirklich zu schaffen gemacht, dass Sue ihn verlassen hatte.«

»Hat er jemals Wut gezeigt?«

»Ja, aber nur, wenn er sich wirklich sehr bedrängt vorkam. Meistens verstummte er einfach, versteinerte. Im ersten Jahr, als ich ihn kannte, habe ich ihn nie anders mit Ärger umgehen sehen. Dafür habe ich ihn bewundert. Dass er so beherrscht war. Doch dann fing ich an, eine andere Seite von ihm zu entdecken. Einmal sind wir im Büro wegen eines Fehlers von ihm aneinander geraten. Ich sage Ihnen, innerhalb von Sekunden ging er von dieser beherrscht kalten Statuenhaftigkeit zu rotköpfiger Herumbrüllerei über. Ich konnte es nicht fassen. Es war, als hätte er einen Schalter umgelegt. Und in dem Zustand verlor er jegliches logische Denkvermögen. Dann faselte er dummes Zeug und traf unüberlegte Entscheidungen. Einmal hätte er mich beinahe geschlagen.« Edwin schaute weg, als blickte er den Korridor der Vergangenheit hinunter. »Mir hätte das klar sein müssen, wissen Sie. Ich hätte erkennen müssen, wozu er fähig ist. Unter der Oberfläche dieses Mannes ging so viel vor sich. *Vor allem*, als ich entdeckte, dass er Geld stahl, hätte ich schalten müssen.«

»Das hat auch sonst keiner«, sagte ich sanft.

Er sah mich wieder an, seine Brust füllte sich mit Luft. »Aber ich bin der, der noch am Leben ist.«

Ich lächelte ihn schmerzlich an. Wenn ich doch nur etwas

tun könnte, um ihm das Schuldgefühl zu nehmen. »Es tut mir so Leid, Edwin. So Leid, dass es dazu kommen musste.«

Er nickte.

Ich sah wieder auf meinen Block und nahm mir eine Minute, um mich zu sammeln. »Also. Sie sagten, die meiste Zeit über sei Glatt die Beherrschtheit in Person gewesen, richtig?«

»Ja.«

»Dabei würde ich gerne einen Augenblick verweilen. Können Sie mir von einer Begebenheit erzählen, wo er zwar wütend war, aber auf diese kalte Art wütend?«

Er starrte auf den leeren Fernsehbildschirm. »Es gab da einen Vorfall etwa zwei Monate vor der Weihnachtsfeier – der letzten, an der er teilgenommen hat. Ich denke, dass er an diesem Tag etwas über seine Frau herausgefunden hat. Sie vielleicht sogar mit dem anderen Mann erwischt hat. Jedenfalls ging er in der Mittagspause nach Hause – was ungewöhnlich für ihn war. Und als er zurück ins Büro kam, war er ... na ja, fast roboterhaft.«

Roboterhaft. Ich stellte mir Bill Glatts Mimik vor, steif wie aus Pappmaschee. »Was geschah dann?«

Edwin schlug die Hände zusammen. »Ich sah ihn an meinem Büro vorbeigehen. Er sah starr geradeaus, das Kinn erhoben – und so blieb es. Seine Wangen wirkten irgendwie gerötet. Ich kann das nicht erklären, aber etwas an der Art, wie er vorbeistelzte, ließ mich ihm hinterhergehen, um zu sehen, ob alles in Ordnung war.«

Als Edwin mir die Geschichte erzählte, begann sich die Filmspule in meinem Kopf zu drehen. Ich stellte mir vor, wie er zu Bills Büro geht, den Kopf hineinsteckt ...

»Alles in Ordnung?«

Bill starrt zum Fenster hinaus, die Hände in den Taschen, breitbeinig, die Ellbogen in einem seltsamen Winkel vorgeschoben. Als stemme er sich gegen einen starken Wind. Er dreht sich um und schaut Edwin an, und sein Gesicht sieht aus wie der Tod. Alles Rot ist aus den Wangen gewichen, übrig ist nur noch ein gespenstisches Weiß.

»Natürlich ist alles in Ordnung.« Jedes Wort fällt wie ein Popcornteilchen auf den nackten Fußboden. »Danke der Nachfrage.«

Die Hände bleiben in den Taschen. Edwin sieht, dass der Stoff ausgebeult ist, als grübe sich Bill die Finger in die Schenkel.

Edwin legt eine Hand an den Türrahmen, er runzelt die Stirn. Im Geiste listet er mögliche Probleme mit der Firma auf. Stimmt etwas nicht mit den Büchern? Negativbilanz für das Quartal? An Bills Privatleben zu denken, kommt ihm gar nicht in den Sinn.

Glatt schießt ihm einen kalten, giftigen Blick zu. »Kann ich irgendetwas für dich tun?«

»Nein, es ist nur ... du siehst aus, als ob etwas nicht in Ordnung ist, das ist alles.«

»Wie oft soll ich es denn noch sagen, alles in Butter.« Glatt geht zu seinem Schreibtisch. Eine Hand taucht aus der Tasche auf. Er streckt den Zeigefinger aus, um einen dünnen Papierstapel ganz genau übereinander zu schieben. Tap, tap. Seine Hand zittert. Die obersten Seiten rutschen nicht weit genug. Tap, tap, tap. Glatt hört erst auf, als er zufrieden ist.

»Na gut, denn«, Edwin versucht, wieder zum Geschäftlichen zurückzukehren, »und vergiss nicht die Zahlen, die du über Corville Industries zusammenstellen wolltest –«

»Edwin.« Glatt spuckt seinen Namen förmlich. »Das habe ich nicht vergessen. Vergesse ich jemals, was man von mir will? Vergessen. Ich. Jemals?«

»Nein, ich wollte doch nur –«

»Gut. Du wirst sie morgen früh haben. Was, solltest du das nicht vergessen haben, genau dann ist, wann du sie haben wolltest.«

Wut schießt Edwin durch die Adern. Was nahm sich dieser Kerl ihm gegenüber heraus? Er ist der Sohn vom Chef. Edwin richtet sich auf, macht einen Schritt ins Büro hinein. »Ich weiß nicht, was dein Problem ist, Glatt, aber du nimmst dich besser in Acht.«

»Ich nehme mich in Acht, Edwin. Immer. Und ich nehme mich jetzt gerade so stark in Acht, wie du es dir gar nicht vorstellen kannst. Also zisch ab, ja?«

Mit übertriebener Ruhe zieht Glatt seinen Bürostuhl hervor und setzt sich. Er zieht sich einen Ordner heran, öffnet ihn. Die rechte Hand, wie ein unbeteiligtes Anhängsel, greift sich einen Stift und hält ihn in die Luft. Er packt ihn, bis die Knöchel weiß werden.

»Guten Tag, Edwin.« Er hebt den Blick nicht von dem Ordner.

Edwin stelzt davon und kommt sich vor wie ein Kind, das gescholten worden ist, weil es genervt hat …

Seine Stimme wurde immer leiser und wir saßen einen Moment schweigend da.

Ich legte den Stift weg. »Sie konnten Bill Glatt nicht leiden.«

»Danach nicht mehr. Und heute …« Er schnaufte. »Wenn ich ihn auf der Straße träfe, würde ich ihn in Nullkommanichts umlegen. Es war damals ein fataler Fehler, dass ich meinem Vater nichts davon erzählt habe. Damals wusste ich einfach nicht, was ich hätte sagen sollen. ›Mannomann, Papa, Bill war richtig sauer. Schon irgendwie unheimlich.‹ Ich dachte, mein Vater würde dem keine Bedeutung beimessen. Er hat von allen Leuten immer nur das Beste angenommen.«

Ich beobachtete, wie Edwins Finger wieder zurück zur Sessellehne kehrten und zu reiben begannen. Was hatte Bill Glatt an jenem Tag in der Mittagspause erfahren, das ihn so aufgeregt hatte? Dass seine Frau die Scheidung wollte? *Hatte* er sie mit dem anderen Mann erwischt? Bei diesem Szenario konnte ich es ihm nicht verübeln, dass er so krampfhaft versuchte, die Fassung zu bewahren. Es wäre schon erstaunlich, dass er an jenem Tag überhaupt wieder zur Arbeit gekommen war.

»Edwin, Sergeant Delft hat mit mir über Glatts Motiv gesprochen. Aber ich würde das auch gerne von Ihnen hören. Warum, glauben Sie, ist er auf Mord verfallen? Was bringt einen stillen Mann, einen Schreibtischtäter, dazu, gewalttätig zu werden?«

»Schwer vorstellbar, nicht wahr? Und doch passiert das alle Tage. Wie viele Leute, die einen Mord begehen, hätten je gedacht, dass sie das tun würden?« Edwin betrachtete den leeren Fernsehschirm. »Ist Ihnen Mark Hoffman ein Begriff?«

»Nein.«

»Ich habe ein Buch über ihn gelesen, etwa fünf Jahre nach Vaters Ermordung. Es ... hat mir geholfen, ein paar Dinge zu durchdenken. Hoffman war ein Meisterfälscher in den Achtzigern. Ein wirklich brillanter Typ. Er hat über achthundert Schriftstücke verfasst, angeblich von Berühmtheiten wie Daniel Boone und den Gründern unseres Landes. Nicht zu vergessen seine Fälschungen, die skandalöse ›Informationen‹ über Joseph Smith enthielten. Sie wissen schon, der Typ, der die Mormonenkirche gegründet hat. Hoffman hat mit dem Verkauf dieser Schriftstücke ein Vermögen gemacht.«

»Und er erinnert Sie an Glatt?«

Edwin nickte. »Aus mehreren Gründen. Auf eine gewisse Art sah er aus wie Glatt. Ein bisschen beschränkt. Er konnte wie ein richtiger Dorftrottel tun, wenn er jemanden überlisten wollte, ihm ein Schriftstück abzukaufen. Und damit meine ich überlisten. Sogar das FBI und die Nationalbibliothek haben seine Fälschungen für echt erklärt. Das zeigt, wie schlau er war. Er hat seine Zeit mit Lesen und Studieren verbracht – wie Glatt mit seinen Krimis. Hoffman lernte, wie man die perfekte Fälschung macht. Er ging in Büchereien und schnitt leere Seiten hinten aus Büchern, die so alt waren, wie das Schriftstück, das er herstellen wollte. Er lernte, wie man auf althergebrachte Weise Tinte herstellt. Und die enthielt auch so merkwürdiges Zeug wie Wespenlarven und so. Aber er ging sogar noch weiter. Hoffman wusste, dass die Schriftstücke aufgrund ihres potenziellen Werts genau untersucht werden würden. Also hat er sich überlegt, wie man dem C-14-Test ein Schnippchen schlagen kann. Er nahm etwas von dem alten Papier aus den Büchern und verbrannte es, dann hat er die Asche, die das richtige Kohlenstoffalter enthielt, der Tinte beigemischt.« Edwin schüttelte den Kopf. »Brillant.«

»Und wie hat man ihn dann gefasst?«

»Genau darauf will ich hinaus.« Edwin kam ins Stocken. »Hoffman war ein schlauer, gewiefter Schreibtischtäter. Genau wie Bill Glatt. Aber jetzt raten Sie mal, was passierte, als er in die Enge getrieben wurde. Als ihm das Wasser bis zum Hals stand. Da hat er den Kopf verloren und ist dumme Risiken eingegangen. Und er hat zwei Leute umgebracht.«

Die Worte schlugen bei mir ein. Ich hielt Edwins Blick stand.

»Genau wie Glatt hatte Hoffman das geplant. Er hat einem Oberen der Mormonenkirche, der an dem Kauf der Fälschungen beteiligt gewesen war, eine Rohrbombe geschickt und ihn zerfetzt. Am selben Tag hat er einem anderen Oberen eine zweite geschickt, aber die hat die Frau des Mannes erwischt. Und genau wie Glatt hatte er vor, noch mehr Leute zu töten, aber dann fingen die Dinge an, schief zu gehen. Die dritte Bombe explodierte bei ihm im Auto. Er ist zwar nicht gestorben, war aber ziemlich schwer verletzt. Wenn das keine Dummheit ist.«

Ich dachte über diese Geschichte nach. »Und was war Ihrer Meinung nach der Auslöser für die Veränderung, die in Hoffman vor sich ging?«

Edwin seufzte. »Ich denke nicht, dass er sich verändert hat, das ist es ja gerade. Ich denke, er hat nur ausgeführt, wozu er die ganze Zeit über schon fähig war. Er war wie Glatt in einer Abwärtsspirale gefangen. In Hoffmans Fall machte dieser Mauerblümchentyp jede Menge Geld mit dem Verkauf seiner Fälschungen und legte sich einen entsprechenden Lebensstil zu, womit er Aufmerksamkeit auf sich zog. Nach einer Weile gab er mehr aus, als er verdiente, und häufte beachtliche Schulden an. Unter dem Druck der Schulden versprach er mehr Schriftstücke, als er Zeit zum Fälschen hatte. Dann rückten ihm die Gläubiger auf die Pelle und wollten ihn wegen seiner vielen Schulden bloßstellen. Und natürlich wurde auch darüber spekuliert, dass er am laufenden Band diese vielen wichtigen Schriftstücke ›fand‹. Im Endeffekt schien seine Festnahme unausweichlich. Und das konnte er nicht zulassen. Er war ja bereits kriminell. Er hatte keine Skrupel mehr. Tun Sie da noch Verzweiflung hinzu und Sie bekommen eine äußerst gefährliche Person. Genau wie Glatt.«

Edwins Worte krochen durch mich hindurch. Der Vergleich dieser beiden Kriminellen hinterließ eine Schleimspur. Was hatte das mit den toten Rosen zu tun? Wenn Glatt befürchtete, durch die *American Fugitive*-Sendung gefasst zu werden, würde er dann zu solch verzweifelten Maßnahmen greifen? Was würde ihn davon abhalten, mir oder jedem etwas anzutun, den er als Bedrohung empfand?

Nein. Ich würde diesem Gedankengang jetzt nicht weiter folgen.

Mit kontrollierten Bewegungen klappte ich den Block zu und schob den Stift zurück in die Tasche. »Edwin, haben Sie recht vielen Dank. Sie haben mir sehr geholfen.«

»Keine Ursache.« Er erhob sich und lächelte mich leicht an. »Ich bin froh, dass Sie kommen konnten.«

Als er mich zur Tür brachte, schien ihm irgendetwas zu widerstreben. Er blieb im Eingang stehen, die Hände in den Taschen seiner Jeans. »Hören Sie, Annie, ich habe gemischte Gefühle bei dieser Sache. Ich möchte zwar, dass Sie diese

Zeichnung machen. Und ich denke, dass Chetterling wahrscheinlich Recht hat – das Päckchen an Sie war ein Dummjungenstreich und man wird schon bald herausgefunden haben, woher es kam. Aber wenn nicht ... Wenn auch nur die geringste Möglichkeit besteht, dass Glatt es geschickt haben könnte, dann möchte ich nicht, dass Sie sich Gefahr aussetzen.«

Ich drückte den Block an meine Brust. »Danke. Wissen Sie, ich würde Sie und Ihre Mutter höchst ungern im Regen stehen lassen. Eine solche Entscheidung würde ich nicht leichtfertig treffen. Und wenn ich daran denke, wie solch ein Rückzieher ganz praktisch ausschauen müsste, schaudert es mir. Ich meine, damit Glatt davon erfährt, würden wir veröffentlichen müssen, dass ich aus Angst das Handtuch werfe. Die Zeitung würde die Geschichte drucken müssen.«

Edwin runzelte die Stirn. »Ich bleibe dabei, dass sich die ganze Sache verrückt anhört. Glatt kann doch nicht allen Ernstes erwarten, dass die Sendung auf ewig vertagt wird. Man wird einfach einen anderen Künstler für eine spätere Sendung engagieren.«

»Aber damit würde er Zeit zum Flüchten gewinnen, richtig?« Ich dachte an mein Gespräch mit Delft. »Genau wie vor zwanzig Jahren.«

»Ja.« Edwins Stimme sank. »Das würde er.«

In düsterer Stimmung traten wir auf die Veranda. »Rufen Sie mich an, sobald Sie etwas Neues wissen.« Edwin lächelte mir leicht zu. »Ich wette, wir machen uns völlig unnötig Sorgen.«

Ich schlüpfte in mein Auto und legte die Tasche auf den Beifahrersitz. Edwin stand auf der Veranda und winkte mir noch nach. Als ich die Straße etwa zur Hälfte hinuntergefahren war, klingelte mein Handy. *Au weia*. Für Nachrichten über die Blumen schien es noch zu früh. War das Stephen? Hatte er es bereits geschafft, sich mit seinen Freunden in Schwierigkeiten zu bringen? Ich fischte das Handy aus der Handtasche und schaute auf die angezeigte Nummer.

Kommissar Chetterling.

Mit angehaltenem Atem nahm ich den Anruf an.

Kapitel 11

Mein Herz hämmerte ein bisschen zu hart, als ich auf den Parkplatz der Zweigstelle Nord des Sheriff's Department bog. »Annie«, hatte Chetterling am Telefon gesagt, »wir sind da einer Spur wegen deines Geschenks nachgegangen. Kannst du jetzt sofort hierher kommen? Wir haben jemanden herbestellt, den du, glaube ich, gerne sehen würdest.«

Da er nicht die Zeit für Erklärungen hatte, hatte mich der Kommissar mit vielen Fragen zurückgelassen. Eins aber wusste ich: Er lehnte sich sehr weit aus dem Fenster, indem er mir erlaubte, bei einer Vernehmung dabei zu sein.

Chetterling traf sich mit mir vor Delfts Bürotür, an seiner Seite der Sergeant. »Du kommst gerade rechtzeitig.«

Beim Anblick der beiden Männer machte ich große Augen. »Habt ihr jemanden gefunden, der mit Glatt in Verbindung steht?«

Delft hob die Hand. »Noch wissen wir nicht viel. Aber das wird sich bald ändern. Wir lassen Sie die Vernehmung hinter verspiegeltem Glas mitverfolgen. Sie werden alles verstehen, was gesagt wird. Die Wände sind dünn.«

Sie führten mich zu einer Scheibe, durch die man in einen kleinen Raum mit einem Tisch und drei Stühlen gucken konnte. Auf einem dieser Stühle hockte ein junger Mann in ausgeblichener Jeans und hochgekrempeltem Jeanshemd. Er wirkte wie ein gefangenes Schachtelmännchen und blickte wild um sich, als suchte er nach einer Hand, die an der Kurbel drehte. Seine Hände packten den Stuhl, beide Beine wippten. Als die Tür aufging, zuckte er zusammen. Chetterling und Delft stellten sich vor und nahmen Platz. Der junge Mann brachte ein zahmes »Hi« zustande.

Chetterling las ihm seine Rechte vor und vergewisserte sich, dass der junge Mann diese verstanden hatte. »Also schön. Sie sind Sam Borisun, wohnhaft in 2853 Declan Way. Sie sind sechsundzwanzig. Und Sie arbeiten in ›Reddings Rosenladen‹ richtig?«

Ich warf einen Blick zur Videokamera, die in der oberen Ecke des Raumes montiert war. Chetterlings Einführung war vermutlich für den Mitschnitt bestimmt.

»Ja.«

»Und Sie haben verstanden, dass Sie hier sind, um uns von den, äh, Blumen zu erzählen, die Sie Ms Annie Kingston in Barrister Court geliefert haben?«

»Ich hab nichts gemacht, ehrlich.« Die Worte verhaspelten sich. »Ich meine, ich habe die Bestellung abgeliefert, aber ansonsten weiß ich nichts.«

»Okay. Sprechen wir zunächst über den Blumenladen. Wer ist der Besitzer und wie sind Ihre Arbeitszeiten?«

Der Laden gehöre Stuart Welsher, erwiderte Sam, zusammen mit einem zweiten Geschäft auf der anderen Seite von Redding. Unter der Woche pendele Welsher zwischen den Geschäften hin und her, habe Sam aber die Verantwortung für seine Filiale an den Samstagen übertragen.

»Und diese Läden liefern normale Blumen, richtig? Frische, hübsche Blumen.«

»Ja.« Sams Bein wippte immer noch. »Meistens. Aber letzten Sommer bin ich auf die Idee mit den toten Blumen gekommen.«

Letzten Sommer. Mit Sicherheit bestand hier keinerlei Zusammenhang mit Lisa Willits Ermordung. Trotzdem bekam ich eine Gänsehaut.

»Ich habe versucht, den Umsatz zu steigern, wissen Sie. Mr Welsher hatte alles Mögliche versucht. Und dann habe ich gelesen, dass das jetzt der letzte Schrei ist, in New York und so. Dass ein Typ mal als Witz tote Blumen geliefert hatte, wenn zum Beispiel einer von seinem Mädchen sitzen gelassen wurde und er es ihr heimzahlen will oder so. Jedenfalls hat die Idee gezündet und jetzt verschicken jede Menge Blumenläden tote Blumen. Manche Leute bestellen die als Juxgeschenk, wenn jemand vierzig wird. Zu Halloween sind sie auch ein Renner. Zuerst fand Mr Welsher die Idee ja scheußlich, aber dann habe ich ihm erklärt, wozu man die alles brauchen könne und wie ich das vermarkten tun würde und im Freundeskreis herumerzählen. Da hat er mich das dann ausprobieren lassen.«

Chetterling nickte. »Wie werben Sie für Ihre toten Blumen?«

»Wir haben ein Schild im Laden. Und im Eintrag der neuen Gelben Seiten steht es auch. Und auf unserer Website.«

Delft und Chetterling wechselten einen Blick. *Website*. Also hätte jeder von überall diesen Service finden können.

»Okay.« Chetterling legte die großen Finger flach gegen die Tischkante. »Sie haben die Bestellung für Ms Kingstons Blumen entgegengenommen, richtig?«

»Ja.«

»Wie? Und um wie viel Uhr?«

»Telefonisch.« Sam schlug die Knöchel gegeneinander. »Das muss gegen Viertel vor elf gewesen sein.«

»War sonst noch jemand im Laden?«

»Bettina Gregory. Sie arbeitet am Wochenende.«

»Würde Sie gehört haben, was Sie am Telefon gesagt haben?«

»Klar, sie stand ja dabei.«

»Schön. Die Person am Telefon. War das ein Mann oder eine Frau?«

»Ein Mann. Mit einer kratzigen Stimme.«

»Kratzig?«

Sam zuckte die Achseln. »Er sagte, er sei heiser und dass ich ihn hoffentlich trotzdem verstehen könne. ›Klar‹, hab ich gesagt.«

»Okay. Was geschah dann?«

Ich schloss die Augen und betete, dass das, was wir in den nächsten Minuten zu hören bekommen würden, mich davon überzeugen würde – uns alle davon überzeugen würde –, dass es sich bei der Lieferung um nichts weiter als einen makabren Scherz handelte. Im Geiste sah ich Sam mit dem Hörer am Ohr am Tresen des Blumengeschäfts stehen …

»Ich möchte gerne einen kleinen Scherz machen«, sagt der Anrufer. »Haben Sie gerade tote Blumen da, wie annonciert?«

»Aber klaro.«

»Können Sie die noch heute ausliefern?«

»Jetzt sofort, wenn Sie möchten.«

»Gut.« Der Mann gibt Namen und Anschrift des Empfängers durch. »Man kann einen Gruß beilegen, richtig? Mein Gruß lautet wie folgt.«

Sam greift sich einen Stift, als der Mann die Worte langsam diktiert. »Ist notiert.« Er liest die Worte laut vor, für alle Fälle. »Klingt ein bisschen unheimlich. Sind Sie sicher, dass das okay ist? Was soll überhaupt die zweite Zeile heißen – ›Wie diesen Fall‹?«

Der Mann raspelt ein Kichern. »Wenn ich Ihnen das erzählen würde, wäre es kein Geheimnis mehr, richtig? Sie soll das schön selber herausfinden.«

Das ist nichts Neues. Kunden, die tote Blumen bestellen, legen häufig einen verdrehten Sinn für Humor an den Tag, wie Sam. Heimlichtuerei gehört mit zum Spiel. »Ja, schon gut. Hauptsache, sie kapiert den Witz. Ich will schließlich nicht, dass sie auf uns sauer wird oder so.«

»Keine Sorge. Sie versteht Spaß, sie wird begeistert sein. Aber sie soll ruhig ein bisschen knobeln. Können Sie einen Umschlag ohne Ihre Geschäftsadresse verwenden, geht das? Und dann legen Sie die Schachtel auf der Veranda ab, klingeln und machen sich schleunigst aus dem Staub.«

»Okay.«

»Die Blumen werden ja schließlich nicht gleich verwelken, stimmt's?«

»Stimmt«, lacht Sam und der Anrufer gibt ein Geräusch von sich, das klingt, als ob Metall über Stein kratzt.

»So.« Sam zückt den Stift. »Dann brauche ich Ihre Kreditkartennummer.«

»Ich halte nichts von Kreditkarten.«

»Ja, wie wollen Sie dann –«

»Schauen Sie mal aus Ihrem Laden, von Ihnen aus gesehen rechts. Sehen Sie den Blumenkübel mit den roten Blumen? Schauen Sie darunter nach. Sie werden fünfundzwanzig Dollar finden. Das dürfte laut Ihrer Anzeige die Kosten decken.«

»Ups. Ja.« Mann, dieser Typ hat's mit dem Bescheißen aber echt raus. »Bleiben Sie einen Moment dran, ja?«

Er deckt die Sprechmuschel ab und bittet Bettina, draußen unter dem Geranienpott nachzugucken. Sie kommt mit einer Zwanzig- und einer Fünfdollarnote zurück. Kein Umschlag. Sam macht mit dem Mund eine Manche-Leute-sind-schon-merkwürdig-Grimasse zu ihr.

»Okay. Wir haben Ihr Geld.« Er öffnet die Kasse und legt die Scheine hinein. »Damit wäre alles geregelt.«

»Gut. Oh, noch eins. Wenn Sie mir nur noch einen kleinen persönlichen Gefallen tun könnten.«

»Schießen Sie los.«

»Sie wird dieser Sache wie ein richtiger Detektiv auf den Grund gehen. Wenn sie Sie also gefunden hat, richten Sie ihr etwas von mir aus. Aber Sie müssen sich genau an den Wortlaut halten. Sind Sie so weit?«

Sam greift wieder zum Stift. »Es kann losgehen.«

»Gut. Zuerst sagen Sie: ›Vierzehn Umzüge in zwanzig Jahren treiben einen Mann zur Verzweiflung.‹« Er macht eine Pause. »Haben Sie das?«

»Warten Sie.« Sam schreibt den Satz zu Ende, sein Mund bewegt sich mit den Silben. »Okay.« Er wiederholt die Wörter.

»Hier kommt der zweite Teil, sehr wichtig. Das ist ein bisschen so wie das Spiel Cluedo. Sagen Sie ihr: ›Es geschah im Arbeitszimmer. Don stand am Schreibtisch. Peter brach auf der Couch zusammen.‹«

Sam kritzelt erneut und wirft Bettina einen amüsierten Blick zu. Wartet, bis sie sich das angeschaut hat. »Okay. Ich lese es Ihnen noch mal vor.«

Der Mann hört zu. »Ja. Das haben Sie gut gemacht.«

Sam lacht über dessen Förmlichkeit. Dieser Typ hat echt einen Knall. »Danke. Und, äh, wenn Sie jemals wieder tote Rosen verschicken möchten, dann wissen Sie ja, an wen Sie sich wenden können …«

Sam Borisuns Stimme verklang und die Szene löste sich flimmernd auf. Ich bemerkte, dass ich den jungen Mann anstarrte, die Fingernägel hatten Abdrücke im Henkel meiner Handtasche hinterlassen. Kommissar Chetterling saß mit verschränkten Armen da, der Kiefer mahlte. Delfts Gesichtszüge waren eine starre Maske, die er aufgesetzt hatte, um die Pokermiene zu wahren.

Meine Gedanken wirbelten wie Blätter im Wind.

»Don stand am Schreibtisch. Peter brach auf der Couch zusammen …«

Details vom Tatort, die niemand wissen konnte, der einfach nur die Zeitung gelesen hatte.

»Vierzehn Umzüge in zwanzig Jahren treiben einen Mann zur Verzweiflung.«

War dies Glatt am Rande der Verzweiflung? Ich wollte das nicht wahrhaben. Es hatten doch bestimmt eine ganze Reihe Leute im Sheriff's Department an dem Fall gearbeitet. Sie alle würden die Einzelheiten kennen, die der Anrufer genannt hatte. Aber warum würde mir jemand aus dem Department den Auftrag vergraulen wollen? Warum würde jemand das große Risiko eingehen, geschnappt zu werden?

Nachdem es einem blassen Sam Borisun gestattet worden war zu gehen, sprachen Chetterling und Delft kurz mit zwei Hilfssheriffs und wiesen sie an, gewisse Angaben von Sam zu überprüfen. Danach setzten wir drei uns im Büro des Sergeants zusammen.

»Was hältst du davon?« Ich ging auf und ab, zu nervös, um den mir angebotenen Stuhl anzunehmen.

Chetterling leitete an Delft weiter. »Hört sich das für dich nach Glatt an?«

»Es sieht verdächtig danach aus.« Delft hockte mit durchgedrücktem Rücken auf seinem Stuhl. »Es gibt hier nicht mehr viele Leute, die sich an die Einzelheiten erinnern würden, die er genannt hat. Ja, von allen, die damals am Tatort ermittelt haben, war ich tatsächlich als Einziger beschränkt genug, zwanzig Jahre in diesem Department auszuhalten. Abgesehen von mir, gibt es nur noch euch beide. Und die Tarells, aber die wollen Glatt genauso unbedingt finden wie wir.«

Ich blies die Luft aus. »Meinen Sie, dass er sich *hier* in der Gegend aufhält?«

»Das weiß ich nicht.« Delft klopfte mit dem Daumen auf den Schreibtisch. »Es wäre ihm durchaus zuzutrauen. Wenn er das Gefühl hat, dass wir ihn in die Enge treiben – und mit der Fernsehsendung stehen unsere Chancen dazu gut –, dann ist nicht abzusehen, was er alles aushecken wird. Er könnte aber auch jemanden dafür bezahlt haben, das Geld zu hinterlegen. Ich kann mir zwar nicht vorstellen, wen, weil ich hier niemanden kenne, der gut auf ihn zu sprechen wäre. Aber wir werden die Leute befragen, die in der Nähe dieses Blumenladens leben und arbeiten. Wenn wir Glück haben, ist der Geldbote von jemandem gesehen worden. Und der hat sich vielleicht sogar das Automodell gemerkt.«

Delft blinzelte, als ihm ein neuer Gedanke kam, dann griff er zum Telefon und tippte drei Nummern ein. »Ich frage mich gerade, wann Glatt diesen Artikel frühestens gelesen haben kann.«

Wir warteten, während er mit der Agentur des *Record Searchlight* verbunden wurde. Nachdem er sich und sein Anliegen vorgestellt hatte, wurde er zum Webmaster der Zeitung durchgestellt. In wenigen Minuten hatte Delft seine Antwort: Die Artikel wurden etwa gegen halb drei Uhr morgens ins Netz gestellt.

Wir spielten die Möglichkeiten durch. Glatts Anruf beim Floristen war gegen 10:45 Uhr erfolgt. Irgendwann davor hatte er oder sein Bote das Geld hinterlegt, höchstwahrscheinlich vor Ladenöffnung um 9:00 Uhr. Wenn Glatt mitten in der Nacht im Internet gewesen sein sollte, blieben als größtmögliche Zeitspanne zwischen dem Lesen des Artikels und dem Hinterlegen des Geldes etwa acht Stunden. Eine achtstündige Fahrt aus südlicher Richtung würde für einen Wohnort irgendwo zwischen San Francisco und der Gegend um Los Angeles sprechen. Vom Norden her kommend, könnte er aus ganz Oregon sein oder sogar schon kurz hinter der Grenze zu Washington wohnen. Aus östlicher Richtung hätte er von tief in Nevada losgefahren sein können.

Sergeant Delft griff nach einem Zettel und machte sich eine Notiz. »Wir müssen anfangen, alle Motels im Umkreis von ein paar Stunden zu überprüfen.«

Ich legte die Hand an die Stirn. Das ging alles zu schnell. Was sollte ich tun?

Chetterling berührte mich an der Schulter. »Möchtest du aus dieser Sache aussteigen, Annie? Es könnte ein anderer Künstler einspringen, jemand, der weit weg von hier wohnt. An der Ostküste.«

Ich presste die Fingerknöchel ans Kinn. »Aber nicht bei *dem* Termindruck, so schnell findet sich niemand. Die Sendung müsste verschoben werden. Und Bill Glatt könnte umso länger frei herumlaufen. Vielleicht sogar hier in der Gegend.« Ich blickte von einem Mann zum anderen und spürte, wie es mir die Kehle zuschnürte. »Ich weiß gerade nicht, was ich sagen soll. Ich möchte aussteigen, ja. Aber andererseits möchte ich diesen Mann auch hinter Schloss und Riegel wissen. Und jetzt, wo er mich bedroht hat, wie kann ich da Ruhe geben, ehe er nicht gefasst ist?«

Chetterling stemmte die Hände in die Hüften. »Also, wir werden in Alarmbereitschaft sein für den Fall, dass Glatt sich in dieser Gegend aufhält. Leider haben wir nicht so viele Männer zur Verfügung, wie ich das gerne hätte, sonst würde ich ab sofort eine Zivilstreife vor deinem Haus positionieren. Aber ich werde veranlassen, dass Hilfssheriffs häufig an deinem Haus vorbeifahren, in Ordnung? Bleib heute Nacht zu Hause und halte die Türen verschlossen. Und ruf uns an, falls dir irgendetwas auch nur vage verdächtig vorkommt. Ist Jenna dieses Wochenende hier oben?«

»Nein.«

»Kannst du sie bitten herzukommen? Oder aber du übernachtest woanders.«

Ich starrte zu Boden, zog die Schultern zusammen. Wie mir vor dieser Nacht, vor den bevorstehenden Tagen graute. Ich konnte nicht fassen, dass es schon wieder losging. »Ich werde sie anrufen.«

»Annie.« Delft sprach mit ruhiger Eindringlichkeit. »Ich kann verstehen, dass Sie das alles aufregt. Und zu Recht. Aber das Ganze hat auch eine gute Seite. Glatt hinterlässt mehr Spuren für uns. Zum ersten Mal seit Jahren haben wir etwas, dem wir nachgehen können. Und wenn er sich tatsächlich hier in der Gegend aufhalten sollte, könnten wir ihn schon gefasst haben, noch ehe die Sendung ausgestrahlt wird.« Er machte eine Pause. »Wenn Sie einen Rückzieher machen, werde ich dafür Verständnis aufbringen. Aber bedenken Sie eins: Falls Glatt hier in der Gegend sein sollte, brauchen wir dieses künstlich gealterte Phantombild mehr denn je.« Er blickte mir in die Augen.

»Und zwar *ab sofort.*«

Kapitel 12

»Jenna, entschuldige, dass ich dich beim Arbeiten störe.« Ich hielt das Küchentelefon fest gepackt, während ich ängstlich zum Wohnzimmerfenster hinaus auf die Straße blickte. Auf der Heimfahrt hatte sich ein gerechter Zorn auf mich gesenkt, giftig wie radioaktiver Staub. In Gedanken hatte ich Bill Glatt gehörig Bescheid gegeben. Dass er schief gewickelt wäre, wenn er glaubte, mich daran hindern zu können, ihn hinter Schloss und Riegel zu bringen – und zwar *jetzt*. Dass ihm seine eigene Dummheit zum Verhängnis werden würde, ehe er mir auch nur nahe käme.

Doch kaum hatte ich mein Haus betreten, war es um meine Wehrhaftigkeit geschehen. Ich stellte den Alarm aus, brachte den hohen Pfeifton zum Schweigen. Dann stand ich in der Küche. Allein. Das Haus kam mir leer vor. Zu still. Ganz instinktiv hatte ich zum Telefon gegriffen.

»Was ist los, Annie? Du hörst dich nicht gut an.«

»Mir geht's auch nicht gut.«

»Oh nein. Geht's um Stephen? Den Fall?«

»Den Fall, und zwar ganz dicke. Na ja, um Stephen auch. Aber über ihn kann ich mir gerade keine Gedanken machen.« Ich zuckte zusammen. Wie schrecklich von einer Mutter, so etwas zu sagen.

»Okay. Einmal tief Luft holen. Also, was ist passiert?«

Man konnte manchmal leicht vergessen, dass Jenna jünger war als ich. Sie besaß alles, was ich nicht hatte: Selbstbewusstsein, Schönheit, Anmut. Ich stellte mir ihr herzförmiges Gesicht vor, während sie mit mir in ihrer Küche sprach, das dicke goldbraune Haar, das sie sich oft hinter die Ohren schob. Die großen, ausdrucksvollen braunen Augen voller Besorgnis, die gerunzelte Stirn.

»Ich stecke mal wieder in Schwierigkeiten.«

Die Geschichte sprudelte aus mir heraus. Die toten Rosen, die Karte. Dass Bill Glatt sich möglicherweise ganz in der Nähe aufhielt. Dass ich hin- und hergerissen war, was ich tun sollte. Bei jeder neuen Information konnte ich Jennas leises Keuchen hören.

»Oh, Annie.« Ihre Stimme klang gepresst. Das war nicht gut. Sie sollte doch die Furchtlose sein. »Warum erzählst du mir erst jetzt davon? Warum hast du mich nicht angerufen, gleich nachdem du die Blumen bekommen hattest?«

»Weil du zu tun hattest. Und keine Zeit war. Ich musste doch sofort Chetterling anrufen und dann war die Protokollaufnahme und danach –«

»Die eine Minute hättest du gehabt.«

»Ich weiß. Tut mir Leid.«

»Du dummes Huhn. Tu mir das nicht schon *wieder* an!« Sie seufzte frustriert. »Also schön. In Ordnung. Ich fliege noch heute Abend zu euch hoch. Ich bleibe bei dir, bis ... bis die Chose gegessen ist.«

»Aber was ist mit deinem Projekt?«

»Ist ... nicht so wichtig. Ich kann auch bei euch daran arbeiten.« Die Verärgerung verlieh ihren Worten einen scharfen Ton. »Glaub doch nicht, dass du mir all das erzählen und dann erwarten kannst, dass ich wegbleibe.«

»Das ... habe ich gar nicht erwartet. Ich *möchte ja*, dass du kommst.«

»Dann hör auf, es mir auszureden.«

Wilde Erleichterung saß mir wie ein Schluchzer in der Kehle. Die Welt war doch noch nicht aus den Angeln gehoben. Ich stand in meiner Küche, meinem alarmgesicherten Haus. Den Kindern ging es gut. Und Jenna und ich stritten uns.

»Tut mir Leid, ich bin nur –«

»Und hör auf, dich zu entschuldigen. Dies ist kein – Annie, hör zu. Wer hat es letztes Jahr mit dem Killer aufgenommen?

Ganz allein? Du bist weder hilflos noch dieser Situation nicht gewachsen. Du hast es seit letztem Sommer weit gebracht und jetzt ist nicht der Augenblick, um in deine Das-pack-ich-nicht-Masche zu verfallen.«

Holla, woher hatte sie denn *das?* »Schon gut, schon gut. Höre ich mich denn etwa so an, als wäre ich im Auflösen begriffen?«

Sie ging nicht auf die Frage ein. »Allerdings, wenn du jetzt losziehst und Verrücktheiten anstellst wie das letzte Mal, dann werde ich dich eigenhändig erschießen, hörst du? Dass du mir nichts unternimmst, ehe ich da bin.«

Jenna, wie sie leibt und lebt. *Meinetwegen* auf hundertachtzig.

»Ich höre.« Ich schlenderte zur Spüle hinüber. »Jenna, meinst du, ich sollte den Fall abgeben?«

»Ich weiß nicht. Es fehlt nicht mehr viel, bevor du mit Zeichnen anfangen kannst, stimmt's?«

»Nun, ich muss noch mit Glatts Ex-Frau reden. Und heute wollte ich eigentlich Emily Tarell interviewen, wobei ich mir gar nicht sicher bin, wie viel sie überhaupt beisteuern kann.«

»Okay, dann sprichst du also mit der Ex–«

»Und dann muss ich alle meine Aufzeichnungen durchgehen und das Puzzle zusammensetzen. Damit ich wirklich dahintersteige, wie Glatt denkt und handelt und wie sich das auf sein Aussehen ausgewirkt haben mag.«

»Dann redest du also von ein paar Tagen, richtig? Doch höchstens drei, oder? Und so Furcht erregend die Sache auch ist, Annie, ist das nicht lang, wenn man bedenkt, dass deine Zeichnung dabei helfen könnte, Glatt zu fassen. Außerdem ist es jetzt eh zu spät, um der Zeitung von einem Rückzieher deinerseits zu erzählen. Das heißt, Glatt würde vor Montagmorgen gar nichts davon erfahren.«

Ich schüttelte den Kopf. »Ich fass es nicht, Jenna. Du machst mir Mut, in eine gefährliche Sache einzusteigen?«

»*Einzusteigen?* Was redest du da? Du bist *mittendrin!* Die Frage ist jetzt nur, was das Sicherste ist.«

Glatt das Handwerk zu legen. Die Erkenntnis traf mich wie ein Fausthieb auf die Brust, hart und kalt. Das Sicherste wäre – für mich und den Rest der Gesellschaft –, Glatt das Handwerk zu legen. Und meine Zeichnung versprach den größten Erfolg, dass dies auch geschah.

»Also gut, Jenna, nur ... komm einfach her. Wir können dann mehr darüber reden.«

»Bin schon unterwegs. Sind die Türen abgeschlossen? Der Alarm scharf gestellt?«

Ich warf einen kurzen Blick zur Decke. Schon wieder ertappt. »Ja und nochmals ja, Frau Alleswisserin.«

Ich legte das Telefon auf und ging zum Kontrollpanel, um den Alarm scharf zu stellen. Das Lämpchen schaltete von Grün auf Gelb, was niedrigste Stufe bedeutete. Alle Türen und die Fenster im unteren Stock waren überwacht, aber ich konnte im Haus herumlaufen, ohne die Bewegungsmelder auszulösen.

Anderthalb Stunden später hörte ich in der Ferne das Brummen eines Flugzeugs, das sich der privaten Landebahn von Grove Landing näherte. Bald darauf verkündete mir das Knattern einer Cessna 210, dass meine Schwester unsere breite Straße hinuntergerollt kam. Ich rannte los, um das Hangartor zu öffnen.

Sobald Jenna mit ihren Sachen im Haus war, sprachen wir lang und breit über meine Lage. Ich erzählte ihr, dass ich mich zu Tode ängstigte und mich am liebsten mit der Decke über dem Kopf im Bett verstecken würde. Ich auch, sagte Jenna, aber was dann? Selbst wenn es Glatt zu Ohren käme, dass ich nicht mehr an dem Fall arbeitete, würde er deshalb aufhören, mir zu drohen? Oder war er so durchgeknallt, dass er damit weitermachte, nur weil ich es überhaupt gewagt hatte, bei der Fahndung nach ihm mitzuhelfen?

»Na schön.« Ich hockte auf der Couch im Fernsehzimmer, die Füße unter mir hochgezogen, und rieb mir den schmerzenden Kopf. »Du hast wohl Recht. Ich muss weitermachen und die Sache hinter mich bringen. Ich kann versuchen, mit Glatts Ex-Frau morgen am Telefon zu sprechen. Und mich gleich danach ans Zeichnen machen. In ein paar Tagen kann ich schon fertig sein. Und ich muss gestehen, mit einem Fahndungsbild von Glatt im Umlauf, werde ich mich besser beschützt fühlen als jetzt.«

Bevor meine Schwester noch irgendetwas sagen konnte, stemmte ich mich vom Sofa hoch. »Ich rufe jetzt Chetterling an. Sage ihm, dass ich noch dabei bin.«

Ich erledigte den Anruf vom Arbeitszimmer aus.

»Super!«, erwiderte Chetterling. »Du bist eine echte Kämpfernatur. Ich wusste, dass du dich so entscheiden würdest.«

»Ach wirklich.«

Er stieß ein tiefes Kichern aus. »Annie Kingston, manchmal habe ich das Gefühl, dich besser zu kennen als du dich selbst.«

Seine Worte hatten irgendetwas. Sie hüllten mich auf eine neue Art ein. »Das ist ja geradezu ... zum Fürchten.«

Wir schwiegen für einen beinahe peinlichen Moment.

»Ralph, eins noch.« Mein Blick ruhte auf dem Zeichentisch, während ich an die mir bevorstehende Arbeit dachte. »Wenn die Zeichnung fertig ist, was werdet ihr dann damit machen? Ich meine, *American Fugitive* bezahlt mich dafür, und was, wenn sie nicht wollen, dass die Zeichnung vor Ausstrahlung der Sendung ausgehängt wird?«

»Die müssen gar nicht unbedingt etwas dagegen haben. Schließlich geht es bei der Sendung ja darum, die bösen Buben zu kriegen. Trotzdem, ich denke nicht, dass wir sie veröffentlichen werden. Wir werden sie eher intern benutzen. Sie wird uns eine Vorstellung davon geben, nach wem wir zu suchen haben, wenn wir Hotels in der Umgebung abklappern. Und unsere Straßenstreife wird sie dabeihaben.«

»Okay. Das hört sich gut an.« Meine Stimme brach weg, als ich mir vorstellte, was da auf uns zukommen konnte.

»Annie? Verschwende jetzt keine Zeit darauf, deine Entscheidung wieder zu hinterfragen. Mach dich einfach an die Arbeit. Und wir *werden* ihn kriegen. Das verspreche ich dir.«

Als ich auflegte, musste ich daran denken, dass Emily und Edwin Tarell dieses Versprechen nun schon seit zwanzig Jahren hörten.

Sonntag, 9. Mai

Kapitel 13

Kirche. Die Versammlung der Heiligen.

Er verzog den Mund.

Während seine Familie wie alle anderen zur Kirche ging, führte er eine Versammlung eigener Art durch.

Der Karton mit dem wichtigen Inhalt. Ein Hemd in einer Plastiktüte. Tarnkleidung. Ein Rucksack. Ein Paar kaum getragene Kontaktlinsen. Ein Drahtschneider. Ein Ersatznummernschild. Ein Dietrich. Ein gefälschter Ausweis für alle Fälle. Ein Nachtsichtgerät.

Er hielt inne, um liebevoll über das wunderbare Gerät zu streichen. Es wog kaum mehr als ein Pfund, einschließlich der Kopfmontage. Es ermöglichte einen Sehwinkel von vierzig Grad und hatte hundertzwanzig Meter Sichtweite bei bewölktem Nachthimmel. Es ließ sich mit einem Griff ganz praktisch hochklappen. Vorsichtig wischte er das Objektiv ab, untersuchte es auf Staub, wischte noch einmal darüber.

Blake Cremmer hatte genau so ein Gerät in *Tod im Anzug* benutzt. Mit Erfolg.

Als Nächstes eine blonde und eine schwarze Perücke und fünfhundert Dollar in bar.

Die Pistole.

Seine Finger strichen über den glatten Lauf. Er wollte jetzt nicht an die Situation denken, die ihn dazu zwingen würde, sie zu gebrauchen.

Er sah auf die Uhr. Fast elf. Der Gottesdienst war in vollem Gange, der Prediger würde jetzt wieder sein Friede-Freude-Eierkuchen-Larifari vom Stapel lassen.

Zeit zum Kampf.

Die gesamte Ausrüstung wanderte in den Kofferraum seines Autos. Er setzte sich hinter das Steuer und fuhr fort, fest entschlossen, unbeirrt. Weigerte sich, zurückzugucken. Er *würde* zu all dem zurückkehren, was ihn hier hielt. Wohlbehalten.

Aber er würde nicht mehr derselbe Mann sein.

Kapitel 14

Die toten Rosen und die Drohkarte hatten mich dazu bringen sollen, meinen Zeichenauftrag wie eine brutzelnde Bratpfanne fallen zu lassen. Doch als ich am Sonntagmorgen die Kirche betrat, erkannte ich, dass es mich in Wahrheit genau zur Flamme gezogen hatte.

Unwillkürlich warf ich einen Blick über die Schulter. Zwar könnte Bill Glatt weit weg sein. Er könnte einen Boten geschickt haben, der das Geld hinterlegt hatte. Doch bislang fehlte dem Sheriff's Department jede Spur des Geldboten. Keiner hatte etwas gesehen. Und so ließ mein überaktives Hirn eine Szene nach der anderen aufblitzen, in der sich Glatts schemenhafte Gestalt mitten in der Nacht zu jenem Blumenladen schleicht. Ich wurde einfach das Gefühl nicht los, dass er in der Nähe war, mich beobachtete. Irgendwie war ich überzeugt davon, dass er die Fähigkeit besaß, sich auf offenem Feld verbergen zu können. Hatte er mit den Jahren sein Aussehen verändert? Nach dem, was ich bisher über den Mann erfahren hatte, nahm ich das eigentlich nicht an. Ich erwartete eher, dass er wenig bis gar nichts an sich verändert hatte, sich sogar auf dieselbe Weise kleidete.

Lag ich falsch?

Kellys Führung folgend, landete ich in der Reihe, wo Erin und Dave saßen. Normalerweise ließ ich Kelly bei ihnen sitzen, während Stephen und ich uns ein paar Reihen weiter hinten einen Platz suchten. Ich hatte nicht gewollt, dass man mich um Dave herumschwirren sah und dann Gerüchte kursierten. Doch an diesem Morgen war mir die Etikette gleich.

Auch beschäftigte ich mich nicht weiter mit den Ängsten, die mich wegen Stephen plagten. Jeff hatte ihn am Abend zuvor mit einer Ausgehzeit-Überziehung von einer guten Stunde abgesetzt. Stephen benahm sich noch streitlustiger als sonst und seine vergrößerten Pupillen waren einfach nicht zu übersehen. Mein Verstand wusste, was das bedeutete, aber mein Herz weigerte sich, die Wahrheit zu begreifen. Nach den Geschehnissen des Tages kämpfte ich eh schon gegen den Treibsand der Angst an und jede Bewegung auf die Rebellion meines Sohnes zu hätte mich versinken lassen.

Während ich auf die Kirchenbank sank, sah ich mich nach rechts und links um und betrachtete forschend die Gesichter der Männer. Kelly und Erin saßen zwischen mir und Dave und giggelten über irgendetwas. Stephen brütete links von mir. Wenn doch nur Jenna mitgekommen wäre, aber sie ging nie zur Kirche.

»Hallo.« Dave lächelte mir über die Köpfe der Mädchen zu.

»Hallo.«

Ich konnte mein Abgelenktsein nicht verbergen. Eine Furche huschte über Daves Stirn, aber er glättete sie sofort. Er würde mich vor den Kindern nicht fragen, was los war.

Der Gottesdienst begann und wir erhoben uns zum Singen. Seit ich im letzten Sommer angefangen hatte, zur Kirche zu gehen, hatte ich viele der Lieder gelernt. Wenn ich ein Lied nicht kannte, konnte ich immer noch dem Text folgen, der auf eine riesige Leinwand projiziert wurde. An diesem Morgen aber konnte ich mich einfach nicht darauf konzentrieren. Stattdessen stimmte mein Hirn sein eigenes Spottlied an.

Da bin ich wieder, Gott. Da bin ich wieder.

Mein Vater war dem christlichen Glauben mit unverhohlenem Zynismus begegnet und obwohl ich den Glauben eines anderen niemals wie er herabgesetzt hätte, hatte seine feindliche Einstellung doch ihre Abdrücke auf meiner Seele hinterlassen. Doch nach Lisas Ermordung hatte ich gesehen, welche Kraft Dave und andere, die Lisa geliebt hatten, daraus schöpften, dass sie sich an Gott und seine Versprechen klammerten. Gerri Carson, die ehrenamtlich als Seelsorgerin für das Sheriff's Department vom Shasta-Bezirk arbeitete, hatte mich ebenfalls stark beeindruckt, als sie für mich betete und meine endlosen Fragen über Gottes Vergebung von Schuld beantwortete.

Doch dass ich jetzt zur Kirche ging, ging letztlich auf das Versprechen zurück, das ich Gott am Rande des Todes gegeben hatte. Meine Lage war so prekär gewesen, dass ich wusste, ohne Hilfe würde ich nicht überleben. *Rette mir das Leben*, hatte ich Gott angefleht, *dann werde ich dich suchen*.

Und bei all ihren Schwächen, eins musste man Annie Kingston lassen: Sie hielt ihre Versprechen.

Versprechen. Die Gesichter von Emily und Edwin Tarell tauchten vor meinem geistigen Auge auf. Wegen meines Versprechens, ihnen zu helfen, schwebte ich jetzt erneut in Gefahr. Wegen dieses Versprechens flehte ich noch einmal den Himmel an.

Hilf mir wieder, Gott, und dieses Mal werde ich dich finden.

»Mutti, du singst ja gar nicht.« Kelly stieß mich mit dem Ellbogen an. Kelly, meine schöne Tochter, der es in der Kirche vom ersten Morgen an gefallen hatte. *Sie* war mit Sicherheit ein Preis für Gott.

»Tut mir Leid.« Ihretwegen sang ich mit. Auf der anderen Seite von mir stand Stephen, stumm, die Arme verschränkt. Die Abneigung stieg wabernd von seinen Schultern auf wie Hitze vom Asphalt.

Ein paar Reihen hinter mir begann eine männliche Stimme, laut und schief zu singen. Bei dem Klang lief mir ein Schauer über den Rücken. War das ganz in meiner Nähe etwa Bill Glatt, der sich über mich lustig machte? So abwegig das schien, mein Herz geriet ins Stolpern. Ganz von allein drehte sich mein Kopf zur Stimme.

Bitte, Gott, nein. Er wird meine Kinder gesehen haben ...

Ich kam zur Besinnung. Wie taktlos es aussehen würde, verrenkte ich mir den Hals nach jemandem, der schräg sang. Ich zwang mich, nach vorne zu schauen.

Das Singen war beendet. Ich setzte mich mit dem Rest der Gemeinde und versuchte zuzuhören. Doch die Gedanken an Bill Glatt warfen meinen persönlichen Projektor an und Bilder von Don Tarells und Peter Dessingers Ermordung flackerten mir in lebhafter Folge durch den Kopf.

Don Tarells Fingerknöchel klopfen auf den Schreibtisch ...

Blitz –

Edwin Tarells Augen weiten sich beim Anblick der Pistole ...

Blitz –

Eine Kugel in Zeitlupe trifft Peter Dessinger unterhalb des Haaransatzes, es reißt ihm den Kopf nach hinten, Blut und Gewebe spritzen durch die Luft ...

»Diese Woche werde ich meine zweiteilige Predigtreihe über ›Die Bedeutung der Erlösung‹ fortsetzen«, schnitt Pastor Storrels Stimme durch meine grausigen Gedanken.

»Schlagen Sie bitte mit mir zusammen Jesaja Kapitel eins auf, dann werden wir noch einmal den Vers achtzehn lesen: »Der Herr sagt: ›Kommt her, lasst uns prüfen, wer von uns Recht hat, ihr oder ich! Eure Verbrechen sind rot wie Blut, und doch könnten sie weiß werden wie Schnee. Sie sind rot wie Scharlach, und doch könnten sie weiß werden wie reine Wolle.‹«

Blitz –

Der scharlachrote Blutfleck auf Don Tarells Hemd ...

»Letzte Woche haben wir uns hauptsächlich mit dem ersten Teil beschäftigt: ›Kommt her, lasst uns prüfen, wer von uns

Recht hat.‹« Pastor Storrel bewegte sich vom Rednerpult weg, was ihm das kleine Mikrofon erlaubte, das an sein Revers geklemmt war. »Wir haben über das gewaltige Versprechen in diesen Worten gesprochen. Dass sich der *Herr der Herren*, der *Gott des Universums,* dazu herablässt, auf die Menschheit zuzugehen und zu sagen: ›Kommt her.‹ Dass er uns anbietet: ›Lasst uns prüfen, wer von uns Recht hat‹, wie ein Freund oder Ehepartner zum andren sagen könnte.«

Blitz –

Emily kniet neben ihrem Ehemann und sieht sein Leben verrinnen ...

Nadelstiche wanderten mir den Nacken hoch. Je eindrücklicher die Bilder, desto stärker spürte ich Bill Glatts Gegenwart. Konnte es sein, dass er hier war? Mich beobachtete?

Ich verscheuchte die Szenen aus meinen Gedanken.

»Dass der Gott, der Sonne und Mond ihre Plätze zugewiesen hat, zu *Ihnen* und *Ihnen*«, Pastor Storrel zeigte in die Versammlung, »sagt: ›Kommt her, lasst uns prüfen, wer von uns Recht hat.‹ Wenn Sie jemals an Ihrem Wert gezweifelt haben, wenn Sie sich jemals gefragt haben, was Sie Gott bedeuten, dann sollte allein dieser Satz Ihre Zweifel ausräumen. Sie bedeuten Gott so viel, dass er um ein Gespräch mit Ihnen bittet.«

Ein Gespräch ...

Edwin Tarell hatte gestern Abend angerufen und sich erkundigt, wie weit die Ermittlungen zu den toten Rosen gediehen seien. Er war entsetzt zu erfahren, dass die Spur nur bis zu dem Blumenladen führte und dass wir Glatt in der Nähe glaubten. »Annie, dann lassen Sie *bitte* die Finger von diesem Auftrag. Ich will nicht, dass Ihnen etwas zustößt. Tun Sie es mir zuliebe. Es würde mein Gewissen einfach zu sehr belasten, wenn ich wüsste, dass noch jemand – in Gefahr schwebt.«

»... kommen noch einmal auf diesen Vers zurück«, schnitt

Pastor Storrels Stimme in meine Gedanken, »aber schlagen Sie mit mir einmal kurz Jeremia 2,22 auf.«

Ich zerrte meine Gedanken zurück zur Predigt. Etwas sagte mir, dass ich die Worte des Pastors in den kommenden Tagen noch brauchen würde. Ich blickte zu Kelly und wir lächelten uns an. Ich tätschelte ihr den Arm – eine Berührung, um wieder festen Boden unter die Füße zu bekommen.

»Der Vers lautet: ›Du kannst dich waschen, so viel du willst, selbst mit der schärfsten Lauge – der Schmutz deiner Schuld bleibt mir immer vor Augen.‹«

Der Pastor schaute auf. »Der Ausdruck ›Lauge‹ ist uns nicht mehr so geläufig. Man könnte das Wort auch mit ›Reiniger‹ übersetzen. Gott sagt hier: ›Es spielt keine Rolle, wie sauber du äußerlich bist. Es spielt keine Rolle, was du tust oder wohin du gehst oder in welcher Lage du dich befindest ...‹«

Wohin du gehst.

Bill Glatt war seit zwei Jahrzehnten auf der Flucht. Er war dem Gesetz entkommen, aber nicht dem Schmutz seiner Schuld. Die musste ihm jeden Tag teuer zu stehen gekommen sein. War es das wert gewesen? Wegrennen, sich verstecken, immer in Alarmbereitschaft? Wenn ich Bill Glatt wäre, würde ich des Ganzen nicht überdrüssig sein? Würde ich nicht einfach aufhören wollen zu kämpfen und mich stellen? Zwanzig Jahre, und was hatte er davon gehabt?

»... und was bleibt einem? Sünde, die die Seele beschmutzt und einen von Gott trennt. Und genau das ist die Lage, in der wir uns alle befinden, liebe Freunde. Doch Gott sei Dank belässt er es nicht mit Jeremia 2,22. Nein. Stattdessen spricht er die göttliche Einladung aus Jesaja 1,18: ›Kommt her, lasst uns prüfen, wer von uns Recht hat. Lasst mich eure Sünden abwaschen; lasst mich diesen scharlachroten Fleck weiß wie Wolle machen.‹« Pastor Storrel lehnte sich zur Gemeinde vor. »Ich weiß, dass hier heute Morgen einige sind, die diese Einladung abgelehnt haben. Die seit Jahren vor Gott wegrennen.

Sie möchte ich im Lichte dieses wunderbaren Angebots fragen, *warum* rennen Sie immer noch vor Gott weg?«

Die Frage schloss sich um mein Herz wie eine Faust. Der Pastor schien meine Gedanken zu lesen. Ich rutschte auf der Bank hin und her. Warum *rannte* ich denn vor Gott weg?

Nun mal langsam! Ich war ja gar nicht richtig vor Gott weggerannt. Immerhin saß ich in der Kirche, oder etwa nicht? Ich hatte in den letzten zehn Monaten viel über Gott erfahren – dass er Jesus Christus geschickt hatte, um am Kreuz zu sterben, und dass durch diesen Tod allen Menschen ihre Sünden vergeben werden können, vorausgesetzt sie nehmen das Geschenk der Errettung an ...

Warum hatte ich das selbst dann noch nicht getan?

Ich rutschte wieder auf meinem Platz hin und her. Schaute nach, ob meine Handtasche noch auf dem Boden stand, als hätte sie wie von Zauberhand verschwinden können. Weil ich noch nicht so weit war, darum. Denn selbst wenn ich diese Predigt für mich in Anspruch nähme, Gottes Versprechen für mich in Anspruch nähme, meine Sünden abzuwaschen und mich neu zu machen, wären diese Flecken im Handumdrehen wieder da. Es wäre ein bisschen so, als würde Bill Glatt sich stellen. Wir könnten dann beide sagen: *Jetzt ist es vorbei, kein Widerstand mehr.* Aber von dem Zeitpunkt an würde er für seine Taten verantwortlich sein. Und das Gleiche galt für mich.

Solange ich ablehnte, war ich wenigstens mein eigener Herr, auch wenn die Aussichten ansonsten nicht rosig waren.

»Es gibt keinen Grund, warum Sie sich weiterhin an Ihren Sünden abschleppen müssten, liebe Freunde. Nicht den geringsten. Nicht, wo Gott Ihnen einen Ausweg geschaffen hat. Und glauben Sie nicht, Sie säßen in dieser Sache zwischen den Stühlen. Bei Christus gibt es kein Sitzen zwischen den Stühlen. Wenn Sie nicht *Ja* zu ihm sagen, sagen Sie damit *Nein*. ›Nein, ich will dein Geschenk der Erlösung nicht. Nein, ich brauche dich in meinem Leben nicht. Nein, ich lasse es mit der Ewigkeit darauf ankommen.‹ Und jedes Nein, wissen Sie, macht einen neuen Flecken auf Ihre Seele. Deshalb frage ich Sie: Ist es das wert?«

Nein, ich will dein Geschenk der Erlösung nicht.

Ich wollte nicht weiter darüber nachdenken.

Mein Herz pochte wie toll während des Schlusschorals. Ich spürte, wie mein Gesicht glühte, als ich Dave und Erin ein Lächeln zukommen ließ und gleichzeitig meine Kinder schleunigst aus der erstickenden Kirche trieb.

»Warum gehen wir hierhin, Mutti?« Stephen trat gegen einen imaginären Stein, während wir über den Parkplatz gingen. »Es gefällt dir ja nicht mal.«

»Doch, das tut es.« Mein Ton hätte Stahl schneiden können.

»Nein, tut es nicht.«

»Lass gut sein, Stephen.«

Wir gingen zum Auto, um nach Hause zu fahren. Ein Zuhause, das nicht unbedingt mehr sicher war. *Na, herzlichen Dank, Gott. Da komme ich zur Kirche, um in all dem Wirrwarr ein bisschen Frieden zu finden. Und was machst du? Du machst mir ein schlechtes Gewissen.*

»Lass mich fahren, Mutti.« Stephen zog an den Schlüsseln in meiner Hand.

»Von mir aus.« Ich stieg auf der Beifahrerseite ein und ignorierte Kellys fragenden Blick.

Ich bin nicht auf der Flucht wie Bill Glatt, Gott. Ich nicht.

Kapitel 15

»Mutti, ist alles in Ordnung?«

Kelly ließ sich auf eines der Sofas vor unserem Kamin plumpsen, wickelte sich eine Haarsträhne um den Finger und zog die Stirn kraus. »Ich weiß genau, dass du nach dem Gottesdienst etwas hattest. Erin und ihr Papa haben das auch bemerkt.«

Reue durchspülte mich. Kelly hatte die Gefahren, denen ich letztes Jahr ausgesetzt gewesen war, nicht vergessen. Ich musste meine Emotionen wirklich besser verbergen. Um nichts in der Welt wollte ich meiner goldigen Tochter einen Schrecken einjagen. Ich ließ mich neben ihr nieder und legte ihr den Arm um die Schultern.

»Es ist alles gut. Wirklich. Ich habe bloß ein bisschen an diesem Fall zu knapsen, an dem ich arbeite.«

»Warum?«

Ich starrte auf den Glastisch und suchte nach einer Antwort, die nicht gelogen wäre. »Ich musste viel über diesen Mann herausfinden, der zwei Leute umgebracht hat. Und dann werde ich mich bald im Büro einigeln und zeichnen. Ich fühle mich gerade ziemlich unter Druck. Diese Fernsehsendung steht und fällt damit, dass jedes Detail stimmt. Nicht auszudenken, dass meine Arbeit nicht gut genug ist und der Mann deshalb nicht gefunden wird. Das wäre mir ganz furchtbar.«

Sie drehte ihr Haar auf. »Aber wie wolltest du überhaupt wissen, ob deine Arbeit nicht gut war? Ich meine, du könntest ihn perfekt zeichnen und trotzdem versteckt er sich so gut, dass man ihn nicht findet. Da könntest du dann gar nichts für.«

Wie Recht sie hatte. Kelly wusste nur zu gut, dass ich die Schuld immer schnell bei mir suchte.

»Erin hat sich schon gedacht, dass du dir wegen der Zeichnung Sorgen machst.« Kelly lächelte leicht. »Sie hat gesagt, ich solle dir ausrichten, dass sie für dich betet. Und ich werde das auch tun. Okay?«

Ich rückte etwas ab, um ihr forschend ins Gesicht zu sehen. »Danke. Ich ... wusste ja gar nicht, dass du betest.«

Sie zuckte die Achseln. »Das mache ich auch erst, seit wir zur Kirche gehen. In der Teeniegruppe reden sie oft davon, dass wir Gott unsere Probleme sagen können. Weißt du, so als ob man sich von ihm helfen lässt, den Tag zu bewältigen.«

Mein süßes Mädchen. So offen. Ich strich ihr mit den Fingerknöcheln über die Wange. »Und, hilft es?«

»Schon.« Sie sah mich perplex an. »Ja, betest du denn nicht? Ich meine, jetzt, wo wir doch zur Kirche gehen und alles.«

Ich verspürte einen Stich des Unbehagens. »Doch, natürlich.«

Was machte es schon, dass es nicht sehr oft war?

Kelly lehnte den Kopf an meine Schulter. »Du solltest zu Erins Papa gehen und ihm sagen, dass es dir gut geht. Erin hat gemerkt, dass er sich Sorgen gemacht hat, weißt du? Und sie will nicht, dass er irgendwie bedrückt ist oder so.«

Welche Ironie, dieser Zirkel gegenseitigen Beschützens. Ich machte mir Sorgen um Kelly; sie machte sich Sorgen um Erin, die sich Sorgen um Dave machte. Und wer machte sich Sorgen um mich?

Mich.

Ich war über mich selbst schockiert. Es musste an Daves starkem Glauben an Gott liegen, dass er nach all den Geschehnissen im letzten Jahr noch so viel an andere dachte. Ich fragte mich, ob der überkritische Teil von mir jemals glauben würde, dass er mir keine Vorwürfe machte.

»Also gut. Abgemacht. Aber zuerst muss ich vom Arbeitszimmer aus einen Anruf erledigen. Ich muss noch eine letzte Person für ein Interview erreichen.«

Ihre Ängste damit weitgehend los, stiefelte Kelly hinüber zu

Erin. Ich ging zur Souterraintreppe und öffnete die Tür. Die computergenerierten Schreie sterbender Männer und das Peitschen der Maschinengewehre taten mir in den Ohren weh. Mein Sohn beim Videospielen. Töten zum Zeitvertreib.

Mit einem Seufzer, der mich ob seiner Tiefe selbst überraschte, schritt ich zum Büro, um Glatts Ex-Frau, Susan Effington, anzurufen.

Ich wusste schon eine ganze Menge über Susan aus den Unterlagen, die mir Sergeant Delft gegeben hatte. Sie hatte den Mann, um deswillen sie Bill Glatt verlassen hatte, nur drei Monate nach Glatts Verschwinden geheiratet. Gary Effington war Versicherungsmakler und kurz nach dem Tarell/Dessinger-Mord von Redding in den Bundesstaat Washington versetzt worden. Er und Susan lebten in einem Vorort von Seattle und hatten zwei Kinder. Mit Susans erstem Kind von Glatt, einem Jungen namens Nick, waren es im Ganzen drei. Nick war mittlerweile einundzwanzig und stand kurz vor dem College-Abschluss. Gary Effington war der einzige Vater, den er je gekannt hatte, da man Nick die üble Geschichte seines leiblichen Vaters nie erzählt hatte. Delft hatte mir mitgeteilt, dass sowohl er als auch *American Fugitive* Susan im Blick auf die Sendung kontaktiert hatten. Sie hatte sich bereit erklärt, ein Interview zu geben, vorausgesetzt, dass sie anonym bleiben konnte und weder ihr jetziger Name noch der ihres Sohnes in der Sendung erwähnt wurden.

Zum Zeitpunkt der Mordfahndung hatte Susan den Ermittlern Fotos von ihrem Ehemann zur Verfügung gestellt, allesamt in niedriger Qualität, und auch ein Foto von Glatts Vater, dem Bill angeblich nachschlug. Ich war dankbar für jenes eine Foto von Mr Glatt senior, da sowohl er als auch seine Frau mittlerweile verstorben waren.

Ich ließ mich an meinem Schreibtisch nieder. Alles war bereit. Papier und Stift lagen griffbereit, meine Fragen waren notiert. Ich hatte Glatts Führerscheinbild hervorgezogen, damit ich ihn anschauen konnte, während ich mich mit Susan unterhielt. Falls sie zu Hause war.

Glücklicherweise, wie ich bald erfahren sollte, regnete es in Seattle, was Susan und ihre Familie von dem geplanten Sonntagnachmittagsausflug abgehalten hatte. Als ich ihr erklärte, dass die Zeit für meinen Auftrag plötzlich drängte, willigte sie ein, mit mir zu reden.

Ich wollte ihr gleich zu Anfang die Befangenheit nehmen und nicht an irgendwelche Schuldgefühle rühren, die sie haben mochte. »Ich weiß, dass Sie das, was Ihr Exmann getan hat, genauso überrascht hat wie alle anderen.«

»Geschockt trifft es wohl besser, ja, das haben die Morde mich.« Susans Stimme hatte etwas Kühles, Dünnes. »Aber ich will ganz ehrlich mit Ihnen sein – der Diebstahl nicht.«

»Nicht?«

»Etwa drei Monate vor den Morden hat es bei uns richtig gekracht. Da war ich bereits ausgezogen und Bill kam, um Nick zu sehen. Ich wollte, dass er geht, aber er wollte unbedingt bleiben. Wir fingen an zu streiten. Und dann brüllte er die Worte, die mir später nachgehen sollten: ›Was du mich alles kostest – du hast ja keine Ahnung! Wenn du wüsstest, was ich wegen dir getan habe!‹ Damals habe ich nicht weiter darüber nachgedacht. Aber als ich von dem vielen fehlenden Geld hörte, sind mir diese Worte wieder eingefallen.« Sie machte eine Pause. »Trotzdem hätte ich nie geglaubt ... ich konnte es einfach nicht fassen.«

Mein Hirn spielte die Szene nach, als Susan mir in allen Einzelheiten schilderte, wie Bill Glatt bei ihr mit hochgezogenen Schultern in der Küche stand und brüllte. Ich starrte sein Bild an und stellte mir das rot angelaufene Gesicht, die zurückgezogenen Lippen vor.

»Edwin Tarell hat mir erzählt, dass Bills Zorn meistens kalt und beherrscht gewesen sei. Er habe nur ein paar Mal erlebt, dass Bill die Beherrschung verloren hätte.«

»Das stimmt. Ich habe auch erst erlebt, dass Bill laut wurde, als das mit den Schwierigkeiten zwischen uns anfing.«

Als das mit den Schwierigkeiten zwischen uns anfing. Ihre Art, sich auszudrücken, ließ mich unwillkürlich zusammenzucken. Sosehr ich Glatt nicht leiden mochte, es war sein Recht, sich darüber aufzuregen, dass ihre Ehe in die Brüche ging. Schließlich hatte sie ihn wegen eines anderen sitzen gelassen. Genau wie Vic das mit mir gemacht hatte. Und schlimmer noch, Susan hatte Glatt das einzige Kind weggenommen.

»Susan, können Sie mir von Gesichtsausdrücken oder Angewohnheiten erzählen, die er hatte?«

»Er hatte diesen Tick, das Kinn seltsam anzuheben.«

»Davon habe ich bereits gehört. Noch mehr?«

»Ich ... denke nicht.«

»Okay.« Ich sah mir meine Liste mit Fragen an. »Wie stand es mit seinen Essgewohnheiten?«

»Er mochte Süßes. Kekse und Kuchen ganz besonders. Aber irgendwie muss er das gut verbrannt haben, denn er war nicht übergewichtig. Nur das Gesicht sah etwas aufgeschwemmt aus. Aber das war bei seinem Vater genauso.«

»Die zwei waren sich sehr ähnlich, richtig?«

»Ja, ziemlich. Und sie hatten den gleichen Geschmack. Bill hat oft gesagt, er habe den süßen Zahn von seinem Vater.«

»Es hat den Anschein, dass sein Vater schwerer war als Bill.«

»Ein bisschen schwerer, aber nicht viel.«

Das notierte ich mir. »Nur so nebenbei, Bills Augen. War er kurz- oder weitsichtig?«

»Oh, kurzsichtig.«

»Wie stark waren seine Gläser? Oder lassen Sie es mich anders sagen. Sahen seine Augen deutlich größer aus, wenn er keine Brille trug?«

»Hmm, etwas, schätze ich. Aber nicht sehr. Oh, ich sollte vielleicht sagen, dass ich denke, dass er heute immer noch eine Brille tragen würde. Anstelle Kontaktlinsen, meine ich.«

Ein wichtiger Punkt. »Warum?«

»Er hat es mal mit Kontaktlinsen versucht, konnte sich aber nie damit anfreunden. Seine Augen waren zu empfindlich. Er hat es allerdings auch nur mit harten versucht, wo doch heutzutage jeder weiche trägt, also vielleicht ... Aber ich denke eher nicht.«

»Weil Sie denken, dass seine Augen trotzdem noch zu empfindlich wären?«

»Weil ich glaube, dass er immer noch Bill ist. Veränderungen musste man ihm regelrecht aufzwingen. Für einen so jungen Mann hatte er schon sehr starre Prinzipien. Ich habe ihn manchmal damit aufgezogen, dass er so starrsinnig sei wie ein alter Mann.«

Ich blickte durch den Raum und ließ mir ihre Worte durch den Kopf gehen. Das passte zu dem, was ich sonst gehört hatte.

»Susan, ich muss noch mehr über Bills Persönlichkeit wissen. Sein Foto wirkte auf mich eine Spur arrogant. Würden Sie das bestätigen? Außerdem haben Sergeant Delft und Edwin Tarell beide gesagt, dass Bill immer alles unter Kontrolle haben musste. Und dass er ein völlig anderer Mensch wurde, wenn er das Gefühl hatte, die Kontrolle zu verlieren. Können Sie mir mehr dazu sagen?«

»Ich werd's versuchen. Es ist sehr schwer zu erklären.« Sie seufzte. »Also schön. Zunächst müssen Sie drei wichtige Dinge verstehen. Erstens, es stimmt, dass Bill regelrecht kontrollsüchtig war. Zweitens, er stellte komplizierte Pläne auf. Drittens, wie Sie schon vermutet haben, war er arrogant. Diese Eigenheiten kamen sich aber manchmal gegenseitig in die Quere. So vereitelte zum Beispiel manchmal seine Arroganz, dass sein Kontrollbedürfnis befriedigt wurde. Er hatte eine große Krimisammlung, haben Sie davon gehört? Alle Romane waren genau alphabetisch sortiert. Er war da unglaublich penibel – das hat mit dem Kontrollbedürfnis zu tun. Doch wenn er ein Buch las, verlor er immer die Stelle. Trotzdem weigerte er sich, das Buch zu ›verschandeln‹, indem er eine Ecke umknickte, und er benutzte auch niemals ein Lesezeichen, weil er für sich in Anspruch nahm, clever genug zu sein, sich die Stelle zu merken. Was er natürlich nicht tat. Und das passierte ihm wieder und wieder. Ich habe ihm sogar einmal ein besonderes Lesezeichen gekauft. Er hat es nie benutzt.

Und noch ein Beispiel, wie sich diese drei Charakterzüge auswirkten. Für meinen Geburtstag nach Nicks Geburt hatte Bill eine tolle Überraschungsparty geplant. Er hatte einen wahnsinnig komplizierten Plan ausgeheckt, wobei ich einen Anruf bekam und dann dies und das passierte, bis ich schließlich in einem Restaurant endete, wo schon meine Familie und Freunde warteten. Alles klappte wie am Schnürchen und Bill war sehr zufrieden mit sich. Er hatte sogar daran gedacht, eine Babysitterin für Nick zu organisieren. Doch weil er nur ganz kurz mit ihr sprechen konnte, hatte er eine winzige Kleinigkeit übersehen: Wenn ich zur Party ging, wer würde Nick dann von der Tagesstätte abholen und nach Hause bringen? Die Babysitterin hatte noch keinen Führerschein. Und so saß sie dann bei uns zu Hause und wartete, dass jemand das Kind brachte; in der Zwischenzeit rief die Tagesstätte bei mir im Büro an und fragte, wo ich denn bliebe. Als Bill aufging, dass er es verpatzt hatte, war er in seiner Eitelkeit gekränkt. Er wurde wütend und machte *mir* Vorwürfe.«

Ich schrieb so schnell ich konnte. »Glauben Sie, dass dieser arrogante Zug in Bills Gesicht heute noch ausgeprägter wäre?«

»Nachdem er zwanzig Jahre lang nicht gefasst worden ist?« Zynismus ummantelte Susans Worte. »Ja. Ich glaube, dass alle seine schlechten Charaktereigenschaften von früher jetzt umso stärker ausgeprägt sind. Er wird noch arroganter und kontrollsüchtiger sein. Vielleicht wird ihm das irgendwie zum Verhängnis werden. Zweifelsohne übersieht er heute, dass er sich all die Jahre verstecken musste, weil ihm damals ein paar schwerwiegende Fehler unterlaufen sind. Sie müssen verstehen, dass Bill in seiner Denke immer Recht hat. Und er ist immer der Schlauere. Und dieses Denken hat letzten Endes zwei Menschen das Leben gekostet. Aus Bills Sicht hat er lediglich getan, was getan werden musste.«

Getan, was getan werden musste.

Die sprunghafte Natur von Bill Glatt nahm vor mir Gestalt an, die einzelnen Teile verbanden sich wie trübe Wassertropfen. Und Wasser suchte sich seinen Weg immer nach unten.

Ich beugte mich emsig schreibend über das Blatt, wobei ich mich auf die Wörter an sich, nicht ihre Bedeutung – oder die mögliche Bedrohung für mich – konzentrierte. »Okay. Vielen Dank für diese ausführliche Erklärung. Könnten Sie mir, außer arrogant, noch andere Wörter aufzählen, die Bill beschreiben? Sagen Sie alles, was Ihnen einfällt.«

Ich hörte, wie sie langsam einatmete. »Womit soll ich anfangen? Ich vermute mit ›penibel‹. Außerdem war er bei allem sehr festgelegt. Oh, das sind mehrere Wörter.«

»Das macht nichts, Sie machen das genau richtig.« Ich hielt den Stift gezückt.

»Humorlos. Alles genau nehmend. Präzise.« Sie kicherte. »Hey, ich komme langsam in Schwung. Kontrollsüchtig. Geheimniskrämerisch. Introvertiert. Ziemlich intelligent. Knauserig. Oh, Mann, war er knauserig mit Geld.«

Ich betrachtete das Foto und dachte an die Falten, die in zwei Jahrzehnten aufgetreten sein würden. »War er oft gestresst? Hat er häufig die Stirn gerunzelt?«

»Nein, früher nicht. Sehen Sie, er war auch sehr logisch. Er zügelte seine Emotionen – außer wenn sie mit ihm durchgingen. Deshalb wirkte sein Gesicht die meiste Zeit über ausdruckslos, weil er es so wollte. Sonst hätte es ja so ausgesehen, als hätte er die Kontrolle verloren, was bei ihm ja nicht in Frage kam, verstehen Sie?«

Wie Mark Hoffman. Ein intelligenter Schreibtischtäter, der alles unter Kontrolle hatte. Bis bei ihm die Sicherung durchbrannte.

»Ja. Aber Sie sagten ›früher nicht‹.«

»Ja. Und zwar fiel es ihm schwerer, seine Gefühle zu beherrschen, nachdem wir uns getrennt hatten. Er fing an, häufiger die Stirn zu runzeln. Und er blickte auch häufiger finster drein. Das war für ihn neu.«

Ein ganz wichtiger Punkt. Ich sah mir noch einmal Glatts Bild an und stellte mir dabei Runzeln auf der Stirn und um die Augen herum vor.

»Und wie stand es mit Sonne? War Bill oft draußen und braun gebrannt?«

Susan lachte. »Eher nicht. Er war selbst im Sommer noch käsig. Auf alle Fälle ein Stubenhocker.«

»Schön. Und zum Schluss, nur zur Sicherheit. Haben Sie nachträglich noch irgendwelche Fotos entdeckt, von denen Sie nicht wussten, dass Sie sie besitzen? Bilder von Bill oder seinen Eltern?«

»Nein, tut mir Leid. Ich wünschte, ich hätte sie nicht alle weggeschmissen. Aber das ist natürlich lange her, nachdem er verschwunden war, und ich ... mich so geschämt hatte.«

Weil die Leute sie als die Frau eines Mörders ansehen würden? Oder weil ihr klar war, dass Bills Abstieg dadurch ausgelöst worden war, dass sie ihn verlassen hatte?

Ich fragte mich unwillkürlich: Was, wenn Susan ihn nicht sitzen gelassen hätte? Vielleicht hätte Glatt dann gar nicht erst das Geld gestohlen ... nie getötet ...

»Hatte Bill irgendwelche gesundheitlichen Beeinträchtigungen, die sich auf seinen Alterungsprozess auswirken würden? Etwas zum Beispiel, wodurch er zu- oder abnehmen oder frühen Haarausfall bekommen würde?«

»Nicht, dass ich wüsste. Bill war immer gesund. Ich kann mich nicht einmal erinnern, ihn erkältet gesehen zu haben.«

In den Fallunterlagen hatte auch nichts auf etwas Derartiges hingedeutet.

»Okay, Susan, wir haben es fast geschafft. Fällt Ihnen noch irgendetwas ein? Etwas, das sich Ihrer Meinung nach auf Bills heutiges Aussehen auswirken würde?«

»Wissen Sie, etwas sagt mir, dass er immer noch genauso aussieht wie damals. Ich könnte wetten, dass ich ihn auf Anhieb erkennen würde, wenn ich ihn sähe. Bill behagten Veränderungen einfach nicht. Es würde mich noch nicht einmal überraschen, wenn er immer noch als Buchhalter arbeiten würde. Es sei denn, es hat ihn in eine Buchhandlung verschlagen, wo er die Krimiabteilung bestückt.«

Ein interessanter Gedanke. Vielleicht müsste ich Glatt als zwei verschiedene Persönlichkeiten zeichnen. Einmal als Angestellter mit Schlips und Kragen und einmal eher sportlich gekleidet.

Ein letzter Blick auf meine Fragenliste sagte mir, dass ich alles hatte, was ich brauchte. Ich bedankte mich bei Susan für ihre Hilfe und bat darum, sie wieder anrufen zu dürfen, falls mir noch etwas einfiele. Sie willigte ein.

»Annie. Glauben Sie ... dass man ihn finden wird?«

Ihre Stimme war rau vor Angst.

»Nun, ich denke mit der Sendung stehen die Chancen besser als je zuvor.« Ich legte den Stift hin und formulierte die nächste Frage mit Bedacht. »Wäre es für Sie besser, wenn man ihn nicht fände?«

Sie zögerte. »In gewisser Hinsicht. Das heißt, natürlich soll er gefasst werden. Aber wenn es dazu kommt, wird es vermutlich einen Riesenmedienrummel geben. Und ich will meinen Sohn abschirmen. Ich *will* nicht, dass Nick von seinem leiblichen Vater erfährt. Irgend so ein Schnüffler von Reporter könnte herausfinden, wo ich wohne, und hier aufkreuzen. Das wäre *furchtbar*. Ich habe mich zwar gegenüber den Leuten von *American Fugitive* zu einem Interview bereit erklärt.

Aber ich liege nachts wach und mache mir Sorgen, was geschehen wird.«

Ihre Worte rührten mir das Herz an. Ich dachte an meine eigenen Kinder – wie gerne ich sie vor der schmerzlichen Wahrheit über ihren Vater abgeschirmt hätte, als er uns alle sitzen gelassen hatte. Und Susan war viel schlimmer dran.

»Das muss sehr schwer für Sie sein. Ich kann verstehen, warum Sie lieber gar nicht erst kooperiert hätten.«

»Das war meine Pflicht als Staatsbürger.« Sie machte ein kleines Geräusch in der Kehle. »Aber was meine Pflicht als Mutter angeht? Da hoffe ich, dass die Sendung ein Reinfall wird. Da. Jetzt ist es raus. Gary und ich hoffen beide –«

»Ist schon gut, Susan. Ich kann Sie wirklich verstehen. Und ich hoffe, dass man Sie völlig unbehelligt lässt, falls Bill festgenommen wird. Wenn ich irgendetwas dazu beitragen kann, werde ich das tun.«

»Danke. Vielen Dank.«

Eine Sekunde später legte ich auf, und als ich auf meine Notizen starrte, blähte sich die Verzagtheit in meiner Brust wie ein Ballon. Die Interviews waren vollständig. Nun musste ich in Bill Glatts Persönlichkeit hinabsteigen. Ich musste noch einmal alles durchgehen, was ich über ihn erfahren hatte. Die wichtigen Details auflisten. Sie wieder und wieder durchlesen; mich von ihnen überfluten, durchfluten lassen, bis ich ihn sehen, fühlen konnte.

Die Hand ausstrecken und ihn berühren konnte.

Montag, 10. Mai – Dienstag, 11. Mai

KAPITEL 16

Alle Utensilien waren schon auf dem Zeichentisch zurechtgelegt. Das hatte ich bereits am Sonntagabend vorbereitet, verschaffte es mir doch eine willkommene Ausrede, das Durcharbeiten meiner Aufzeichnungen noch ein wenig aufzuschieben. Was für einen Sinn hatte es schon, damit anzufangen, wenn mir kein voller Tag zur Verfügung stand? Außerdem waren die Kinder da und das Abendessen musste gerichtet werden. Und ich hatte Kelly versprechen müssen, mit Dave zu reden. Wozu ich, auch ohne meine Notizen durchzuarbeiten, keine Zeit fand.

Jetzt war es halb neun morgens. Jenna hatte die Kinder zur Schule gebracht und würde nach einem Abstecher zum Supermarkt zurückkommen. In unserer Lebensmittelabteilung hatte es in den letzten Tagen etwas mau ausgesehen. Normalerweise brachte ich die Kinder morgens zur Schule und Dave holte sie hinterher ab. Doch da Jenna sowieso in der Früh einige Besorgungen machen wollte, hatte sie sich erboten, die Mädchen und Stephen zu bringen. Sie wollte aber schnell zurück sein, um mich nicht lange allein zu lassen.

Ich saß am Schreibtisch und heftete die müden Augen auf die Zeichenecke in der anderen Raumhälfte. Ich hatte ein leicht getöntes Papier gewählt, eines, das in etwa Bills Hautton zu entsprechen schien. Der Bogen war elf mal vierzehn Zoll groß, meine Standardgröße für Phantombilder. Die Zeichnung sollte in Farbe sein, wobei ich zuerst dünn mit Bleistift vorzeichnen würde, dann hautfarbene Pastelltöne darüber legen und schließlich dem Bild mit kräftigen Farben den letzten Schliff geben würde. Ich hatte mich für Querformat entschieden, damit es Hals und Schultern zeigte und der Kopf im Fernsehen nicht zu schweben schien.

Im Kopf hatte ich somit alles klar. Jetzt blieb mir nur noch ... es zu *tun*.

Was, wenn du es nicht hinkriegst? Diese Frage hatte mich fast die ganze Nacht durch verfolgt. Was, wenn ich mit meiner Zeichnung völlig danebenlag und man Glatt nicht finden konnte? Wie sollte ich je wieder in Frieden schlafen können, wenn ich wusste, dass er sich irgendwo da draußen herumtrieb? Dieser Mann, der zwei Menschen ermordet und mich bedroht hatte, war nicht berechenbar – und würde es nie sein.

Bitte, Gott, hilf mir.

Im vergangenen Jahr hatte ich Kurse zum Alterungsprozess von Gesichtern besucht und gut abgeschnitten. Ich *kannte* mich mit Gesichtern aus; Herrgott nochmal, ich hatte schließlich zehn Jahre lang im Gerichtssaal Gesichter gezeichnet. Ich konnte Jenna in ihrem Jetzt-ganz-im-Ernst-Ton förmlich sagen hören: *Annie, du kannst das. Jetzt reiß dich zusammen und leg los.*

Mit einem Stoßseufzer öffnete ich die Mappe mit den Notizen. Daneben legte ich einen gelben Block, um mir beim Lesen Details zu notieren. Ich musste in Glatts Geschichte eintauchen, mit ihm eins werden. Erst dann konnte ich die generellen Prinzipien des Alterns auf ihn als Individuum anwenden.

Über den gelben Block legte ich noch Glatts Führerscheinfoto. Glatts Augen schienen sich in meine zu bohren. Ich wandte den Blick ab.

Na dann los. Zuerst würde ich mir das Interview mit Sergeant Delft vorknöpfen. Ich ging meine Mitschrift noch einmal durch und notierte mir Schlüsselwörter. Dann nahm ich mir mein Gespräch mit Edwin Tarell und schließlich Susan vor. Während dieses Prozesses zwang ich mein visuelles Hirn auf Pause zu bleiben, bis ich alle Stichwörter vor mir hatte. Dann sah ich sie mir gründlich an – jene Teile, die das abstrakte Puzzle Bill Glatt bildeten:

wenig Integrität – fing an zu stehlen, als er mit dem Rücken zur Wand stand
verschlagen
schaffte es, sich eine illegale Waffe zu besorgen
arrogant
stellt ausgefeilte Pläne auf, macht aber dumme Fehler
ruhig, zurückhaltend
Krimifan
penibel – Bücher nach Verfasser und Titel alphabetisch geordnet
ziemlich intelligent
wenig Freunde
bewegte sich lautlos, konnte sich an Leute heranschleichen
lief in der Freizeit popperhaft herum, auf der Arbeit immer im Anzug
liebte seine Frau und das Baby heiß und innig
Einzelkind, Eltern verstorben
wollte eigentlich alle vier Personen im Haus der Tarells töten
hat nichts zu verlieren –

Mein innerer Projektor surrte los. Ich schloss die Augen und ließ die Szene kommen. Ich sah, wie Bill

in seinem Büro sitzt und eine Wand ohne alle Bilder anstarrt, nackt und leer wie sein Herz. Seine Füße wandern auseinander, die Finger drücken sich in den Schreibtisch. Ein Gedanke kreist wie ein Geier über ihm, kreist und kreist immer tiefer, bis er den kalten Schatten spüren kann: nichts zu verlieren, nichts zu verlieren. Frau und Kind sind für ihn unerreichbar, werden schon bald aus dem Bundesstaat wegziehen. Er hat keine Geschwister, keine Eltern, die er enttäuschen könnte. Die Kontrolle über sein Leben – zunichte. Die Kontrolle über seine Finanzen – zunichte.

Sollten sie herausgefunden haben, dass er Geld entwendet hat, wäre sein Ruf, seine Freiheit – wäre alles zunichte.

Die Emotionen überrollen ihn, klamme Wellen spülen eine

Furcht heran, die ihm wie Seetang an der Seele klebt. Er kämpft mit jeder Unze Willenskraft gegen diese Wellen an, zwingt sie zur Ruhe … Ruhe. Bis die Stille in ihm so tief, so unheimlich ist, dass ihm ein Schauder über den Nacken läuft.

Jetzt kann er denken.

Planen.

Er hat schon zu viel verloren. Nichts, nichts wird ihm mehr genommen werden.

Er starrt die Wand an, grübelt, Versatzstücke aus Kriminalgeschichten gehen ihm durch den Kopf …

Er braucht eine Möglichkeit, um schnell zu verschwinden, falls das fehlende Geld entdeckt worden ist.

Und sollte man ihn umstellen, um ihn zu ergreifen, dann sah er besser zu, dass er die Mittel hatte, sich seinen Abgang zu erzwingen.

Die Szene löste sich flimmernd auf.

Ich saß reglos mit geschlossenen Augen da, auf der hauchdünnen Schwelle zwischen Bill Glatts Welt und meiner eigenen. Als ich mich zurückziehen konnte, atmete ich langsam ein und schüttelte die Schultern aus. Dann richtete ich meine Aufmerksamkeit wieder auf meine Beschreibungen. Ich listete die restlichen Charakterzüge auf. Dass er das Kinn anhob. Die Sonne eher mied. Harte Kontaktlinsen nicht vertrug. Sich später angewöhnte, die Augen zusammenzukneifen …

Als ich damit fertig war, nahm ich Glatts Führerscheinfoto zur Hand und betrachtete es, bis mir der Kopf wehtat. *Bill Glatt, wie würdest du heute aussehen?*

Er würde jetzt vierundfünfzig sein. Auf dem Führerscheinbild, aufgenommen, als er dreiunddreißig war, hatte er dank des schwammigen Gesichts und der gewohnheitsgemäß ausdruckslosen Mimik noch keine ersten Falten, wie das in dem Alter sonst durchaus üblich war. Doch in den Dreißigern vertiefen sich die transversalen Stirn- oder Runzelfalten ebenso wie die senkrechten Glabellafalten zwischen den Augenbrauen. Die radiären Augenfältchen, oder Krähenfüße, und die Fältchen zwischen Mund und Nase werden ebenso ausgeprägter. Mein Gefühl sagte mir, dass diese Falten mit Bills vierzigstem Geburtstag dafür umso stärker aufgetreten sein würden, stressig wie das Leben auf der Flucht für ihn gewesen sein musste. Bei über Vierzigjährigen können weitere Falten auftreten, wie die infraorbitalen Fältchen, die von den inneren Augenwinkeln in Richtung Wangen verlaufen. Die Lippen können dünner werden und erste orale Kommissuren – die Mundwinkelfalten – sichtbar werden. Auch die Kieferlinie kann an Kontur verlieren. Glatt besaß von vornherein keine ausgeprägte Kieferlinie, dies könnte sich also noch verstärkt haben. Ebenso kann sich überschüssiges Gewebe über den Augenlidern entwickeln. Auf dem Führerscheinfoto hatte Glatt keine angeborenen Schlupflider. Trotzdem würden sich bei ihm mittlerweile Ansätze davon entwickelt haben.

Glatts Angewohnheit, das Kinn anzuheben, würde sich bei ihm auf die Faltenbildung auswirken. Als Edwin Tarell die Bewegung nachgeahmt hatte, hatte er dabei den Mund nach oben gezogen, bis eine tiefe Furche unter der Unterlippe und Kerben im Kinn entstanden waren. Diese Angewohnheit und dazu die Tendenz, nicht zu lächeln, würden bei Bills Gesicht die oralen Kommissuren und vermutlich auch die Kinnfalte verstärkt haben.

Eins war enttäuschend: An Glatts Ohren war nichts Auffälliges, sie waren weder zu groß noch zu klein. Die Ohren eines Menschen können über Jahre hinaus unverändert bleiben und höchstens bei einem Sechzigjährigen anfangen, größer zu wirken. Eine ungewöhnliche Form kann beim Zeichnen eines Phantombilds oder eines künstlich gealterten Phantombilds eine große Hilfe sein.

Glatts Haar könnte ein wenig dünner sein, der Haaransatz etwas zurückgewichen.

Er würde vermutlich immer noch eine Brille anstatt Kontaktlinsen tragen. Genau wie Susan hielt ich es für eher unwahrscheinlich, dass er sich veränderte oder etwas Neues ausprobierte. Ich hatte sogar das Gefühl, dass es wieder eine schwarze Hornbrille sein würde, auch wenn es heute modischere Varianten gab.

Wie würdest du dich kleiden, Bill Glatt?

Wenn ich zwei Zeichnungen anfertigte, eine mit Hemd und Krawatte im Buchhalterstil und die andere eher sportlich, bräuchte ich das Gesicht trotzdem nicht zweimal zu zeichnen. Ich könnte es in die obere Blatthälfte zeichnen und dann darunter mithilfe matter Folien, die übereinander gelegt wurden, die verschiedenen Outfits gestalten.

Doch jetzt schien mir dieses Konzept nicht mehr zu passen. Angesichts seines Kontrollbedürfnisses und seiner Penibilität lag es nahe, dass Glatt möglichst an alten Gewohnheiten festgehalten haben würde. Ich konnte mir vorstellen, dass er die gleiche Art Job haben würde, wo er wie zuvor Anzüge trug, ohne das Jackett abzulegen.

Ich lehnte den Kopf zurück gegen den Stuhl und schloss die Augen. Fing an, mir vorzustellen, wie Glatt heute aussehen mochte. Ich konnte mich in ihn hineinfühlen – *spürte*, mit welch kalter Berechnung er eine möglicherweise gefährliche Situation abwägte. Spürte seine wilde Entschlossenheit, alles zu beschützen, was er besaß –

Hat er Frau und Kind geliebt?

Heiß und innig.

Ja. Innig genug, um an seinen alten Gewohnheiten festzuhalten. Um zu versuchen, seinem Leben wieder eine feste Struktur zu geben. Er würde eine Familie zum Kontrollieren wollen. Er hatte vermutlich wieder geheiratet und Kinder.

Kinder, denen er auf Biegen und Brechen verheimlichen würde, wer er war.

Die Sandburg eines neuen Lebens, sorgsam auf losen Grund gebaut. Sandkörnchen aufgehäuft, geformt, zu Türmchen und Befestigungen errichtet, zu Gräben gezogen. Räume geschaffen, Wände festgeklopft, weit vom bedrohlichen Meer entfernt. Doch es hatte sich eine neue Flut erhoben und rollte nun mit erbarmungsloser Gewalt donnernd auf Glatts Burg zu. Was würde Bill, der Ersatzkönig, tun, um sein bedrohtes Reich zu schützen? Würde er Wellenbrecher errichten? In einem mörderischen Ausfall gegen das Meer anstürmen?

Ein Schauer schlängelte sich mir die Wirbelsäule hoch und verharrte dort züngelnd.

Das Telefon klingelte, das Geräusch schlug die Zähne in meine Nerven. Ich fuhr hoch und drehte dann langsam den Kopf in seine Richtung. Ich kann nicht genau sagen, woher ich es wusste, bis auf das unheimliche zeitliche Zusammentreffen. Aber ich wusste es. Tief in mir drin, da, wo sich mein Bewusstsein mit dem dieses trügerischen Mannes verflocht, spürte ich, wer am Telefon sein würde.

Es klingelte ein zweites Mal. Ein drittes Mal.

Ein viertes.

Im Geiste fegte ich hastig ein paar Scherben Mut zusammen. Gerade bevor der Anrufbeantworter ansprang, nahm ich den Hörer ab.

Kapitel 17

Das Telefon an meinem Ohr hätte genauso Stacheldraht sein können. Ich brachte kein Hallo heraus.

Zuerst hörte ich das Atmen. Das angestrengte Entweichen von Luft aus einem zugeschnürten Hals. Witzig, wie mich der Eindruck erstaunte, dass er fast ebenso nervös war wie ich. Als könnte ich spüren, wie verzweifelt er sich, sein neues Leben, vor mir, dem Eindringling, schützen wollte.

»Annie Kingston?«

Mein Name schnarrte wie ein uralter Phonograph. *Kratzig* hatte Sam Borisun die Stimme beschrieben. So klang ein Mann, der seine Stimme verstellte.

»J-Ja.«

Es folgte ein Zögern und in diesem Moment spürte ich, wie es zwischen uns Klick machte. Vielleicht erkannte er an meiner verzögerten Reaktion, dass ich gewusst hatte, dass er es war. Das würde ihn wie eine Riesenwelle an Land donnern lassen. Jahrelang waren Distanz und Heimlichkeit sein Modus Operandi gewesen. Er würde nicht damit umgehen können, dass ich ihn wahrnehmen konnte.

»Ich bin nicht zufrieden mit Ihnen, Ms Kingston. Sie haben auch dann noch an dem Fall gearbeitet, nachdem Sie meinen Wink erhalten hatten, damit aufzuhören.«

Ich brachte keine Antwort heraus.

»Wissen Sie, wo Ihre Tochter ist?«

Ein Eisblock schlug mir auf den Magen. Ich spürte, wie mir alles Blut aus dem Gesicht wich. *»Was?«*

»Sie hat heute Morgen ein pinkes Oberteil getragen. Und Jeans.« Die Stimme schnarrte mir unheilvoll ins Ohr. »Ihr Haar ist von einem reizenden Braun.«

Die Luft staute sich in meiner Lunge. Ich konnte keinen einzigen konkreten Gedanken fassen, mein Verstand wirbelte wie Staub in einem Wirbelsturm. Meine Finger krallten sich um das Telefon.

»Ms Kingston? Sie *wollen* diesen Fall nicht weiterverfolgen. Nicht wahr?«

Ein erstickter Laut entfuhr mir. »Wo ist Kelly? Wollen Sie sagen, Sie haben sie? Wo *ist* sie?«

»Denken Sie darüber nach. Sie *wollen* dies nicht tun.«

Es klickte in der Leitung.

»Nein! Warten Sie! Kommen Sie zurück, kommen Sie *zurück!«* Ich brach zusammen, schrie ins Telefon und die Tränen strömten mir aus den Augen.

Stille.

»Nein, Gott, nein, Gott, bitte.« Ich schmiss den Hörer hin und presste die Fingerspitzen seitlich an den Kopf. *Nein, nein, nicht Kelly. Alles, aber nicht Kelly.*

Die Zeit geriet ins Wanken. Als Nächstes wusste ich nur, dass ich die Nummer des Sheriff's Department eingehackt hatte und von der Rezeptionistin verlangte, mit Kommissar Chetterling zu sprechen – *auf der Stelle.*

»Ma'am, er ist im Einsatz. Ich kann veranlassen, dass er Sie zurückruft –«

»Dann eben Sergeant Delft. *Beeilen Sie sich!«*

Delft hatte kaum abgenommen, da sprudelte ich schon meine Geschichte hervor, die Worte stotternd und leblos.

»Wir werden auf der Stelle jemanden zur Schule schicken.« Seine Antwort war knapp, aber mitfühlend. »Warten Sie einen Augenblick, während ich das veranlasse.«

Ich wartete scheinbar eine Ewigkeit.

»Alles klar, eine Streife ist unterwegs. Annie, machen Sie sich noch keine allzu großen Sorgen, Ihre Tochter ist wahrscheinlich wohlauf. Er versucht lediglich, Sie kalt zu erwischen, das ist alles.«

»Aber er wusste, was sie anhatte!«

»Ja. Mag sein, dass er die Schule beobachtet hat. Aber das ist *gut*; das heißt, dass er in der Nähe ist und wir ihn schnappen werden.«

Wie konnte er so etwas sagen? Nichts von alledem war gut.

»Hören Sie, Annie. Hätte die Schule nicht angerufen, wenn Kelly nicht zum Unterricht erschienen wäre?«

Mein auf Hochtouren drehendes Hirn verlangsamte gerade genug für diesen einen rationalen Gedanken. »Ich denke schon.« Ich ließ mich auf meinen Schreibtischstuhl plumpsen und zwang mich, klar zu denken. »Also, wenn sie da ist, dann will ich ihr keinen Schrecken einjagen! Sie weiß nichts von alledem hier. Stellen Sie sich nur vor, sie bekäme mit, dass ein Hilfssheriff an der Schule nach ihr sucht –«

»Okay, warten Sie.«

Wieder Stille. Ich hätte beinahe aufgehängt. *Warum habe ich das getan? Warum habe ich nicht einfach bei der Schule angerufen und gefragt, ob Kelly im Unterricht sitzt?*

Es knackte in der Leitung. »Okay, ich habe das überprüft. Ein Kommissar in Zivil ist jetzt schon fast an der Schule. Es ist Ralph Chetterling, Annie. Er war gerade in der Gegend.«

Chetterling. *Danke, Gott.*

Neue Furcht ballte sich in meiner Brust zusammen. »Ich fahre zur Schule. Ich muss Kelly jetzt sofort sehen!« *Wenn sie überhaupt dort ist.*

»Nein, Annie.« Delfts Tonfall sollte beruhigend sein. »Wollen Sie nicht in der Nähe des Telefons bleiben, um zu hören, was Chetterling zu vermelden hat? In nur ein paar Minuten wissen Sie mehr.«

Hatte Delft Kinder? Konnte er nicht mein Bedürfnis, meinen *Schmerz* verstehen, meine Tochter mit eigenen Augen zu sehen, sie zu umarmen und ihre *Lebendigkeit* zu spüren?

»Außerdem bedenken Sie eins: Wenn Sie jetzt zur Schule eilen, um Kelly selbst zu sehen, dann weiß sie, dass etwas nicht stimmt.«

Diese Logik brachte alle Gegenargumente zum Schweigen. Ich klappte den Mund zu ... und versuchte zu atmen.

»Also, hören Sie zu, während wir auf die Meldung warten, dass Ihre Tochter gesund und munter ist.« Delft wollte mich entschieden am Telefon halten. »Wir werden noch mehr Wagen in der Gegend patrouillieren lassen. Wir werden Nachforschungen anstellen, ob irgendjemand ein verdächtiges Fahrzeug in Schulnähe gesehen hat. Wir werden diesen Kerl finden, Annie. Ganz *bestimmt.*«

Aus der Küche drangen Geräusche durch das offene Wohnzimmer. Eine Tür öffnete und schloss sich. Jenna war wieder zu Hause. Ich legte die Hand über den Hörer und brüllte ihren Namen.

Sie tauchte in der Tür auf, die Augen weit aufgerissen. »Was?«

Ich zischte ihr die Neuigkeiten zu – während ich gleichzeitig auf jedes Wort von Sergeant Delft lauschte. Die Nachricht ließ Jennas gebräuntes Gesicht erbleichen. Sie sackte gegen den Türrahmen. »Ihr wird schon nichts fehlen.« Die vorgeschriebene Standardfloskel.

Ich nickte.

Dann sah ich ihre Entschlossenheit zurückkehren, das Temperament, das Jenna ausmachte. Sie richtete sich auf, presste die Lippen zusammen. Ein Glühen kroch ihr in die Wangen. Sie zeigte auf mich, als wollte sie sagen: *Ich bin gleich wieder da*, und verschwand.

»Annie, sind Sie noch dran?« Sergeant Delfts Stimme zog meine Aufmerksamkeit zurück zum Telefon.

»Ja.«

»Gut. Wir warten einfach noch.«

Jenna kam mit ihrer Handtasche zurück und stellte sie resolut hin. Sie griff hinein und zog eine Handfeuerwaffe heraus. Inspizierte sie gründlich. Die Pistole hatte meinem Vater gehört. Jenna hatte sie auf dem Regal im Wandschrank gefunden, als sie das Elternschlafzimmer im letzten Jahr übernommen hatte. Sie hatte schon vorher schießen können. Doch nach den Ereignissen des letzten Sommers hatte sie eine Lizenz zum versteckten Waffentragen beantragt, und seither ruhte die Waffe in ihrer Handtasche.

Zufrieden mit ihrer Inspektion tat sie die Pistole in die Handtasche zurück.

»*Den* hier –«, ihr Wispern war reine Vehemenz – »bringe ich eigenhändig um.«

Ich schauderte.

Sie fummelte am Lederriemen ihrer Tasche. »Woher weiß Glatt, auf welches Auto er achten muss?«

Die Frage ging mir durch und durch. Sie hatte Recht. Bei all den Eltern, die ihre Sprösslinge absetzten, müsste er das Auto kennen. Müsste wissen, wie Kelly aussah, da Erin bei ihr war.

»Oh, Jenna, ja woher *weiß* er das?«

Ihr Gesichtsausdruck gab die Antwort, die sie nicht aussprechen wollte. Glatt hatte unser Haus beobachtet.

Vielleicht war er hier in Grove Landing und hatte sie heute Morgen das Haus verlassen sehen. Vielleicht war er nie an der Schule gewesen.

Nein. Er wusste, dass Kelly Jeans trug. Sie war doch in der Garage ins Auto gestiegen. Er hätte ihre Hosen gar nicht gesehen haben können.

Vielleicht hatte er geraten?

Glatt würde niemals raten.

Ich presste die Handfläche gegen die Schläfe. Mein Kopf machte mich noch verrückt.

»Annie!« Delfts Stimme drang mir ins Ohr.

»Ich bin dran.«

»Habe gerade von Chetterling gehört. Kelly sitzt im Matheunterricht, alles in schönster Ordnung. Er hat den Rektor sogar gebeten, mit ihm am Klassenzimmer vorbeizugehen und durch die Scheibe in der Tür zu lugen, nur für alle Fälle.«

»Oh. *Oh.*« Die Erleichterung fuhr mir sengend heiß durch den ganzen Körper, ließ alle Muskeln erschlaffen. Der Hörer entfiel mir auf den Schreibtisch.

»Was, was?« Jenna schnappte sich das Telefon und verlangte, dass das Gesagte wiederholt würde. »Oh, Gott sei Dank!« Das Kinn sackte ihr auf die Brust.

Stille. Ich saß da und heulte, während Sergeant Delft mit meiner Schwester sprach.

»Das können Sie aber glauben, dass wir Sie hier unverzüglich sehen wollen«, bellte Jenna. »Ach, und übrigens, warum wurde diese Leitung denn nicht abgehört, nach dem, was am Samstag passiert ist? Sie hätten diesen Anruf vielleicht zurückverfolgen können.«

Ich verknotete und entknotete die Finger, während meine Schwester das Sheriff's Department auszankte, lauschte dabei auf meinen Herzschlag und die Tränen tropften mir vom Kinn. Mein Atem verfing sich in kleinen Schluchzern, die sich bald mit dem irren Lachen einer Mutter vermischten, deren schlimmster Albtraum verscheucht worden war.

Jenna legte das Telefon auf und trat vor mir an den Schreibtisch, die Hände in die Hüften gestützt. Ihre Miene wurde weicher. »Alles in Ordnung?«

Ich nickte.

»Ach, Annie.« Sie kam um den Schreibtisch herum und ich stand auf, um mich umarmen zu lassen. Die wunderbare Jenna. Was hätte ich gemacht, wenn sie nicht hergeflogen wäre?

Sie trat zurück. »Chetterling und Delft sind bereits auf dem Weg hierher. In der Zwischenzeit schicken sie ein paar Hilfssheriffs, die die Schule im Auge behalten sollen. Sie werden zusehen, dass Kelly wohlbehalten in dein Auto kommt, wenn du sie abholst.«

Ich putzte mir das Gesicht ab. »Wie soll ich das nur vor ihr verbergen? Sie braucht mich doch nur anzusehen und weiß Bescheid. Sie ist so sensibel.«

»Vielleicht verbirgst du es gar nicht vor ihr.«

»Aber ich fände es schrecklich, wenn sie es wüsste. Angst hätte.«

Jenna breitete die Hände aus. »Annie, wäre es nicht besser für sie, Bescheid zu wissen? So unschön es ist, wenigstens wird sie dann bewusst auf ihre Umgebung achten, aufpassen. Sie hat es *verdient* zu erfahren, dass sie und ihre Familie bedroht werden.«

»Ich weiß, aber ...« Ich legte die Hand vor die Augen. »Ich kann das nur ... nicht noch mal durchstehen.«

»Doch, das kannst du.« Jennas Ton war ruhig, aber bestimmt. »Und zwar deshalb, weil du es musst. Wir werden dies gemeinsam durchstehen.«

Ich stieß ein zittriges Halblachen aus. »Ja, du und deine Waffe.«

»Tja, und wo ist deine?«

»Du weißt doch, dass ich Waffen nicht mag.«

»Wer hat was von *mögen* gesagt? Du musst lediglich damit umgehen können.«

»Kann ich aber nicht.«

Sie schüttelte über mich den Kopf. »Und das, nachdem du letztes Jahr die große Panik hattest. Was ist denn aus deinem ›Ja, ja, Jenna, ich werde Schießstunden nehmen, versprochen, großes Ehrenwort‹, geworden?«

»Ich ... bin einfach nie dazu gekommen.«

Sie schnaufte. »Ehrlich, Annie, manchmal könnte ich dich einfach nur schütteln.«

»Nachher, ja?« Neue Tränen traten mir in die Augen.

Ihr ärgerlicher Gesichtsausdruck zerbröckelte. »Oh, natürlich nachher.« Sie nahm mich wieder in den Arm und hielt mich, bis ich aufhörte zu weinen. Als ich mich von ihr löste, schniefte ich immer noch. »Das ist alles deine Schuld, damit du's nur weißt. Du hast mich schließlich zum Phantombildzeichnen bringen wollen.«

»Zum *Zeichnen*, ja. In Gefahr wegen durchgeknallter Krimineller, nein.«

»Das habe ich mir schließlich nicht ausgesucht.«

»Ich weiß.«

Ich fuhr mir mit der Hand durchs Haar. Die Fahrt von Redding dauerte ungefähr fünfzehn Minuten. Ich wollte, dass Chetterling und Delft *jetzt* kamen. »Und was soll das Gerede, das Sheriff's Department würde nicht genug auf mich aufpassen? Sie haben getan, was sie konnten, bei ihrer Besetzung; du weißt doch, dass sie chronisch Personalmangel haben. Meine Herren, hast du es Delft aber gegeben.«

»Das hat er verdient. Wart's nur ab, bis er hier ist; dann kriegt er noch mehr.«

Daran zweifelte ich nicht.

Kapitel 18

Kommissar Chetterling traf als Erster ein. Ich sah ihn durch die Wohnzimmerfenster und eilte zur Haustür, um zu öffnen. Als ich sein Gesicht sah, so voller Sorge, warf ich die Arme um ihn. Er zögerte, dann hielt er mich ganz fest und tätschelte mir den Hinterkopf wie einem Kind.

Plötzlich peinlich berührt, löste ich mich.

»Geht es dir gut?« Er hatte die Hände immer noch auf meinen Schultern.

»Ja. Jetzt, wo ich weiß, dass es Kelly gut geht.«

Als wir ins Wohnzimmer traten, schoss ich meiner Schwester einen warnenden Blick zu, dass sie sich mit diesem Mann nicht anlegen sollte. Es war nicht *seine* Schuld, dass Bill Glatt zu derart verzweifelten Maßnahmen griff.

Ein paar Minuten später erschien Delft. Wir vier sanken in die Wohnzimmerpolster und ein Wortschwall der Verzweiflung und Wut strömte mir über die Lippen.

»Eins will ich euch gleich sagen. Der Anruf wird mich nicht abschrecken. Ich werde die Zeichnung trotzdem machen, und zwar *jetzt*. Glatt glaubt, er könnte mir Angst einjagen. Und das hat er auch. Aber er ist zu weit gegangen. Mich zu bedrohen, ist eine Sache, aber jetzt hat er meine *Tochter* bedroht.« Tränen brannten mir in den Augen. »Es kommt überhaupt nicht in die Tüte, dass ich die Hände in den Schoß lege und diesen Kerl frei rumlaufen lasse. Ich werde nicht eher Ruhe geben, bis ich weiß, dass er endgültig weggesperrt ist.«

Jenna warf mir einen unbändig stolzen Blick zu. Von mir aus. Sollte sie meine Rede ruhig als mutig interpretieren. Doch in Wahrheit fühlte ich mich ganz und gar nicht mutig. Ich wollte lediglich, dass meine Kinder in Sicherheit waren.

»Schön, Annie.« Sergeant Delft beugte die Schultern. »Unsere Unterstützung ist Ihnen natürlich sicher. Und wie gesagt, je eher wir Ihre Zeichnung haben können, desto besser für uns. Und jetzt lassen Sie mich *Ihnen* etwas sagen.« Seine Worte wurden noch ernster. Die Nähe seiner zwanzig Jahre lang verfolgten Beute hatte ihn sichtlich erregt. »Glatt spielt auf solch hohes Risiko, da muss ihm zwangsläufig bald ein Fehler unterlaufen. Und wir werden zur Stelle sein, wenn das geschieht. Hören Sie? Wir *werden* zur Stelle sein.«

Meine Schwester machte ein leises Geräusch in der Kehle. Sie schien ihm das nicht abzunehmen. »Was genau werden Sie denn dann jetzt für uns tun, während Annie die Zeichnung fertig stellt? Sie braucht Schutz und die Kinder auch. Ich denke, Sie sollten jemanden abstellen, der sie rund um die Uhr bewacht. Wenn Ihnen diese Zeichnung so wichtig ist, dann *werden* Sie auch die Mittel dazu auftreiben.«

»Jenna.« Ich zog den Kopf ein.

»Komm mir jetzt nicht mit *Jenna*, Annie. Nach allem, was du für sie letztes Jahr getan hast?«

»Warten Sie.« Chetterling hob die Hand. Er blickte Jenna an. »Ich verstehe Ihre Gefühle. Ihre Schwester *hat* viel für unser Department getan und wir schätzen sie sehr. Wir haben zwar noch nie die Personalstärke gehabt, um jemanden in einer Drei-Mann-Schicht vierundzwanzig Stunden rund um die Uhr zu bewachen. Dennoch, ich werde mich persönlich dafür stark machen, dass Annie dies bekommt.«

»Ich werde eine Schicht übernehmen«, warf Delft ein.

»Gut, danke. Lasst mich einen Moment nachdenken.« Chetterling rieb sich den Kiefer. »Okay. Annie, du hast gesagt, du würdest die Zeichnung so bald wie möglich machen. Es würde dir bestimmt helfen, während der Arbeit ein bisschen Seelenfrieden zu haben. Wann wirst du das Phantombild fertig haben?«

Ich schloss die Augen, um zu überschlagen. »Ich denke, gegen morgen Spätnachmittag. Wenn ich heute Nacht lange arbeite, auch eher.«

»Ausgezeichnet. Mein Plan sieht folgendermaßen aus: In den nächsten vierundzwanzig Stunden, während du arbeitest, werden wir eine Zivilstreife vor deinem Haus postieren. Das Auto wird dir folgen, wenn du die Kinder zur Schule bringst und abholst. Ich werde dir unverzüglich jemanden schicken. Delft, du kannst gegen Mittag übernehmen. Und an mir wird vermutlich die Nachtschicht hängen bleiben. Stell dir darunter bloß nichts Großartiges vor! Keine Spezialeinheit, die sich hinter den getönten Scheiben eines Kleinbusses versteckt, der auf der anderen Straßenseite parkt. Aber du wirst einen Hilfssheriff haben, der dich und dein Eigentum bewachen will.«

Ich wusste kaum, was ich sagen sollte. Was Chetterling gesagt hatte, war die Wahrheit – dem Sheriff's Department fehlten einfach die Mittel für solch eine Aktion. Vor allem, wo sie jetzt jeden Mann brauchten, um nach Glatt zu fahnden. Kein anderer als Chetterling hätte mir solch ein Angebot gemacht. »Danke.« Ich leckte mir die Lippen. »Nur noch eins. Wenn uns ständig ein Auto folgt, selbst wenn es in Zivil ist, werden die Kinder erfahren müssen, was abgeht, richtig?«

»Nicht unbedingt. Es kann auf der anderen Straßenseite und ein Stück weit die Straße hinunter parken. Und wenn du unterwegs oder an der Schule bist, können wir auf Abstand bleiben. Trotzdem ist die Frage, was du den Kindern sagst, ein wichtiges Thema.«

»Meinst du, ich sollte es ihnen sagen?«

Chetterling federte mit einer Hacke auf dem Boden. »Das bleibt dir überlassen. Aber ich würde sagen, ja, sag's ihnen. Sie sind alt genug. Sie verkraften das. Du weißt ja, wie Kinder sind. Wenn sie spüren, dass etwas im Busch ist und man es leugnet, haben sie trotzdem Angst. Nur dass sie dann nicht wissen, wie sie damit umgehen sollen. Ich würde es besser finden, sie verstünden, dass im Moment besondere Vorsicht angezeigt ist. Kein Schlendern durch die Straßen oder Verlassen des Schulgeländes. Deine ganze Familie sollte in höchster Alarmbereitschaft sein, bis diese Sache vorüber ist.«

Ich nickte, spürte ich doch Chetterlings Erfahrung als Erzieher. So viel wir auch schon zusammengearbeitet hatten, wusste ich doch wenig aus seinem Privatleben. Lediglich, dass er seit langem geschieden war und eine Nichte großgezogen hatte, nachdem seine Schwester, die Mutter des Mädchens, bei einem Autounfall ums Leben gekommen war.

»Sie haben eine Schusswaffe im Haus?« Delft stellte Blickkontakt zu Jenna her.

»Ja. Eine Zwei-Zoll-Lauf Chief Special. Und ich kann damit umgehen.«

»Schön. Das ist eine gute Feuerwaffe.« Er sah zu mir. »Annie? Wissen Sie, wie man damit umgeht?«

Ich wand mich und vermied den Ich-hab's-dir-ja-gesagt-Ausdruck auf dem Gesicht meiner Schwester. »Nein. Ich habe absolut null Ahnung von Waffen. Ich *hasse* Waffen.«

»Das verstehe ich, aber es wird Zeit, dass du Schießen lernst.« Chetterling legte die Hände flach auf seine Schenkel. »Delft hat Recht, diese Smith & Wesson ist eine gute, sichere Feuerwaffe. Ein bisschen kleiner als andere. Fasst nur fünf Kugeln anstatt sechs. Mit Spannabzug, das heißt, du musst den Hahn vor einem Schuss nicht extra spannen. Ja, wenn der Hahn gespannt ist, löst sie sogar so leicht aus, dass man damit zu leicht aus Versehen einen Schuss abfeuert.«

Jenna nickte. »Ich spanne den Hahn nie.«

Chetterling nahm den Blick nicht von mir. »Ich weiß, dass du im Moment an deiner Zeichnung arbeiten musst. Aber wenn dies alles vorbei ist, dann leihst du dir die Pistole deiner Schwester aus und ich nehme dich mit zum Schießplatz und bringe dir Schießen bei. Sobald du dich einmal an eine Schusswaffe gewöhnt hast, wirst du dich nicht mehr so davor fürchten. Du wirst sehen, das ist ein Werkzeug wie jedes andere.«

Ein Werkzeug? Ein Schraubendreher war ein Werkzeug. Eine Waffe war ein Mordinstrument. Meine Gedanken huschten zurück zum letzten Sommer und mir schauderte.

Chetterling lächelte mich leicht an. »Fürs Erste genug damit. Zurück zu deinen Kindern. Ich werde die Schulleitung alarmieren, dass für Kelly und Stephen ein Sicherheitsrisiko bestehen könnte. Auf diese Weise können sie die Kinder im Gebäude im Auge behalten. Wenn du sie zur Schule bringst, fahr nicht eher fort, als bis du sie im Schulgebäude verschwinden siehst. Und außerdem wird ja auch ein Streifenwagen da sein.«

»Also gut, außer ... Erin Willit kommt mit uns. Ist das ein Problem?«

»Erin kann ruhig mit euch fahren. Doch ich denke, fürs Erste solltest lieber du hin- und herfahren, anstatt dich mit anderen Eltern abzuwechseln.«

»Ja, ich –«

»Ich mach das schon, Annie«, sagte Jenna. »Wir werden mit Dave sprechen müssen, um ihm zu erklären, was los ist. Aber wenn du die halbe Nacht aufbleibst und arbeitest, dann solltest du dich nicht noch morgens früh rausquälen müssen, damit die Kinder zur Schule kommen. Ich werde einfach den Alarm scharf stellen, wenn wir das Haus verlassen.«

»Noch was.« Chetterling blickte meine Schwester an. »Sie haben gegenüber Sergeant Delft das Abhören der Telefonleitung erwähnt. Wir können die Leitung nicht wirklich anzapfen, wie man das im Kino sieht, aber ich denke doch, es wäre eine gute Idee, ein Aufnahmegerät zu installieren und eine Fangschaltung.« Er wandte sich an Delft. »Was meinst du, Justin?«

»Einverstanden. Jetzt, wo Glatt nachlässig wird, könnte das der Weg sein, ihn zu schnappen.«

Meine Schultern sackten herunter. Die Telefonleitung angezapft – in *meinem* Haus. Oder eine Fangschaltung oder was auch immer. Hieße das nicht, dass jeder Anruf überwacht würde? Nicht, dass ich ein wildes Leben geführt hätte, doch der Gedanke, dass Fremde meine Gespräche abhörten, behagte mir nicht.

Delft bemerkte meine Körpersprache. »Natürlich wird das nur mit Ihrer Erlaubnis geschehen.«

Wie wenig mir diese Vorstellung auch passte, was blieb mir für eine Wahl? »Ich habe zwei Anschlüsse. Einen geschäftlichen und einen privaten. Glatt hat auf der Privatnummer angerufen.«

»Dann werden wir dort die Fangschaltung installieren.«

»Was genau würde das bedeuten?«

Der Sergeant rutschte auf der Couch herum. »Für den Mitschnitt bräuchten wir lediglich einen Tonabnehmer an Ihrem Telefon – sagen wir mal dem in Ihrem Büro – anzubringen und einen Rekorder anzuschließen. Sie müssten dann nur dafür sorgen, dass Sie alle Anrufe dort entgegennehmen. Und wenn Glatt anruft, drücken Sie einfach die Aufnahmetaste am Rekorder. So einfach ist das.«

»Und die Fangschaltung?«

»Um die einzurichten, müssen wir noch nicht einmal zu Ihnen nach Hause kommen. Wir könnten sie vermutlich schon heute Nachmittag in Betrieb haben. Dazu müssten wir zurück ins Büro fahren und unseren Bericht mit einem Aktenzeichen versehen an den Zuständigen der Telefongesellschaft faxen. Der wird die Schaltung dann von seiner Seite aus einrichten. Das heißt aber nicht, dass Anrufe überwacht werden, verstehen Sie. Es heißt lediglich, dass jeder Anruf, den Sie erhalten, zu seinem Ursprung zurückverfolgt wird. Wir werden die Nummer des Anrufers bekommen. Wenn Sie also einen Anruf von Glatt erhalten, dann sollten Sie ihn erstens aufnehmen. Zweitens uns, sobald Sie aufgehängt haben, unverzüglich anrufen, damit wir ein Auto zum Ort des Anrufs schicken können. Oder noch besser, wenn Ihre Schwester zu Hause ist, soll sie uns mit dem Handy anrufen, während Sie Glatt am Telefon halten. Das verschafft uns wertvolle Zeit, um zu ihm zu kommen.«

»Also schön, in Ordnung.« Ich breitete die Hände aus. »Tun Sie das.«

»Gut.« Chetterling stand auf. »Wir werden euch so schnell wie möglich einen Techniker mit dem Rekorder schicken.«

Jenna und ich brachten die Männer zur Haustür.

»Ach ja.« Delft blieb auf dem Weg nach draußen stehen. »Zwei Sachen. Erstens, ich habe beim Produzenten von *American Fugitive* angerufen. Und ihm gesagt, dass wir Grund zur Annahme haben, dass Glatt sich in der Gegend aufhält. Die Sendung wird in diesen Tagen gefilmt, bis auf den Teil, wo man Ihre Zeichnung zeigt und Glatts persönliche Daten durchgibt. Der Moderator wird erwähnen, dass Glatt vor kurzem in der Gegend von Redding gewesen ist.«

»Gut. Danke, dass Sie mir das gesagt haben.«

»Zweitens, meine Männer klopfen immer noch rund um ›Reddings Rosenladen‹ an die Türen. Ich werde Ihnen Bescheid geben, sobald wir etwas herausgefunden haben.«

»Recht herzlichen Dank.« Delft war nicht verpflichtet, mich auf dem Laufenden zu halten. Das war sehr anständig von ihm.

»Worauf Sie sich verlassen können.«

Der Sergeant schritt den Gartenweg hinunter, ein Mann auf einer Mission. Chetterling blieb noch zurück, eine Hand am Türrahmen. »Der Techniker kann dir alle Fragen beantworten, die du noch zum Telefon haben solltest. Nur vergiss nicht, deinen Kindern zu sagen, dass sie fürs Erste keine Anrufe annehmen sollen.«

»Kann er wieder weg sein, bevor die Schule aus ist?« Ich packte meine Arme, fröstelnd. »Das wird eine harte Nuss mit Stephen. Er wird bestimmt nicht dichthalten können. Ich sehe ihn regelrecht vor mir, wie er all seinen Freunden erzählt:

›Ey, Leute, der Sheriff hat 'ne Fangschaltung an unser Telefon gelegt.‹«

Chetterling senkte das Kinn. »Wie macht er sich denn überhaupt?«

»Nicht gut.«

»Noch mehr Drogengeschichten?«

»Ich ... denke ja.«

Der Kommissar zog den Atem ein. »Mein Angebot vom letzten Jahr steht noch, du weißt ja. Wenn du also jemals Hilfe brauchen solltest ...«

»Danke.« Ich schenkte ihm ein dankbares Lächeln. »Ganz vielen Dank. Ich hoffe bloß, ich muss dein Angebot nicht in Anspruch nehmen.«

»Ja.« Er richtete sich auf und setzte sein Dienstgesicht auf. »Also schön. Du weißt, wo du mich findest. Und ich sehe zu, dass ich dir die Zivilstreife heute Nachmittag schicke. Sie wird dir von hier bis zur Schule folgen. Okay?«

»Okay.«

Der Kommissar polterte die Verandastufen hinunter. Jenna schloss und verriegelte die Tür.

Ich sackte gegen die Wand. »Ich werde es den Kindern sagen müssen, nicht? Vielleicht nicht das mit der Fangschaltung, aber alles andere.«

»Ja, ich fürchte schon, Annie.«

Ich betrachtete meine Füße und wünschte zum millionsten Male, ich wäre keine allein erziehende Mutter. Wenn ich mich so überwältigt fühlte wie jetzt, hätte ich Vic am liebsten erwürgt.

»Auf, auf.« Jenna ließ mich nicht in Depressionen abgleiten. »Die Arbeit wartet.«

Meine Füße schlurften, als ich durch die Wohnhalle ging. Ich würde irgendwie meine Konzentration wiedergewinnen müssen.

Und irgendwie würde ich Kelly nach der Schule begrüßen müssen, ohne dabei schluchzend zusammenzubrechen.

Kapitel 19

Mein Plan, an jenem Nachmittag zu arbeiten, war nutzlos. Ich konnte mich nicht konzentrieren. Meistens saß ich am Schreibtisch und starrte Glatts Bild an – die Gesichtszüge, die ich noch hassen würde. Wenn ich die Gedanken mal zusammennehmen konnte, sah ich ihn, wie er heute aussehen würde. Ich sah die stärker herabhängenden Augenlider und Mund, die weniger prägnante Kieferlinie. Doch mein innerer Projektor sprang ständig an und ließ Szenen ablaufen, wie er um die Schule herumschlich und Kelly beim Aussteigen aus dem Geländewagen beobachtete.

Schon die Vorstellung, dass er ihr so nahe gekommen war.

Mehr als einmal schob ich sein Foto angeekelt weg, nur um es wieder zurückzuziehen. Ich hasste sein Gesicht; ich konnte nicht genug von seinem Gesicht kriegen. Wenigstens, bis ich die Zeichnung fertig hatte. Dann aber würde ich niemals wieder einen Blick darauf werfen.

Wenn ich nicht von Glatt mit Beschlag belegt war, grämte ich mich, ob ich den Kindern erzählen sollte, was los war. Die Vernunft stimmte dafür. Wie Chetterling bemerkt hatte, mussten Kelly und Stephen in den nächsten Tagen besonders vorsichtig sein. Und sie würden ganz sicher nicht mitspielen, wenn ich ihnen keine Begründung lieferte. Vor allem nicht Stephen.

Die Angst war dafür, es ihnen nicht zu sagen. Stephen würde seine Furcht verbergen und die Neuigkeiten in morbider Faszination seinen Freunden zuraunen. Kelly würde nichts verbergen. Sie würde ganz einfach nachts nicht mehr schlafen können. Noch würde sie es vor Erin geheim halten. Und wie sollte sie auch. Im Moment würde ich Kelly noch nicht mal erlauben, allein über die Straße zu Erins Haus zu gehen, ja noch nicht einmal, dass die Mädchen zusammen zurückgingen. Wie sollte ich Erin das erklären – ohne die Wahrheit zu sagen?

Und wenn es Erin wusste, musste Dave es wissen. Ich beugte mich über den Schreibtisch, bei dem Gedanken wurde mir nahezu schlecht. Wie *konnte* ich die beiden wieder in Angst und Schrecken versetzen, nach dem, was sie durchlitten hatten? Nachdem Erin vor zehn Monaten mit angesehen hatte, wie ihre Mutter bei ihnen zu Hause ermordet worden war, und sie gerade erst zu heilen anfing? Wie weit mochte sie das psychologisch zurückwerfen? Was für ein Schlag würde das für Dave sein?

Als was für eine schreckliche Nachbarin ich mich doch entpuppte. Schlimmer als jemand aus einem Stephen-King-Roman.

Gesteh's dir ein, Annie, du wirst niemals über dein Schuldgefühl wegen Lisas Tod hinwegkommen.

Allerdings, warum solltest du auch?

Der Techniker vom Sheriff's Department kam mit dem Aufnahmegerät. Ich hielt mich im Hintergrund, mit den Knöcheln gegen das Kinn klopfend, während Jenna und ich ihm bei der Ausführung seines Auftrags zusahen. Hinterher instruierte er uns noch einmal ausführlich, was wir im Falle eines Anrufs von Glatt tun sollten. In schneller Folge ließ mein innerer Projektor Szenen aufflackern, wie ich Glatts Stimme hörte und den Rekorder anstellte, dann Szenen von Delft und Chetterling, die sich über das Tonband beugten und genau auf Glatts kratzige Worte lauschten, auf meinen stoßweisen Atem ...

Als der Techniker ging, war ich fahrig und aufgelöst und hatte das Gefühl, dass meine Privatsphäre verletzt worden war.

Ich konnte es kaum abwarten, Glatt im Gefängnis zu sehen.

Um drei Uhr verließen Jenna und ich das Haus, um die Kinder abzuholen. Wir sprachen nur wenig im Auto, außer dass sie meine Gedanken las. Natürlich.

»Du hast dich immer noch entschieden, wie viel du ihnen sagen sollst, stimmt's?«

»Nein.«

»Wann wirst du zu einem Schluss kommen?«

»Wenn ich sie sehe.«

»Oh.« Sie dachte über meine Antwort nach. »Woher weißt du dann, wie du dich entscheiden musst?«

»Das weiß ich gar nicht. Aber dann habe ich keine Zeit mehr. Also muss ich mich entscheiden.«

»Ach ja.«

So schlau Jenna auch war, sie wusste nicht alles. Sie war keine Mutter. Sie konnte nicht verstehen, was ich durchmachte.

Die Schüler strömten schon aus dem Eingang, als ich auf den Parkplatz von Kellys Schule bog. Obwohl ich wusste, dass Kelly nichts fehlte, obwohl ich gesehen hatte, wie uns die Zivilstreife von zu Hause aus gefolgt war, flitzten meine Augen unwillkürlich nach einem Anzeichen von Glatt hin und her. Wenn ich den Mann sah, würde ich ihn erkennen. Etwas sagte mir, dass ich ihn zuerst *spüren* würde.

Mein Handy war eingeschaltet, und ich hatte die Direktnummer unseres Bewachers, falls mir etwas Ungewöhnliches auffiel.

»Da ist sie!« Eine Feuerkugel rollte mir die Kehle hoch, Tränen traten mir in die Augen. Was hatte mich nur glauben lassen, ich könnte meine Emotionen vor meiner Tochter verbergen?

Ich drückte auf den Knopf, um den Kofferraum zu öffnen, und fixierte die Mädchen mit Adlerblick, während sie aufs Auto zugeschwatzt kamen.

»Alles klar?« Jenna saß vornübergebeugt da, die Hände auf dem Armaturenbrett, und beobachtete die Mädchen nicht weniger scharf.

Merkwürdig, wie Gefühle sich wandeln können. Binnen einer Sekunde riss es meine schiere Erleichterung zu Zorn herum. Dies war *meine* Tochter. Und ihre Freundin, die so viel durchgemacht hatte. Niemand, und damit meinte ich *niemand*, würde diese Mädchen bedrohen. »Ja.« Die Worte kamen tief und bestimmt. »Alles klar.«

Mit schierer Willenskraft blieb ich im Auto sitzen, anstatt herauszuspringen und Kelly fest in den Arm zu nehmen, als sie und Erin ihre Rucksäcke in den Kofferraum schmissen. Erin öffnete die eine Fondtür, Kelly die andere. Meine Tochter rutschte mit einem »Hallo, Mutti« auf den Rücksitz, warf einen Blick in mein Gesicht und stutzte.

»Was ist?«

Ich brachte ein Schulterzucken zustande. »Wir reden, wenn wir zu Hause sind, okay?«

Kelly sah mich misstrauisch an. »Krieg ich Ärger?«

»Solltest du das?«

Erin zog einen Mundwinkel nach unten und blickte von mir zu Kelly.

»Nein.«

»Gut. Dann kriegst du keinen.«

Erin verdrehte die Augen. »Eltern.«

Aus der Highschool kam Stephen mit seinem gewöhnlichen Pulk schlabberhosriger, abhängender Freunde geschlurft. Die Sonne schien ihm genau richtig auf den Schädel und ließ ein Stück Kopfhaut unter dem aufgestellten Haar schimmern. Er kam ans Auto, entdeckte seine Tante auf dem Beifahrersitz und machte eine mürrische Miene.

»Dir auch einen guten Tag«, murmelte Jenna, ich aber wollte meinen Sohn lediglich umarmen. Mir war es in dem Moment egal, dass er selbstbezogen und negativ und auf seine eigene Zerstörung aus war. Wenigstens war er in Sicherheit.

Auf dem Nachhauseweg sah ich unzählige Male in den Rückspiegel. Das neutrale Auto hielt einigen Abstand, doch nie verlor ich es aus den Augen. Zu Hause angekommen, stellte sich Jenna vor die Garage und sah zu, wie Erin über die

Straße und in ihr Haus ging. Kelly beäugte ihre Tante mit gekrauster Stirn und warf mir dann einen fragenden Blick zu.

Gott, bitte hilf mir, es ihnen zu sagen.

Ehe Stephen in seiner Höhle verschwinden konnte, bat ich ihn und Kelly, sich ins Wohnzimmer zu setzen. Jenna zeigte auf sich und ich winkte sie ebenfalls her. Wir saßen da gemeinsam drin.

Ich ging nicht ins Detail. Stephen wusste von den Rosen, aber ich sah keinen Grund, sie gegenüber Kelly zu erwähnen. Noch sprach ich von der Zivilstreife, die uns vierundzwanzig Stunden bewachen würde. Ich sagte lediglich, dass der Mann, dessen Bild ich zeichnete, wollte, dass ich damit aufhörte. Unbedingt. Dass er mithilfe meiner Zeichnung bald gefasst werden würde. (Wobei ich nur beten konnte, dass das stimmte.) Und in der Zwischenzeit würden wir besonders vorsichtig sein müssen. Ich erzählte ihnen von dem Aufnahmegerät an unserem Privatanschluss und dass sie es mir überlassen sollten, ans Telefon zu gehen. Ich ließ große Lücken zwischen den Zeilen, aber Kelly durchschaute sie.

»Er hat dir gedroht, stimmt's?«

Ich holte tief Luft. Ich konnte sie nicht anlügen. »Ja.«

Sie verarbeitete die Antwort. »Hast du ihn gesehen?«

»Nein.«

Sie biss sich von innen auf die Lippe. »Wie lange brauchst du noch für die Zeichnung?«

»Ich hoffe, sie bis zum Abendessen morgen fertig zu haben.«

Stephen saß tief im Kreuz, wippte mit einem Bein auf und nieder und hatte die Arme verschränkt. Tat sein Bestes, um gleichgültig zu wirken. Er schaute mich durchdringend an und sagte dabei ohne Worte: *Ich wette, an der Geschichte ist mehr dran, als du uns erzählst, weil du Kelly noch nicht mal was von den Rosen gesagt hast.* »Ich muss heute Abend zu Jeff. Es war ausgemacht, dass er mich abholen kommt.«

Na klar. »Am Montagabend weg? Wozu?«

»Wir haben da so ein naturwissenschaftliches Projekt, wo wir um Mitternacht die Sterne beobachten sollen und dann die verschiedenen Konstellationen zeichnen müssen. Es gibt eine ganze Liste, worauf wir alles achten sollen.«

»Um *Mitternacht?«* Ich glaubte meinem Sohn kein Wort. »Nun, ich sag dir was. Du wirst das noch ein oder zwei Nächte aufschieben müssen. Und dann kannst du das hier machen, für dich allein. Wenn es dieses Projekt wirklich gibt, sehe ich keinen Grund, warum du es mit jemand anderem zusammen machen solltest.«

»Aber Mutti, das ist doch gerade ein Gemeinschaftsprojekt! Und morgen ist Abgabetermin. Wir *müssen* das heute Nacht machen.«

»Stephen.« Mein Ton wurde schärfer. »Daraus wird heute Nacht nichts. Punkt. Nicht einmal hier. Ich werde dir noch nicht einmal erlauben, dich bei uns im Garten auf den Rasen zu stellen. Wenn es sein muss, werde ich persönlich mit deinem Lehrer sprechen und es ihm erklären.«

»Er wird nicht auf dich hören.« Stephen schlug sich aufs Bein. »Mann, Mutti, du bist –«

»Lass stecken, Stephen.« Der Blick, den Jenna ihm zuschoss, hätte töten können.

Mein Sohn, mein Sohn. Eine Riesenfaust quetschte mir das Herz zusammen. Warum musste er so schrecklich sein? So selbstbezogen? Konnte er sich nicht einmal so benehmen, als gäbe er auch einen Pfifferling auf andere Leute?

Kelly sah aus, als würde sie gleich anfangen zu weinen. Jenna tätschelte ihr das Bein. »Es ist bald vorbei. Wo jetzt so viele Leute nach diesem Kerl fahnden, wird man ihn bald haben. Und dann ist deine Mama wieder eine Heldin.«

Stephen machte ein Geräusch in der Kehle. »Na super. Da kann man nur hoffen, dass sie dabei nicht hops geht.«

Kelly gab einen leisen erstickten Laut von sich. Ich wollte

den Arm um sie legen und Stephen gleichzeitig eine kleben. Was seine gedankenlosen Worte bei seiner Schwester anrichteten.

Ruhig, Annie, ganz ruhig bleiben.

»Mir wird nichts passieren, Stephen, und jetzt hör auf damit.« Ich streckte die Hand aus, um ihm die Schulter zu massieren. Er wich aus.

»Ich hab Angst, Mutti.« Kelly flitzte um den Couchtisch, um sich neben mich zu setzen. Ich zog sie an mich.

»Ich weiß ja. Die Sache macht ein bisschen Angst. Aber du hast mir doch erzählt, du würdest beten, weißt du noch? Hierfür kannst du fest beten.«

Stephen gab ein kleines Grunzen von sich. Er drehte den Kopf weg und sah zur Fensterfront hinaus.

»Das werde ich, und wie.« Kelly beäugte ihren Bruder, ganz offensichtlich missbilligend.

Ich dachte an Kellys Worte, als ich kurz darauf über die Straße ging, um mit Dave Willit zu sprechen. Ein Stück weit die Straße hinunter konnte ich die Zivilstreife des Sheriffs sehen. Sie parkte mir zugewandt auf der Willit'schen Straßenseite. Ohne die Gegenwart des Bewachers wäre ich das kurze Stück nicht allein gegangen.

Dave öffnete mir die Tür und ich trat in die Diele, wobei mich gleich wieder das typische Schuldgefühl befiel.

»Hallo, Annie.« Er lächelte mich mit einem Ausdruck voller Wärme an. Daves Gesicht war dünner als vor Lisas Tod; ich wusste, dass er abgenommen hatte. Trotzdem blieb er ein gut aussehender Mann. Manchmal konnte ich förmlich einen hauchzarten Schleier der Trauer um ihn sehen. Und doch besaß er gleichzeitig eine Stärke, eine innere Festigkeit, die ich entwaffnend fand. Ich hatte dazu einmal eine Bemerkung gemacht und er hatte geantwortet, die Kraft komme von einem Leben mit Gott und sei nichts, was er sich selbst zuschreiben könne.

»Erin ist in ihrem Zimmer bei den Hausaufgaben. Nach deinem Anruf habe ich ihr gesagt, dass wir uns über den Fall unterhalten würden, an dem du arbeitest. Ich habe sie gebeten, auf ihrem Zimmer zu bleiben.«

»Gut. Danke.« Ich verschränkte die Arme, ein Schaudern unterdrückend.

»Ist dir kalt?«

»Nein. Bloß ...«

Er sah mich an, durch mich hindurch in meine Seele. Wiewohl er nichts sagte, spürte ich, dass er von meinem Unbehagen in seinem Haus wusste. Dass er wünschte, er könnte es auswischen wie eine falsche Antwort an der Tafel, aber keine Ahnung hatte, wie er das anstellen sollte.

Genauso wenig wie ich.

Er bedeutete mir, im Wohnzimmer Platz zu nehmen. Meine Gedanken huschten zurück zu einem Tag vor zehn Monaten, als wir genau hier gesessen hatten. In genau denselben Sesseln sogar. Keine zwei Wochen und doch ein ganzes Leben, nachdem Lisa gestorben war.

Ich leckte mir die Lippen und starrte auf einen Teppichfussel. »Es ist mir ganz schlimm, euch das wieder anzutun, Dave. Dir und Erin. Aber ich habe das Gefühl, dass ich dir sagen sollte, was vor sich geht. Dann kannst du entscheiden, wie viel du Erin sagen willst. Ich habe Kelly zwar angewiesen, nichts zu sagen, aber du weißt ja, wie beste Freundinnen sind. Geheimnisse sind da schwer zu hüten.«

»Da hast du Recht.«

Stockend erzählte ich Dave alles. Eigentlich hatte ich ihm nur eine grobe Zusammenfassung geben wollen. Doch je mehr ich sprach, desto mehr wollte – ja *musste* – ich sprechen. Und doch kam ich mir selbstsüchtig vor, dass ich meine Probleme und Ängste auf diesen Mann losließ. Doch sein Gesichtsausdruck – seine Augen, die meinen Blick hielten, während ich von den toten Rosen sprach, dem Anruf wegen Kelly, der

Fangschaltung – wickelte alles von mir ab wie Garn von einer Spule.

»Es wird aber bald vorbei sein. Ich setze mich jetzt gleich an die Zeichnung und ... dann wird man ihn finden.«

Diese Worte waren zu einem Mantra geworden. Vielleicht, wenn ich sie nur oft genug sagte, würde ich glauben, dass das stimmte.

Dave rieb sich den Kiefer und gab seinem Kopf einen kleinen Stups. »Du erstaunst mich immer wieder, Annie.«

Hä?

»Glaub mir, ich kann verstehen, dass dich das in Schrecken versetzt. Und in Wut.« Daves Blick verlor sich für einen Moment in der Ferne. Ich konnte die weiß glühenden Kohlen seiner Erinnerung spüren. »Doch was tust du? Du beißt die Zähne ein zweites Mal zusammen, bis du dafür gesorgt hast, dass einem weiteren Mörder das Handwerk gelegt ist.«

»Ich habe nicht das Gefühl, groß die Wahl zu haben«, murmelte ich halblaut.

»Genau das meine ich. Du stürmst einfach vorwärts und tust, was getan werden muss.« Er fuhr sich mit der Hand über die Augen. »Du kannst auf mich zählen. Ich werde dir helfen, wie ich nur kann. Ich weiß, wie Furcht erregend das alles ist. Aber ich bin ja hier und werde alles tun, was du brauchst.«

Seine Aufrichtigkeit durchbohrte mich. »Danke.«

Wir besprachen Details. Dass Jenna die Kinder am nächsten Morgen zur Schule bringen würde, immer gefolgt von der Zivilstreife. Dass wir die Kinder auch wieder abholen würden. Dass einer von uns immer ein Auge auf die Mädchen haben würde, wenn sie die Straße überquerten, bis Glatt gefasst war. Dave meinte, er würde es Erin sagen, weil sie sich nur noch mehr ängstigen würde, wenn sie spürte, dass etwas nicht in Ordnung war, aber nicht wusste, was. Ich erklärte genau, wie viel Kelly wusste. Er versprach, Erin nicht mehr als das zu sagen. Vorläufig würde die Zivilstreife unser Geheimnis bleiben.

Als uns nichts mehr einfiel, saßen wir schweigend da, jeder seinen Gedanken nachhängend.

Er räusperte sich. »Annie, ich habe mich gefragt ... Darf ich fragen, wo du im Blick auf Gott stehst? Letzten Sommer hattest du versprochen, du würdest ihn suchen.«

Noch ein schwieriges Thema. »Stimmt. Deshalb gehe ich ja jetzt auch zur Kirche.«

»Aber du hast dich noch nicht dazu entschieden, Christus in dein Leben aufzunehmen, richtig?« Er machte einen Rückzieher. »Bitte entschuldige, wenn ich dir –«

»Nein, nein, schon gut.« Bei dem, was dieser Mann durchgemacht hatte und meinem Anteil daran, hatte er es verdient, zu fragen, was immer er fragen wollte. »Es ist bloß ... ich habe einen langen Weg hinter mir. Es hat eine Zeit gegeben, da war ich mir noch nicht mal sicher, ob ich überhaupt an Gott glaube. Aber das tue ich jetzt. Und ich habe bei den Predigten immer gut aufgepasst, damit ich es auch verstehe. Der christliche Glaube ist ein ganz neues Konzept für mich, weißt du? Ich bin nämlich nicht religiös erzogen worden.«

»Ich weiß.«

»Also, ich kann jetzt akzeptieren, dass Christus für mich gestorben ist. Dass er das Böse besiegt hat, als er wieder lebendig wurde. Allerdings, so richtig verstehen, wie das alles im kosmischen Sinne funktioniert, tue ich nicht.«

Dave lächelte. »Ich auch nicht. Sonst wären wir beide Gott.«

»Vermutlich.« Ich rieb die Hände aneinander. »Und ich verstehe, dass Christus mir alles Schlechte, das ich getan habe, vergeben wird, wenn ich ihn darum bitte. Und dann gehöre ich zu ihm und komme in den Himmel.« Ich lächelte unsicher. »Na bitte. Wie habe ich das hingekriegt?«

»Großartig.« Dave fixierte mich mit seinem Blick wie ein stolzer Lehrer seinen Schüler.

»Gut. Tja. Ich ... denke, dann hab ich's ja.«

Er wartete einen langen Augenblick, aber ich sagte nichts mehr.

»Kannst du mir erklären, worauf du noch wartest? Du musst zugeben, dass Jesus dir einen ziemlich guten Deal bietet.«

»Tue ich ja. Aber ... Also schön.« Ich zwang mich, Dave ins Gesicht zu sehen. »Es liegt an diesem ›Dann gehöre ich zu ihm‹-Teil. Immer wieder habe ich zu hören bekommen, dass er der Herr meines Lebens sein will. Und das macht mir irgendwie Angst. Denn wenn Christus der Herr meines Lebens ist, bin ich es *nicht*. Meine Entscheidungen sind dann nicht länger meine eigenen. Und was, wenn er Dinge von mir verlangt, die ich nicht will?«

Freundlichkeit grub sich in Daves Gesicht. »Das ist ein Furcht erregender Gedanke.« Er konzentrierte sich auf die Naht des Sofakissens, rieb mit einem Finger darüber. »Aber wo wir schon mal so weit sind, würde es dir etwas ausmachen, wenn ich darauf antworte?«

»Nein, nur zu.«

»Na schön. Ich möchte dir eine Frage stellen, aber das ist keine zum Laut-drauf-Antworten. Wenn du dir dein Leben anschaust, Annie, dieses Leben, das du in Eigenregie führst – läuft es gut?«

Ich blickte fort, die Frage drang mir tief in die Seele.

»Schau, was mein eigenes Leben betrifft, so weiß ich, dass ich das nicht mal halb so gut hinkriegen würde wie Gott, weil er der ist, der mich geschaffen hat. Er kennt meine Begabungen und Schwächen besser als ich. Die Bibel spricht in dieser Beziehung vom Töpfer, der besser als der Ton weiß, wie der Krug geformt werden muss.«

Die Worte klingelten wie weit entfernte Schlittenglöckchen in meinem Kopf. Der Klang war frisch und fröhlich – und ärgerlich.

»Nun ja. Ich bin dir dankbar für den Mut, frei von der Leber weg zu reden, Dave. Das machen nicht viele. Ich werde darüber nachdenken. Versprochen, okay?«

»Gut. Mehr kann man nicht verlangen.«

Mit einem entschuldigenden Schulterzucken stemmte ich mich auf die Füße. »Dann mach ich mich mal besser auf die Socken. Ich muss zusehen, dass ich ans Zeichnen komme, und werde heute wohl eine Nachtschicht einlegen. Und noch mal danke für das Gespräch.«

»Keine Ursache. Und danke dir, Annie, für deinen Einsatz.«

Dave brachte mich zur Tür und stand wie ein Wachposten auf der Schwelle, bis ich die Straße überquert und mit einem kleinen Winken in mein Haus geschlüpft war.

Kapitel 20

Achtzehn Uhr dreißig.

Er steuerte mit links, während er einen Blick auf die Karte in seiner rechten Hand warf. Der Schlafmangel peitschte ihm einen unnatürlichen Adrenalinschub durch die Adern. Er hatte seit Stunden nichts mehr gegessen. Was soll's. »Mit Zielstrebigkeit lassen sich Schwächen meistern.«

Jack Hurst in *Todesschrei.*

Da war die Straße.

Er bog von der kleinen Bundesstraße rechts ab und sah geradeaus Häuser liegen. Grove Landing. Noch einmal abbiegen und er war in Barrister Court. Die Hausnummer wusste er nicht. Doch ein Zeitungsartikel hatte ihr riesiges Blockhaus am Ende einer Sackgasse erwähnt. Hinter der Straße erstreckte sich Wald.

Warte.

Sein Fuß ging vom Gas.

Dort oben, rechte Seite. Da saß ein Mann in einem Auto, zwischen zwei Häusern.

Er konnte lediglich den Hinterkopf des Mannes sehen. Es sah aus, als beobachtete der Typ Annie Kingstons Haus.

Warum?

Wer war dieser Mann?

Szenarien und mögliche Handlungsoptionen tickerten ihm durch den Kopf.

Der Mann würde ihn sehen, wenn er vorbeifuhr.

Er fluchte und fuhr rechts ran. Hielt die Karte hoch und tat, als studierte er sie, während er über den Rand seiner Sonnenbrille hinweg den Mann anstarrte.

Hast du das gesehen? Der Kopf des Typen hat sich leicht gedreht. Vielleicht kontrolliert er den Rückspiegel. Vielleicht beobachtet er ihn.

Ein Feuersturm fegte unter seiner Haut entlang – seine Gefahrenwarnung.

Das da war kein gewöhnlicher Mann.

Das roch nach einem Bewacher in einem ungekennzeichneten Auto. Privater Sicherheitsdienst? Zivilstreife?

Der rechte Arm des Mannes bewegte sich, als suchte er etwas auf dem Beifahrersitz.

Griff er nach Zettel und Stift, um sich sein Nummernschild zu notieren?

Der Instinkt knallte ihm die Faust in den Magen. Er senkte die Karte und fuhr wieder raus auf die Straße. Drückte auf den Knopf, um die rechte Scheibe hinunterzulassen. Hielt gestikulierend neben dem mysteriösen Auto an.

Der Mann blickte aus seinem offenen Fenster.

»Entschuldigen Sie.« Er sprach mit britischem Akzent. »Ich scheine mich irgendwie verfahren zu haben. Ich dachte, ich könnte hier durchfahren und käme dann zurück auf die Bundesstraße. Aber das geht anscheinend nicht.«

Der Mann betrachtete ihn aufmerksam. »Wo wollen Sie denn hin?«

Diese Spannung in den Schultern des Mannes, das Misstrauen in der Stimme.

»Eigentlich zurück zur Autobahn. Ich wohne in dem Holiday-Inn-Hotel etwas südlich von hier. Kennen Sie das?«

Der Mann legte den Kopf schief. »Ja. Fahren Sie den Weg zurück, den Sie gekommen sind, und biegen Sie links ab. Und am Ende der Straße dann wieder links. So kommen Sie wieder nach Redding.«

»Danke, danke vielmals.«

Er fuhr langsam fort. Ließ die Scheibe hoch. Spürte die Augen des Mannes auf ihm, als er auf der Straße wendete. Er kam wieder an dem Auto vorbei. Lächelte. Winkte.

Der Mann hob die Hand.

Zivilstreife. Ganz klar.

Er fuhr in Richtung Redding.

Eine Szene blitzte in seinem Kopf auf. Die gequälten Gesichter seiner Frau und Söhne, als Streifenwagen sein Haus umstellen.

Wie Bremer Slates Untergang in *Todesmond*.

Nein.

Nein.

Er verengte die Augen. Er würde sein Auto stehen lassen. Das blonde Toupet abnehmen. Seinen falschen Pass nutzen, um sich ein Auto zu mieten. Die schwarze Perücke aufsetzen.

Zwanzig Jahre lang hatte er der Polizei unerkannt vor der Nase gesessen. Sie würden ihn jetzt nicht aufhalten.

Kapitel 21

Wasserrauschen aus der Schlafzimmer-Suite. Irgendwo in einem abgelegenen Winkel meines Hirns nahm ich das wahr. Jenna musste eine Dusche nehmen. Wie spät war es? Zehn? Elf? Ich konnte mich nicht überwinden, den Kopf zu heben und auf die Bürouhr zu schauen. Die Armbanduhr hatte ich abgenommen, als ich vor etlichen Stunden angefangen hatte.

Die Kinder würden schon im Bett liegen. Jenna hatte mir beim Abendessen mitgeteilt, dass sie dafür sorgen würde. Ich brauchte mich nur in mein Büro zu begeben, die Tür zu schließen und mich Hals über Kopf in die Zeichenaufgabe zu stürzen, die mir unter den Nägeln brannte. Und sobald ich einmal dabei war, wollte ich nicht gestört werden.

Wenn ich durchhielt, hatte ich vor, die ganze Nacht durchzuarbeiten.

Bis auf das vage Geräusch in den Wasserleitungen wirkte das Haus in seiner Stille unheimlich. Mein eigener Atem, das Wischen meines Ärmels, das Rascheln der Materialien – alles wirkte verstärkt. Doch bemerkte ich das nur intervallartig, als ob mein Geist zum Atemholen an die Oberfläche kam und dann wieder versank. Tief unten in den trüben Wassern der Konzentration vertiefte ich mich in Bill Glatt, bis ich ihn beinahe berühren, spüren, riechen konnte. Der Zeichenprofi in mir erschuf sein Gesicht neu. Der Projektor in meinem Kopf ließ die Szenen vom Tatort in schreienden Farben vorüberziehen.

Ich hatte mit Glatts Führerscheinfoto begonnen – das jüngste Bild, das ich von ihm hatte. Bei der künstlichen Alterung von Phantombildern gehört es zur gängigen Praxis, das beste zur Verfügung stehende Bild des Verdächtigen zu vergrößern, wenn das die Genauigkeit erhöht. Ich tat das mit dem einfachen Gitterrasterprinzip. Ein Führerscheinfoto ist als Ausgangsbild lächerlich klein, deshalb würde ich das gerasterte Gesicht etliche Male zeichnen müssen, ehe es die erforderliche Größe hätte. Doch ich wollte es nicht darauf ankommen lassen. In dieses Phantombild wollte ich mein ganzes Können legen.

Nachdem ich Bills Foto mit Pauspapier abgedeckt hatte, machte ich ein kleines Rastergitter und pauste seine Gesichtszüge durch. Als Nächstes schuf ich auf einem zweiten Bogen ein größeres Raster und zeichnete auch darauf das Gesicht, wobei ich mich an dem kleineren Raster orientierte. Schon bald waren Glatts Gesichtszüge viermal so groß wie auf dem Führerscheinfoto. Indem ich diesen Schritt noch einmal wiederholte, vergrößerte ich das Bild um noch einmal vierhundert Prozent. Nun hatten seine groben Gesichtszüge die Größe, die ich wollte.

Aus meiner Zeit als Gerichtszeichnerin hatte ich zwei wichtige Prinzipien gelernt.

Erstens, menschliche Gesichter sind nicht vollkommen symmetrisch.

Zweitens, Proportionen sind der Schlüssel zum Wiedererkennen.

In der Vergrößerung traten Bills Gesichtsproportionen von damals stärker zutage. Die Herausforderung bei der Zeichnung eines künstlich gealterten Phantombilds lag nun darin, zu wissen, welche Proportionen geblieben sein und welche sich mit dem Alter verändert haben würden.

Nun arbeitete ich daran, Glatts Gesicht älter zu machen, und verwendete dazu das getönte Papier und Bleistifte. Stück für Stück trat das Bild aus meinem Kopf zutage. Die Falten auf der Stirn und um die Augen herum. Die tiefere Kerbe unter der Unterlippe, entstanden durch die nervöse Angewohnheit, das Kinn anzuheben. Die Aufweichung der ohnehin undefinierten Kieferlinie.

Der Projektor surrte in meinem Kopf, und Blitz – sah ich

Glatts Gesicht, der das Kinn hochreißt und wieder sinken lässt, wobei sich die Unterlippe in die Oberlippe schiebt. Glatt steht bei den Tarells in der Diele und begrüßt seinen Arbeitgeber gemessen, nur Augenblicke, bevor die Besprechung beginnt …

Blitz zu

einer Nahaufnahme desselben Munds zwanzig Jahre später, der ins Telefon spricht und ein Dutzend toter Rosen bestellt …

Die Zeit tickte vorbei und Glatts Züge traten hervor. Der Herzschlag ließ mir das Blut in den Ohren rauschen. Der Bleistift kratzte auf dem Papier. Draußen lag Grove Landing in tiefer Dunkelheit, die Fensterläden meines Arbeitszimmers schlossen die Nacht aus. Ich hatte sie längst geschlossen. Irgendwo im Reddinger Raum schlich sich Bill Glatt herum. Zwar wusste ich, dass mein Haus bewacht wurde, aber die Vorstellung der Fenster bei Nacht, wie einseitig verspiegelte Scheiben, hatte mich dazu getrieben, die Läden zu schließen.

Je länger ich arbeitete, desto stickiger kam mir die Luft im Büro vor, als senkte sich eine wollene Decke der Bedrängnis von der Decke herab. Jede Bewegung, jedes Geräusch, das ich machte, wirkte betont. Mich überkam das seltsame Gefühl, als seien Glatt und ich zwei Schauspieler auf derselben Bühne, im Scheinwerferkegel gefangen, zwischen uns schwarze Leere. Dieser schwarze Raum wurde kleiner und kleiner, als wir uns immer näher kamen …

Mein Nacken fing an zu kribbeln.

Hilf mir, Gott, dass ich das hinkriege. Bitte.

Minuten verstrichen. Ich spürte meinen Herzschlag. Die Wärme meiner Finger, die den Bleistift umkrampft hielten. Die Ausgedörrtheit meiner Kehle. Ich brauchte schon seit einer Weile etwas zu trinken, hatte aber nicht innegehalten, um mir etwas zu holen. Die Vorstellung in meinem Kopf von dem nie gesehenen Bill Glatt und die Konzentration auf den Mann, der aus meinem Zeichenbogen auftauchte, verschmolzen miteinander, banden mich an meinen Stuhl, an Zeit und Raum. Ein Strom von Energie brauste durch mich hindurch, fegte Muskelschmerzen und Müdigkeit hinweg. Da wusste ich, dass ich die ganze Nacht durcharbeiten würde, dass ich nicht ruhen würde, ja *könnte*, bis meine Aufgabe vollendet war.

KAPITEL 22

Nacht – die Dunkelheit seine Deckung. Der Wald roch modrig.

Er zog einen Tarnärmel zurück, um auf die Uhr zu gucken. Das Ziffernblatt glimmte speigrün durch das Nachtsichtgerät. Fast Mitternacht.

Er wartete im Waldstück hinter der Sackgasse. Er beobachtete. Sein Rucksack lag ein paar Schritte weiter auf der Erde.

Auf der Straße parkte noch immer eine Zivilstreife. Aber nun saß ein anderer Mann drin. Wesentlich größer. Ein anderes Fahrzeug. Sie hatten sich vor einer Stunde abgelöst.

Ein Haus unter Bewachung. Und höchstwahrscheinlich alarmgesichert.

Bester Zugang – die nach hinten hinausgehende Schiebetür im Souterrain.

Er würde den schwachen Moment abpassen. Wie Darell Fleck in *Tödlicher Zwilling*.

Das Haus der Kingstons war dunkel bis auf jene Fenster im Erdgeschoss. Schlafzimmer? Büro? War Annie Kingston noch zu später Stunde auf und arbeitete an der Zeichnung?

Nein. So schnell würde sie nicht damit anfangen können.

Ein schwaches Geräusch. Von rechts, von der Rückseite des Hauses.

Er beobachtete.

Eine Gestalt schlich sich heimlich von der Seite durch den Garten.

Seine Muskeln spannten sich. Verstärkung der Sicherheitsleute? Hatte man ihn entdeckt?

Er schlüpfte hinter einen dicken Baum.

Die Gestalt kam um die vordere Hausecke, ging den Gartenweg entlang. Männlich. Weit geschnittene Jeans. Aufgestellte Haare.

Das war kein Sicherheitsbeamter. Vielleicht ein Kind. Ein Teenager. Annie Kingstons Sohn?

Er schaute wieder zu dem geparkten Wagen.

Der Mann darin war verschwunden.

Wohin? So schnell?

Er starrte das Auto an. War da hinter dem Steuer die Kante eines Kopfes? Duckte sich der Mann?

Der Teenager schlich den Weg hinunter. Bemerkte das Fahrzeug nicht einmal.

Da tat sich noch etwas. Weit hinten am Anfang der Straße.

Vorsichtig glitt er hinter dem Baum hervor und beugte sich vor.

Ein Auto. Es bewegte sich die Straße hinauf. Abgedunkelt.

Es hielt auf gleicher Höhe mit dem Teenager. Der Junge lief vor dem Auto auf die andere Seite und öffnete die Beifahrertür. Innen ging ein Licht an. Am Steuer noch ein männliches Wesen. Noch ein Junge. Der erste Teenager stieg ein.

Ein Spähtrupp. Annie Kingstons Sohn stahl sich aus dem Haus.

Aus der Hintertür.

Aus der Schiebeglastür.

Darell Flecks schwacher Moment.

Das Auto ohne Licht beschrieb eine U-Kehre, fuhr davon. Er blickte wieder zu dem unmarkierten Wagen. War der Mann dort dazu abgestellt, das Kind zu überwachen?

Der Mann setzte sich auf. Der Motor startete.

Er drückte sich hinter den Baum, als das Auto im Sackgassenbuckel wendete, die Scheinwerfer über den Wald strichen. Der Mann setzte ein rundes Licht auf das Autodach. In der grünlichen Tönung des Nachtsichtgeräts blitzte es matschig braun.

Das hier war keine Wach- und Schließgesellschaft. Das hier

war Polizei. Und zwar hier, außerhalb der Stadt, das Sheriff's Department.

Sein Sheriff's Department.

Sein Verstand klickte sich durch mehrere Möglichkeiten.

Ein Teenager, der ausbüchste. Würde er gleich gefasst werden? Drogen?

Er schürzte die Lippe. Seine Söhne würden sich niemals zu solch anstößigem Benehmen hinreißen lassen.

Er schulterte seinen Rucksack und marschierte ruhig von hinten auf das Haus der Kingstons zu.

Kapitel 23

Mir schmerzten die Schultern; die Finger waren verkrampft. Ich legte das Stück Kreide weg und setzte mich zurück, drehte den Hals hin und her und überstreckte beide Arme nach hinten, bis die Wirbelsäule knackste. Seufzend warf ich einen Blick auf die Uhr im Büro. Null Uhr fünfunddreißig. Ich konnte kaum glauben, wie viel ich schon geschafft hatte. Bei dem Tempo würde ich bald fertig sein. Die Gesichtskonturen waren so weit da; jetzt fehlte nur noch die abschließende Ausgestaltung mit Farbe. Wäre es nicht toll, wenn die Zeichnung fertig wäre, bevor die Kinder zur Schule müssten? Dann könnten Jenna und ich sie gemeinsam in die Stadt fahren und anschließend die Zeichnung direkt zum Sheriff's Office bringen. Und danach würde ich vielleicht etwas schlafen können.

Ich knetete meine Nackenmuskeln. Glatts Augen starrten mir vom Zeichenbogen entgegen, als forderte er mich heraus, ihn fertig zu stellen, damit er lebendig werden und mir den Garaus machen könnte. Ein plötzlicher Schauer erfasste mich. Ich drückte mich vom Zeichentisch ab und stand auf. Ich musste mir die Beine vertreten.

Tief einatmend schritt ich die Teppichkante ab.

Meine Kehle war völlig ausgedörrt. Ich ging zur Tür, um in die Küche zu tapsen, und hatte den Knauf schon halb gedreht, als das Telefon klingelte.

Das Geräusch ging mir durch und durch. Ich erstarrte, die Nerven bebten.

Glatt.

Mein Blick blieb auf der Zeichnung haften, als mir eine aberwitzige Vorstellung kam. Gingen von ihr etwa übernatürliche Kräfte aus? Als ob die Striche den Mann selbst herbestellten.

Es klingelte zum zweiten Mal.

Ich starrte das Telefon an.

Hinter der Bürowand hörte ich Schritte. Jenna war aus dem Bett gesprungen, ihr Zimmeranschluss hatte sie geweckt. Die Geräusche bewegten sich in Richtung Flur. Ihre Tür ging auf.

Es klingelte zum dritten Mal.

Ich bewegte mich widerwillig zum Schreibtisch.

Meine Bürotür flog auf. »Geh ran!« Jennas Haar war vom Schlaf zerzaust, die Augen weit aufgerissen.

Es klingelte zum vierten Mal – kurz. Ich hob den Hörer zum Ohr. Jenna drückte schnell die Aufnahmetaste am Rekorder.

»H-hallo?«

»Annie, hier ist Ralph Chetterling.«

Chetterling. Meine Knie wurden schwach.

»Hi«, quäkte ich.

»Warst du noch auf?«

Was sollte das, ein Anruf einfach nur so?

»Ja. Am Arbeiten.«

»Gut.«

Er räusperte sich und ich spürte ein Zögern. Irgendetwas stimmte nicht.

»Hör zu, ich habe ein paar unerfreuliche Nachrichten für dich. Vor ein paar Minuten habe ich deinen Sohn aufgegriffen. Er hatte sich aus eurem Haus geschlichen, um sich mit einem Freund zu treffen, und unter den Umständen konnte ich ihn nicht einfach laufen und sich in Gefahr bringen lassen. Der Freund heißt Jeff Waite. Offenbar war das Ganze geplant. Jeff hatte Stephen abgeholt.«

Mein Verstand konnte die Nachricht nicht verarbeiten. Ich hielt das Telefon umklammert und blinzelte.

»Annie?«

»Ja. Ich bin noch dran.«

Jenna beobachtete mich wie ein Adler auf Beutefang. Ich

schüttelte den Kopf und formte mit den Lippen: *Es ist nicht Glatt*. Sie sackte vor Erleichterung zusammen.

»Was – wohin wollte Stephen?«

»Ich weiß nicht genau, was sie vorhatten. Eine große Sause scheint an einem Montagabend eher unwahrscheinlich und die Jungs rücken nicht mit der Sprache raus. Aber da ist noch was, das ich leider sagen muss.«

Er machte wieder eine Pause. Ich lehnte mich gegen den Schreibtisch und machte mich auf das Schlimmste gefasst.

»Nachdem ich das Auto rausgewunken hatte, habe ich es gleich durchsucht. Es roch nach Marihuana und Jeff schien unter Drogen zu stehen. Im Handschuhfach habe ich Joints gefunden und außerdem einen Beutel Marihuana und Papier zum Rollen. Stephen war ja gerade erst ins Auto gestiegen, hatte aber auch ein paar Joints bei sich, in seiner Jeanstasche. Ich vermute, dass er sie mitgebracht hat.«

Meine Beine begannen zu zittern. Alle Gedanken an Bill Glatt fielen von mir ab, ersetzt von einer neuen, schlimmeren Angst – der Angst einer Mutter um ihr Kind, das die Folgen seiner eigenen Dummheit zu spüren bekommt. Ich hörte das Mitgefühl aus Chetterlings Stimme, wie schonend er mir die Nachricht beibrachte, von der er wusste, dass sie meine bereits angeschlagene Welt ins Wanken bringen würde. »Was wirst du jetzt tun, Ralph?«

»Annie, mir bleibt keine Wahl, als sie wegen Besitz eines illegalen Stoffs mitzunehmen. Stephen hatte weniger als eine Unze bei sich, also wird es sich bei ihm nur um ein Vergehen handeln. Wir werden ihn anzeigen und ihn dann in Hausarrest unter deiner Obhut entlassen. Jeff muss mit weiteren Anklagen rechnen, wenn sich im Test herausstellt, dass er unter Drogen am Steuer war, und dazu hatte er eindeutig über eine Unze dabei. Für ihn lautet der Tatbestand auf Straftat.«

Stephen ... festgenommen. Mein Sohn, angezeigt wegen Drogenbesitz. Bilder jagten mir durch den Kopf. Stephen vor

Gericht. Stephen mit seinem rebellischen Grinsen, nicht bereit zuzuhören, nicht bereit, sich zu verändern. Auf Selbstzerstörung aus. Ein trockener Wind fuhr in jene Bilder und fegte sie einen sumpfigen Pfad in die Zukunft entlang, einen Pfad, der sich immer enger werdend zu tückischen Klippen hinaufwand.

Ich brachte keine Antwort zustande.

»Hör zu, ist Jenna auf?« Chetterlings Stimme riss mich zurück. »Vielleicht kannst du sie ans Telefon holen. Ich weiß, dass so etwas für Eltern schwierig ist. Glaub mir, ich habe mit meiner Nichte genau dasselbe durchgemacht.«

»Ja. Jenna steht neben mir.« Ich hielt meiner Schwester den Hörer hin. »Es ist Stephen.«

»Stephen?« Sie verzog das ganze Gesicht.

»Nein, ich meine – ach, nimm einfach.«

Während Jenna sich meldete, stolperte ich um den Schreibtisch herum und sank auf den Lederstuhl. Der Wind in meinem Kopf frischte wieder auf, wirbelte Schmerz und Schuld und Angst sandsturmartig auf, bis ich Jennas Seite des Gesprächs kaum noch hörte. *Das wäre alles nicht passiert, wenn ich eine bessere Mutter wäre. Wenn ich meinen Sohn zu nehmen wüsste. Wenn Vic uns nicht sitzen gelassen hätte.*

Was sollte ich jetzt nur *tun?* Ein Teil von mir wollte Stephen treten, zurückschlagen und ihm wehtun, wie er mir wehtat. Ein anderer Teil wollte die Mutterarme um ihn legen und ihn nie mehr loslassen, um ihn vor sich selbst zu schützen. War ihm überhaupt klar, wie *dumm* er sich heute Nacht verhalten hatte? Nicht nur die Drogen und das Ausreißen, sondern gerade jetzt, nachdem er wegen Bill Glatt gewarnt worden war. Wie konnte Stephen das ignorieren? Hielt er sich für unzerstörbar?

Gott, hilf mir. Das wird mir alles zu viel!

Die Minuten verstrichen. Jennas Stimme schlängelte sich in meine Gedanken rein und raus. Dann aber wurde mir langsam bewusst, worum es sich bei dem Gespräch drehte. Ich hob den Kopf, um sie zu beobachten, und die Fragen, die sie stellte, klimperten auf meinen Nervenenden herum.

»Was wäre, wenn wir ihn nicht abholen kommen? Wenn wir ihn für ein oder zwei Nächte in der Jugendstrafanstalt schmoren lassen?« Jenna lauschte auf die Antwort. »Ich denke auch. Das würde ihm genau die Lehre sein, die er braucht.«

Nein, Jenna, nein! Ich konnte meinen Sohn nicht im Gefängnis sitzen lassen. Dort war es gefährlich; wer wusste, was ihm dort zustoßen würde? Das konnte ich nicht tun. *Das ging nicht.*

Denk an etwas anderes, Annie, egal was. Du kannst das jetzt nicht entscheiden –

Die Terrassentür.

Die Eingebung kam aus dem Nichts und fuhr sengend durch mich hindurch. Ein Furcht erregender Gedanke und doch eine Gnade, verschaffte er mir doch einen Grund aufzustehen, wegzukommen, Jennas Stimme und die Entscheidungen hinter mir zu lassen.

Auf Autopilot geschaltet ging ich durch den Raum.

»Einen kleinen Augenblick, bitte«, sagte Jenna hinter mir zu Chetterling. »Annie, wo willst du hin?«

»Nach unten.«

»Warum?«

»Die Schiebetür. Stephen ist da hinaus. Also ist sie unverschlossen. Er muss sich zuerst hochgeschlichen und den Alarm entschärft haben. Ich muss sie zumachen. Die Tür meine ich.«

»Kann das nicht eine Minute warten? Wir müssen entscheiden, was wir mit Stephen machen.«

»Nein, kann es nicht.«

»Annie –«

»Nein!« Ich wirbelte zu ihr herum, wütend. »Ich kann nicht. Ich muss gehen!«

Tränen brannten mir in den Augen, als ich aus dem Büro stolperte.

Kapitel 24

Das Kind hatte im Schlafzimmer ein Licht brennen lassen. Das reichte.

Er klappte das Nachtsichtgerät hoch.

Sein Blick huschte durch den großen Freizeitraum. Sofas vor dem Kamin. Ein Fernseher. Computerecke. Unordentlich. Vermutlich das Reich der Kinder –

Schritte über ihm.

Er hastete zur Wand, hinter der der Treppenschacht lag, und drückte sich dagegen. Lauschend. Er durfte sich nicht zu unüberlegtem Verhalten hinreißen lassen. Er musste abwarten. Planen.

Wo sollte er sich verstecken?

Eine Türklinke wurde oben heruntergedrückt.

Er glitt an der Wand entlang und zog eine Tür auf, die zu einer Kammer unterhalb der Treppe gehören musste. Stickige Schwärze empfing ihn. Er trat hinein und klappte das Sichtgerät hinunter.

»Ich weiß nicht, Jenna. Ich weiß es ganz einfach nicht.« Die Stimme einer Frau.

Jenna. Die Schwester.

Sein Mund spannte sich. Sie war nicht eingeplant gewesen.

Er brauchte Annie alleine.

Aus dem Treppenschacht kam Licht. Er zog die Kammertür zu, ohne sie zuzuklinken.

Schritte kamen die Treppe hinunter.

Stille.

Er wartete.

Kapitel 25

Ich knipste im Freizeitraum das Deckenlicht an. Der Raum war ein einziges Chaos. Überall flog Stephens Zeug herum. Er hatte in seinem Zimmer das Licht brennen lassen. Ich ging darauf zu, blieb aber auf der Schwelle stehen, um die Unordnung auf Bett und Fußboden zu betrachten.

Wenn ich seinen Schrank durchsuchte, würde ich dann Drogen finden?

Nein, ich würde nicht suchen. Jetzt nicht und vielleicht nie. Ich konnte den Gedanken an das, was ich finden könnte, nicht ertragen.

Durch T-Shirts und Hosen watend, schritt ich über den Teppich und machte das Licht aus. Dann ging ich zurück in den Freizeitraum und zur Schiebetür. Draußen türmte sich schwarz wie die Sünde die Nacht. Jemand könnte mich von dort draußen gut beobachten, wie ich in dem hellen Licht stand. Blitzartig sah ich

mich selbst, von hinten angestrahlt und verwundbar, aus der Perspektive von Glatt, der riesengroß im Wald lauert. Er sieht mich zur Tür gehen, das Schloss kontrollieren, eine Hand flach auf das Glas stützen. Ich schiebe den Riegel in die richtige Stellung. Dann beuge ich mich hinunter und hebe einen abgesägten Besenstiel auf, den ich zur zusätzlichen Sicherheit in die Rille der Schiebetür lege ...

Mit blanken Nerven trat ich von der Tür zurück. Ich sah Gespenster.

»Bist du da unten fertig? Mach zu!« Jennas Stimme hallte durch das offene Wohnzimmer. Sie sollte still sein. Sie würde noch Kelly aufwecken.

Unschlüssig stand ich bei den Sofas, in einem Zwiespalt gefangen. Der Raum hatte etwas so Drückende, dass sich mir die Armhärchen aufstellten. Was war das? Hing Stephens Teenager-Angst in der Luft? Trotzdem brachte ich es nicht fertig, die Treppe hoch und zurück ins Büro zu gehen. Mich mit den Entscheidungen zu befassen, zu denen sein Verhalten mich gezwungen hatte.

Gott, was soll ich jetzt tun?

Ich schlug die Hände vors Gesicht. Einen Moment lang stand ich einfach nur da und fragte mich, wo Gott war, wenn es ihn wirklich gab, wenn er sich wirklich kümmerte, wie ich zu glauben begonnen hatte. Wenn dem so war, warum ließ er all dies dann zu?

»Kannst du mir erklären, worauf du noch wartest?« Daves Frage rumorte mir in der Seele.

Mit welchem Recht führte ich weiter die Regie in meinem Leben und gab dann Gott die Schuld, wenn es schief ging?

Ach, vergiss es.

Ich ließ die Hände sinken. Einmal tief Luft holend, wandte ich mich um, um ins Büro zu gehen.

Mein Blick fiel auf die Kammertür. Sie war nicht richtig zu. Was sollte denn das? Warum war Stephen dort drin gewesen? Dort lagerten doch nur Farbe und andere Heimwerkerutensilien, nichts, was ihn interessiert hätte.

Ob er etwas dort drin versteckte?

Seufzend ging ich darauf zu. Meine Finger packten den Knauf.

»Annie! Ich brauche dich hier oben, und zwar *jetzt!«*

Na klasse.

Ich lehnte den Kopf gegen die Tür und kämpfte mit mir, was ich tun sollte. Ich könnte eben in der Kammer nachsehen, nur ganz kurz. Jenna nur noch für einen Moment vertrösten –

»Annie!«

Bitte, Jenna. Kannst du mich nicht in Ruhe lassen?

Doch ich wusste ja, dass dies nicht Jennas Schuld war. Ich

musste in dieser Sache mit Stephen etwas unternehmen. Und zwar jetzt.

»Annie, bist du –«

»Schon gut, schon gut, ich komm ja schon.«

Mit einem halbherzigen Stoß schob ich die Tür zu und trottete die Stufen hinauf.

***

Fünfundvierzig Minuten später saßen Jenna und ich im Fernsehzimmer und besprachen die Lage. Wir waren aus dem Arbeitszimmer umgezogen, weil ich das mich anstarrende Bild von Bill Glatt nicht ertragen konnte. Ins Wohnzimmer konnten wir uns auch nicht setzen, da die Stimmen zum ersten Stock hochschallten. Erstaunlicherweise war Kelly noch nicht aufgewacht. Da brauchten wir unser Glück nicht herausfordern.

Meine Schwester drängte mich, Stephen als Denkzettel wenigstens eine Nacht lang in der Jugendstrafanstalt zu lassen. »Du kannst dann ja immer noch deine Meinung ändern. Das wäre für ihn ein guter Vorgeschmack auf das Leben, das ihm blüht.«

Sie hatte ja Recht. *Und* sie war keine Mutter. Jenna hatte keine Ahnung, wie es mir ergehen würde, wenn ich meinen Sohn hinter Schloss und Riegel sitzen wüsste.

Das brachte ich nicht übers Herz.

Wir beobachteten die Uhr, während wir auf Chetterlings Anruf warteten, dass die Protokollaufnahme beendet sei. Das dauerte eine Weile. Der Kommissar hatte es sich nicht nehmen lassen, seine Wache vor unserer Tür wieder aufzunehmen, was hieß, dass ein Hilfssheriff ausrücken und die Jungs holen kommen musste. Wir wussten, dass die Jungen schon vor einiger Zeit abgeholt worden waren, Jeff und Stephen in Handschellen im Fond eines Streifenwagens. Immer wieder lief diese

Szene auf der Leinwand in meinem Kopf ab. Immer wieder drängte ich sie beiseite.

Sobald der Anruf kam, würde Jenna Stephen abholen fahren. Ich hatte mir ausgesucht, daheim bei Kelly zu bleiben. Ich konnte es einfach nicht ertragen, meinen Sohn in Polizeigewahrsam zu sehen.

»Wirst du trotzdem noch versuchen, heute Nacht zu arbeiten?« Jenna lag mit hochgelegten Füßen in einem Sessel. Sie hatte sich angezogen und war sich einmal kurz mit der Bürste durchs Haar gefahren. Nur Jenna brachte es fertig, nach ein Uhr morgens ohne Make-up noch hübsch auszusehen.

Ich schloss die Augen und zwang mich, wieder an Bill Glatt zu denken, mich in seine Gesichtszüge zu vertiefen, sein Leben. Die Verbindung war immer noch da, aber auf einer sehr tiefen Ebene, sehr weit weg, wie statisches Rauschen in einer Telefonleitung. »Ich muss das fertig kriegen. Außerdem könnte ich eh nicht einschlafen, auch wenn ich ins Bett ginge.«

»Es könnte aber schwierig werden, sich zu konzentrieren.«

»Wem sagst du das?«

»Du könntest es morgen früh wieder versuchen.«

»Jenna, hör zu. Wenn ich im Bett liege, werde ich an Stephen denken. Und diese Gedanken machen mir viel mehr Angst als Bill Glatts Drohungen. Glatt kann man stoppen, sobald er gefasst ist. Doch wie willst du Stephen stoppen ... wie kommst du an ein Kind heran, das nicht zuhören will?«

Ich spürte ihre Antwort, auch wenn sie es nicht wieder sagte: *Du steckst es ins Kittchen, genau wie Glatt.*

Sie seufzte. »Vielleicht solltest du versuchen, ihn zu Vic zu schicken. Damit er von seinen Freunden hier wegkommt.«

»Ich habe ihn doch schon von seinen Kifferfreunden in der Bay Area weggeholt, weißt du noch? Es scheint völlig egal zu sein, wo er sich befindet; Stephen zieht es einfach zu Typen hin, die ähnlich gelagert sind wie er. Ich kann ihn nicht von sich selbst wegholen. Außerdem weißt du ja, dass Vic Stephen nicht nehmen würde, nicht ums Verrecken. Sheryl will nicht meine Kinder aufgebürdet bekommen; das hat sie mehr als klar gemacht.«

Jenna schwieg für einen Moment. »Wir müssen auch an Kelly denken. Sie ist ein liebes Mädchen. Wir dürfen sie nicht Drogen und all diesen schlechten Einflüssen aussetzen. Allein der Gedanke an Stephen und seine zweifelhaften Freunde in der Nähe seiner kleinen Schwester lässt mich schaudern.«

Wir. Im Stillen dankte ich Gott für meine Schwester. Sie würde in dieser Sache zu mir halten, bis zum Schluss. Selbst wenn sie nicht mit mir einer Meinung war.

»Ich weiß. Das einzig Gute ist, dass wir außerhalb von Redding wohnen. Stephens Freunde können nicht mal eben vorbeikommen. Dazu brauchen sie ein Auto.«

»Haben das nicht die meisten von ihnen?«

»Vermutlich. Trotzdem ist das immer noch besser, als in der Stadt zu leben, wie wir früher in der Bay Area. Weißt du noch, wie seine Freunde ständig aufgekreuzt sind? Ich wusste nie, wer auftauchen würde und wann.«

»Na ja, eins ist jedenfalls sicher. In Kommissar Chetterling hast du einen Fr–«

Das Telefon klingelte.

»Das ist er.« Hölzern streckte ich die Hand nach dem Hörer aus. Dann hielt ich inne. »Warte. Was, wenn er das nicht ist? Ich sollte im Büro abnehmen, wo der Rekorder steht, nur für alle Fälle.«

Jenna drückte die Fußstütze des Sessels hinunter. »Du bleibst hier. Ich geh ran.«

Die Füße unter mir hochgezogen kauerte ich auf der Couch und lauschte ihren Schritten über den Hartholzboden.

Kapitel 26

Sie hatte das Licht im Schlafzimmer ausgemacht. Er ließ das Nachtsichtgerät unten, die Fernrohrfunktion ausgeschaltet.

Das Telefon klingelte, keine fünf Schritte von ihm entfernt. Er beobachtete es abwartend.

Schritte oben.

Er schlich zurück zur Kammer.

Die Schritte ertönten genau über ihm, dann gingen sie weiter, an der Treppe vorbei.

Das dritte Klingeln wurde unterbrochen.

Er starrte auf das schnurlose Telefon. Er musste wissen, was oben vor sich ging. Ob er es wagte, dem Gespräch zu lauschen?

Mit langen, geräuschlosen Schritten näherte er sich dem Apparat. Nahm ihn hoch. Drückte auf *Sprechen*.

»... sie will immer noch nicht, dass er in die Jugendvollzugsanstalt kommt.« Eine Frauenstimme. »Ich habe versucht, sie dazu zu überreden, aber sie ließ sich nicht erweichen.«

»Das ist verständlich.« Ein Mann. »Ist für Eltern ja auch keine Kleinigkeit, wenn ihr Kind im Knast sitzt.«

»Ich weiß. Dann werde ich ihn also abholen kommen.«

»Kommt Annie mit Ihnen mit?«

»Nein. Sonst müssten wir Kelly mitnehmen und Annie will sie nicht wecken.«

»Klingt vernünftig. Kontrollieren Sie nur noch einmal die Türen. Sie hat die eine, die Stephen benutzt hat, wieder zugemacht, richtig?«

»Ja.«

»Sagen Sie ihr, sie soll den Alarm wieder scharf stellen, nachdem Sie aus dem Haus sind. Sie weiß, dass ich immer noch hier draußen bin. Sie kann mich jederzeit rufen.«

»Okay. Mache ich.«

Sie sagten auf Wiederhören. Legten auf.

Er unterbrach die Verbindung.

Darell Fleck würde jauchzen. Ein zweiter schwacher Moment in nur einer Nacht.

Er rechnete nach. Wie lange würde die Schwester brauchen, um nach Redding zu fahren, den Jungen abzuholen und zurückzukommen?

Dreißig Minuten. Vielleicht vierzig.

War das genug Zeit, um Annie Kingston zu überzeugen?

Er lächelte.

Kapitel 27

»Und stell den Alarm wieder an, sobald ich die Tür hinter mir zugemacht habe.« Jennas letzte Worte, bevor sie in die Garage verschwunden war. »Und denk dran, Chetterling ist draußen vor der Tür.«

Meine Schwester wurde langsam gluckenhaft. »Ist gut, keine Sorge. Mir passiert schon nichts.«

Sie nickte, lächelte mir grimmig zu und weg war sie.

Ich ging zum Kontrollpanel an der Küchenwand und tippte unseren Code ein. Das Anzeigelämpchen wechselte von Grün auf Gelb.

Müdigkeit überspülte mich. Ich lehnte mich gegen den Küchentisch, das Unvermeidliche noch ein bisschen aufschiebend. Mich jetzt wieder zurück an die Arbeit zu schleppen, schien unmöglich. Kaum dass ich anfangen hätte, würden Jenna und Stephen auch schon zurück sein und dann müsste ich mich mit ihm auseinander setzen.

Ich wollte mich nicht mit ihm auseinander setzen.

Vielleicht sollte ich das mit dem Reden auf morgen verschieben. Außerdem, was gab es schon zu bereden? Wieso bildete ich mir ein, dass er mir zuhören würde?

Seufzend sank ich auf einen Stuhl, dann stemmte ich mich wieder hoch, um mir einen Tee zu kochen. Ich klatschte einen Teebeutel in einen Becher und hielt ihn unter den Heißwasserhahn. Als ich das Wasser aufdrehte, lauschte ich, wie der Strahl zischend auf das Porzellan auftraf ... dann runzelte ich die Stirn.

War da ein Geräusch? Aus dem Wohnzimmer?

Ich drehte den Hahn ab. Legte den Kopf schief, stand ganz still. *Kelly*. Die ganze Aufregung hatte sie schließlich doch aufgeweckt.

Stille.

Mein Becher machte leise Klack, als ich ihn auf die Kacheln stellte. Ich drehte mich um, schlich wie auf Katzenpfoten durch die Küche und schaute ein Stockwerk höher über das Geländer zum Zimmer meiner Tochter. Vor mir lag das Wohnzimmer, schwach erleuchtet von zwei Bodenlampen, die auf niedrigste Wattzahl gedimmt waren.

Aus dem Augenwinkel nahm ich rechts von mir eine Bewegung wahr. Ich wirbelte herum.

Eine Gestalt in Tarnkleidung tauchte aus der Tür zum Fernsehzimmer auf.

Jeder Muskel meines Körpers erstarrte. Mein Blut verklumpte. Mein Hirn zeigte für eine Sekunde gleißendes Weiß, dann spuckte es eine verrückte Szene nach der anderen aus.

Ein Außerirdischer.

Ein Soldat.

Sondereinsatzkommando.

Ein Mann. Mit einem merkwürdigen Gerät auf dem Kopf, dessen Linsen hochgeklappt waren. Eine Waffe mit langem Lauf in der rechten Hand. Er bewegte sich auf mich zu und sagte Sachen, die ich nicht verstand. Die Worte rollten mir durch die Ohren, unzusammenhängend, durcheinander, als hörte ich sie unter Wasser.

Bill Glatt.

Die Gesichtszüge sprangen mich an. Alles, was ich mir vorgestellt hatte, jedes Detail, das ich gezeichnet hatte, bis hin zu dem arroganten Ausdruck – *außer, dass er keine Brille trägt* – war zum Leben erwacht, aus Fleisch und Blut, und kam auf mich zu, jetzt, hier.

Alle Türen waren verschlossen, der Alarm scharf gestellt. War er der Zeichnung entstiegen, die ich geschaffen hatte?

»Annie Kingston.«

Mein Name, leise gesprochen. Ich heftete den Blick auf ihn und konnte nicht atmen.

Er fixierte mich eindringlich. »Du weißt, wer ich bin?«
Es wollte keine Antwort kommen.
»Du weißt es, das sehe ich dir an.«
Seine Stimme hatte etwas Eisiges. Stählern. Völlig kalt.
Meine Lippen öffneten sich. »W-Was -?«
Kelly.
Oben, sicher im Bett. Mein Teeniemädchen, das dieser mörderische Mann an der Schule beobachtet hatte.
Eine Eisschicht legte sich um mein Herz. Die Sicherheit meiner Tochter war jetzt das Wichtigste, alles andere war nebensächlich. Alles. Was immer dieser Mann von mir wollte, konnte er haben.
Gott, wenn du je da gewesen bist, lass sie nicht aufwachen!
Die Waffe zeigte auf meine Brust. »Ich muss mit dir reden. Du musst mir zuhören.«
Was? Ich ruderte, um ihn zu verstehen. Um Gedankenfetzen zusammenzubringen. Mein Blick huschte zu Kellys Zimmer. Ich riss ihn sofort zurück, aber es war zu spät. Glatt drehte das Kinn um wenige Zoll, schickte einen Blick zum oberen Stock empor und sah wieder mich an.
»Dein Sohn ist nicht da. Aber deine Tochter ist zu Hause.«
Ich spürte durch die Bluse mein Herz hämmern.
»Deine Schwester ist auch nicht da.«
Könnte ich zu Kellys Zimmer hochrennen und die Tür abschließen? Würde er mir in den Rücken schießen? Und dann auch Kelly töten?
»Ich habe auch Familie.« Seine Stimme blieb hart, beherrscht. »Meine Familie kommt an erster Stelle. Ist das klar?«
Was soll ich tun? Gott, hilf! Ich bin schon wieder in Lebensgefahr!
Glatt sah auf die Uhr. »Ich habe wenig Zeit. Du wirst genau zuhören.«
Plötzlich wallte ein gerechter Zorn in mir auf. Wie konnte dieser Mann es wagen, von mir zu erwarten, dass ich ihm

zuhörte? Nachdem er in mein Haus eingebrochen war? Meinen Kindern aufgelauert, mich bedroht hatte?

Irgendwie fand ich meine Stimme. »Sie suchen nach dir. Sie wissen, dass du hier bist. Wie kommst du darauf zu glauben, die Sendung würde nicht ausgestrahlt, wenn du mich ausschaltest? Dann wird man nur umso mehr nach dir fahnden.«

Sein Kinn fuhr hoch – die Bewegung, von der ich schon so oft gehört hatte. Er verengte die Augen. »Du redest dummes Zeug.«

Panik züngelte mir das Rückgrat hoch. *Denk nach, Annie!*

Was wäre, wenn ich zur Haustür hinausfloh? Chetterling würde mich augenblicklich bemerken. Aber dann wäre ich aus dem Haus draußen und Glatt drinnen – mit meiner Tochter. Was, wenn er mich aussperrte? Er könnte Kelly als Geisel benutzen.

Annie, komm zur Besinnung. Er ist bewaffnet.

»Hinsetzen.« Glatt deutete hinter mich auf den Küchentisch.

Wusste er, dass Jenna bald zurückkommen würde? Wie *sollte* er?

Ich wich zurück, ohne den Blick von ihm zu nehmen. Griff nach einem Stuhl und ließ mich darauf nieder. Glatt folgte, zog sich einen Stuhl hervor. Er legte die Waffe neben sich auf den Tisch, schön aus meiner Reichweite, dann nahm er seinen Rucksack ab und stellte ihn auf den Boden. Er saß breitbeinig da, die Hände auf den Schenkeln. Das Nachtsichtgerät behielt er auf. Ich blickte ihn an, in einer Unterwelt der Fassungslosigkeit dahintreibend.

»Ich weiß, dass du mich für *American Fugitive* zeichnest.« Er sprach schnell. »Ich habe die Nachrichten im Internet verfolgt. Hatte so etwas erwartet. Die Sendung ist zu erfolgreich. Deshalb muss ich zur Tat schreiten.«

Wart nur ab, bis Chetterling und seine Männer zur Tat schreiten. Das wirst du bezahlen.

»Ich weiß alles über dich. Ich weiß, wozu du fähig bist.« Er durchbohrte mich mit seinem Blick. »Sag was, damit ich weiß, dass du mir zuhörst.«

Jenna, beeil dich! »Ich höre.«

»Ich habe Tarell und Dessinger nicht ermordet.«

Ich werde meine Zeichnung nicht mehr fertig machen müssen. Er wird noch diese Nacht gefasst werden. Es wird alles vorbei sein.

»Den Beweis dafür habe ich dir mitgebracht.«

Ich glotzte ihn an.

Sein Gesicht verdüsterte sich. »Darf ich *vorschlagen*, dass du mich nicht so anglotzt. Du wirst mir schon noch glauben, nachdem ich mit dir fertig bin.«

Ich brachte ein Nicken zustande. *Konnte ich ihn dazu bringen, immer weiter zu reden, bis Hilfe kam?* »Du hast die Männer nicht umgebracht. Ich höre. Und hast du auch Tarells Firma nicht bestohlen?«

Glatt warf einen Blick zur Uhr und sprang auf. Ich zuckte zusammen, aber er schritt an mir vorbei zur Tür, die zur Garage führte, und verschloss sie. Dann nahm er wieder vor mir Platz.

Mir zitterten die Arme. Chetterling war so nahe. Und wenn ich die Tür, die Glatt gerade zugemacht hatte, aufriss und den Alarm auslöste?

Nein. Dann wäre ich immer noch eine Geisel. Und Kelly auch.

»Doch, ich habe Firmenmittel entwendet. Edwin hat das herausgefunden. Der Mann war gierig und verschuldet. Sein Bruder war bei einem Autounfall ums Leben gekommen, was ihn zum alleinigen Erbe des Familienvermögens machte. Er wollte alles – und zwar *sofort*. Und er hat dafür gesorgt, dass er es bekam.«

Das Küchenfenster zog meinen Blick an. Ich widerstand dem starken Bedürfnis, nach draußen zu gucken.

»Edwin ließ mich zappeln, bis er einen Plan gemacht hatte. Dann erzählte er seinem Vater von den Geldern. Man bestellte mich für eine Unterredung zu ihnen nach Hause. Erst später ging mir auf, dass dies Edwards Idee gewesen war, nicht Dons.«

Glatt beugte sich vor, der Körper steif, die Augen verengt.

»Und jetzt hör mir gut zu, denn ich werde dir erzählen, was in jener Nacht geschah – der Nacht, als Edwin seinen eigenen Vater umgebracht hat.«

Kapitel 28

Glatts Rede kam wie aus dem Maschinengewehr gefeuert, doch nie ließ er dabei die Uhr aus den Augen. Er log, ganz klar. Doch solange er redete, solange ich ihn bei Laune hielt, tat er mir nichts zuleide. Wenn ich doch nur einen Weg fände, um Chetterling zu alarmieren.

»Edwin kam an jenem Tag gegen Mittag zu mir ins Büro. Sagte, Don wolle mich feuern wegen der Gelder. Aber der gute olle Eddie habe bei seinem Vater ein Wort für mich eingelegt, sich doch einmal meine Seite der Geschichte anzuhören. Um acht Uhr solle ich bei den Tarells sein.« Glatt starrte mich an, ja fast durch mich hindurch, als ob er sich selbst in der Szene sah, die er schuf.

»›Heute ist dein Glückstag, Glatt‹, sagt Edwin. Er schlägt mir einen Deal vor. Er sei gerade ›nicht flüssig‹. Ich solle zur Bank gehen, alles Geld abheben, fünfzigtausend für mich behalten und ihm den Rest geben. Und zu Don solle ich sagen, dass alles Geld ausgegeben sei. ›Und dann werde ich mich für dich stark machen‹, sagt Edwin. ›Meinen Vater davon überzeugen, dass er dich behalten soll.‹«

Glatts Ton wurde schärfer, als er nachäffte, was Edwins Worte gewesen sein sollten. Aber mir machte er nichts vor. *Zwanzig Jahre. Er hat zwanzig Jahre Zeit gehabt, sich das auszudenken.*

»›Und wenn ich das nicht tue?‹, frage ich.« Glatt schürzte die Lippen. »Ich habe Edwin gehasst. Vom ersten Tag an, da ich ihn kennen lernte, habe ich ihn durchschaut. ›Dann gehst du leer aus‹, gibt Edwin zurück. ›Und du fliegst.‹«

Ich warf einen Blick ins Wohnzimmer. *Bitte, Kelly, schlaf weiter*. Glatt legte mir die Finger an die Wange. »Sieh mich gefälligst an, wenn ich mit dir rede.«

Ich zuckte vor seiner Berührung zurück, zwang mich dann aber langsam, ihm in die Augen zu sehen.

»Erst hat Susan die Scheidung eingereicht. Also musste ich schnell irgendwo Geld auftreiben, um in meinem Haus bleiben zu können. Dann wollte Edwin mich benutzen. Tja, ich lasse mich nicht manipulieren. Weder damals noch heute. Ich sagte ihm, dass ich alles noch übrige Geld zur Unterredung mitbringen und anbieten würde, es zurückzugeben. Dass ich um Gnade bitten würde. Dass ich mich jederzeit lieber seinem Vater als ihm ausliefern würde. ›Vielleicht erzähle ich deinem Vater sogar, dass du versucht hast, mich zu bestechen‹, sage ich.« Glatt schnaubte. »Edwin droht mir, das ja nicht zu versuchen. Und er weiß, dass ich das nicht tun werde. Wir wissen beide, dass Don niemals die Wahrheit über seinen eigenen Sohn erfahren wird.

Also habe ich das Geld abgehoben und in einer Aktentasche in den Kofferraum meines Autos gepackt. Kurz bevor Edwin Feierabend macht und geht, teile ich ihm mit, dass er seinen Anteil bekommen werde, *nachdem* er Don davon überzeugt habe, nachsichtig mit mir zu sein.

An jenem Abend sitzt Edwin in Dons Studierzimmer mit dem Gesicht zum Kamin in einem Sessel. Er hat sein Jackett bereits über die Lehne drapiert, als sei er der Inspektor vom Dienst. Don stellt mich wegen des Geldes zur Rede. Ich gebe zu, dass ich es entwendet habe; mir bleibt nichts andres übrig. Ich sehe wartend zu Edwin hinüber. Auf seiner Stirn perlt der Schweiß. Er sieht nervös aus. Ich denke: *Hier stimmt doch was nicht.*«

Ich gab mir alle Mühe, bei Glatts Geschichte nicht ungläubig zu gucken. Wie perfekt er die Szene neu geschrieben hatte. Er kannte sich mit der Flugbahn von Geschossen aus. Er wusste, dass er behaupten müsste, Edwin habe in dem Sessel gesessen, von wo aus der Schuss abgefeuert worden war. Ich wollte Glatt anbrüllen, damit aufzuhören; hielt er mich für so blöd? Doch um keinen Preis wollte ich diesen offensichtlich labilen Mann unnötig reizen.

»Und natürlich stimmt etwas nicht.« Glatts Stimme troff vor Abscheu. »Edwin greift in seine Tasche und zieht eine Waffe hervor. Erschießt Dessinger. Brüllt ganz laut ›Nein!‹, vermutlich, damit es seine Mutter hört, und tötet dann seinen Vater. Ich bin vor Entsetzen wie erstarrt.« Glatts Finger krampfen sich zusammen. »Ehe ich aus dem Zimmer fliehen kann, springt Edwin mich an und schleift mich zurück durch den Raum. Wir schlagen beide zu Boden. Er ist auf mir und versucht, meine Finger gegen den Pistolengriff zu drücken, damit sie meine Abdrücke trägt. Ich wehre mich. Die Waffe fliegt zu Boden. Edwins Mutter kommt hereingerannt. Jetzt hat er eine Zeugin, die zusieht, wie er mich aus Notwehr erschießt, nachdem angeblich ich die beiden Männer umgebracht habe. Jetzt kämpfe ich also um mein Leben. Ich packe die Waffe am Lauf und ziehe ihm damit eins über den Kopf. Er rollt von mir runter und ich renne weg. Kriegt er mich, bin ich tot, so viel ist mir klar.«

Glatts Stimme fährt fort, wütend und bitter.

»Ich rase davon, versuche einen vernünftigen Gedanken zu fassen. Ich weiß, dass Edwin die Polizei rufen wird. Lügen auftischen wird. Und mein Wegrennen macht mich äußerst verdächtig. Sie werden nach meinem Auto fahnden. Mich auf der Stelle verhaften. Doch mit nur etwas Zeit könnte ich alles durchdenken. Edwin ist nicht so schlau wie ich. Er hat etwas übersehen, das weiß ich. Er *wird nicht* gewinnen.«

Glatt riss den Kopf hoch, starrte mich aus dem Augenwinkel an. Ich hatte mich während seiner ganzen Geschichte kaum gemuckst. Mein Körper war so angespannt, dass meine Muskeln sich anfühlten, als müssten sie durchbrechen. Glatt packte in einer blitzschnellen Bewegung meinen Kiefer. »Hörst du mir zu?«

Seine Finger drückten mir das Fleisch gegen die Zähne, quetschten eine Antwort aus mir heraus. »J-ja. Ich höre zu.«

Er stierte mich noch einen weiteren langen Moment an und zog dann die Hand zurück. »Na schön. Damals hatte ich in meiner Garage einen alten Chevy stehen, den ich gekauft hatte, bevor mir die Firmengelder über den Weg liefen. Ich hatte ihn noch nicht angemeldet. Also lasse ich mein Auto ein paar Blocks von zu Hause entfernt stehen und renne zu dem Chevy. Das verschafft mir etwas Zeit.

Ich fahre auf den Parkplatz hinter einer Einkaufspassage. Alles ist dunkel. Ich mache mich im Auto klein und denke nach. Nichts darf dem Zufall überlassen werden. Ich habe die Waffe. Ich habe den Griff nicht berührt. Edwins Fingerabdrücke müssten noch darauf sein. Aber das ist schon alles, was ich habe. Sein Wort – und das seiner Mutter – stehen gegen meines. Sie hat ihn *Nein* schreien hören. Sie hat gesehen, wie ich ihm mit der Waffe eins übergezogen habe. Don Tarell ist tot. Tarell – Reddings angesehenster Bürger. Der Golfkumpel des Polizeipräsidenten. Ich war gezwungen gewesen, Firmengeld zu verwenden. Das wird ihnen als Motiv reichen. *Niemand* wird mir glauben. Edwin wird sich irgendeine Ausrede ausdenken, um zu erklären, warum seine und nicht meine Abdrücke auf der Waffe sind. Er wird behaupten, ich hätte meine abgewischt oder dass er die Pistole während unseres Kampfes berührt haben müsse. Und sie werden ihm die Geschichte abkaufen, weil alles dafür spricht. Also muss ich außer der Waffe noch etwas anderes auftreiben. Irgendein Beweisstück, das mich rettet.«

Er richtete sich auf, schob den Kiefer hin und her. »Und genau das habe ich.«

Glatt sah auf die Uhr, mein Blick folgte seinem. Jenna würde bald zurück sein.

Jenna, bitte beeil dich.

Er sah mir mit zusammengekniffenen Augen ins Gesicht. Sein Kinn fuhr hoch. »Deine Zeit läuft ab.«

Kapitel 29

Ich starrte Glatt an, mein Verstand überschlug sich nach einer Antwort. Er warf einen prüfenden Blick zum Küchenfenster hinaus.

»Was ... passiert denn, wenn meine Zeit abläuft?«

»Dann müssen wir gehen.«

Wir. Ich schüttelte den Kopf. »Nein, bitte.«

»Das ist Plan B, weißt du. Du kannst ihn umgehen, wenn du dafür sorgst, dass Gerechtigkeit geschieht. Wenn du bereit bist, die Zuständigen davon zu überzeugen, meine zwei Beweisstücke zu untersuchen.«

Ich leckte mir die Lippen, verzweifelt bemüht, seiner Logik zu folgen. *Zwei Beweisstücke?* »Ich werde tun, was du willst. Ist die Waffe das eine Beweisstück?«

»Ja.«

»Wie hast du sie die ganze Zeit über unversehrt aufbewahren können?«

»Mit äußerster Sorgfalt.«

»Ist sie in deinem Rucksack?«

Er schnaubte verächtlich. »Sie ist in einem Karton im Wald direkt hinter deinem Haus. Der Karton ist gerade so weit geöffnet, dass man erkennt, dass keine Bombe drin ist. Der Pistolenlauf steckt in Styropor, damit die Abdrücke auf dem Griff nicht beschädigt werden. Sie müssen damit *äußerst* vorsichtig sein.«

Die Arroganz dieses Mannes ging auf keine Kuhhaut. Wollte er etwa dem Sheriff's Department erzählen, wie sie mit Beweismaterial umzugehen hätten? »Wieso glaubst du, die Fingerabdrücke werden nach zwanzig Jahren noch da sein?«

Ein finsterer Ausdruck stahl sich über Glatts Gesicht. Er beugte sich vor, das Kinn gesenkt, und schielte mich über die

Augenränder hinweg an. Sezierend, meine Seele bloßlegend. »Du glaubst mir nicht, was?«

Ich konnte nicht antworten. Er würde meiner Stimme die Lüge anhören.

Sehr langsam lehnte er sich auf dem Stuhl zurück, sein Kiefer arbeitete. »Ich hatte von dir etwas anderes erwartet.«

»Aber ... es ist doch egal, was ich denke, oder nicht? Solange ich die Beweisstücke den rechten Händen übergebe?«

»Das ist ganz und gar nicht egal. *Du* bist jemand, dem sie vertrauen. Sie werden dir zuhören, wenn du ihnen erzählst: ›Die Sache ist komplizierter, als angenommen. Bill Glatt hat Beweisstücke, die seine Unschuld beweisen. Ihr müsst sie untersuchen, ich bestehe darauf.‹«

»Okay. Mach ich. Versprochen. Was ist das zweite Beweisstück?«

Lange sah er mich prüfend an. Dann beugte er sich zu mir vor, bis sein Gesicht förmlich meins berührte. »Ich glaube dir nicht.«

Ich ertrug es nicht, dass er mir so nahe kam. Mein Kopf zuckte schleunigst zurück. »Ich mach das, wirklich!«

»Nein. Ich kann deine Gedanken lesen.« Er richtete sich auf, die Hände auf den Schenkeln. »Du hast mich getäuscht. Du bist gar nicht die Person, für die ich dich gehalten habe. Du bist nicht Valery Ness, die ahnungslose Schachfigur. Du bist Lee Strait, die verdeckte Gegenspielerin.« Er stand auf und sah an seiner Nase entlang auf mich hinunter. »Steh auf.«

Mein Herz begann, im wilden Tanz zu flattern. Ich fand nicht die Kraft zum Aufstehen.

»Steh *auf!*«

Irgendwie kam ich auf die Beine, wobei ich mich auf den Stuhl stützte.

Er griff nach seiner Pistole und richtete sie auf mich. »Wir gehen.«

Meine Muskeln verwandelten sich zu Wasser. »N-Nein. Bitte.«

»Ich habe keine andre Wahl. Uns bleibt keine Zeit mehr und du stehst nicht auf meiner Seite. Damit zwingst du mich, dir noch mehr Verantwortung zu übertragen. Sobald sie feststellen, dass ich keinen Mord begangen habe, musst du sie davon überzeugen, die Anklage auf Entführung fallen zu lassen. Das werden sie tun. Sie werden mir die zwanzig Jahre als ausreichende Abzahlung anrechnen.«

Entführung. »Ich werde deine Sachen noch heute zum Sheriff's Department bringen! Du kannst mir vertrauen!«

»Nein, kann ich nicht. Ich werde mich jetzt selber um die Beweisstücke kümmern müssen.« Sein fest entschlossener Gesichtsausdruck traf mich wie ein harter Faustschlag auf die Brust. »Ich habe diese Waffe nicht für dich mitgebracht. Also zwing mich nicht, sie zu benutzen.« Mit einem Arm zog er sich den Rucksack an. »Los. Nach unten.«

»Wo gehen wir hin?«

»Geh.«

Meine Beine setzten sich in Bewegung.

»Warte.« Glatt bohrte mir die Finger in den Arm. In meinem Kopf blitzte eine blutige Szene auf, wie die Waffe losgeht, die nackte Mündung auf meiner Haut. Er sah zum Bedienfeld der Alarmanlage, wo das verräterische gelbe Lämpchen glühte. »Stell die ab.«

Ich erstarrte.

»Wirst du das von alleine machen oder muss ich erst deine Tochter wecken?«

»Nein!« Tränen brannten mir in den Augen. »Ich dachte, du hättest gesagt, dass du ein *Vater* bist.«

»Das bin ich auch.« Seine Antwort kochte. »Und *meine* Familie kommt an erster Stelle. Und jetzt stell den Alarm aus.«

Ich stolperte zum Bedienfeld und hackte unseren Code ein. Das Lämpchen wechselte von Gelb auf Grün.

»Gut so.« Er zog mich mit. »Gehen wir.«

Vor ihm hergetrieben, suchte ich in allen Ecken meines

Hirns nach einem Ausweg. Ich wusste, dass sich ein Opfer niemals isolieren lassen durfte. Das war so gut wie ein Todesurteil. Doch was sollte ich machen? Es gab keine Fluchtmöglichkeit. Und selbst wenn ich fliehen könnte, würde ich Kelly niemals im Stich lassen.

»Nach unten.« Er schubste mich auf die Souterraintür zu und zwang mich, sie zu öffnen. Um mich herumgreifend, knipste er das Treppenlicht an. »Geh. Nein, warte.« Er trat zurück und zog mich von den Stufen fort. »Hast du ein Handy?«

Ich hatte Mühe, seinen Worten zu folgen. »Ja.«

»Wo?«

»Ich weiß nicht. In meiner Handtasche.«

»Wo ist die?«

»Ich weiß nicht ... ich kann ...«

Seine Hand schoss vor und grub mir die Finger in die Schulter. »Antworte gefälligst!«

Bitte nicht Kelly wecken!

»Im Büro.«

»Hol sie. Beeil dich.«

Wir hasteten über den Parkettboden und in mein Büro. Mit zitternden Fingern zog ich das Handy aus meiner Handtasche. Glatt riss es an sich und steckte es sich in die Tasche. Meinen Arbeitsplatz, wo die Zeichnung seines eigenen Gesichts lag, bedachte er noch nicht einmal mit einem flüchtigen Blick.

»Und jetzt runter.«

Ich spürte meine Beine kaum, als wir nach unten gingen. Jemand anderes bewegte meine Füße, jemand anderes füllte meine Lungen mit Luft. Wir traten auf Teppich und er stieß mich härter. »Geh.«

Meine Hände fummelten am Schloss der Schiebeglastür herum. Er stieß mich zur Seite und entriegelte sie selbst, ohne mich aus den Augen zu lassen, dann versuchte er, die Tür aufzuschieben. Sie bewegte sich nur wenige Zoll. Er schob stärker.

»Was ist los mit der?«, schnappte er, das Gesicht wutverzerrt. »Was hast du mit der Tür angestellt?«

»Es, es ist der Besenstiel dahinter«, zeigte ich mit zitterndem Finger.

Fluchend warf er ihn beiseite und riss die Tür auf. »Raus!«

Ich taumelte über die Schwelle auf unsere Terrasse. Glatt zog die Tür zu. »Warte.« Er klappte sich das Nachtsichtgerät über die Augen. »Da lang«, deutete er mit dem Kinn.

Unsere Füße klapperten über Holz und traten dann auf den Rasen. Weiter ging es durch den Garten, die Lichter aus dem Haus wurden immer schwächer, als wir die Bäume am Rand unseres Grundstücks erreichten. Dort zögerte ich, zermarterte mir das Hirn um einen Geistesblitz, der mich in letzter Minute retten würde.

»Beweg dich!« Seine Hand krachte mir ins Kreuz.

Wir schlugen uns in den Wald und seine Dunkelheit verschluckte mich wie der gewaltige Schlund eines Monsters.

Kapitel 30

Sie stolperte über eine Wurzel und wäre beinahe gefallen. Er zog sie hoch. Mit dem Nachtsichtgerät konnte er sehen. Sie nicht.

»Bleib stehen.«

Sie blieb stehen, die Muskeln unter seinen Fingern waren angespannt. Geschah ihr recht. Um ihre Loyalität war es nicht zufrieden stellend bestellt gewesen. Sollte sie ruhig Angst haben.

»Nicht bewegen.« Er nahm seinen Rucksack ab und setzte ihn auf die Erde. Griff hinein und zog die Plastiktüte heraus, die sein zweites Beweisstück enthielt. Steckte die Pistole in den Rucksack. Er würde sie jetzt nicht brauchen. Sie würde in dieser Finsternis nicht wegrennen.

Er richtete sich auf und warf einen Blick zum Himmel. Der Mond war nicht mehr als eine Andeutung. Bewölkt. Aber Regen war zu dieser Jahreszeit wenig wahrscheinlich.

Die Gesichter seiner Familie blitzten in seinem Kopf auf. Beth. Der neunjährige Scott. Der zwölfjährige Eddie.

Das ist alles für euch.

Vorsichtig stellte er die Plastiktüte auf den Karton.

»Was ist das?« Das ängstliche Geflüster der Frau strapazierte seine Nerven.

»Mein Beweismaterial. In dem Karton ist Edwins Pistole drin.«

»Was ist in der Tüte?«

Wut schoss ihm das Rückgrat hinauf. »Schluss jetzt mit der Fragerei!«

Sie zog scharf die Luft ein.

»Sie werden ihn finden, wenn sie nach dir suchen.« Glatt beobachtete ihr grünliches Gesicht, als ihr seine Taktik aufging. Er sah ihr an, dass sie darauf brannte, noch eine Frage zu stellen, es aber nicht tat. Gut so. Sie lernte dazu.

Zur Belohnung würde er sie in seinen Geniestreich von einem Plan einweihen.

»Wenn sie dich zurückhaben wollen, müssen sie meine Beweisstücke untersuchen. So.«

Kapitel 31

Die Minuten verschwammen zu einer Ewigkeit. Wirre Gedanken liefen mir durch den Kopf und Tränen tropften mir aus den Augen. Die Finsternis deckte mich zu, der Geruch satter Erde vermischte sich mit dem meines Schweißes. Selbst als sich meine Augen an die Dunkelheit gewöhnt hatten, konnte ich in der bewölkten Nacht nicht weit sehen. Glatt war mir Entführer und Führer zugleich und er schubste mich schneller vorwärts, als ich sicher treten konnte. Immer wieder stolperte ich oder stieß gegen raue Rinde. Ich konnte seinen Zorn förmlich wachsen fühlen, als sei es *meine* Schuld, dass sein Plan A nicht funktioniert hatte.

War Jenna inzwischen zu Hause? Bestimmt. Mein Hirn schob eine Filmsequenz ein, wie sie gerade wie wild das ganze Haus durchsuchte, Chetterling rief. Kelly würde aufwachen. Selbst Stephen würde es mit der Angst bekommen.

Wie lange würde es dauern, bis sie die unverschlossene Schiebeglastür entdeckten?

Oh, Gott, tröste meine Familie.

»Hier entlang.« Glatt zerrte mich nach links. Mein rechter Ellbogen streifte einen Baumstamm.

Atmen, schlurf. Atmen, schlurf. Mit jedem Schritt verstärkten sich die Geräusche – mein Herzschlag, das Sausen des Bluts in meinen Ohren, Glatts Stimme, das Nachtgeraschel des Waldes –, als habe ein Riese die Lautstärke aufgedreht.

Ruhig Blut, Annie. Du musst leben. Und unablässig beten.

Zeichnete sich da eine Lücke in dem dichten Dach aus Bäumen vor uns ab? Das Band einer Straße?

Glatt begann zu fluchen und zerrte mich am Rand der Bäume hin und her. Wir schlingerten nach links, dann nach rechts und wieder nach links. Je länger wir herumstolperten, desto fester packte er meinen Arm.

Mein Fuß stieß gegen einen Stein und ich krachte schwer auf ein Knie. Glatt riss mich hoch. Meine Kehle fühlte sich an wie mit einer Staubschicht überzogen. Ich wagte nicht zu fragen, wonach er suchte.

Dann verstand ich. Sein Auto.

Tief in mir drin rollte sich etwas auf die Seite und krümmte sich in Fötushaltung zusammen. Glatt würde mich umbringen, hier auf der Stelle. Er konnte sein Fluchtfahrzeug nicht finden und ich behinderte ihn nur.

Wo bist du, Jenna? Wo bist du, Chetterling?

»Da.« Glatt stieß mich aus den Bäumen auf die dunkle Straße. »Geh.«

Da stand sein Auto. In einem Anflug von Geistesgegenwart versuchte ich, mir möglichst viel davon einzuprägen. Weiß. Welche Marke? Ich warf einen Blick auf das Heck, als wir zur Beifahrerseite hoppelten. Ein Aufkleber von Enterprise Autovermietung. Fordpflaume. Das Nummernschild ...

Wir bewegten uns zu schnell. Ich tat, als sei ich gestolpert, und fiel auf die Knie. »Uff.« Ein Luftschwall entwich meinem Mund. Ich stützte mich mit den Händen auf den Asphalt, fing mich, der Blick schnitt nach links.

4ADG592

»Steh auf.« Glatt schob mir beide Hände unter die Arme und zog mich hoch.

»Ich versuch's ja.«

4ADG592

Ich wiederholte die Zahlen und Buchstaben, paukte sie mir ein, während Glatt mich ins Auto schob. Er pfefferte seinen Rucksack und das Nachtsichtgerät auf den Rücksitz und glitt hinter das Lenkrad. Bald schon rollten wir die Straße hinunter – fort von Redding.

4ADG592. 4-Annie-dumme-Gans-592.

»Schnall dich an.«

Ich warf ihm einen verdutzten Blick zu.

»Schnall dich an!«

Ich legte den Gurt an.

Gott, bitte hol mich hier lebend raus, dann werde ich dir auch die Regie in meinem Leben überlassen, versprochen.

»Wir werden ein Stück fahren. Dann rufen wir beim Sheriff's Department an.«

4-Annie-dumme-Gans-592. »Aber ... ich weiß nicht, ob ich hier draußen Handyempfang habe.«

In der Ferne kletterten Scheinwerfer über eine Bergkuppe. Glatt wartete, bis das Auto vorbei war.

»Dann fahren wir eben so lange, bis du Empfang hast.«

Ich legte die Hand an die Stirn. Ganz bestimmt träumte ich diese bizarre Nacht. Ich war am Zeichentisch eingeschlafen, die Wange an Glatts Gesicht gelegt und sein krimineller Bewusstseinsstrom floss in meinen ...

Neue Tränen traten mir in die Augen, Müdigkeit und Wut saugten mir die Kraft aus den Gliedern. Wie hatte Glatt diesen angeblichen Beweis nur eingefädelt, der seine Unschuld beweisen sollte? Was, wenn sein Plan tatsächlich aufging?

»Ich verrate dir jetzt den Rest vom Beweis.« Glatt sprach abgehackt. »Dann siehst du, dass du vorschnell geurteilt hast. Die Plastiktüte. Da ist das Hemd drin, das Edwin in der Mordnacht getragen hat.«

Edwins Hemd?

»Da werden Schmauchspuren dran sein. Wenn eine Waffe abgefeuert wird, lösen sich winzige Partikel. Die fliegen zurück und setzen sich an Händen und Ärmeln ab.«

Er behauptete, Edwins Hemd zu haben? Doch wie hatte er wissen können, dass Edwin es weggeworfen hatte?

Noch mehr Scheinwerfer. Glatt beobachtete, wie sie herankamen und vorbeifuhren, dann schaute er im Rückspiegel nach den Rücklichtern des Wagens.

»Als ich in jener Nacht in meinem Auto saß und mir einen Plan überlegte, erkannte ich, dass ich das Hemd brauchte. Ich überlegte, mich zu stellen und die Waffe zu übergeben. Die Ermittler des Sheriffs zu bitten, Edwins Hemd zu untersuchen. Doch nach unserem Kampf hatte ich keine Garantie, dass Edwins Abdrücke immer noch von der Waffe genommen werden konnten. Mir war auch klar, dass die Polizei auf das mit den Ärmeln nichts geben würde. Die würden *mich* verhaften. Und Edwin könnte nach Hause gehen.

Also fuhr ich zu Edwins Stadtteil und langsam an seinem Haus vorbei. Alles dunkel. Er war immer noch bei seiner Mutter. Verbreitete seine Lügen. Doch an der Straße fiel mir etwas auf. Mülltonnen, schon für die Müllabfuhr am folgenden Morgen bereitgestellt. Das war meine Chance. Ich rief von einer Telefonzelle aus bei Edwin zu Hause an. Hinterließ eine Nachricht auf dem Anrufbeantworter. Sagte ihm, dass ich die Waffe hätte – mit seinen Abdrücken. Sprach über sein Hemd. Sagte, dass sie garantiert in ein, zwei Tagen danach fragen würden, der Vollständigkeit halber. War ihm bewusst, dass sie auf seinen Ärmeln Schmauchrückstände finden würden? Dass er die nicht restlos auswaschen konnte?

Und dann bin ich wieder zurück zu Edwins Viertel. Ich habe in einer kleinen Gasse geparkt und mich zu seiner Straße geschlichen. Schließlich ist er nach Hause gekommen. Schon nach fünfzehn Minuten stellte er seine Mülltonne an die Straße.«

Ich presste mich in meinen Sitz, die Gedanken spulten. Eins war klar, Glatt war in jener Nacht bei Edwins Haus gewesen. Denn Edwin *hatte* das Hemd in die Mülltonne geschmissen. Konnte Glatts Geschichte wahr sein? Konnte Edwin, von Schuldgefühlen geplagt, sich bemüßigt gefühlt haben, einem Ermittler später zu erklären, warum das Hemd weg war – wenn er noch nicht einmal danach gefragt worden war?

Halt. Vielleicht sagte Glatt diesbezüglich ja tatsächlich die

Wahrheit, aber er hatte trotzdem die Morde begangen. Oder vielleicht gab es noch eine dritte Erklärung, auf die ich nur gerade nicht kam.

Mir schwirrte der Kopf, Angst und Schlafmangel legten mein Hirn lahm. Ich *wusste*, dass Glatt die beiden Männer ermordet hatte. Er hatte mir seine Gewissenlosigkeit deutlich genug demonstriert. Er hatte mir gedroht. Meiner Tochter aufgelauert. War in mein Haus eingebrochen.

4-Annie-dumme-Gans-592

»Hörst du mir zu?« Glatt schlug mir auf den Arm.

Schmerz pochte in meinem Muskel. »Ja.« *Aber nicht mit dem Herzen.* »Darf ich etwas fragen? Wenn du willst, dass ich dich verstehe ...«

Er verzog die Lippe. »Schieß los.«

»Weiß Edwin, dass du das Hemd hast?«

»Nein.«

»Warum bist du damit nicht gleich zum Sheriff's Department gegangen?«

»Das sind *zwei* Fragen!«

Ich schrumpfte auf meinem Sitz zusammen, das Herz hämmerte. Würde er mich jetzt wieder schlagen?

Glatt warf mir einen genervten Blick zu. »Ich hatte ja vor, mich in jener Nacht mit der Waffe und dem Hemd zu stellen, aber dann habe ich das Radio angemacht. Nachrichten. Über mich. Man hatte das Auto gefunden, das ich stehen gelassen hatte. Sie wussten nicht, womit ich jetzt unterwegs war. Sie sagten, ich sei bewaffnet und gefährlich. *Bewaffnet und gefährlich.*« Seine Stimme war mit Gift überzogen. »Ich malte mir Polizisten und Hilfssheriffs aus, deren Finger recht locker am Abzug saßen. Man würde mich umstellen. Vermutlich auf mich schießen. Das Risiko war zu groß. Die Situation war außer jeder Kontrolle. Ich beschloss zu fliehen.«

Plötzlich verlangsamte Glatt die Fahrt. *Warum?* Das Entsetzen ging mir durch und durch. Wusste ich jetzt zu viel? Anhalten könnte den Tod bedeuten. Solange er fuhr, konnte er mich nicht töten.

»Wir müssen zum Anrufen anhalten. Während der Fahrt zu telefonieren ist gefährlich.«

Gefährlich war für ihn ein Thema?

Das Auto wurde immer langsamer, bis der Tacho fünfundfünfzig anzeigte. »Da.« Glatt deutete mit dem Kinn auf ein Wendebuchtschild. Er bog von der Straße und stellte Motor und Scheinwerfer ab. Die Dunkelheit ergoss sich über uns wie Teer, erstickend und klebrig. Mir schlug das Herz bis zum Hals.

Ich konnte Glatts dunklen Umriss erkennen, während er in seiner großen Tarnjackentasche nach meinem Handy wühlte. »Wir werden sagen, dass wir mit dem Mann sprechen wollen, der vor deinem Haus geparkt hat.«

Meine Kinnlade lockerte sich. Woher wusste er von Chetterling? »Er wird nicht mehr da sein. Er wird nach mir suchen.«

»Gut, dann ist er genau unser Mann. Wie heißt er?«

Ich sagte es ihm und gab ihm die Nummer des Sheriff's Department. Dann sah ich hilflos zu, wie er wählte, während sich die Augen langsam an die Dunkelheit gewöhnten. »Hier.« Er streckte mir das Telefon hin. »Frag nach ihm.«

Mir zitterten die Finger, als ich mir das Handy ans Ohr hielt.

»Shasta Sheriff's Department.«

»H-Hallo. Ich muss mit Ralph Chetterling sprechen. Jetzt sofort. Sagen Sie ihm, Annie Kingston sei am Apparat.«

»Ms Kingston.« Die Frauenstimme wiederholte meinen Namen mit kaum verhohlener Aufregung. »Wir haben schon nach Ihnen gesucht.«

Aber werdet ihr mich auch rechtzeitig finden?

Kapitel 32

»Wo sind Sie?«, fragte die Frau.

»Genug!« Glatt riss mir das Handy aus der Hand. »Hier spricht Bill Glatt.« Er machte eine Pause. »Machen Sie sich um sie keine Sorgen; ihr fehlt nichts. Haben Sie verstanden, wer ich bin? Bill Glatt. Sagen Sie das Ihrem Kommissar. Und er soll mich umgehend auf dieser Nummer zurückrufen.« Er blickte zu mir. »Wie ist sie?«

Ich flüsterte die Ziffern. Er wiederholte sie. »Ich lege jetzt auf. Ich erwarte seinen Anruf umgehend.«

Er starrte das Handy finster an, suchte die Auflegetaste und drückte sie schließlich.

»Fünf Minuten. Danach fahren wir weiter. Mobiltelefonanrufe können geortet werden.«

Glatts eisige Entschlossenheit legte sich wie winterlicher Nebel über mich. Die Luft in meinen Lungen wurde dick. Ich legte den Kopf an den Sitz und zwang mich, ruhig zu bleiben.

»Du kennst diesen Mann? Diesen Chetterling?«

»Ja. Ich habe schon ein paar Mal mit ihm zusammengearbeitet.«

»Gut.«

Ich wusste, was er dachte. Chetterling würde mich beschützen wollen –

Das Handy klingelte.

Er drückte auf die Annahmetaste. »Glatt.«

Ich hörte Chetterling antworten. Seine Stimme, von weit weg, aber klar, kam in dem ruhigsten Ton dahergerollt, den ich je bei ihm vernehmen sollte. Obwohl uns Meilen, Dunkelheit und Hinterlist trennten, war es tröstlich, sie zu hören. »Wie ich höre, sind Sie bei Annie Kingston, Mr Glatt. Geht es ihr gut?«

»Ihr fehlt nichts.«

»Ich würde gerne mit ihr –«

»Ruhe! Sie tun, was ich sage. Sie brauchen Zettel und Stift. Ich habe Informationen für Sie.«

»In Ordnung. Einen Augenblick.«

Wo bist du, Chetterling? In deinem Auto? Bei mir zu Hause? Weiß Jenna, dass es mir gut geht?

4-Annie-dumme-Gans-592

»Ich bin so weit, Mr Glatt.«

Glatt erzählte die Geschichte von dem Hemd und der Waffe in Kurzform und erklärte dem Kommissar, wo diese nun zu finden seien. »Untersuchen Sie diese auf der Stelle, und Annie Kingston wird Ihnen übergeben werden.«

Wie er redete – als wäre er Wunders wer. Dann ging mir die Heikelkeit meiner Lage auf. Was hatte er mit mir vor, während seine Beweisstücke im Labor untersucht wurden? Was, wenn das Tage dauerte? Was, wenn die Ergebnisse nicht zu seiner Zufriedenheit ausfielen?

»Wir haben Ihre Gegenstände bereits, Mr Glatt. Sie wurden von Hilfssheriffs gefunden, die im Wald nach Annie suchten. Sie sind unbeschadet. Aber Sie müssen verstehen, wie wichtig uns ist, dass Annie wohlbehalten ist.«

»Mir ist wichtig, dass meine *Beweise* wohlbehalten sind.«

»Das versteht sich, Mr Glatt. Wir werden sorgsam damit umgehen. Ich schlage vor, dass Sie und Annie jetzt herkommen. Wir möchten sicher sein, dass sie unversehrt ist, während wir Ihre Tests durchführen.«

Glatt schnaubte. »Ich bringe sie Ihnen und Sie führen einen Dreck durch. Nichts da. Sie bleibt bei mir, bis Sie fertig sind.«

»Wir werden die Tests so schnell wie möglich machen. Aber es ist mitten in der Nacht. Wir müssen bis morgen früh warten, ehe wir Ihre Sachen ins Labor schicken können, und ich weiß nicht, wie lange –«

»Das kann ich Ihnen sagen.« Glatts Stimme wurde lauter.

»Glauben Sie etwa, ich hätte mich nicht im Vorfeld erkundigt? Dass ich versuchen würde, diese Sache aufs Geratewohl durchzuziehen?«

»Nein –«

»Das Problem mit euch Kommissaren ist, dass ihr keine Ahnung von Kriminaltechnik habt. Ihr solltet mal ein bisschen mehr Zeit mit euren Laborkollegen verbringen. Hier sind die Fakten. Hören Sie mir *zu?*«

»Fahren Sie fort.« Chetterling klang unerschütterlich.

»Erstens. Man kann von dieser Waffe einen zwanzig Jahre alten Abdruck nehmen. Der Griff ist aus Holz, glatt genug für einen Abdruck. Zweitens. Auch die Schmauchrückstände werden noch im Hemdstoff vorhanden sein. Beide Tests sind relativ einfach – das sollten selbst *Sie* wissen – und können in ein paar Stunden gemacht werden.«

»Ich verstehe. Ohne Frage werden die Ergebnisse so ausfallen, wie Sie gesagt haben. Wenn ich jetzt mit Annie sprech-«

»Eins noch, Herr Kommissar. Da ich weiß, dass Sie mit mir spielen. Sie glauben, ich hätte das mit dem Hemd inszeniert. Ich kann beweisen, dass dem nicht so ist.«

»Ich höre.«

»Die Reinigung hat auf das Hemdetikett ›E, Leerzeichen, T A R‹ für Edwin Tarell geschrieben. Ich habe die Reinigung ausfindig gemacht. Eine kleine Heißmangel, die es immer noch gibt. Heißt Scotty's. Die können ihre Schrift verifizieren.«

Mir lief ein Kribbeln über den Nacken. Ich drückte mich gegen die Autotür und beobachtete Glatt wachsam. Seine Planung war so ausgefeilt. Er war sich seiner selbst so sicher.

Vielleicht wird ihm seine Arroganz zum Verhängnis werden. Hatte Susan nicht so etwas Ähnliches gesagt? Was hatte er übersehen?

»Am wichtigsten wird die DNS sein. Ich habe zehn Jahre darauf warten müssen, bis die Wissenschaft endlich so weit war, wie ich das brauchte. Sie werden Blut auf den Hemdsärmeln finden. Vermutlich Don Tarells. Ich kann mir gut vorstellen, wie Edwin seine Erschütterung inszeniert hat, wie er schluchzend über der Leiche seines Vaters zusammengebrochen ist, den er ja so geliebt hat.« Glatts Sarkasmus hätte man mit dem Messer schneiden können. »Sie werden die Leichen vielleicht ausgraben müssen, um an ihre DNS heranzukommen. Die Tests dauern ein paar Wochen. Sie werden eine Übereinstimmung feststellen.«

Konnte das wahr sein?

Und selbst wenn die DNS identisch war, bewies das etwa Glatts Unschuld? Die Geschichte musste einen Haken haben. Mein überlastetes Hirn suchte vergeblich, was das sein könnte.

»In Ordnung, Mr Glatt. Wir werden das alles überprüfen. Und jetzt müssen Sie Annie Kingston wohlbehalten zurückbringen.«

»Sind Sie *taub?* Ich bringe sie erst zurück, nachdem Sie die Beweisstücke untersucht haben!«

»Sie wollen sie festhalten, bis der DNS-Test abgeschlossen ist? Das ist aber eine lange Zeit, wenn man eine Geisel am Hals hat.«

Glatt schnaubte verächtlich. »Nach zwanzig Jahren? Was sind da zwei Wochen?«

Zwei Wochen? Gott, steh mir bei, so lange würde ich das niemals überleben.

»Wie sollen wir wissen, dass sie unversehrt ist?«

»Ich werde sie mit Ihnen sprechen lassen. Jeden Tag.«

»Mr Glatt. Bringen Sie sie einfach zurück. Hören Sie auf, davonzulaufen. Das muss Ihnen doch zum Hals raushängen. Ein Mann wie Sie, der seit zwanzig Jahren eines Verbrechens beschuldigt wird, das er nicht begangen hat. An Ihrer Stelle würde ich wollen, dass der Spuk ein Ende hat.«

»Jetzt spielen Sie schon wieder mit mir!« Glatts Schrei

kratzte mir in den Ohren. »Ich rede kein Wort mehr mit Ihnen. Tun Sie einfach, was ich sage!« Er hackte auf die Auflegetaste und pfefferte das Handy auf den Boden.

Wir saßen schweigend da, mein Herz hämmerte. Nicht auszudenken, was er nun mit mir anstellen würde.

Glatt haute einmal fest auf das Lenkrad, dann riss er den Schlüssel aus dem Zündschloss und stieß seine Tür auf. Ich kauerte mich auf meinem Sitz zusammen, während er neben dem Auto auf und ab ging, fluchend, um die Beherrschung kämpfend und eindeutig verlierend. Nach einigen langen Augenblicken stieg er wieder ein und ließ den Motor an. Wortlos schaltete er die Scheinwerfer ein und fegte aus der Wendebucht.

Wir fuhren.

Die Zeit verstrich. Zwanzig, vielleicht dreißig Minuten. Mit jeder Kurve wuchs Glatts Wut, bis sie zu einem lebendigen, sich windenden Geschöpf wurde. Er hockte hinter dem Lenkrad und verfluchte Edwin Tarell, das Leben.

Gott, steh mir bei. Hilf meinen Kindern. Lass mich bitte Kelly und Stephen wiedersehen.

Würden Chetterling und Delft jene Labortests durchführen, wie sie es versprochen hatten? Was, wenn sie das nicht taten, aber zu Glatt sagten, sie hätten es getan, nur damit er mich gehen ließ? Wie sollte Glatt wissen, ob sie ihm die Wahrheit sagten?

Ich hätte so gerne gefragt, wohin wir fuhren, was er mit mir vorhatte. Wie er sich vorstellte, sich jetzt vor dem Gesetz verstecken zu können. Gott sei Dank hatte er meine Zeichnung von seinem Gesicht nicht gesehen. Er hätte sie in Fetzen gerissen. Chetterling hatte sie zweifellos sofort an sich genommen. Mittlerweile würden sie Kopien davon machen, die in Umlauf gebracht werden würden. Die Zeichnung war zwar nicht ganz in Farbe, doch unter den gegebenen Umständen brauchbar.

Sie würden Glatt kriegen. Ich musste lediglich bis dahin am Leben bleiben.

Glatt funkelte mich an. »Du hättest das einfacher machen können. Mein erster Plan ging fehl wegen *dir*.«

Ich sah vor uns eine Haarnadelkurve drohen, das durchgedrückte Gaspedal, die Straße plötzlich unter unseren Reifen tückisch werden.

»Achtung!«

Ich stützte die Hände auf das Armaturenbrett, jeder Muskel spannte sich. Glatt riss den Kopf herum, um auf die Straße zu achten, und schlug ein. Nicht weit genug. Die Vorderräder knirschten vom Asphalt, mein Seitenspiegel verfehlte nur knapp einen tanzenden Ast.

Mein Schrei gellte durch das Auto. Wir holperten über unebenen Boden und Gestrüpp, die hüpfenden Scheinwerfer streiften durch den Wald. Ein Rotholzbaum raste auf der Fahrerseite auf uns zu. Glatt stieg auf die Bremse. Die letzte Sekunde dehnte sich wie eine Ewigkeit. Wir würden nicht rechtzeitig zum Stehen kommen.

Die Vorderreifen rumpelten über etwas Festes. Der Magen sprang mir die Kehle hoch, mein Kopf schnellte vor. Die Schulter schlug gegen das Fenster. Das Ding, das wir platt gefahren hatten, nahm uns an Fahrt. Wir schlitterten ... schlitterten ...

Der Baum kam näher.

Ein letztes Rutschen ...

Wir rumpelten über noch etwas drüber und kamen ächzend zum Stehen – Zentimeter vom Baum entfernt. Glatt schoss nach vorn, seine Stirn knallte auf das Lenkrad.

Ohrenzersplitternde Stille.

Ich konnte mich nicht rühren.

Kostbare Sekunden verstrichen. Ich schnappte nach Luft, tastete mich ab und stellte fest, dass ich unverletzt war. Ich wandte mich zu Glatt und erst da bemerkte ich, dass er nicht angeschnallt war. In seiner Wut hatte er vergessen, den Gurt wieder anzulegen. Er hob den Kopf vom Lenkrad. Nicht schlimm verletzt, aber benommen.

Flieh.

Meine Gedanken verschwammen. Sollte ich das tun? In den Wald rennen, mitten in der Wildnis? Ohne Handtasche, ohne Geld. Und was dann?

Annie, lauf einfach!

Glatt stöhnte, eine Hand an den Kopf gelegt. Verzweifelt fummelte ich an meinem Gurt herum. Öffnete ihn. Packte den Türgriff.

Das Nachtsichtgerät! Damit könnte ich im Wald sehen. Ich könnte rennen. Glatt würde mich nicht finden. Wo war es? Hatte er es nicht auf den Rücksitz geworfen?

Ich drehte mich blitzschnell um und dank einer Fügung, die nur von Gott hatte kommen können, sah ich, dass die Wucht des Aufpralls das Gerät auf die Konsole geschleudert hatte. Ich schnappte es mir und schwang mich zur Tür hinaus.

Kapitel 33

Ich rannte um mein Leben und schlug mich stolpernd durch das Unterholz. Das Nachtsichtgerät war zu groß für meinen Kopf, aber ich hatte keine Zeit, um stehen zu bleiben und die Halterung passend einzustellen. Ich hielt es mit einer Hand fest, während ich durch den unheimlichen, grün getönten Wald brach. Dass ich Lärm machte, war mir völlig egal. Ich wollte lediglich Abstand zwischen mich und Glatt bringen. Die Autoscheinwerfer waren immer noch an, auf den Bäumen in unmittelbarer Nähe hell, dann schnell schwächer werdend. Ich strebte in diagonaler Linie von ihnen fort.

Vage hörte ich das Knallen einer Autotür, gefolgt von Glatts Wutgebell. Dann Stille. Ich rannte immer noch, der Mund offen, der Atem pfiff. Schiere Panik scheuchte mich durch das Dickicht. Wenn er mich zu fassen bekam, war es aus mit mir.

Glatt verstummte. Was machte er jetzt? Ein Ast streckte sich aus, verfing kleine Zweiglein in mein Haar. Ich duckte mich und riss mich los. Das Entsetzen quetschte mir ersticktte Laute aus der Kehle. Ich hechtete hinter einen Baum und beugte mich vor, um einen unverstellten Blick auf die Beifahrerseite von Glatts Auto zu erhaschen. Die Scheinwerfer waren zu sehen – durch die Linsen meines Nachtsichtgeräts zwei ausgefranste grüne Punkte. Von Glatt keine Spur. Meine Finger fummelten an der Seite des Geräts herum. Gab es da nichts zum Vergrößern? Ich fand ein winziges Rädchen und drehte daran. Augenblicklich sprang das Auto ganz nahe heran. Ich konnte eine geöffnete Fondtür sehen und Glatt, der sich über die Rückbank beugte und etwas durchwühlte. Sein Körper zuckte hierhin und dorthin, die Bewegungen waren schwankend.

Er suchte nach dem Nachtsichtgerät.

Ich beobachtete, betend.

Nachdem er ausgiebig gesucht hatte, tauchte er wieder aus dem Auto auf und donnerte mit der Faust gegen die Tür. Er entfernte sich ein paar Schritte, drehte den Kopf suchend hin und her und brüllte nach mir. Als ob ich auf sein Kommando hin zurückkommen würde.

Trotz der Vergrößerung konnte ich seinen Gesichtsausdruck nicht erkennen. Aber ich konnte mir die Wut darin gut vorstellen. Was würde er jetzt tun? Ich hatte nicht daran gedacht, seine Autoschlüssel mitzunehmen. Aber das war vielleicht gut so. *Bitte, Gott, mach, dass er mich aufgibt. Mach, dass er wegfährt.*

Ich hatte mir nicht die Zeit genommen, mein Handy zu finden, das irgendwo auf dem Boden des Autos lag. Ich tröstete mich damit, dass es hier draußen eh keinen Empfang gäbe.

Glatt wanderte fauchend und fluchend wie ein eingesperrter Löwe neben dem Auto auf und ab. Hin und her. Hin und her. Als seine Wut verraucht war, ruhte er sich schwer atmend gegen die Tür gelehnt aus. Zweifellos schmiedete er Plan C. Er überlegte, wollte sich zu keiner unbedachten Handlung hinreißen lassen. Wie könnte er wieder Herr der Lage werden? Mich im Dunkeln zu finden war aussichtslos. Er hatte hier keine Zeit zu vergeuden, wo Kommissare auf der Suche nach ihm ausschwärmten ...

Glatt betastete vorsichtig seine verletzte Stirn, dann wirbelte er herum und donnerte mit der Faust aufs Autodach. So verharrte er für einen langen Moment. Dann, die Schultern entschlossen straffend, richtete er sich auf, stolzierte vorne um das Auto herum und schmiss sich auf den Fahrersitz. Die Tür knallte.

Ich hielt den Atem an. *Bitte mach, dass die Reifen nicht platt sind.* Der Motor heulte auf, als ob er ihn im Leerlauf testete. Langsam und holpernd setzte das Auto über einen kleinen zur Erde gefallenen Ast und den unebenen Waldboden zurück.

Der Scheinwerferstrahl schwang über Bäume und tief hängende Zweige. Ich drückte mich hinter den Baum, bis ich die Räder auf Asphalt stoßen hörte und das schwache Quietschen, als Glatt das Auto ruppig anfuhr. Als ich mich wieder vorbeugte, sah ich ihn weiter in die Richtung davonschießen, die von Redding wegführte.

Die braun getönten Rücklichter verschwanden um die Haarnadelkurve.

Vor Erleichterung wurde mir regelrecht schlecht. Ich sackte gegen den Baum und wisperte Dankeschöns zu Gott, wobei mir die Tränen über das Gesicht strömten.

Doch die dankbaren Gebete waren nur von kurzer Dauer. Schon engte mich die Nacht ein, drohte mich der anhaltende Ernst meiner Lage erneut zu überwältigen. Da stand ich nun mitten in der Nacht mutterseelenallein im Wald. Konnte nicht einmal genau sagen, in welcher Gegend ich mich befand. Niemand wusste, wo ich war. Ich hatte weder Handtasche noch Geld, noch Handy ...

Mensch, Annie, reiß dich zusammen.

All meine Willenskraft zusammennehmend, nahm ich die nächste Aufgabe konzentriert in Angriff. Erst stellte ich das Nachtsichtgerät für meinen Kopf passend ein. Dann spielte ich an dem Vergrößerungsrädchen herum, machte mich mit den Einstellungen vertraut und wie man die Vergrößerung schnell ein- und ausschaltete.

Die Dunkelheit schnappte nach mir, doch ich musste *sie* fassen, sie zu meinem Freund machen. Ich machte mir bewusst, dass Glatt mich bei Tageslicht viel leichter entdecken könnte. Ich musste Hilfe finden – vor Tagesanbruch.

Mich in den Wäldern zu verirren war das Schlimmste, was mir passieren konnte. Ich musste der Straße zurück in die Zivilisation folgen.

In einem weiten Bogen auf die Straße zuhaltend, schlich ich durch den Wald, weg von der Richtung, in die Glatt verschwunden war. Was, wenn er nur um die Kurve gefahren war, das Auto und die Scheinwerfer ausgestellt hatte und jetzt auf der Lauer saß, die Spinne am fertigen Netz? Außerdem wollte ich in diese Richtung gehen, falls dort ein Haus kam. Zwar konnte ich mich nicht erinnern, an einem vorbeigekommen zu sein. Aber ich hatte keine Wahl. Ich musste in die Richtung zurück, aus der wir gekommen waren.

Als ich auf die Straße traf, lauschte ich angestrengt mit allen Fasern meines Seins. Zikaden zirpten und mein eigener Pulsschlag klang mir in den Ohren. Verlassen erstreckte sich das Asphaltband vor mir, in ein tödliches Grüngrau getaucht. Wie die Straße zur Hölle. Ich schauderte, zum ersten Mal bemerkte ich die Kühle der Nacht.

Ich brauchte unbedingt etwas zu trinken.

Ich schlang die Arme um die Brust und begann, die öde Straße hinunterzutrotten.

Die Minuten ballten sich um mich zusammen, getränkt mit der Furcht vor Glatts Rückkehr. Ich konnte nichts weiter tun, als einen Fuß vor den andren zu setzen. Ich ließ die erste Kurve hinter mir. Dann ein gerades Stück. Noch eine Kurve.

Gehen. Atmen. Unter meinen Sohlen knirschten lose Steinchen.

4-Annie-dumme-Gans-592.

Die Stille des Waldes war wie ein Heulen, das mir bis in die hohlen Knochen fuhr. Bei jedem Schritt sah ich Glatt aus der Nacht auftauchen. Mein innerer Projektor sprang an, warf in irrer Folge eine Szene nach der anderen aus. Blitz! Eine

Nahaufnahme seiner Hand an der Waffe, den Finger am Abzug. Die Kamera zieht zurück, um seine massige Gestalt im Wald zu zeigen, die mich beim Näherkommen beobachtet. Die Waffe hebt sich. Ein Schuss zerreißt die Nacht. Ich falle lautlos …

Blitz! Er

kommt langsam hinter mir die Straße hochgerollt, mit aus-

gestellten Scheinwerfern, geduldig. Er weiß, dass er mich kriegen wird. Er steuert mit links, die Waffe in der rechten Hand, fertig zum ...

Ich brüllte innerlich, dass der Film aufhören solle. Zitternd bewegte ich mich geduckt durch die Leere, jedes Geräusch hallte mir in den Ohren wider. Wie lange wanderte ich jetzt schon? Dreißig Minuten? Eine Stunde? Die Zeit war verschwunden, verschluckt vom unaufhörlichen Schlurfen meiner Füße.

Der Himmel verhöhnte mich, Wolken verdeckten den Mond und die Sterne. Das Speigrün meiner Welt kam mir zu nahe, wurde erstickend eng. Ich war ein Flüchtling, ausgesetzt auf einem unbekannten Planeten, wo ewige Dämmerung herrschte. Wo der Tod immer gerade um die Ecke lauerte, den dunstigen Finger am Abzug.

Das ferne Grillengezirpe verstummte.

Ich erstarrte.

Furcht griff mir mit eiserner Hand an die Kehle. Ich hielt den Atem an, die Nerven summten wie ein Insektenschwarm. Sie schwärmten und wimmelten mir um Arme und Beine und in den Hohlräumen zwischen den Rippen.

Die Nacht wurde zum Kobold, der Farben und Lichter in den äußersten Rand meines Blickfelds einstreute. Da, ein metallischer Schimmer, ich wirbelte herum – nichts. Drehte den Kopf ruckartig zum Aufblitzen einer Bewegung auf der anderen Seite, die sich in Nebel auflöste, ehe ich etwas erkennen konnte.

Kein Glatt. Weiter, Annie. Los.

Schlurf, schlurf machten meine Schuhe auf dem Asphalt. Das Herz klapperte mir gegen die Rippen, der Wind stimmte eine schwache Totenklage in den Baumkronen an.

Ich versuchte, die Gedanken beschäftigt zu halten. Alles, um nur bloß diese Bildsequenzen zu verhindern.

Ob Glatt mein Handy benutzt hatte, um Chetterling anzurufen? Oder hatte Chetterling ihn zurückgerufen? Was würde Glatt sagen, wenn sie miteinander redeten? Er würde sie anlügen. Ihnen erzählen, ich sei bei ihm. Wohlbehalten. Das würde ihm Zeit verschaffen.

War Chetterling bei Jenna in unserem Haus?

Was geschah mit meinen Kindern? Sie mussten schreckliche Angst haben. Kelly würde weinen, völlig aufgelöst sein. Allein der Gedanke daran trieb mir neue Tränen in die Augen.

Kelly würde Erin anrufen. Nein. Nicht unbedingt. Die vielen Autos und Hilfssheriffs und Hunde würden die gesamte Nachbarschaft wecken.

Ein Rascheln im Gebüsch. Ich blieb stehen, die Luft staute sich in meinen Lungen. Meine Knöchel zitterten, die Finger gruben sich in meine Schenkel.

Ein Tier?

Glatt.

Ich legte den Kopf schief, bewegte das Ohr von rechts nach links. Dann drehte ich mich einmal um die eigene Achse, mir überdeutlich der Verwundbarkeit meines Rückens bewusst. Ich suchte mit dem Blick die Straße, den Wald ab. Nichts. Wieder nichts. Nur der Wind und das Pochen meines Herzens.

Weiter, Annie.

Ich zwang mich, einen Fuß vor den anderen zu setzen.

Bitte, Gott, hilf mir. Bring mich doch nur einfach wieder zu meinen Kindern zurück.

Da, in der Ferne, da war etwas. Ein schwaches Licht. Ehe ich reagieren konnte, kamen Scheinwerfer über eine Bergkuppe. Instinktiv hechtete ich von der Straße, stolperte auf eine Baumgruppe zu und schmiss mich flach auf die Erde.

Die Scheinwerfer kamen näher.

Erst da ging mir auf, dass der Wagen ja gar nicht aus Glatts Richtung kam. Was, wenn das jemand anderes war? Der Fahrer könnte mir helfen.

Doch woher wusste ich, ob dem Fahrer zu trauen war?

Was, wenn das ein Mann allein war? Wieso sollte ich einem Wildfremden mitten in der Nacht auf einer gottverlassenen Straße trauen?

Und wenn es eine Polizeistreife war? Was, wenn ich aus meinem Versteck einen Polizei- oder Sheriffswagen vorbeifahren sah? Ich würde die Krise kriegen.

Noch konnte ich auf die Straße rennen und winken.

Sie würden mich eh nicht sehen. Nicht bei dieser Dunkelheit.

Die Lichter kamen näher. Der Zwiespalt schlang ein Seil um mich, spielte Tauziehen. Ich drückte mich auf den Boden und kämpfte gegen das verzweifelte Verlangen an, zurück zur Straße zu rennen und zu winken und dabei zu Gott zu beten, dass dieser Jemand mich retten würde.

Die Strahlen schnitten einen Streifen in die grüne Finsternis. Ich hörte den Motor, das Summen der Reifen. Panik überkam mich und ich vergrub die Finger in der Erde, als könnte sich die Dunkelheit jeden Moment auflösen und mich entblößen.

Das Auto raste vorbei. Einfarbig dunkel lackiert. Nicht Glatt. Nicht die Polizei.

Meine Lungen wurden zu Wackelpudding. Ich senkte den Kopf zur Erde, es schnürte mir die Kehle zu. *Gott, hilf mir. Bitte mach, dass ich nach Hause komme.*

Die Tränen ließen sich nicht länger zurückhalten. Ich weiß nicht, wie lange ich so dalag und weinte. Als ich einmal angefangen hatte, konnte ich nicht mehr aufhören. Mich nicht mehr beruhigen. Wenn Glatt zu Fuß vorbeigekommen wäre, hätte er mich sicher gehört.

Schließlich stemmte ich mich mit pochendem Kopf auf die Füße. Ich musste weitergehen. Für meine Kinder. Ich musste.

4-Annie-dumme-Gans-592

Mein Hirn verwöhnte mich mit der Szene eines Polizisten, der Glatts Nummernschild entdeckt. Das Auto anhält. Glatt steigt mit erhobenen Händen aus.

Nächste Szene: *Tschupp, tschupp spuckt ein Kopierer Kopien meiner Zeichnung aus. Sie werden aus der Ablage genommen, wandern durch ungeduldige Hände ...*

Der Wunsch nach Vergeltung beschmierte meine Seele. Ich konnte es gar nicht erwarten, Glatt hinter Gittern zu sehen. Endlich gegen ihn aussagen zu können.

Ich stolperte vor mich hin, das Hirn leck. Die Gedanken zusammenhangslos. Stress und Entkräftung machten sich bemerkbar und meine Beine wurden wacklig. Ich sehnte mich nach einer Pause.

Die Straße gabelte sich. Welchen Weg sollte ich nehmen? Ich konnte nicht mehr sagen, aus welcher Richtung wir gekommen waren. Ich sollte den anderen Weg ausprobieren, in der Hoffnung, auf ein Haus zu stoßen ...

Na mach schon, Annie, welchen Weg jetzt?

Ich schlingerte nach rechts.

Das Hemd ... Die Waffe ... Wie hatte Glatt diese Beweisstücke zutage bringen können? Was hatte ich übersehen?

So müde. Vielleicht sollte ich mich ein Weilchen ausruhen. Mich ein wenig hinlegen, etwas schlafen. Wenn ich aufwachte, wäre es Morgen und Glatt längst über alle Berge. Oder er wäre geschnappt. Und ich in Sicherheit.

Mein Herz war ganz schlapp, so schwer.

Ich zwang mich, weiterzugehen. Meine inneren Organe schwabbelten wie Gelatine.

In der Ferne tauchte halb verschwommen etwas auf. Mein Hirn erkannte die Form nicht. Es hüpfte vor mir auf und ab, ungestalt und unscharf. Die Verschwommenheit verwirrte mich; ich weinte doch nicht mehr. Ich glaubte nicht, dass ich noch einen Tropfen Feuchtigkeit im Körper hatte. Ich kam mir vor wie ein von der Sonne ausgetrockneter See.

Das Ding kam näher. Ich beobachtete es, völlig von meinem Bedürfnis nach Wasser, nach Schlaf besessen.

Geh weiter. Geh einfach weiter.

Es vergingen ein paar Minuten. Dann aber, wie ein abgeschwächter Laser, strahlte die Bedeutung des Dings auf.

Ein Briefkasten.

Mir stockte der Atem. Ein Briefkasten ... bedeutete eine Einfahrt ... bedeutete ein Haus.

Geh weiter.

Irgendwie gelang es mir, einen Schritt zuzulegen. Doch der Briefkasten schien nicht näher zu kommen. Würde ich ihn je erreichen?

Warum konnte ich nicht einmal mehr schlucken? Meine Kehle blockierte sich vor Trockenheit selbst.

Die Welt franste an den Rändern aus. Das Nächste, an das ich mich erinnere, ist, dass ich neben dem Briefkasten stand und eine Einfahrt hinunter auf ein kleines Holzhaus schaute. In Grün getaucht, wie meine Welt. Es brannte kein Licht.

Gott? Bitte bring mich dorthin.

Ich machte mich daran, das riesige Meer einer ungepflasterten Auffahrt zu durchqueren, die Steine rollten wie Wellen unter meinen Füßen. Was, wenn niemand zu Hause war? Was, wenn niemand aufmachte?

Ich konnte mir jetzt keine Antworten überlegen. Alle Logik hatte mich verlassen, geflohen wie ein Geist, der den Wind reitet.

Mach einfach den nächsten Schritt.

Das Haus ragte vor mir auf. Es hatte eine Veranda. Drei Stufen. Kein Geländer. Mein Bein hob sich, die Zehen stießen gegen die Kante der ersten Stufe. *Ein bisschen höher heben.* Ich spürte die erste Stufe und hievte mich hoch. Nahm die zweite. Die dritte. Das Holz knarrte, als ich mir einen Weg zur Haustür bahnte.

Was, wenn mich jemand gehört hatte? Was, wenn sie mich mit einem Schießgewehr empfingen?

Was, wenn Glatt hier wohnte?

Das erwischte mich kalt. Meine Hand, die schon erhoben war, um die Klingel zu drücken, blieb in der Luft stehen.

Ich bemühte mich um einen zusammenhängenden Gedanken. *Könnte* Glatt hier wohnen?

Wer wollte das wissen? Ich wusste lediglich, dass ich Schlaf brauchte. Und ein Glas Wasser.

Jemandes Finger drückten die Klingel. Jemandes Ohr hörte das schwache Läuten.

Ich schwankte vor der Tür.

Oben ging ein Licht im Fenster an. Dann nichts mehr.

Vielleicht sollte ich gehen. Vielleicht fand ich ja schon bald ein anderes Haus ...

Ein weiteres Fenster leuchtete auf. Ein Geräusch von drinnen. Ging da jemand knarzende Stufen hinunter?

Das Nachtsichtgerät. Ich würde wie eine Art Monster aussehen. Mit einer Hand streifte ich es ab. Nur vage hörte ich es auf die Veranda poltern.

Schritte. Ein wenig schluffig. Wie meine Latschen auf dem Parkettboden unseres Wohnzimmers.

»Wer ist da?«

Eine männliche Stimme. Ich wich zurück. Ein fremder Mann wäre nicht ungefährlich, oder? Allein zu Haus?

Mein Mund ging auf. Es kam keine Antwort.

»Wer ist das, Clay?«

Eine weichere Stimme. Weiblich.

»Ich weiß nicht.«

Eine Frau. Ein Ehepaar.

Mein Körper bekam Schlagseite. Ich legte eine Hand an die Tür, um mich abzustützen.

»Wer *ist* da?« Wieder der Mann.

Mein Mund antwortete: »Annie Kingston. Dieser Mann ... ich bin entführt worden. Haben Sie etwas Wasser?«

Es klickte. Die Tür öffnete sich einen Spalt. Misstrauische Augen musterten mich von oben bis unten. Ein weiterer Kopf tauchte auf – die Frau. Sie glotzte mich an.

»Um Himmels willen, Clay, lass sie herein.«

Die Tür wich zurück, öffnete das Haus wie eine gähnende Höhle. Ich glaubte, es würde mich mit Haut und Haar verschlingen. Die beiden Gestalten bewegten sich vor mir auf und ab.

Mein Fuß schob sich über die Schwelle. Dann klappte ich einfach zusammen. Der Boden kam mir entgegen, beinahe in Zeitlupe. Als Nächstes weiß ich, dass meine übernächtigten Augen einen rosa Flauschpuschen anblinzelten. Meine Lippen öffneten sich. Es gab da was, was ich ihnen sagen musste. Etwas äußerst Wichtiges ...

»Vier. Annie-dumme-Gans. Fünf-neun-zwei.«

Meine Augenlider waren bleischwer. Schwielige Hände bargen meinen Kopf, als Dunkelheit mich einhüllte.

»Vier ... Annie ... dum...«

Kapitel 34

Meine erste Wahrnehmung war die von Stimmen über mir.

»Ich denke, wir sollten einen Notarzt rufen, meinst du nicht?«, sagte eine Frau.

»Weiß nicht. Was, wenn sie das nicht bezahlen kann? Bis zum Krankenhaus ist es weit. Wir wissen ja noch nicht mal, wer sie ist.«

»Warte. Sie kommt zu sich.«

Ich wusste noch, dass ich auf harten Boden gesunken war, aber jetzt lag ich auf etwas Weichem und hatte ein Kissen unter dem Kopf. Und etwas über mir. Eine Decke? Mein Kopf rollte nach rechts, die Augen sprangen auf. Etwas Zitronenfarbenes waberte verschwommen vor mir. Ich kniff die Augen zusammen und blinzelte ein paar Mal. Das Verschwommene nahm Gestalt an. Eine große gelbe Blume. Grüne Blätter. Der Stoff von der Rückenlehne eines Sofas, nur Zentimeter vor meiner Nase.

»Hallo?«

Wer sprach da? Kannte ich diese Leute? Wo war ich?

Und plötzlich überfiel mich die Erinnerung wieder mit Übelkeit erregender Heftigkeit.

Ich zog schaudernd die Luft ein und drehte den Kopf zu dem Geräusch. »Ich brauche Wasser.« Die Worte klangen brüchig und gesprungen.

»Aber natürlich, meine Liebe, ich hole dir sofort etwas.«

Schritte entfernten sich eilig. Ich versuchte, ihnen mit dem Kopf zu folgen, aber mein Hals fühlte sich an wie aus Blei.

»Nur keine Bange, sie ist gleich wieder da.« Der Mann wieder.

Ich sah so lange zu ihm hin, bis sich mein verschwommener Blick scharf gestellt hatte. Da. Graues Haar. Knollnase, tief liegende Augen. Abstehende Ohren. An die siebzig vielleicht.

Die Frau kam mit einem Glas in der Hand zurück. »Bitteschön.«

Ich war zu zittrig, um das Glas zu halten. Sie half mir beim Aufsetzen und hielt mir das Glas an die Lippen. Ich wollte es hinunterstürzen, aber das ging nicht. Also nahm ich langsame, gleichmäßige Schlucke, bis die Hälfte des Wassers weg war, dann schüttelte ich den Kopf, um »genug« zu sagen. Die Frau zog das Glas fort.

Sie stellten sich mir als Clay und Shirley Welron vor. Dann fragten sie mich nach meinem Namen und wo ich wohnte. Und was war das von einem Mann gewesen, der mich entführt hätte? Wollte ich jemanden anrufen?

»Ja, bitte.« Ich fühlte mich schon besser, die Lebensgeister kehrten zurück. Nun ganz aufrecht sitzend, trank ich zu Ende aus. Shirley trug das Glas in die Küche, um es noch einmal zu füllen, und kam dann wieder. Clay nahm ein Telefon von einem Beistelltischchen und stellte es, das lange Kabel hinter sich herziehend, neben mich. Dann trat er zurück und beobachtete mit zusammengelegten Händen und zuckenden Mundwinkeln, wie ich wählte. Shirley wuselte herum, an ihrem roten Morgenrock zupfend. Ich erkannte, dass meine Ankunft ihnen einen gehörigen Schrecken eingejagt haben musste.

Jenna ging nach dem ersten Klingeln ran. Als sie meine Stimme hörte, brach sie in Tränen aus. Noch nie hatte ich Jenna derart weinen hören. Mein Herz tat so weh, dass ich dachte, es würde entzweibrechen. Mein Kinn senkte sich auf die Brust, die Augen warteten auf die Tränen, die nicht kommen wollten. Mein Körper musste erschöpfter und gestresster gewesen sein, als mir bewusst war.

»Ist doch gut, Jenna, mir geht's gut. Ehrlich.«

»Er hat dir nichts getan?«

»Nein.«

»Sicher?«

»Ja, ganz sicher. Aber immerhin hat er mich mit vorgehaltener Waffe entführt. Und das Auto gegen einen Baum gesetzt und ich musste in den Wald fliehen. Reicht dir das noch nicht?«

»Oh, Annie.« Jennas stoßweiser Atem verwandelte sich in ein Lachen unendlicher Erleichterung.

»Ist das Mutti?« Kellys Stimme drang durch die Leitung. »Ich will mit ihr reden, ich will mit ihr reden!«

Es folgten gedämpfte Geräusche – der Laut, wenn eine Hand auf den Hörer gelegt wird, das Rauschen, wenn ein Telefon weitergereicht wird.

»Mutti!«

»Kelly, Schatz, ja, ich bin's. Mir geht es gut.«

Einen Moment lang konnte sie vor Schluchzen nichts sagen. Ich redete beruhigend auf sie ein, sagte, dass ich bald zu Hause sein würde, dass ich nicht verletzt sei, dass es mir furchtbar Leid täte, ihr einen Schrecken versetzt zu haben. Plötzlich bildeten sich neue Tränen in mir und rannen mir die Wangen hinunter.

»Mutti, komm nach *Hause*.«

»Das mach ich, Schatz, das mach ich.«

»Es war so schrecklich. Wir haben uns solche Sorgen um dich gemacht, Erin und ihr Papa auch. Sie sind rübergekommen, als die ganzen Polizeiwagen ankamen. Und dann ist Erin bei uns geblieben, während ihr Papa mitgeholfen hat, nach dir zu suchen.«

Dave, draußen im finsteren Wald, auf der Suche nach mir. Ich malte mir die Szene aus und das Herz krampfte sich mir zusammen.

»Kelly, kannst du mir jetzt wieder Jenna geben?«

»Okay. Ich liebe dich.«

»Ich dich auch. Und wie.«

Ich fragte Jenna nach Stephen. Er sei unten gewesen, sagte sie, wäre aber ins Büro gerannt gekommen, als Kelly geschmettert hätte, dass ich am Telefon sei. Wollte ich mit ihm reden?

Plötzlich hatte ich keine Ahnung, was ich meinem Sohn sagen sollte. Was mochte wohl in ihm vorgehen nach allem, was er getan hatte? Er war es gewesen, der in die Nacht hinausgeschlüpft war und dabei die Schiebeglastür offen gelassen hatte ...

»Natürlich will ich mit ihm reden.«

In dem Moment fing ich Shirleys Blick auf. Sie und Clay hatten sich ans andere Ende des Wohnzimmers zurückgezogen und saßen nun in zwei Sofasesseln, versuchten, nicht zuzuhören und hingen an jedem Wort. Dieser mitfühlende Ausdruck auf Shirleys Gesicht mit den runden Wangen – als ob sie die Kluft zwischen mir und meinem Sohn spürte. Mir war klar, dass dieser Ausdruck von Erfahrung sprach. Ich weiß nicht, warum mich diese nur Sekundenbruchteile dauernde Verständigung zwischen ihr und mir stärkte, aber das tat sie. Vielleicht nur deshalb, weil ich sah, dass sie die schwere Zeit überstanden hatte.

Ich lächelte ihr leicht zu.

»Hallo, Mutti.« Seine Worte klangen angespannt.

»Stephen. Oh, es tut so gut, deine Stimme zu hören.«

»Und deine erst.« Er zögerte. »Ich bin ... froh, dass du okay bist.«

Ich schloss die Augen, spürte seinen Schmerz, der sich dicht unter der Oberfläche wand. Das Stocken seines Atems sagte mir, was er nicht in Worte fassen konnte: Er konnte es sich nicht verzeihen, was er getan hatte.

»Stephen, es wird alles gut werden. Hörst du? *Alles.*«

»Ja. Okay. Jetzt will der Kommissar mit dir reden.«

»Steht er direkt neben dir?«

»Ja.«

»*Echt?*« Warum suchte Chetterling nicht irgendwo draußen nach mir?

»Er hat hier mit Leuten geredet und Hilfssheriffs und Suchtrupps organisiert und so. Hier ist er.«

Noch einmal das Telefonweiterreichgeräusch. Dann Chetterlings Stimme. »Annie!«

Das Glück in seiner Stimme schnürte mir die Kehle zu. »Hi.«

»Junge, du kannst dir gar nicht vorstellen, wie froh ich bin, deine Stimme zu hören.«

»Ganz meinerseits.«

»Wo steckst du, außer bei irgendjemandem zu Hause?«

»Ich habe nicht die geringste Ahnung. Ich weiß nur, dass wir auf kleinen Nebenstraßen nach Osten gefahren sind.«

»Okay. Vielleicht hast du –«

»Ralph, hör zu. Erstens, sei vorsichtig. Glatt hat eine nicht ganz kleine Waffe. Zweitens, hast du einen Stift? Schreib dir das hier auf, ehe ich es vergesse. Vier-Annie-dumme-Gans-fünf-neun-zwei – 4ADG592.«

Pause. »Ich hab's. Sag mir, dass das ein Nummernschild ist.«

»Das ist es.«

»Kalifornien? Hört sich so an.«

Ich kniff die Augen zusammen und sah das Nummernschild vor mir. »Ja. Der Wagen ist weiß. Ein Viertürer. Ford. Und er ist von der Enterprise Autovermietung.«

»Super. Sind ihm schon auf der Spur. Wann hast du ihn das letzte Mal gesehen?«

Ich runzelte die Stirn, blickte auf meine Knie. Zum ersten Mal fiel mir auf, wie schmutzig meine Klamotten waren. »Ich weiß nicht. Ich habe ... irgendwie das Zeitgefühl verloren.«

»Schon gut. Mach dir keine Sorgen, wir werden ihn kriegen. Ich werde dieses Nummernschild sofort durchgeben. Und deine Zeichnung geht gerade per Fax durch den ganzen Bundesstaat.«

Mir fiel keine Antwort ein. Der bloße Gedanke an Glatt hinter Gittern machte mich vor Vergeltungssucht fast krank.

»Annie? Bist du noch dran?«

»Ja. Ich …« Ein Schraubschlüssel spannte mir den Hals ein. Mein Körper schien in den Kissen zu versinken, als sei mein letztes bisschen Energie versickert. »Ralph, hol mich einfach nach *Hause*.«

Ich kauerte mich auf dem Sofa zusammen, trank Wasser und immer wieder überkam mich ein Zittern, während Clay Kommissar Chetterling eine Wegbeschreibung zu seinem Haus durchgab. Ich war im Bezirk Lassen gelandet, unweit von einer kleinen Stadt entfernt. Chetterling fragte Clay, ob sie mich bei ihnen ausruhen lassen würden, bis er mich abholen käme. Zweifellos wäre auch das Sheriff's Department vom Lassen Bezirk bereit, mich nach Hause zu bringen, fügte er hinzu, aber die Aussagen der Welrons müssten zu Protokoll genommen werden, und das täte er lieber selbst. Wenn er den Highway 299 nahm – eine wesentlich direktere Route als die Landstraßen, die Glatt offenbar benutzt hatte –, konnte Chetterling in etwa neunzig Minuten hier sein. Derweil würde Sergeant Delft vom Reddinger Büro aus arbeiten und alle Informationen über Glatt an andere Polizeiorgane weiterleiten.

Als ich Chetterling und meiner Familie ein letztes Mal Tschüss gesagt hatte, konnte ich kaum noch die Augen offen halten. Ich streckte mich auf dem Sofa aus und murmelte, dass ich mich ein paar Minuten ausruhen müsse. Shirleys sanfte Hände packten mich in eine Decke ein.

Der Schlaf wälzte sich heran wie Mitternachtsnebel.

Kapitel 35

Ich stolpere durch schwarzgrünen Wald, Äste strecken sich aus, um mich zu greifen, Wurzeln erheben sich, um mich zu Fall zu bringen. Bill Glatt ist hinter mir her, ich spüre seinen heißen Atem im Nacken. Kelly schluchzt in der Ferne und Stephen ruft nach mir. Ich kann sie nicht finden. Ihre Laute kommen mal von vorn, mal von hinten, mal von der Seite. Eine weitere Stimme gesellt sich dazu, spricht im tiefen Tonfall. Ich kann nicht verstehen, was sie sagt ...

Der Wald flimmert, schrumpft. Ich steige aus ihm empor, hoch hinaus ins Licht, das rot hinter meinen geschlossenen Lidern glüht. Stimmen wabern mir durch die Ohren, den Kopf. Eine Frau ... ein Mann ...

Chetterling.

Als ich blinzelnd die Augen aufschlug, war es heller Tag. Ich drehte den Kopf und blickte durch das Welron'sche Wohnzimmer bis in die Küche, wo ich den Kommissar und die Eheleute am Tisch sitzen sah. Er klappte einen Notizblock zu und schaute zu mir.

»Guten Morgen, Schlafmütze.«

Nie hatte seine Stimme so angenehm geklungen. Chetterlings Gegenwart bedeutete Sicherheit. Mein Zuhause. Meine Kinder.

»Hallo.« Plötzlich war ich verlegen. Ich setzte mich auf und zuckte zusammen, als mein Kopf pochend protestierte.

Ich wollte sofort aufbrechen. Chetterling war einverstanden, die Protokollaufnahme bei mir zu Hause zu machen, um das Wiedersehen mit meiner Familie nicht hinauszuzögern. Sowohl Stephen als auch Kelly hätten darum gebettelt, von der Schule zu Hause bleiben zu dürfen, teilte er mir mit, und Jenna habe nachgegeben. Doch bevor er und ich aufbrachen, bestanden Shirley und Clay noch darauf, dass wir frühstückten, vor allem ich. Chetterling schlug sich auf ihre Seite. Wenn ich nichts äße, würde ich vermutlich wieder ohnmächtig werden, und wollte ich das?

Irgendwie bekam ich eine Scheibe Toast und zwei Glas Wasser hinunter. Und ein paar Aspirin.

Auf dem Weg zur Tür konnte ich den Welrons gar nicht genug danken. Sie taten meine Dankbarkeit ab, indem sie darauf bestanden, sie hätten gerne geholfen.

»Wenn dieser Mann, der dich entführt hat, vor Gericht kommt, wirst du uns im Zeugenstand sehen.« Clay stand auf seiner Veranda, die Hände in den Taschen und in den Augen ein rachdurstiges Glühen.

Auf der Heimfahrt sprachen Chetterling und ich nur wenig. Ich muss immer wieder eingedöst sein, denn die Fahrt schien nicht sehr lange zu dauern. Und wenn wir sprachen, dann nicht über Glatt. Die Sorge um Stephen war an die Oberfläche gekommen.

»Du wirst mit der Post ein Schreiben bekommen wegen seines Gerichtstermins«, erklärte Chetterling. »Das wird eine dieser allgemeinen Anhörungen beim Jugendgericht sein, zu denen du einfach hingehen und abwarten musst, bis du an die Reihe kommst.«

Der Gedanke, meinen eigenen Sohn vor einen Richter treten zu sehen, kam mir vor wie von einem anderen Stern. »Aber man wird ihn nicht in die Jugendstrafanstalt stecken, richtig?«

»Nicht beim ersten Delikt. Er wird vermutlich Bewährung kriegen.«

»Und wenn er sich nicht bessert? Wenn er weiterhin verkehrte Wege geht und im Kittchen landet?« Meine Worte verfingen sich in einem Haken aus Angst.

»Annie.« Chetterling warf mir einen mitfühlenden Blick zu. »Das ist natürlich immer möglich, aber zwischen hier und dort liegen noch eine ganze Reihe Schritte. Wenn Bewährung nicht fruchtet, könnte man Stephen zu Wochenendarbeit oder Hausarrest verdonnern. Wenn er sich beiden Maßnahmen widersetzt, käme er allerdings in die Jugendstrafanstalt. Aber dem Jugendgericht geht es nicht um Vergeltung. Dem geht es darum zu versuchen, die Kids wieder auf den richtigen Weg zu bringen, ehe sie als Erwachsene *wirklich* in Schwierigkeiten kommen.«

All die Jahre hatte ich in Gerichtssälen gesessen und Angeklagte, Anwälte und Richter skizziert, im Dienst der Berichterstattung über die tragischen Schicksale von Leuten auf der falschen Seite des Gesetzes. Nun würde ich wegen eines Mitglieds meiner eigenen Familie im Gericht sitzen. Bestimmt würde man auch mich verurteilen. Was für eine Mutter war ich denn, wenn ein Kind unter meinem Dach solche Wege einschlug?

»Eins musst du unbedingt vermeiden, und zwar auf dich selbst einzudreschen.«

Chetterling hatte zweifellos gelernt, meine Gedanken zu lesen.

»Glaub mir, ich habe das Gleiche gemacht, als ich meine Nichte großgezogen habe. Da stand ich nun, *ein Kommissar*, und konnte sie nicht aus Schwierigkeiten heraushalten. Annie, man macht es mit Kindern, so gut man kann. Man bringt ihnen Moral bei, lebt ihnen ein anständiges Leben vor und trotzdem werden sie tun, was sie tun werden. Manche bereiten ihren Eltern nicht die geringsten Schwierigkeiten. Und andere bringen ihre Eltern beinahe ins Grab. Das habe ich alles schon gesehen. Ich habe auch schon Kinder aus schrecklichen Verhältnissen gesehen, Kinder, denen du nicht die Bohne einer Chance einräumen würdest, aus denen vorbildliche Bürger wurden.« Er schüttelte den Kopf. »Das Leben ist manchmal einfach unerklärlich.«

»Wie geht es Nicole jetzt?« Chetterling, ein zurückgezogener Mann, hatte so selten von seiner Nichte gesprochen. Ich wusste noch nicht einmal, wie alt sie war.

»Ausgezeichnet. Wie umgekrempelt. Sie ist verheiratet, hat zwei kleine Kinder.« Er warf mir ein reuiges Lächeln zu. »Ich schaue mir diese Kinder an und sage zu ihr: ›Wart's nur ab, deine Zeit kommt noch.‹ Der Gedanke ängstigt sie zu Tode.«

Was er auch sollte.

Und wieder überkam mich die Müdigkeit. Ich lehnte mich zurück an die Kopfstütze und schloss die Augen. Als Nächstes stellte ich fest, dass wir am Bordstein vor meinem Haus hielten.

Noch nie hatte mein Haus so *gut* ausgesehen. Trotz meiner Erschöpfung sprang ich aus dem Auto und eilte den Gartenweg hoch. Kelly und Jenna kamen mir auf der Veranda entgegen. Wir fielen uns zu dritt in die Arme und brachen alle drei in Tränen aus. Kelly klammerte sich an mich und weinte lang und heftig.

Stephen wartete im Wohnzimmer. Ich marschierte zu ihm hin und holte mir eine Umarmung, ehe er entscheiden konnte, ob er eine wollte oder nicht. Seine Arme schlossen sich um mich und drückten mich fest. »Mutti, ich bin ja so froh, dass du wieder da bist.«

Ich kniff die Augen zu und erschauerte unter einem gedämpften Seufzer. »Und ich bin froh, dass *du* wieder da bist.«

Wir lösten uns, meine Hände immer noch auf seinen Schultern. Er konnte mir nicht ins Gesicht sehen. Den Blick zur Erde gesenkt, murmelte er: »Es tut mir Leid, dass ich die Tür offen gelassen habe.«

Durch mein Herz ging ein Ruck. Vielleicht, aber auch nur vielleicht, hatte er seine Lektion gelernt. Vielleicht würde er jetzt ja wirklich eine Kehrtwendung machen. »Wir reden später noch. Aber eins sollst du wissen: Es wird nicht länger so weitergehen wie bisher. Weil ich nicht zulassen werde, dass du dich selbst zugrunde richtest.«

Er nickte.

Nachdem die Begrüßungen vorbei waren, gab es so viel zu tun, und ich hatte zu nichts von alledem die Kraft. Ich wollte meine Familie immerzu umarmen, ihre Fragen beantworten. Ihnen versichern, dass mir nichts geschehen war, dass schon bald alles in Ordnung sein würde, weil Glatt gefasst werden würde. Und Kelly bestand darauf, dass ich Dave anrief, weil er sich solche Sorgen gemacht hatte. Er hatte Erin morgens zur Schule gebracht, ihr aber versprochen anzurufen und ihr Bescheid zu sagen, wenn ich nach Hause käme.

Ich warf einen Blick zu Chetterling hinüber. Er hatte sich lange mit dem Sheriff's Department – der Dienststelle, wie er sich ausdrückte – am Telefon besprochen. Ich wusste, dass er Neuigkeiten erfahren hatte, und *brannte* darauf zu wissen, was. Doch vor den Kindern würde ich ihn nicht ausfragen. Chetterling war jetzt so weit, meine Aussage zu Protokoll zu nehmen. Ich würde ihm die ganze Geschichte erzählen müssen. Alles, an das ich mich erinnern konnte. Die Aussage wurde sowohl jetzt für die Fahndung nach Glatt gebraucht, als auch für seine spätere Gerichtsverhandlung (bitte, Gott!). Beim bloßen Gedanken daran, alles bis ins kleinste Detail zu schildern, wurden mir die Glieder schwer.

»Kelly, würdest du für mich bei Dave anrufen? Er hat das Auto vor der Tür vermutlich eh schon gesehen. Sag ihm, dass es mir gut geht und dass ich später mit ihm sprechen werde. Aber jetzt muss ich erst mal mit dem Kommissar reden. Okay?«

»Okay.« Mit ernstem Gesichtchen marschierte Kelly zum Telefon im Fernsehzimmer. Ich sah sie davongehen. *Was habe ich meiner Tochter nur angetan? Wann wird sie sich jemals wieder sicher fühlen?*

Stephen druckste am Kamin herum, jede meiner Bewegungen mit Argusaugen verfolgend. Chetterling, dessen Gegenwart ihn mit Sicherheit in nicht geringe Verlegenheit stürzte, schaute er nicht an. Der Kommissar, der ihn wegen Drogenbesitz hochgenommen hatte, war derselbe, der seine Mutter wohlbehalten nach Hause gebracht hatte.

»Annie.« Jenna drehte Stephen den Rücken zu und sprach in gedämpftem Tonfall. »Chetterling wartet darauf, mit dir zu sprechen.«

»Ich weiß.« Ich stand da wie ein Zombie und bemühte mich, mein Hirn wenigstens so weit zu bearbeiten, dass ich mich entscheiden konnte, wohin wir gehen sollten. Sollten wir im Wohnzimmer bleiben? Uns an den Küchentisch setzen?

»Vielleicht solltet ihr zu dir ins Büro gehen.« Meine Mich-wie-ein-Buch-kennende-Schwester gab mir einen sanften Schubs. »Dort könnt ihr ungestört reden.«

Ich holte tief Luft. »Kommst du mit?«

»Wenn du möchtest.«

»Ja. Bitte.« Vielleicht würde sich ja etwas von ihrer Stärke, ihrer Durchhaltekraft auf mich übertragen.

Ich sah an ihrer Schulter vorbei zu meinem Sohn. »Stephen –«

»Ja, ich weiß. Du musst mit dem Kommissar reden.«

War das müdes Mitgefühl in seiner Stimme – oder wiederkehrender Sarkasmus? Ich starrte ihn an, die fünf Meter zwischen uns kamen mir plötzlich wie ein Canyon vor. Was würde es kosten, ihn zu überbrücken?

Kurz darauf saßen Chetterling, Jenna und ich in meinem Arbeitszimmer. Der Kommissar am Schreibtisch, damit er sich Notizen machen konnte, und wir zwei vor ihm auf zwei passenden Stühlen, die wir von der Wand herangezogen hatten. Chetterling ließ außerdem noch ein Tonbandgerät laufen, damit nichts von dem, was ich sagte, verloren ginge.

»Also gut.« Ich biss mir von innen auf die Wange. »Zuerst muss ich wissen, was du Neues erfahren hast, als du in der Dienststelle angerufen hast.«

»Richtig.«

Er veränderte seine Sitzhaltung, die Ellbogen auf den Lehnen meines Lederstuhls. Eine kleine Bewegung, aber sie wirkte so müde. Erst da ging mir auf, dass er noch weniger Schlaf bekommen hatte als ich. Er war die ganze Nacht auf den Beinen gewesen und hatte mich gesucht.

»Erst mal eine Sache im Blick auf die Presse. Du weißt ja, die können einem ganz schön zusetzen.«

Oh nein. Nicht noch mehr Reporter. Ich *hasste* Medienrummel. »Sie haben spitz gekriegt, dass ich entführt worden bin.«

»Ich fürchte ja. Allerdings haben sie dafür eine Weile gebraucht. Die hören den Funkverkehr ab, um Storys aufzuschnappen, aber dies alles ist ja mitten in der Nacht passiert. Heute Morgen aber, als wir wussten, dass du gefunden worden warst, und die Daten für die Fahndung nach Glatt durchgegeben wurden, ... da konnte das unmöglich geheim bleiben. Delft hat gesagt, aus dem ganzen Land seien Anrufe in der Dienststelle eingegangen. Und ich rede hier nicht von der Lokalpresse, Annie. Es kann sein, dass es für eine Weile ziemlich stürmisch zugehen wird.«

Chetterling brauchte mir das nicht weiter auseinander zu klamüsern; von meiner Arbeit als Gerichtszeichnerin war ich an Reporter gewöhnt. Ich wusste, wie weit sie gingen, um an eine Story heranzukommen. Und dass ich entführt worden war, hatte in ihren Augen mit Sicherheit das Zeug zu einer großen Story. Eine Künstlerin, die für *American Fugitive* eine Zeichnung anfertigt, gerät selbst in die Klauen des Flüchtigen ...

Ich stöhnte. Das roch ja geradezu nach einer Sensation.

»Eine Sache haben wir allerdings geschafft unter Verschluss zu halten«, fuhr der Kommissar fort, »und zwar alles über das Hemd und die Waffe, die Glatt uns gebracht hat. Es ist ja klar, dass wir im Moment nicht wollen, dass das Schlagzeilen macht.«

Einverstanden. Aber was für eine Lücke in der Geschichte.

Wenn dieses Motiv nicht bekannt wurde, würde Glatt noch mehr als schlichtweg Durchgeknallter dastehen. Absolut *jeder* würde seine Festnahme wollen. Der Gedanke daran ließ mich beinahe lächeln.

»Aber wenn bei dir das Telefon anfängt zu klingeln, dann möchte ich, dass du rangehst.« Chetterling deutete mit einer Kinnbewegung auf den Nebenapparat. »Du brauchst keine Reporterfragen zu beantworten, aber wir haben immer noch das Aufnahmegerät und die Fangschaltung an deinem Telefon installiert, und für den Fall, dass Glatt am Apparat ist ...«

Jenna machte ein angewidertes Geräusch in der Kehle. »Der soll sich mal erdreisten, hier anzurufen.«

»Einverstanden, aber nur für alle Fälle.«

»Okay, okay, wir gehen ans Telefon.« Ich winkte ab. »Soll mir alles recht sein. Ich will wissen, was weiter mit Glatt passiert.«

Chetterling nickte. Der Mann war geduldig, das musste man ihm lassen. »Die Spur seines Wagens führte zu einer Enterprise-Niederlassung genau hier in Redding. Der Wagen wurde von einem Mann namens Joseph Strong aus Nevada gemietet. Die Autovermietung hat seinen Führerschein kopiert, weil er aus einem anderen Bundesstaat kam. Delft hat sie veranlasst, die Kopie ans Sheriff's Büro zu faxen. Das Bild stimmt mit deiner Zeichnung überein.«

»Super!« Jenna reckte die Faust in die Luft.

Ich lehnte mich zurück, fühlte mich ganz schwach. *Joseph Strong aus Nevada.* Das also war der Mann, zu dem Glatt geworden war. Jetzt konnten sie ihn fassen. Das würden sie ganz bestimmt.

Chetterling blies die Backen auf. »Aber jetzt wird's leider kompliziert. Joseph Strong ist keine gemeldete Person. Es gibt keine derartige Adresse in Nevada. Glatt muss sich diese Identität für den Fall der Fälle zugelegt haben. Und der Mietwagen ist irgendwann heute Morgen in aller Herrgottsfrühe zurückgebracht worden. Er stand auf dem Hof der Vermietung, die Schlüssel steckten. Und dein Handy lag übrigens auch noch auf dem Boden.«

Ich schloss die Augen. Ich konnte es nicht glauben. Er war wieder entwischt. Und wir wussten immer noch nicht, welche Identität er hauptsächlich benutzte. »Lass mich raten. Ich kann mein Handy nicht einmal zurückhaben. Ihr habt es ins Labor gebracht, um es auf Fingerabdrücke zu untersuchen.«

»Ich fürchte, ja.«

Natürlich. Lediglich eine weitere Sache, die Glatt mir genommen hatte. »Sprich weiter.« Meine Stimme klang ausdruckslos.

»Wir haben allerdings noch eine andere Spur. Und diese wird erst mal nicht ganz leicht zu verkraften sein, Annie. Gestern Nachmittag, als der erste Hilfssheriff euer Haus bewachte, kam langsam ein Auto die Straße hochgefahren, als suchte der Fahrer etwas. Unser Mann war natürlich augenblicklich alarmiert und hat es durch den Rückspiegel beobachtet. Dann fuhr das Auto – ein blauer Ford Taurus – auf gleiche Höhe mit unserem Hilfssheriff, und der Mann am Steuer erkundigte sich nach dem Weg nach Redding. Der Typ sprach mit britischem Akzent. Unser Mann entspannte sich in dem Glauben, dies sei einfach jemand, der sich verfahren habe.« Chetterling zuckte leicht zusammen. »Jetzt denken wir, dass es Glatt war.«

»Hier?« Jennas Gesicht lief rot an. »In dieser Straße? Und er hat mit eurem Hilfssheriff gesprochen?« Sie klatschte sich mit der Hand gegen die Wange. »Aber das ist ja ... ich fass es nicht. Man hätte ihn aufhalten können!«

»Ich weiß, ich weiß.« Der Kommissar rieb sich die Stirn »Glauben Sie mir, dem Mann sind Vorwürfe gemacht worden. Aber nicht halb so viele, wie er sich selbst gemacht hat. Es mag zwar ein bisschen spät sein, aber es hilft uns trotzdem weiter. Wie gesagt, er hat sich gemerkt, dass das Auto ein blauer Ford

Taurus war. Und außerdem, dass das Nummernschild von Kansas war –«

»Kansas!« Jenna erhob sich, um auf und ab zu wandern. Sie schäumte. »Welcher Brite lebt denn wohl in *Kansas?*«

Ich schaute sie müde an. »Jenna, vergiss es. Es ist passiert. Setz dich, du machst mich ganz verrückt.«

Sie funkelte Chetterling an und ließ sich dann mit verschränkten Armen wieder auf ihren Stuhl plumpsen.

»Na schön.« Ich hakte die Punkte im Kopf ab. »Dann haben wir also Marke und Farbe des Autos. Und den Bundesstaat –«

»Genau. Und außerdem wusste unser Hilfssheriff noch, dass das Nummernschild mit *D* anfing und dann kam eine *5*. Wir haben Leute, die dem im Moment nachgehen. Der Taurus ist zwar ein beliebtes Auto, aber bei den gegebenen Einschränkungen dürften wir nicht auf zu viele Wagen stoßen, die in Frage kommen. Wir werden allen Möglichkeiten nachgehen und sie den Fahrzeughaltern zuordnen. Und dann werden wir ihn mit deiner Zeichnung kriegen, Annie. Ich möchte keine Versprechungen machen, aber hierbei handelt es sich wirklich um eine gute Spur. Es sollte nicht allzu lange dauern.«

»Das glaube ich erst, wenn ich es höre.« Jenna blieb herausfordernd.

Ich konnte ihr das kaum verübeln. Wenn ich mehr Kraft gehabt hätte, hätte ich genauso empfunden. Doch im Moment war bei mir außer Erschöpfung nicht mehr viel an Empfindungen übrig. »Ralph, bitte ruf mich sofort an, wenn ihr ihn aufgegriffen habt. Egal zu welcher Tages- oder Nachtzeit. Ich möchte einfach wissen, dass er nicht mehr auf freiem Fuß ist.«

»Das werde ich, Annie. Denn das wünsche ich mir genau wie du.«

Einen Moment lang war Stille. Jenna kochte. Ich sah zu, wie der Kommissar seinen Notizblock aufklappte und das Tonbandgerät heranzog. »Bist du so weit?« Er wich Jennas Blick aus.

»Ja, ich bin so weit.«

Chetterling drückte eine Taste am Aufnahmegerät. Er nannte Datum, Uhrzeit, Ort, Sache und die anwesenden Personen und bedeutete mir dann anzufangen.

Ich fing ganz von vorne an, als Glatt im Haus aufgetaucht war. Ich zermarterte mir das Hirn, um Glatts Version des Tarell/Dessinger-Mords in allen Einzelheiten wiederzugeben.

»Du wirst die Bedeutung von alledem erst zu schätzen wissen, nachdem du die Fallunterlagen gelesen hast.« Ich deutete auf eine der Schachteln neben meinem Schreibtisch. »Sogar Delft mag das so gehen, wenn er sich die Unterlagen nicht noch einmal neu durchliest. Denn alles, was mir Glatt erzählt hat, stimmt genau mit dem Verbrechen überein, bis auf den Umstand, wer es begangen hat. Edwin Tarell hat den Ermittlern zum Beispiel gesagt, dass er am Kamin stand und Glatt ihm gegenüber in einem Sessel saß. Die Richtung der Schüsse deutet darauf hin, dass sie von diesem Sessel kamen. Und nun hat Glatt gesagt, *er* habe am Kamin gestanden und Edwin im Sessel gesessen.«

»Und das glaubst du?«, platzte Jenna dazwischen.

Ich blickte finster drein. »Nach dem, was er uns angetan hat? Nie im Leben.«

Tatsächlich konnte ich mich nicht erinnern, schon einmal jemandem weniger vertraut zu haben.

»Er hatte zwanzig Jahre Zeit, um an seiner Geschichte zu feilen.« Chetterling schaute von seinen Unterlagen auf.

»Genau. Und er hat es damit wirklich zur Perfektion gebracht, wenn die Tests ein Erfolg sind. In der Hinsicht ist er ziemlich schlau. Aber er ist auch arroganter, als ihm gut tut. Er schleicht sich hier ein, um mich von seiner Unschuld zu überzeugen. Denkt, er könne mich in Rekordzeit dazu bringen, ihm zu glauben und euch seine Beweisstücke zu bringen.

Und dann, als ich ihm nicht glaube – es mag ja sein, dass das etwas damit zu tun hat, dass er mich bedroht hat, meiner Tochter aufgelauert hat und in mein Haus eingebrochen ist –, greift er auf Plan B zurück und nimmt mich als Geisel, um euch zu zwingen, seine Beweisstücke zu testen. *Und*, das müsst ihr euch mal reinziehen, er teilt mir mit, dass ich nach seiner Freisprechung von der Mordanklage so viel Mitleid mit ihm haben werde, dass ich mich dafür einsetzen werde, dass die Anklage auf Entführung fallen gelassen wird, damit er mir nichts dir nichts nach Hause spazieren kann!«

Ich kniff die Augen gegen neue, wütende Tränen zusammen. Jenna drückte mir den Arm und murmelte dabei etwas Beschwichtigendes. Doch das Zittern ihrer Finger um meinem Arm sprach Bände. Meine Schwester war genauso wütend wie ich, vielleicht sogar noch wütender. Wenn *sie* Glatt begegnen würde, dann könnte man das mit dem Gefängnis gleich vergessen; sie würde den Mann kurzerhand erschießen.

Chetterling füllte die beklemmende Stille. »Solche Nummern sind bei Kriminellen nichts Ungewöhnliches. Die meisten sind ganz einfach strohdumm. Aber die Schlaueren, die alles bis zum i-Tüpfelchen durchgeplant haben, denen steigt es irgendwann zu Kopf. Und je mehr ihnen gelingt, für desto unbesiegbarer halten sie sich.«

Der Kommissar wartete, bis ich weitermachen konnte. Ich hatte in meiner Geschichte vorgegriffen und musste nun den Hintergrund liefern, verstreute Einzelheiten einsammeln. Als ich fertig war, war über eine Stunde vergangen. Mein Hirn wollte kaum noch etwas verarbeiten, die Gedanken geronnen zu emotionalen Klumpen. Mein Hals war ausgedörrt und die Verbindung zwischen Mund und Hirn schien gekappt. Zweimal waren wir von Reporteranrufen unterbrochen worden – und zwar vom AP Wire Service und den NBC-Nachrichten. Jenna hatte die Anrufe mit einem knappen »Kein Kommentar« entgegengenommen. Ich konnte das alles kaum fassen. Ich wünschte mir nichts sehnlicher, als ins Bett zu kriechen und die Decke über den Kopf zu ziehen – ungefähr ein Jahr lang.

Chetterling stellte das Tonbandgerät ab und klappte seinen Block zu. »Du musst noch etwas Schlaf kriegen.«

Genau wie er. »Nein, nein, ich ... muss ... mit Stephen reden. Und ich habe versprochen, mich mit Dave zu treffen.«

Jenna schob mir beide Hände unter die Ellbogen und zerrte mich vom Stuhl. »Du sprichst jetzt mit niemandem, meine Liebe. Du gehst ins Bett.«

Es war eine Verschwörung. Ich wollte argumentieren, aber sie ließen sämtliche Logik abblitzen. War ihnen nicht klar, dass ich noch Einiges tun musste? Ich musste meinen Sohn reparieren. Heute. Musste mit Dave reden ...

»Annie.« Chetterling ragte über mir auf. »Delft hat Glatts Beweisstücke heute Morgen ins Labor gebracht. Sie werden in diesem Moment untersucht. Du verstehst ja wohl, dass wir das tun müssen. Schließlich können wir es uns im Falle seiner Verhaftung nicht leisten, dass uns sein Anwalt vorwirft, wir hätten nicht jede Spur verfolgt.«

»Mhmm.«

»Wir werden die Lücken in seiner Geschichte finden. Sein ganzes Gerede wird ihm nicht viel bringen.«

»Ich weiß.«

Er bedachte mich mit einem seiner seltenen Lächeln. »Zeit, dass deine Schwester dich ins Bett steckt.«

Ich weiß nicht mehr, wie ich die Treppe hochgestiegen bin. Aber ich weiß noch, dass ich protestierte, als Jenna mir unbedingt eine Schlaftablette verabreichen wollte.

»Jenna, es ist schon früher Nachmittag. Wenn du mir die gibst, schlafe ich bis Mitternacht.«

»Und?«

»Und? Ich habe keine Lust, die ganze Nacht wach zu sein – alleine –, während du sanft und selig schlummerst.«

Wir einigten uns auf einen Kompromiss. Sie halbierte die

Tablette. Ich schluckte sie und schlüpfte, immer noch angezogen, ins Bett. Jenna schloss die Rollläden und stöpselte mein Telefon aus. »So. Jetzt wird dich niemand stören.«

Binnen Minuten fiel ich in einen erschöpften, traumlosen Schlaf.

Kapitel 36

Viertel nach zwei.

Er wanderte im winzigen Motelzimmer auf und ab. Seine Glieder waren ganz zittrig vom Koffein und vom Zucker und vom Schlafmangel. Die verhassten Kontaktlinsen hatte er herausgenommen und wieder seine schwarze Hornbrille aufgesetzt. Trotzdem taten ihm die Augen weh.

Was tat's. Das würde er schon meistern.

Er sondierte noch einmal die Lage.

Sie hatte das Nachtsichtgerät an sich genommen.

Sie würden es auf Fingerabdrücke überprüfen. Sie würden auch ihr Handy überprüfen. Das würde sie lediglich wieder zu Bill Glatt führen. In seiner neuen Identität hatte man ihm nie Fingerabdrücke abgenommen.

Hatte man sie gefunden? Sie würde ihn aus dem Gedächtnis zeichnen. Und das würden sie benutzen.

Konnte sie sie zu dem Mietwagen führen?

Unwahrscheinlich, dass sie genug Informationen hatte.

Er setzte sich auf die Bettkante. Ein tückischer Zornanfall drohte ihn zu zerbersten. Er biss die Zähne zusammen und kämpfte dagegen an.

Nathan Bailing in *Überspannt*. Bis zum Äußersten gedrängt, um den Sieg kämpfend.

Er hatte nicht länger die Kontrolle über den Zeitplan. Das war nicht hinnehmbar.

Er packte ein Kissen und schleuderte es gegen die Wand.

Nein. Meistern .... meistern.

Er würde sich so lange verstecken, bis die Tests der Beweisstücke zu seinen Gunsten ausfielen. Und er zuschauen konnte, wie sich die Aufmerksamkeit der Polizei auf Edwin richtete.

Dazu *musste* es einfach kommen, ehe ihre Zeichnung in Umlauf kam.

Edwins Anwalt würde die Beweise böse unter Beschuss nehmen. Behaupten, sie seien nicht aussagekräftig.

Das war zu meistern. Edwin würde nicht gewinnen.

Er zog langsam grinsend die Mundwinkel hoch. Edwin auf der Anklagebank, anstatt er. Was für ein Tag das sein würde.

Er musste Beth anrufen. Ihr sagen, dass er auf der Beerdigung seines Cousins aufgehalten worden war. Sie würde nicht nach Einzelheiten fragen. Sie wusste es besser.

Scott und Eddie. Es zog ihm das Herz zusammen. Er vermisste sie. Es waren gute Jungs. *Seine* Jungs. Sie würden artig sein, während er weg war. Ihnen würde nichts geschehen.

Sein Zuhause durfte nicht entdeckt werden.

Er machte den Fernseher an und suchte nach Nachrichten auf den Kabelsendern. CNN: eine politische Talkshow. Fox News: Börseninformationen. Er zappte durch alle Kanäle.

Nichts über ihn. Keine Zeichnung.

Er ließ den Fernseher leise gedreht laufen. Fing wieder an, auf und ab zu wandern.

Er blickte zu seinem Rucksack. Da drin war die Pistole. Seine letzte Zuflucht.

Er würde kämpfen.

Er würde sich nicht festnehmen lassen.

Kapitel 37

Als ich aufwachte, zeigte der Digitalwecker achtzehn Uhr vierzig an. Ich hatte über fünf Stunden geschlafen. Ein paar Minuten lang konnte ich lediglich mit trübem Blick zu den hohen Deckenbalken hochblinzeln, während ich meine Gedanken sammelte. Dann fiel mir ein, was alles hätte passiert sein können, während ich geschlafen hatte – und schleppte mich aus dem Bett. Fünf Minuten später stand ich in der Küche. Jenna hatte Abendessen gemacht. Stephen schob das Essen auf dem Teller hin und her und blickte mir kaum ins Gesicht. Kelly sprang von ihrem Stuhl auf und umarmte mich so fest sie konnte.

»Mutti, du bist im Fernsehen gekommen! Wir haben alle zugeschaut.«

Meine Hände, die ihren Hinterkopf umfasst hielten, erstarrten. Ich warf Jenna einen besorgten Blick zu. »Sag, dass es nicht allzu furchtbar war.«

»In den *großen* Nachrichten, Mutti.« Stephen schnaufte. »Es ging darum, wie du das Phantombild von dem Typen gemalt hast und wie er dich gekidnappt hat, aber dass du jetzt wieder zu Hause wärst. Sie haben auch sein Bild gebracht und die Leute gebeten, nach ihm Ausschau zu halten. Und sie haben ein Bild von dir gezeigt.«

Ich starrte meinen Sohn an. »Hat das Telefon heute Nachmittag häufig geklingelt?«

»Oh ja, an die hundert Mal.«

»Es ist alles okay, Annie.« Jenna warf Stephen einen finsteren Blick zu. »Ich habe das gemanagt. Ein paar der Anrufer waren besorgt um dich – wie Emily und Edwin Tarell. Edwin war richtig aufgebracht und hat sich Vorwürfe gemacht. Er brennt jetzt förmlich darauf, dass Glatt verhaftet wird. Vic hat auch angerufen. Die Kinder haben mit ihm gesprochen. Aber mach dir darum jetzt keine Gedanken. Denk einfach daran, dass sie Glatt jetzt mit Sicherheit finden werden.« Sie ging zum Schrank, um noch einen Teller zu holen. »Und damit ist das Thema Fernsehen jetzt offiziell beendet. Setz dich und iss etwas.«

Wie ein gehorsames Kind tat ich wie geheißen. Die nächsten Minuten aßen wir schweigend.

»Jenna, hast du etwas von Chetterling gehört?« Um der Kinder willen versuchte ich, einen lockeren Ton anzuschlagen. Die Abendnachrichten hatten ihnen eindeutig schon genug zugesetzt.

»Nein. Aber er hat versprochen, heute Abend auf jeden Fall noch mal anzurufen.«

Schweigend beendeten wir vier unsere Mahlzeit. Es gab wohl so viel zu sagen, vermutete ich, dass keiner wusste, wo er anfangen sollte. Ich verputzte heißhungrig eineinhalb Hühnchenstücke. Stephen schaffte seine Portion nur halb und schob dann den Teller zurück. »Ich muss in mein Zimmer und arbeiten.«

Schön. Allerdings, das »Arbeiten« konnte warten. Wir mussten trotz allem reden. Obwohl ich nicht wusste, woher ich die emotionale Kraft dazu nehmen sollte. Entschlossen führte ich Stephen nach unten und sagte ihm, er solle sich aufs Sofa pflanzen. Als ich mich auf einen Sessel sinken ließ, ging mir ein Bild durch den Kopf, wie Glatt mich zwingt, durch die Schiebetür nach draußen zu treten. Aufgewühlt schob ich es beiseite.

»Stephen, wir müssen über dein Verhalten in letzter Zeit reden. Und darüber, auf was für Wege du gerätst.«

Er flegelte sich breitbeinig hin, das Kreuz vorgeschoben, ein Bein wippte vor und zurück. Zweifellos zügelten nur die Ereignisse der letzten Nacht den Trotz in seinem Gesicht.

»Von deinem bevorstehenden Gerichtstermin weißt du. Kommissar Chetterling meint, dass du höchstwahrscheinlich

Bewährung kriegst. Weißt du, was das heißt? Wirst du noch einmal auffällig, kommt es sehr viel dicker. Sie können dich entweder unter Hausarrest stellen oder dich zum Arbeiten einteilen. Sie könnten dich sogar für ein paar Wochenenden in die Jugendstrafanstalt stecken.« Ich stemmte die Hacken in den Teppich. *Jugendstrafanstalt*. Allein das Wort auszusprechen, verursachte mir Magengrummeln.

»Ja, ich weiß.«

»Ist das alles, was du dazu zu sagen hast? ›Ja, ich weiß‹? Wie wäre es mit: ›Mensch, Mutti, das war echt dumm von mir und ich mache es nie wieder‹?«

Er zuckte die Achseln. »Ich mach's ja nicht wieder.«

»Woher soll ich das wissen?«

»Weil ich dir das gerade gesagt habe.«

»Du hast mir schon so viel erzählt, Stephen. Und an nichts hast du dich gehalten.«

»Dieses Mal ist das was andres.«

»Warum?«

Schweigen.

Na mach schon, Stephen. Sag noch einmal, dass es dir Leid tut. Gib zu, dass dein dummes Verhalten uns allen jede Menge Angst und Schmerz zugefügt hat.

Er schob den Kiefer hin und her und betrachtete den Couchtisch.

»Also, eins will ich dir sagen. Ich werde dir ein bisschen helfen. Zuerst werde ich dir deinen Computer wegnehmen –«

»Nein!«

»Oh doch.«

»Aber ich mache damit Hausaufgaben.«

»Schön. Wenn du Hausaufgaben aufhast, kannst du bei mir im Arbeitszimmer an meinem Computer sitzen. Und ich werde derweil darauf achten, dass du nicht mit deinen Freunden chattest.«

Ich konnte nicht verhindern, dass ich das Wort *Freunde* in

einen abwertenden Tonfall packte. Stephen umklammerte seine Ellbogen und funkelte mich an.

»Zweitens werde ich das Telefon hier unten entfernen. Wenn du einen Anruf machen willst, kannst du nach oben kommen.«

»Mutti, das kannst du nicht –«

»Oh doch, das *kann* ich.« Ich beugte mich vor. »Ich kann alles tun, was sein muss, um dich daran zu hindern, dein Leben zu ruinieren, verstanden? Ich kann und ich werde. Ich werde nicht die Hände in den Schoß legen und wegschauen, während du mit einem Haufen nichtsnutziger Kiffer-Freunde vor die Hunde gehst.«

Er schnaufte verächtlich. »Das wirst du ja eh nicht miterleben, Mutti. Du wirst dich abmurksen lassen. Und dann kann ich tun und lassen, was ich will.«

Die Worte waren sengend wie ein glühendes Holzscheit. Es presste mich in den Sessel, atemlos, mein Mutterherz zischte immer noch. Stephen blickte finster zur Schiebetür hinaus, die Augen zusammengekniffen.

Das meint er nicht so. Er hat bloß Angst.

»Möchtest du das wirklich, Stephen? Möchtest du mich los sein?« Ich konnte das Zittern in meiner Stimme nicht verhindern.

Er schoss mir einen genervten Blick zu.

Und da rastete etwas in mir aus.

»Na schön.« Ich stand wutschnaubend auf. »Stell dir vor – das wird nicht passieren. Du wirst mich nicht los. Weil ich dich liebe. Aber mir gefällt es nicht, was du dir oder unserer Familie antust. Gestern Nacht auszubüchsen, Stephen, war Doofheit ersten Grades! Wo du genau wusstest, dass es für dich schon gefährlich war, draußen herumzulaufen. War dir das denn völlig *egal?*«

»Ich hatte nicht daran gedacht. Außerdem habe ich doch schon gesagt, dass es mir Leid tut!«

»Wie wär's denn dann, wenn du dich auch dementsprechend verhalten würdest?«

Sein Gesicht verzerrte sich. »Es ist mir nicht egal, okay? Und es tut mir *Leid*. Es tut mir Leid, dass ich mich rausgeschlichen habe, und es tut mir Leid, dass ich dein Sohn bin, und es tut mir Leid, dass ich für alle Leute so eine Enttäuschung bin!«

Er schoss vom Sofa hoch und stelzte zu seinem Zimmer.

»Stephen, jetzt lauf nicht –«

Er wirbelte herum. »Es gibt nichts zu sagen! Dann nimm doch den Computer, nimm das Telefon. Ich werde ein braver Junge sein und nie mehr irgendetwas anstellen, okay? Und jetzt lass mich in Ruhe!«

Drei Schritte, und er trat durch die Tür und knallte sie zu. Nur Sekunden später dröhnte Rapmusik durch die Wände.

Ich lehnte mich in den Sessel und Tränen brannten mir in den Augen. Stephens Schuld lag auf der Hand, aber warum musste sie auch noch in solcher Garstigkeit daherkommen? Warum konnte er mich nicht einfach umarmen und sagen, dass er sich ändern würde, und es dann auch *tun*?

Gott musste mich bestrafen. Schließlich hatte ich ihm gestern Nacht inbrünstig versprochen, ihm die Regie über mein Leben zu überlassen, wenn er mich vor Glatt rettete. Und ich hatte mein Versprechen nicht gehalten.

Na und? Selbst wenn ich das wieder gutmachte, selbst wenn ich zu einem Traktate tragenden Christen würde, war das keine Garantie, dass sich die Dinge bessern würden. Würde Glatt festgenommen werden, ehe er noch mehr Leuten etwas antun konnte? Würde aus Stephen ein Musterknabe werden? Würde ich fortan nie mehr Gefahren ausgesetzt sein und würde sich Sheryl in Luft auflösen und Vic damit frei sein, zu mir zurückzukommen und mich zu lieben wie früher –

Was dachte ich da? Ich hasste Vic.

Ich verbarg den Kopf in den Händen. Ich konnte das nicht.

Ich konnte Stephen nicht erziehen, konnte nicht täglich die Kraft oder Weisheit aufbringen, richtig mit ihm umzugehen. Was, wenn er tatsächlich im Gefängnis landete? Wenn ich zusehen musste, wie mein Sohn in Handschellen weggeführt wurde, ich ihn hinter Gitterstäben besuchen musste? Der bloße Gedanke daran ließ meine Muskeln zu Wasser werden. Ich *konnte* das nicht.

Was sollte ich bloß tun?

Wenn du dir dein Leben anschaust, Annie, dieses Leben, das du in Eigenregie führst – läuft es gut?

Die Worte von Dave Willit ... war das erst gestern gewesen? Es schien eine Ewigkeit her.

»Oh, Gott«, flüsterte ich. »Es läuft nicht gut. Es läuft ganz und gar nicht gut.«

Im Sessel zusammengesunken, ließ ich den Tränen freien Lauf. Ich weinte und weinte und scherte mich noch nicht einmal um die Lautstärke. Stephen würde mich bei seinem Musikgedröhne eh nicht hören. Es dauerte eine Weile, bis ich ausgeschluchzt hatte. Müde ging ich ins Badezimmer, um mir etwas Wasser ins Gesicht zu spritzen und mir die Nase zu putzen. Dann betrachtete ich mich lange und gründlich im Spiegel. Vorbei an den roten Augen und fleckigen Wangen. Bis hinein in meine zerknirschte Seele.

Als ich mich abwandte, hatte ich eine Entscheidung getroffen.

Alles der Reihe nach. Entschlossen zog ich die Tastatur von Stephens Computer ab und stöpselte das Telefon aus. Mit diesen Dingen in der Hand stieg ich langsam die Stufen hoch.

Kapitel 38

Ich teilte Kelly und Jenna mit, dass ich zu Dave gehen müsste. Kelly wollte mitkommen. Der Gedanke an das mir bevorstehende Gespräch ließ mich zögern. Es war nicht gerade von der Sorte, wo ich die Kinder dabei haben wollte. Auf der anderen Seite wäre Erin beschäftigt, solange sie da war.

»Na schön, Kelly. Aber bleib mit Erin auf ihrem Zimmer und lasst uns in Ruhe reden.«

Dann musste ich mich noch mit Jenna auseinander setzen, die darauf bestand, dass wir zwei nicht ohne Eskorte die Straße überqueren durften, obwohl unser Haus immer noch rund um die Uhr bewacht wurde. Höchstwahrscheinlich war Glatt mittlerweile sowieso längst über alle Berge. Trotzdem, zischte Jenna außer Kellys Hörweite, der Kerl stecke voller Überraschungen. Was, wenn er unseren Bewacher tötete, die Straße hochraste und uns beide in sein Auto zwang?

»Jenna«, ich schüttelte den Kopf, »du hast zu viele Krimisendungen gesehen.«

»Ich *brauche* keine Krimisendungen, Annie. Ich lebe mit *dir* zusammen.«

Ich hob, mich geschlagen gebend, die Hände und schritt zur Tür. »Komm, Kelly.«

Jenna trottete hinter uns her – mit ihrer Handtasche. In der ihre Pistole war. Ich zwang mich, nicht an ihre tödliche Waffe zu denken, indem ich mir überlegte, was sie wohl denken würde, wenn ich ihr den wahren Grund erzählte, weshalb ich Dave sehen wollte. Ich hatte nie mit ihr über meine Suche nach Gott gesprochen, obwohl sie wusste, dass wir jetzt zur Kirche gingen. Ich war mir nicht ganz sicher, was sie davon halten würde. Religion war einfach nie ein Thema bei uns gewesen, geschweige denn das Christentum.

Erst als wir sicher auf der Willit'schen Veranda standen, machte Jenna kehrt. »Sag Dave, ich erwarte von ihm, dass er dich nach Hause begleitet.«

Ich konnte nicht widerstehen zu salutieren, als sie zurückging.

Erin und Dave erwarteten uns schon. Erin riss die Tür auf, kaum dass wir geklingelt hatten, und schmiss sich mir in die Arme. Sie brach in Tränen aus, ihr zittriges Stimmchen klang erstickt an meiner Brust. »Ich bin ja so froh, dass es dir gut geht.«

Ich hielt sie, streichelte ihr das Haar, murmelte leere Worte des Trostes. Ihre Tränen sickerten mir ins Herz. Als sie sich löste, umarmte mich auch Dave. Seine grünen Augen waren verschleiert, als er zurücktrat, die Hände auf meine Schultern gelegt. »Du hast uns echt einen Schrecken eingejagt.«

Es schnürte mir die Kehle zu. »Ich weiß. Es tut mir auch wirklich Leid.«

»Das braucht dir nicht Leid zu tun, Annie. Ich danke Gott nur, dass dir nichts fehlt.«

Die Mädchen verzogen sich in Erins Zimmer. Dave bot mir etwas zu trinken an, was ich ablehnte, und bat mich dann, im Wohnzimmer Platz zu nehmen. Wir machten es uns in denselben Sesseln bequem, in denen wir am Tag zuvor gesessen hatten. Ich musste an all das denken, was seitdem geschehen war – an die Angst und den Schrecken, die mich dazu gebracht hatten, wieder an diesen Ort zurückzukehren. Doch eine leise Stimme wisperte, dass ich nicht nur wegen der Ereignisse der vergangenen dreißig Stunden hier sei. Die Saat war vor zehn Monaten gepflanzt worden. Ich hatte sie nur nicht besonders gut gepflegt.

Ich beugte mich vor, den Blick auf meine überkreuzten Knöchel geheftet. Jetzt, wo ich hier war, überkam mich plötzlich Schüchternheit. Wo sollte ich anfangen?

Dave lehnte sich abwartend in seinem Sessel zurück. Ich

fühlte seinen Blick auf mir ruhen. Und ich spürte noch etwas – dass er zu wissen schien, warum ich gekommen war. Es verging ein Moment. Ich hoffte, er würde das Schweigen mit etwas Smalltalk brechen. Doch er ließ mich schmoren.

»Nun.« Ich schlang die Finger ineinander. »Ich nehme an, du hast gehört, was alles passiert ist.«

»Ja. Jenna war so gut, anzurufen, als man dich gefunden hatte. Und außerdem habe ich dich natürlich heute Abend in den Nachrichten gesehen.«

Klasse. »Ich habe dir vermutlich kostbaren Schlaf geraubt, was?«

»Geraubt hast du ihn mir nicht. Ich hatte beschlossen, suchen zu helfen, und als wir dann wussten, dass du bei Glatt warst, bin ich aufgeblieben, um für deine Bewahrung zu beten.«

Ich blickte ihn entgeistert an. »Die ganze restliche Nacht?«

Er nickte. »Aber nicht nur ich. Ich habe gleich bei Pastor Storrel und Gerri Carson angerufen, nachdem ich gehört hatte, dass du vermisst warst. Sie haben die ganze Nacht gebetet.«

Mein innerer Projektor ließ die Szene von jener unheimlich grünlichen Straße ablaufen, dem mondlosen Himmel, meinen stolpernden, schlurfenden Schritten. War Gott die ganze Zeit bei mir gewesen, hatte er wegen jener Gebete über mir gewacht?

»Dass sie das für mich getan haben, ist ja unglaublich.«

»Sie lieben dich eben, Annie. Wie wir alle.«

Was sollte man darauf antworten? Ich betrachtete meine Finger, die sich ver- und entknoteten.

»Wie gut, dass du Gerri angerufen hast. Sie hat das mit dem Beten raus. Sie hat sich mit mir getroffen nach ... dem letzten Sommer. Hat meine Fragen über Gott beantwortet. Wegen ihr habe ich angefangen, zur Kirche zu gehen. Doch nach einer Weile habe ich die Treffen mit ihr eingestellt, weil ich einfach noch nicht bereit war ...«

Wieder faszinierten mich meine Hände.

»Und nun?« Daves Stimme war sanft.

Ich seufzte. »Mein Leben ist ein einziges Chaos, Dave. Ich werde schon wieder von einem Verrückten gejagt. Mein Sohn ist wegen Drogenbesitz festgenommen worden. Er ist bissig und voller Hass, und ich habe das Gefühl, dass er mir entgleitet. Außerdem werde ich ständig von Schuldgefühlen geplagt. Immer ist alles meine Schuld – meine Scheidung, Stephen, das Unglück in dieser Straße, alles. Und obwohl ich im Kopf weiß, dass das nicht wahr ist, kann ich es nicht abschütteln. Ich bin es einfach leid. Ich bin jetzt einundvierzig und habe anscheinend keinen Plan, was ich tue oder wohin ich steuere.«

Ich ließ mich zurück in den Sessel plumpsen. So. Jetzt war ich mit dem ganzen Schlamassel herausgeplatzt. Erstaunlich, dass man das alles in einen mageren Absatz packen konnte.

Dave grinste.

Grinste.

Ich starrte ihn an.

»Annie Kingston, dies waren die weisesten Worte, die ich je von dir gehört habe.«

Ich musste etwas verpasst haben.

Sein Gesichtsausdruck wurde weicher. Er beugte sich vor, um mir die Hand aufs Knie zu legen. »Endlich bist du da, wo Gott dich schon seit langem haben will. Auf Grund gelaufen. Du hast erkannt, dass diese Welt zu kompliziert ist, um allein zu navigieren. Und damit hast du völlig Recht. Gott hat uns nämlich auch nicht dafür gemacht, sie auf uns allein gestellt zu besegeln. Er möchte, dass wir *ihn* ans Steuer lassen.«

Dave war so gut zu mir. Er hätte so viel mehr sagen können. Er hätte auf mir herumhacken können, weil ich Gott die ganzen Monate außen vor gelassen hatte. Ich brachte ein zerknirschtes Lächeln zustande. »Den Schiffbruch habe ich im Prinzip schon erlitten.«

»Nein, hast du nicht. Ich will es mal so sagen: Gott ist schon mit sehr viel Schlimmerem fertig geworden.«

Ich sah ihm in die Augen. »Wenn ich Christus in mein Alltagsleben hineinlasse, dann werden meine Probleme nicht einfach wie von Zauberhand verschwinden, richtig?«

Sein einer Mundwinkel verzog sich. »Leider nein. Schau dir nur an, wie ich zu kämpfen habe. Aber das ist auch gar nicht die Frage. Die Welt ist voll von Bösem, das ist einfach so. Und wir werden mit den Folgen der Sünde leben müssen, bis Christus wieder auf die Erde kommt und das Böse ein für alle Mal beseitigt. In der Zwischenzeit lautet die Frage: Möchtest du allein oder mit Christi Hilfe gegen das Böse auf der Welt ankämpfen? Wenn man so darüber nachdenkt, liegt die Antwort eigentlich auf der Hand. Man könnte genauso gut fragen: Möchtest du lieber im Dunkeln herumstolpern oder ein Licht anmachen?«

»Aber was, wenn ich es nicht immer spüre?«

»Wenn du was nicht spürst?«

»Dass Gott bei mir ist. Was, wenn immer noch Sachen schief gehen und ich mich elend und einsam fühle?«

Dave holte tief Luft und sah dabei zum Fenster hinaus. »Sag mal, Annie, *glaubst* du, dass Gott allmächtig ist? Dass er dir deine Sünden vergeben und ein entscheidender Teil deines Lebens werden möchte?«

»Ja, das tue ich.«

»Steht das für dich unumstößlich fest?«

»Ja.«

»Glaubst du, dass Gott sich von einem Tag auf den anderen verändert?«

Ich dachte darüber nach. »Vermutlich nicht. Ich meine, wenn er jeden Tag seine Meinung ändern würde, was würde dann aus uns?«

»Eben. Gott ändert sich nicht. Er ist ewig. Auf die Aussagen der Bibel ist Verlass, sie sind stark genug, um uns durch diese Welt und bis in die Ewigkeit zu tragen. Sie werden sich *nie* verändern, komme, was da wolle.« Er breitete die Hände aus. »Denk doch nur. Was wäre, wenn Gottes Wahrheit *tatsächlich* von deinen Gefühlen abhängig wäre? Würdest du einem Gott dienen wollen, der mal so, mal so ist, je nach dem, wie du dich gerade fühlst?«

Was für ein schrecklicher Gedanke. »Ich verstehe, was du meinst.«

Er lächelte mich an und ich lächelte zurück.

»Darf ich jetzt mit dir beten?«

»Deshalb bin ich hier. Trotz meiner ganzen Einwände.«

Dave sah glücklicher aus, als ich ihn seit Lisas Tod je gesehen hatte. »Dann tun wir das doch.«

Er neigte den Kopf und schloss die Augen, und ich tat das Gleiche. »Ich werde ein paar Verse aus Psalm 51 beten, wenn dir das recht ist – ein Psalm der Reue. Du kannst mir einfach nachsprechen.«

»In Ordnung.«

Von Dave angeleitet, sprach ich die folgenden Worte zu Gott – Worte, die ein Psalmist vor Hunderten von Jahren aufgeschrieben hatte, die aber auf mein Leben passten, als wären sie erst gestern verfasst worden:

Gott, du bist reich an Liebe und Güte; darum erbarme dich über mich, vergib mir meine Verfehlungen. Nimm meine ganze Schuld von mir, wasche mich rein von meiner Sünde! Dir gefällt es, wenn jemand die Wahrheit erkennt. Nimm meine Schuld von mir, dann werde ich rein! Wasche mich, dann werde ich weiß wie Schnee! Gott, schaffe mich neu: Gib mir ein Herz, das dir völlig gehört, und einen Geist, der beständig zu dir hält. Mach mich doch wieder froh durch deine Hilfe, und gib mir ein gehorsames Herz! Herr, löse meine Zunge, dann kann ich deine Güte vor allen rühmen.

Erstaunlicherweise fühlte ich *tatsächlich* etwas, als ich diese Worte wiederholte. Ein Gefühl des Friedens und der Gewissheit, das Richtige zu tun.

»Möchtest du Christus jetzt noch irgendetwas anderes sagen, Annie?«

Ich zögerte. »Ja. Einfach nur ... Jesus, hilf mir. Du weißt, dass ich alle möglichen Probleme habe und mich dem nicht gewachsen fühle. Aber ich werde diese Probleme an dich abgeben, wie ich das soll. Und ich werde dir vertrauen, dass du mir zeigst, was ich tun soll.« Ich schluckte hart und flüsterte dann: »Das ist alles.«

»Super. Und ich sage ein herzhaftes Amen dazu.«

»Amen.«

Wir hoben die Köpfe. Ich blickte Dave fragend an. Er stand auf, zog mich auf die Füße und umarmte mich. »Willkommen in Gottes Familie.«

Sein Lächeln war ansteckend.

»Danke. Für alles.«

Ich konnte kaum glauben, was ich getan hatte. Auf der einen Seite schien es so ein bedeutsamer Augenblick zu sein, was es ja auch war. Ich hatte gerade mein ewiges Schicksal verändert. Auf der anderen Seite war es so einfach gewesen, dass ich mich fragte, warum um alles in der Welt ich einundvierzig Jahre damit gewartet hatte.

Wir redeten eine Weile über Stephen. Dave versprach, mir zu helfen, für meinen Sohn zu beten. Schließlich sammelte ich Kelly ein, um zu gehen. Er brachte uns auf die Veranda.

»Ach, Dave, das hätte ich beinahe vergessen. Jenna sagt, dass du uns nach Hause bringen musst.«

Er schoss mir einen amüsierten Blick zu. »Herrische Schwester, was?«

»Du hast ja *keine* Ahnung!«

Als wir die Straße überquerten, legte ich Kelly den Arm um die Schulter und ein dankbarer Singsang ging mir durch den Kopf. *Danke, Jesus, danke, Jesus, danke, Jesus ...*

Jenna öffnete uns schon die Tür. Sie bedankte sich bei Dave, dass er uns zurückgebracht hatte, und zog Kelly spielerisch am Haar. Doch ich kannte meine Schwester zu gut. Ich sah die Kerbe um ihren Mund, den verstohlenen Ausdruck ihrer Augen. Sobald Dave gegangen war, hielt ich mich im Wohnzimmer auf und biss mir so lange auf die Zunge, bis sich Kelly zum Fernsehgucken davontrollte.

»Was ist? Chetterling? Reporter?«

»Chetterling. Er möchte, dass du ihn zurückrufst.« Sie ging in die Küche. »Ich stell den Alarm scharf. Für heute Abend sind jetzt alle zu Hause.«

Ich folgte ihr und hatte einen Stein im Magen. Jenna wollte mir nicht in die Augen sehen. *Bitte, Gott, doch nicht so schnell. Lass mir doch dieses Gefühl des Friedens noch ein Weilchen.*

»Schlechte Nachrichten?«

Jenna gab den Code ein, ehe sie antwortete. »Ruf ihn an. Das erklärt er besser selbst.«

Ich starrte sie einen Augenblick lang an. Dann drehte ich mich um, um schweren, furchtsamen Schrittes in mein Büro zu gehen.

Kapitel 39

Ich ließ mich hinter geschlossener Bürotür auf meinen Schreibtischstuhl sinken. Ich wollte schon zum Telefon greifen, als ich innehielt. War dies so eine Gelegenheit, bei der ich besser vorher betete? Ich stammelte ein schnelles Gebet um Hilfe und nahm dann den Hörer zur Hand.

Mir zitterten die Finger, als ich Chetterlings Durchwahl wählte.

»Schön, Ralph.« Ich sagte noch nicht einmal Hallo. »Schenk mir reinen Wein ein.«

Sein Widerstreben übertrug sich über die Telefonleitung. »Hast du etwas schlafen können?«

»Ja, mir geht's prima. Und jetzt schieß los.« Ich klang ja schon fast so schnippisch wie meine Schwester.

Er atmete tief ein. »Na schön. Zuerst die gute Nachricht. Nach den Nachrichtensendungen gingen lauter Anrufe zu Glatts Foto ein. Und sein Nummernschild konnte ausfindig gemacht werden. Wir wissen jetzt, welchen Namen er benutzt: Tom Smith. Und wir kennen seinen Wohnsitz – in einer kleinen Stadt im ländlichen Kansas. Ermittler sind dort gewesen und haben mit seiner Frau gesprochen, die keinen blassen Schimmer von seiner Vergangenheit hat. Glatt war nicht zu Hause. Seine Frau sagte, er sei zur Beerdigung eines Cousins gereist und noch nicht zurück. Die Medien haben Wind davon bekommen. Lokalsender sind mit Kameras angerückt und den Beamten zu Glatts Haustür gefolgt. Dann haben sie den Film ruckzuck verbreitet. Gerade eben erst habe ich einen Anruf von CNN bekommen. Aber das ist nicht wichtig, Annie. Wichtig ist nur, dass Glatt sich jetzt nirgends mehr verstecken kann. Jetzt, wo sein derzeitiger Deckname und sein Bild überall bekannt gemacht werden, ist alles nur noch eine Frage der Zeit.«

Endlich. Nach zwanzig Jahren. Die leuchtenden Gesichter von Emily und Edwin gingen mir durch den Kopf. Welch unendliche Befriedigung es für sie sein würde, Bill Glatt in Handschellen zu sehen.

»Ja, und wo ist der Haken, Ralph?«

»Das hängt mit dem Hemd und der Pistole zusammen.«

Ich starrte auf mein Zeichenbrett auf der anderen Raumseite. Vor vierundzwanzig Stunden hatte ich dort geschuftet und Glatts Gesicht gezeichnet. Und jetzt vermittelte mir etwas an Chetterlings Tonfall das Gefühl, dass meine Arbeit für die Katz gewesen war. »Ihr habt die Tests also abgeschlossen?«

»Diese Tests dauern nicht lange und das Labor hat ihnen Vorrang eingeräumt. Ich hatte wirklich erwartet, dass nichts dabei herumkommen würde. Aber es ist anders gekommen. Das Hemd erweist sich in allem genau so, wie Glatt behauptet hat. Im rechten Ärmel fanden sich Schmauchrückstände. Das Blut an den Ärmeln ist von der gleichen Blutgruppe wie das von Don Tarell. Zum Glück hatte Delft eine Decke aufbewahrt, mit der Emily Tarell den Körper ihres Mannes zugedeckt hatte. Da sind ein paar Blutstropfen drauf. Da eine DNS-Analyse ein paar Wochen dauert, werden wir erst dann mit Gewissheit sagen können, ob das Blut auf den Ärmeln mit dem auf der Decke identisch ist, aber zum jetzigen Zeitpunkt scheint es ziemlich sicher, dass die Antwort Ja sein wird. Der Besitzer des Heißmangellädchens hat seine Schrift auf dem Waschzettel des Hemds identifiziert. Außerdem passt Glatts Geschichte, wie er an das Hemd herangekommen ist, zu Edwin Tarells Geschichte, dass er es weggeschmissen hat. Ich hege also keinen Zweifel, dass es sich hierbei um *das* Hemd handelt.«

Ich schloss die Augen. »Aber das beweist noch gar nichts, richtig? Selbst wenn es das echte Hemd ist, könnte Glatt es später übergezogen und einen Schuss mit einer anderen Waffe abgefeuert haben.«

»Stimmt. Obwohl wir eine Kugel einer Waffe zuordnen können – und dazu komme ich gleich – gibt es keine Möglichkeit, Schmauchrückstände einer bestimmten Waffe zuzuordnen. Dieses Hemd allein ist also noch kein zwingender Beweis.«

»Die Waffe etwa?«

»Das ist der erstaunlichste Teil der Geschichte. Ich hätte mein letztes Hemd darauf verwettet, dass wir nach so vielen Jahren keinen Abdruck darauf finden würden. Doch genau das haben wir. Glatt hat ihn gut gehütet. Es ist Edwins Abdruck. Man hatte damals Abdrücke von ihm genommen, damit die vom Institut unterscheiden konnten, welche Abdrücke am Tatort von wem stammten, und zwei Sachverständige sagen übereinstimmend, dass dieser Abdruck von ihm stamme. *Außerdem*, und das ist der eigentliche Knackpunkt, schaut der Abdruck so aus, als sei er von jemandem hinterlassen worden, der die Waffe gehalten hat, um damit zu schießen – die Finger umschlingen den Griff.«

Vor meinem geistigen Auge blitzte das Bild auf. »Edwin hat die Waffe *gehalten?*«

»Der Abdruck spricht diese Sprache.«

»Aber ... das passt nicht zu seiner Geschichte. Er hat gesagt, er habe Glatt angegriffen und dabei sei die Pistole weggeflogen. Er hat nie davon geredet, dass er sie aufgehoben hätte. Ja, es war doch sogar so, dass Glatt sie beim Lauf gepackt, aufgehoben und ihm damit eins übergezogen hat.«

»Ich weiß.« Chetterling stieß die Worte rau hervor.

Das konnte nicht sein. Irgendetwas war hier faul. »Willst du damit sagen, du denkst, dass Glatt die *Wahrheit* gesagt hat?«

»Nein. Ich sage lediglich, dass wir es hier mit Funden zu tun haben, die wir uns nicht erklären können.«

»Und? Dann lasst die doch vor Gericht darüber streiten.«

»Das ist genau der Punkt, Annie. Es kann sein, dass es gar nicht zu einer Klage reicht. Delft und ich haben uns heute am späten Nachmittag mit dem Bezirksstaatsanwalt getroffen und den gesamten Fall vor ihm ausgebreitet. Er ist sich nicht einmal sicher, dass er den Kerl wegen Mordes anklagen kann.«

»Was?« Ich beugte mich abrupt auf dem Stuhl vor. »Schaut euch doch nur an, was ihr alles gegen ihn vorliegen habt. Glatt ist zwanzig Jahre lang untergetaucht. Nachdem er Tarells Firma bestohlen hat.«

»Ich weiß, ich weiß. Die Indizien wiegen schwer. Aber mehr sind es auch nicht – Indizien. Dem stehen handfeste Beweise gegenüber. Die Mordwaffe. Daran gibt es keinen Zweifel, weil sich die Kugeln zuordnen ließen. Und das Hemd, das beim Abfeuern der Waffe getragen wurde.«

»Du hast doch gesagt, das Hemd sei bedeutungslos.«

»Für sich genommen ist es das auch. Aber wenn du noch den Abdruck von der Waffe dazunimmst, wie soll die Anklage das vor Gericht erklären? Für Glatts Anwalt wäre das ein gefundenes Fressen trotz der offensichtlichen Komplikationen mit der Beweiskette. Vor allem, da der Hauptzeuge gegen Glatt der Mann ist, auf den das Beweismaterial hindeutet.«

»Chetterling«, ich erhob mich, »sag nicht, dass Glatt unbehelligt davonkommen wird! *Bitte!*«

»Annie, wir werden ihn schon zu fassen kriegen. Wir müssen lediglich eine Erklärung für all das finden.«

»Aber er hat mich *bedroht!* Er hat alles Mögliche angestellt, um mich davon abzuhalten, das Phantombild zu zeichnen; ist das nicht Beweis genug?«

»Das wird eine große Hilfe sein. Aber dazu müssen wir in der Lage sein, ihn mit hundertprozentiger Gewissheit auf diese Drohungen festzunageln. Im Moment haben wir keinen Zeugen dafür, wer das Geld bei dem Blumengeschäft hinterlegt hat oder dich angerufen hat. Wir können nicht beweisen, dass er das war. Noch nicht.«

»Oh, nein. Nein, nein, nein.« Ich wanderte zu meinem Zeichentisch hinüber und schlug mir mit dem Handballen auf die

Hüfte. Mein Hals drohte, wie eine Stahltür zuzufallen. »Damit werde ich mich nicht abfinden. Jetzt nicht mehr, nicht nach allem, was passiert ist. Was ist denn damit, dass Glatt mich entführt hat? Zählt das denn gar nicht?«

»Doch, natürlich.« Chetterlings Stimme blieb ganz ruhig und ich hätte ihn dafür treten können. Ruhig und beschwichtigend konnte ich es gerade gar nicht haben; fuchsteufelswild entsprach meiner Stimmungslage. »Die Anklagen auf Entführung und anderes liegen natürlich gegen ihn vor, daran gibt es nichts zu rütteln. Selbst im schlimmsten Falle wird er einige Zeit im Gefängnis absitzen.«

Tränen brannten mir in den Augen. »Es wird keinen schlimmsten Fall *geben*, weil er wegen Mordes ins Gefängnis kommen wird, und wenn ich ihn eigenhändig dorthin schleppen muss!«

»Glaub mir, Annie, ich empfinde ganz genau so. Und ich verspreche dir, dass wir ihn drankriegen werden. Aber ich wollte dich vorwarnen, dass es nicht so einfach werden wird, selbst wenn er in Untersuchungshaft sitzt.«

»Was ist mit dem Vorwurf der Veruntreuung?«

Ein Seufzer kam über die Leitung. »Das ist noch so ein Problem. Wir wussten davon, aber bis jetzt hat es keine große Rolle gespielt. Die Strafanzeige auf Veruntreuung hätte vor zwanzig Jahren erstattet werden müssen. Doch in der Aufregung um die Morde ist das schlichtweg übersehen worden. Und jetzt ist es längst verjährt.«

Ich schob den Kiefer hin und her, als ich diese neue abstruse Nachricht verarbeitete. »Es wurde nie Anzeige erstattet.«

»Nein.«

»Und wer hat *dieses Kunststück zustande gebracht?*« Vermutlich Delft. Er hatte von Anfang an die Fallleitung gehabt. Oder der Bezirksstaatsanwalt. Doch Chetterling würde keine Namen nennen.

»Annie. Was geschehen ist, ist geschehen. Wir können jetzt

nichts mehr daran ändern. Es spielt eh keine Rolle. Wir *werden* ihn wegen der Morde, der Entführung und allem anderen verurteilen.«

Ich hörte kaum zu. »Ich fasse es einfach nicht. Glatt hatte zwanzig Jahre Zeit, um seine Geschichte auszutüfteln und an seinen Beweisstücken herumzudoktern. Und jetzt wird er damit sogar *durchkommen?* Glatt, arrogant und schuldig wie nur was, wird er nach dem Mord an zwei Menschen unbehelligt davonkommen?«

»Hör mir zu. Wir werden schon einen Weg finden, um unsere Argumentation zu stützen. Wir arbeiten immer noch mit dem Bezirksstaatsanwalt zusammen. Wenn wir Glatt festgenommen haben, werden wir alles dransetzen, um ein Geständnis aus ihm herauszubekommen.«

»Er wird *niemals* gestehen; so gut müsstest du ihn mittlerweile kennen! Er wird noch im Sterben sagen, dass er diese zwei Männer nicht getötet habe.«

»Nun, dann wird er eben sterben, denn auf diesen Fall steht die Todesstrafe.«

»Versuch nicht, mich zu besänftigen, Ralph!« Meine Stimme brach. Ich legte den Kopf zurück und blickte zu einer verschwommenen Decke hoch. »Ich kenne mich ein bisschen im Gerichtswesen aus, weißt du? Wenn es sich um einen uneindeutigen Fall handelt, wird die Staatsanwaltschaft mit großer Wahrscheinlichkeit nicht auf Todesstrafe plädieren, und das weißt du genau.«

Keine Antwort. Ich hatte es tatsächlich einmal geschafft, Chetterling die Sprache zu verschlagen. »Okay.« Seine Stimme war vor Müdigkeit schmerzlich verzerrt. »Ich denke, du solltest wieder in die Falle und noch etwas Schlaf nachholen.«

»Wie soll ich jetzt schlafen können?«

»Wir werden Glatt auf den Fersen bleiben. So viel kann ich dir versichern.«

Ich senkte das Kinn, rieb mir den Nacken. Chetterling

klang so unbeirrbar entschlossen, trotz seiner Müdigkeit. Er hatte vermutlich immer noch nicht geschlafen – und mochte sein Bett heute Nacht auch nicht zu Gesicht bekommen. Er musste schon jenseits von Erschöpfung sein. Und da griff ich ihn an, als hätte er nicht alles in seiner Macht Stehende versucht, um mir zu helfen. Ich drückte mir mit Daumen und Fingern gegen die Schläfen.

»Ralph, es tut mir Leid. Es war nicht so gemeint. Nur irgendwie kriege ich jedes Mal, wenn ich mich umdrehe, eins übergebraten. Ich fange schon an zu glauben, dass dies niemals ein Ende haben wird.«

»Ich weiß. Und es tut mir Leid. Du hast eine Menge durchgemacht. Du weißt ja, dass wir hier unser Möglichstes tun.«

»Ja, ich weiß.« Ich schlenderte zum Schreibtisch und setzte mich auf die Kante. »Werdet ihr morgen mit Edwin Tarell sprechen? Um zu gucken, ob er eine Erklärung für diesen Abdruck hat?«

»Das verträgt keinen Aufschub. Wir haben ihn gerade herbestellt.«

»Jetzt noch, heute *Abend?*«

»Ja. Er besteht darauf. Er ist auf Glatt wütend wie eine Hornisse und will die Dinge gerade rücken.«

Ich starrte zur Wand und dachte dabei an meine Familie, an Stephen. Ich sollte wirklich zu Hause bleiben. Doch eine innere Stimme ließ mir keine Ruhe. »Lass mich bitte bei dem Gespräch zusehen.«

Chetterling zögerte. »Warum?«

»Ich weiß nicht. Weil mich etwas dazu drängt. Weil ich als Einzige Glatts Behauptungen gehört habe und mir vielleicht etwas Wichtiges auffällt. Schließlich kommt es auf dieses Gespräch an, damit wir Glatt anklagen können, stimmt's? Weil ich durchdrehen werde, wenn ich hier durchs Haus tigere und nicht weiß, was abgeht.«

»Annie, du solltest im Augenblick lieber zu Hause in Sicherheit bleiben.«

»Ach, richtig, mein Haus ist ja auch so sicher! Kam Glatt nicht hier hereinspaziert, während ich angeblich bewacht wurde?«

Stille.

Oh Annie. Meine Grausamkeit ließ mich zusammenzucken. Ich hatte ihn unter der Gürtellinie getroffen. »Ralph. Es tut mir ja so Leid. Das hast du nicht verdient; ich weiß ja, dass du hinter meinem Sohn her warst –«

»Schon in Ordnung.« Sein Ton war ausdruckslos geworden. »Wir stehen alle unter Druck.«

»Wirklich, bitte. Vergib mir.« Gütiger Himmel, und da war ich gerade erst Christ geworden. War *das* etwa eine Art, sich zu verhalten? Irgendwann würde ich das wieder gutmachen.

»Vergiss es, Annie.«

Unglücklich schaute ich auf meinen Zeichentisch. Wenn Glatts Phantombild noch da gelegen hätte, ich wäre versucht gewesen, es zu zerreißen. Schon die Erinnerung an sein Gesicht war mir unerträglich.

»Also. Darf ich jetzt zuschauen kommen?«

Ein weiterer langer Seufzer. »Ich kann dir anscheinend nichts abschlagen, selbst wenn du auf mich einprügelst.«

Der gute Chetterling. Ich brachte den Anflug eines Lächelns zustande.

»Aber ich will nicht, dass du dich selbst ans Steuer setzt und Jenna kann dich nicht bringen, weil jemand bei den Kindern bleiben muss.«

»Ich ... finde schon eine Lösung. Ich schicke die Kinder rüber zu Dave.«

»Na schön.« Er gab sich geschlagen. »Aber mach zu; wir werden nicht auf dich warten.«

»Bin schon unterwegs.«

Kapitel 40

Er saß reglos auf seinem Motelzimmerbett und starrte auf den Fernseher. Jeder Muskel war angespannt, doch innerlich fühlte er sich wabbelig wie geschmolzenes Wachs.

Sein Führerscheinbild in der CNN-Sendung »Top Aktuell«. Tom Smith. Sie kannten seinen Namen.

Das entsetzte Gesicht seiner Frau füllte den Bildschirm. Glatt stöhnte.

Und die chaotischen Szenen gingen weiter. Streifenwagen mit Blaulicht umstellen sein Haus. Beth nimmt Scott und Eddie in den Arm, die Gesichter der Jungen sind unkenntlich gemacht. Beth verneint mit wildem Kopfschütteln, die Wangen von Tränenspuren durchzogen. Hilfssheriffs betreten sein Haus.

Sein Haus.

Schnitt zu altem Filmmaterial mit der trauernden Emily Tarell kurz nach den Morden. Fotos von Don Tarell und Peter Dessinger. Von Edwin, der mit Ermittlern spricht.

Edwin. Er hätte dem Mann das Gehirn wegpusten sollen, als er die Gelegenheit dazu hatte.

Kein Wort über das Hemd oder die Pistole.

Nicht ein Wort davon.

Die ließen die Beweisstücke völlig außen vor. War das zu glauben?

Kein Sterbenswort.

Eisklumpen schwammen ihm durch die Adern. Noch lange nach Ende des Beitrags starrte er blind auf den Bildschirm. Sein Kopf war mit quälenden Erinnerungen angefüllt. Die Erinnerung an den Diebstahl von Tarell Plastics. Sein letzter Blick auf Baby Nick. Die Flucht nach den Morden. Die Suche nach gefälschten Identitäten. Das Kennenlernen von Beth, die Geburten von Eddie und Scott.

Ein Leben, das er sich aufgebaut hatte. Ein Leben, das ihm genommen worden war. Es war alles vorbei.

Alles.

Wut stieg in ihm auf, explodierte wie ein Feuerwerk und erstarb. Furcht flammte auf, sprühte Funken und war nicht mehr. Dann Traurigkeit. Schmerzhaft und tief. Er saß einfach nur da und starrte auf den Fernseher, bis auch dieser entschwand.

Mit Zielstrebigkeit lassen sich Schwächen meistern. Jack Hurst in *Todesschrei.*

Mit Zielstrebigkeit ...

Aber er war jetzt nicht Jack Hurst. Er war Rolf Weitz in *Sense*. In der Falle. Ohne Ausweg. Zu einem letzten verzweifelten Akt gezwungen.

Er würde sich nicht festnehmen lassen.

Er zwang sich, seinen letzten Plan noch einmal ganz ruhig durchzugehen.

Er musste zu ihnen gelangen, ehe sein Taurus entdeckt wurde.

Der Fernseher machte lediglich Lärm. Er stellte ihn ab. Ging zu seinem Rucksack hinüber. Öffnete ihn und zog die Pistole heraus. Packte sie ganz fest. Freute sich an ihrem harten, brutalen Trost.

Draußen schraubte er das Nummernschild von seinem Auto ab und tauschte es gegen sein Ersatzschild ein.

Dunkelheit senkte sich herab, als er aus dem Parkplatz in Richtung Norden fuhr.

Kapitel 41

Dave erklärte sich bereit, bei uns das Haus zu hüten, und brachte Erin mit. Zweifellos warf meine Bitte ihre abendliche Schulzeitroutine durcheinander, aber er hatte sofort zugesagt.

Ich hätte einen kompletten Nachtschlaf darauf verwettet, dass Jenna sich wegen meines Vorhabens mit mir anlegen würde, so besorgt, wie sie um meine Sicherheit war. Doch es war ihr genauso ein Anliegen, Glatt für seine Verbrechen verurteilt zu sehen, und Chetterlings Neuigkeiten regten sie ebenso auf wie mich.

Schon zehn Minuten nach meinem Anruf bei dem Kommissar waren wir unterwegs.

Als wir ins Sheriff's Department eilten, nahm Edwin Tarell gerade mit Sergeant Delft in dem kleinen, sterilen Raum Platz, in dem schon Sam Borisun vernommen worden war. Edwin saß aufrecht da, die Schultern zurückgelegt, den Kiefer in gerechter Entrüstung vorgeschoben.

»Ihr zwei stellt euch am besten hierhin, wo ihr alles sehen und hören könnt, du kennst das ja schon.« Chetterling deutete auf die verspiegelte Scheibe. »Wenn dir etwas einfällt, schreib es für mich auf und bitte jemanden vom Personal, es hereinzureichen. Und wenn wir zum Schluss kommen, verschwindet bitte um die Ecke, bis Tarell gegangen ist. Es ist vermutlich besser, wenn er nicht erfährt, dass ihr bei der Vernehmung zugeguckt habt.«

»In Ordnung.« Ich schaute durch die Scheibe auf Delft. »Wie geht's dem Sergeant?«

»Er ist frustriert bis zum Aus-der-Haut-Fahren, aber wild entschlossen, der Sache auf den Grund zu gehen.«

Jenna zog die Augenbrauen hoch, als Chetterling den kleinen Raum betrat. Ihre Lippen waren fest aufeinander gekniffen, mit einer Hand schob sie sich das Haar zurück. Die Nervosität meiner Schwester stand der meinen um nichts nach. Irgendetwas musste sich gleich ergeben.

Chetterling stellte sich Edwin vor. Sie gaben sich die Hand. Chetterling senkte seine riesige Statur auf einen Stuhl am Kopfende des abgewetzten Tisches gegenüber von Delft, Edwin saß zwischen ihnen. Der Kommissar lehnte sich auf seinem Stuhl zurück, die Beine gespreizt und die Arme verschränkt.

»Ich entschuldige mich gleich im Voraus, falls ich ungeduldig klinge.« Edwins Stimme war gepresst. »Ich bin so sauer, dass ich *spucken* könnte. Allein der Gedanke, dass Glatt auch nur die geringste Chance haben könnte, nach der Ermordung meines Vaters unbehelligt davonzukommen! In diesem Moment, das sage ich Ihnen aber, würde ich ihn am liebsten eigenhändig erschießen.«

»Verständlich.« Delft sprach kurz angebunden, als er die Unterarme auf den Tisch stützte. »Und wir entschuldigen uns ebenfalls, dass wir Ihnen dies zumuten müssen. Zweifellos wird sich alles klären. Wir und die Staatsanwaltschaft möchten die denkbar besten Karten haben, wenn Glatt festgenommen wird. Deshalb sind wir Ihnen dankbar, dass Sie eingewilligt haben, so unverzüglich herzukommen.«

»Aber selbstverständlich.«

»Schön. Der Form halber müssen wir Sie davon in Kenntnis setzen, dass Sie das Recht haben, die Aussage zu verweigern. Alles, was Sie sagen, kann vor Gericht gegen Sie verwendet werden –«

»*Was?* Einen Augenblick! Wozu verlesen Sie mir meine Rechte?«

»Eine rein juristische Formsache, wirklich Sir.«

»Das ist Unsinn; einem Zeugen verliest man keine Rechte!«

»Mr Tarell. Sie *sind* ein Zeuge für die Ermordung Ihres Vaters und Peter Dessingers. Doch zum gegenwärtigen Zeitpunkt, ob es uns passt oder nicht, liegt auch Beweismaterial vor, das auf Ihre Täterschaft hindeutet. Über dieses Beweismaterial müssen wir uns unterhalten. Und ich möchte mich bei allem an die Vorschrift halten. Deshalb muss ich Ihnen Ihre Rechte verlesen.«

Edwin riss seinen Blick von Delft los und schaute Chetterling an. Der Kommissar breitete die Hände aus, als wollte er sagen: *Wir können nichts dafür.*

»Na schön.« Edwin kaute auf den Worten herum. »Fahren Sie fort. Aber sollte mir die Sache zu bunt werden, rufe ich einen Anwalt.«

Delft blickte ihn vielsagend an. »Wollen Sie damit sagen, dass Sie einen Anwalt brauchen?«

»Ich ... nein. Natürlich nicht.«

Jenna und ich wechselten einen Blick. Diese Vernehmung fing schon auf dem falschen Fuß an. *Bitte, Gott, hilf diesen Männern zusammenzuarbeiten.*

Nachdem die Rechte verlesen waren, kam Delft ohne Umschweife zur Sache. »Wie wir Ihnen bereits mitgeteilt haben, haben wir heute früh zwei Gegenstände von Glatt bekommen, die seiner Behauptung nach Beweisstücke aus den Morden sind. Jetzt sollen Sie die Einzelheiten erfahren. Eins davon ist das Hemd, das Sie in jener Nacht getragen haben sollen. Das andere ist die Mordwaffe.«

Edwin blinzelte. »Ich hatte Ihnen erzählt, dass er die Waffe an sich genommen hatte. Aber das Hemd?«

»Sie haben es in jener Nacht in den Müll geworfen, erinnern Sie sich?«

»Natürlich.«

»Glatt behauptet, dort gewesen zu sein. Er habe Sie gesehen – und das Hemd aus dem Müll gezogen.«

Edwin saß sehr ruhig da. »Er sagt, er habe es aus meiner Mülltonne gezogen?«

Delft nickte.

»Er war da? Unmittelbar *da?*«

»Anscheinend.«

»Einen Augenblick, die Geschichte nehme ich Ihnen nicht ab. Woher wollen Sie wissen, dass es mein Hemd ist?«

»Wir haben zahlreiche Möglichkeiten, es einwandfrei zu identifizieren. Die DNS-Bluttests werden uns in ein paar Wochen restlose Gewissheit verschaffen, aber wir rechnen damit, dass das Blut auf den Ärmeln mit dem Ihres Vaters übereinstimmen wird. Außerdem sagen Sie selbst: Wenn Glatt in jener Nacht *nicht* bei Ihrem Haus war und das Hemd *nicht* aus Ihrer Mülltonne gezogen hat, woher wusste er dann, dass Sie es weggeschmissen haben?«

Edwin legte eine Hand an die Stirn. »Puh. Das ist ... Ich fasse es nicht. Ich kann von Glück sagen, dass ich nicht erschossen worden bin. Er hätte mich ebenfalls umbringen können.« Er rieb sich den Kopf und blickte dann zu Delft. »Und wie geht die Geschichte weiter?«

»Er sagt, er wollte einen Beweis dafür, dass Sie die beiden Männer getötet hatten. Glatt sagt, er habe Sie in jener Nacht angerufen und Ihnen von den Schmauchrückständen erzählt, die am Ärmel sein würden. Und Sie seien genau in seine Falle getappt und hätten das Hemd weggeworfen. Er habe nur darauf gewartet, es an sich zu nehmen.«

Edwin schlug die flachen Hände auf die Tischplatte. »Das ist doch krank! Ich habe das Hemd weggeworfen, weil ich seinen Anblick nicht länger ertragen konnte. Denn, wie Sie selbst gesagt haben, klebte das *Blut* meines Vaters daran.«

Delft nickte. »Ich weiß.«

»Dies sind lediglich Glatts Behauptungen«, beschwichtigte Chetterling. »Das heißt nicht, dass wir ihnen Glauben schenken.«

»Das will ich doch wohl hoffen.« Edwin stieg die Röte ins Gesicht.

Delft drückte den Rücken durch. »Wir haben das Hemd einigen Laboruntersuchungen unterzogen. Und wir haben tatsächlich Schmauchrückstände am rechten Ärmel gefunden.«

Edwin legte den Kopf schief. Er starrte Delft aus dem Augenwinkel an. »Sie machen Witze.«

Delft gab keine Antwort.

»Der Sergeant verhält sich nicht gerade besonders freundlich«, flüsterte Jenna.

Ich schaute zur Kamera, die in einer oberen Raumecke montiert war. »Sie haben wahrscheinlich schon Glatts Prozess im Hinterkopf. Sie werden den Geschworenen vorführen wollen, wie wacker sich Edwin geschlagen hat, als man ihn mit diesen Behauptungen konfrontierte.«

Edwin lehnte sich langsam auf seinem Stuhl zurück. »Na schön. In Ordnung. Warum regt Sie beide das so sehr auf? Es ist doch offensichtlich, dass Glatt das inszeniert hat. Er hat einfach irgendwann einmal das Hemd angezogen und die Waffe abgefeuert. Immerhin hatte er *zwanzig Jahre* Zeit dazu.«

»Ja, genau das erwarten wir.« Delft schlug mit den gefalteten Händen auf den Tisch. »Darum bereitet mir das auch, ehrlich gesagt, kaum Kopfzerbrechen. Die Pistole allerdings schon eher. Im Kriminaltechnischen Institut hat man einen Abdruck abgenommen, der eindeutig von jemandem stammt, der die Waffe hielt, um damit zu schießen.« Der Sergeant machte eine Pause. »Der Abdruck stammt von Ihnen.«

Edwin glotzte.

»Das Problem dabei ist, dass dies nicht zu Ihrer Aussage passt. Sie gaben an, Sie hätten Glatt die Pistole aus der Hand geschlagen. Aber vom Aufheben war nie die Rede –«

»Wollen Sie damit etwa sagen, dass Sie meinen Fingerabdruck auf der Waffe gefunden haben, nach all den Jahren? Das glaube ich ja nicht!«

»Es hat uns auch überrascht. Glatt hat die Waffe sehr sorgsam aufbewahrt.«

»Nach zwanzig – nein. Unmöglich.« Edwin deutete mit dem Finger auf Chetterling. »Was soll das? Warum tut er mir das an?«

»Schauen Sie.« Der Kommissar beugte sich vor. »Wir stehen auf Ihrer Seite. Wir wollen Glatt genau wie Sie hinter Gittern sehen. Und Sie wissen ja, Sergeant Delft hat zwei Jahrzehnte lang nach diesem Mann gefahndet. Und jetzt, wo wir ihn praktisch am Wickel haben, bekommen wir diese Überraschungen aufgetischt. Ich bin nicht erpicht darauf, dass mir der Bezirksstaatsanwalt eröffnet, er könne keine Klage erheben, weil Glatt sich ein paar raffinierte Tricks ausgedacht hat. Aber diesen Fingerabdruck können wir uns nicht erklären. Sie haben zu Delft gesagt, Sie hätten diese Waffe niemals in der Hand gehalten. Und jetzt geben wir Ihnen die Chance, noch bevor Glatt gefasst ist, uns zu erklären, wie sie dort hingelangt ist.«

Ein Bild von Emily Tarell füllte meinen Kopf. *»Zwanzig Jahre lang, Annie, habe ich für Gerechtigkeit gebetet ...«*

Komm schon, Edwin, bring uns auf die Spur.

Edwin hielt Chetterlings Blick für einen längeren Augenblick stand. Ich konnte das Heben und Senken seines Brustkorbs sehen. Spürte das allmähliche, qualvolle Zusammenbrechen eines Schutzwalls. Dann verschränkte er langsam die Arme. Sein Blick fiel auf den Tisch.

Ich umklammerte Jennas Arm, die Finger drückten sich durch ihren Ärmel. Was war das?

Edwin hob das Kinn. Zuckte leicht mit den Achseln. »Na schön. Dies war immer nebensächlich, aber da es Ihnen plötzlich so wichtig ist ...«

In seinem Ton mischten sich Ungeduld und Vorwurf, als seien ganz allein diese zwei Männer schuld an der Misere.

»Vor zwanzig Jahren habe ich ein kleines Detail der Ereignisse verändert.« Edwin blickte Delft fest in die Augen, wie um zu beweisen, dass ihm dieses Geständnis nichts von seiner Würde rauben würde. »Ich war jung, verängstigt und von

Schuldgefühlen geplagt. Es ging alles so schnell. Ich hätte Glatt nicht aufhalten können. Trotzdem hatte ich, und habe ich bis heute, das Gefühl, dass ich das hätte tun sollen. Dass ich irgendeine übernatürliche Stuntnummer hätte abziehen sollen, um wenigstens meinen Vater zu retten. Ich hatte Ihnen erzählt, dass ich mich auf Glatt stürzte, als er auf meinen Vater zielte, aber dass er abfeuerte, ehe ich ihn erreichte. Nun, in Wirklichkeit habe ich mich gar nicht auf Glatt gestürzt. Dazu war keine Zeit. Es war umgekehrt. Nur einen Sekundenbruchteil nachdem er meinen Vater erschossen hatte, schlug er seinen Jackenzipfel um den Pistolengriff, rieb seine eigenen Abdrücke weg und stürzte sich auf mich. Damit überraschte er mich derart, dass es ihm gelang, mich zurück durch den Raum zu zerren, wo er vorher gestanden hatte, und mich niederzuschlagen. Dann packte er meine Hand und schlang meine Finger gewaltsam um die Waffe. Er richtete die Pistole auf die Wand und drückte meinen Finger gegen den Abzug, um mich zu zwingen, einen Schuss abzufeuern. Ich kämpfte um mein Leben. Mir war in dem Augenblick nicht klar, was er damit bezwecken wollte. Das ging mir erst später auf – er hatte versucht, Beweismaterial zu manipulieren. Doch damals wollte ich nur meine Haut retten. Als ich mich heftig wehrte, packte er die Pistole am Lauf und zog sie von mir fort. Es gelang mir, ihn abzuschütteln, und schließlich war ich sogar über ihm. Ich habe versucht, die Waffe zurückzubekommen; Sie können mir glauben, ich hätte ihn erschossen. Aber irgendwie habe ich sie ihm dabei aus der Hand geschlagen. Ungefähr zu dem Zeitpunkt kam meine Mutter zur Tür herein.«

Delfts Augen hatten Edwins Gesicht während der gesamten Geschichte keinmal losgelassen. Nun wechselte er einen langen Blick mit Chetterling und rieb sich dann den Kiefer. »Verstehe ich das richtig? Glatt tötet Dessinger. Dann erschießt er Ihren Vater. Dann wischt er die Waffe ab, greift Sie an und drückt Ihre Finger gegen den Griff.«

»Ja.«

Der Sergeant breitete die Hände aus. »Warum? Warum hat er Sie nicht einfach getötet?«

Edwin beugte sich vor. »Nein, nein, verstehen Sie nicht? Das hätte doch nicht funktioniert! Das gehörte doch alles zu Glatts raffiniertem Plan. Wenn er *mich* getötet hätte, wäre er der einzige Tatverdächtige gewesen. Damit wäre er nie durchgekommen. Wenn er es aber so anstellte, dass es aussah, als hätte *ich* es getan, gäbe es diese Probleme nicht mehr. Und inmitten des ganzen Aufruhrs, dass ich meinen eigenen Vater und Peter umgebracht hätte, wer würde da noch daran denken, Anzeige wegen seiner Veruntreuung zu erstatten?«

Delft schluckte die Antwort. Chetterling schob den Kiefer zur Seite, beide Hände flach auf den Tisch gelegt. Ich kannte Chetterling gut genug, um förmlich seine Rückwärtssalto schlagenden Gedanken lesen zu können. Er nahm Edwin die Geschichte nicht ab, glaubte aber auch nicht, dass er die beiden Männer erschossen hatte. Eins aber musste man ihm lassen. In dem Aufruhr war *tatsächlich* keine Anzeige wegen Veruntreuung erstattet worden. War Glatt wirklich gerissen genug gewesen, das vorauszusehen?

»Was ist mit den Rückständen auf Glatts eigenem Ärmel?«, fragte Delft. »Ihm hat klar sein müssen, dass wir Ihrer beider Hemden testen würden. Und auch an seiner Hand hätten sich Rückstände befunden.«

Edwin schüttelte den Kopf. »Dazu kann ich mir nur denken, dass er ein identisches Hemd im Auto hatte. Er hatte vor, sich irgendwie vor Eintreffen der Polizei umzuziehen. Er wusste, dass meine Mutter und ich uns völlig darauf konzentrieren würden, die Männer wiederzubeleben. Und sich eben die Hände zu waschen, wäre ihm ein Leichtes gewesen.«

Delft rümpfte die Nase. »Mr Tarell, ich muss Ihnen reinen Wein einschenken. Diese Geschichte klingt ein bisschen weit hergeholt.«

»Und Glatts Geschichte tut das nicht?« Edwin ließ einen Luftstoß ab. »Schauen Sie sich doch nur an, was er behauptet! Er soll bei meinem Haus herumgelungert sein, wo er wusste, dass alle Mann hinter ihm her waren, und darauf gewartet haben, dass ich mein verräterisches Hemd wegschmeiße? Nachdem er mich angeblich angerufen und mit einem Trick dazu gebracht hat, genau das zu tun? Ach, hören Sie doch auf!« Edwin drehte den Kopf von einem Mann zum anderen. »Übrigens, nur so nebenbei, haben Sie vergessen, dass er seit zwanzig Jahren flüchtig ist? Während ich hier in der Stadt ein braver Bürger war? Und wenn das noch nicht reicht, was ist mit seinen Drohungen gegenüber Annie Kingston? Was ist mit der Tatsache, dass er sie mit vorgehaltener Waffe entführt hat?« Edwin sprang auf. »Ich *glaub* es nicht! Ich kann einfach nicht glauben, dass Sie mich überhaupt hierher bestellt haben. Das ist unerhört!« Er marschierte zur Wand und drehte sich wieder um. »Warum hören Sie nicht auf, Ihre Zeit zu vergeuden, und gehen Glatt suchen?«

Mannomann. Das entwickelte sich anders, als ich gehofft hatte.

Mein müdes Hirn mühte sich, alles zu durchdenken. Ich musste Delft Recht geben – Edwins Geschichte war nicht sehr glaubhaft. Doch Glatt *konnte* einfach nicht die Wahrheit sagen. Besonders nicht nach allem, was er mir angetan hatte. Und wie ich Edwin so sah – die Wut und Frustration, die seine Arme spannten, sein Gesicht zerfurchten –, musste ich seine Version mehr glauben als Glatts.

Delft und Chetterling beobachteten Edwin, die Pokermienen verrutschten nicht. »Mr Tarell.« Chetterling deutete auf den Tisch. »Bitte setzen Sie sich wieder. Lassen Sie uns das einmal durchgehen.«

Edwin blickte beide Männer abwechselnd finster an und nahm dann langsam Platz.

»Schön.« Delft rutschte auf seinem Stuhl herum. »Warum haben Sie diesbezüglich gelogen?«

»Weil«, Edwin schloss die Augen, als sei er erstaunt, dass sie das nicht verstanden, »weil mein Vater tot war. Weil ich im Zimmer war, als es passierte. Und nicht schnell genug war, um es zu verhindern. Und dann war da noch meine Mutter. Wie sollte ich ihr erklären, dass ich nichts unternommen hatte? Dass ich wie gelähmt dagestanden war, während Glatt sich auf mich stürzte? Als sie ins Zimmer gerannt kam, war ich über Glatt. Sie ging automatisch davon aus, dass ich ihn aus Notwehr angegriffen hatte. Ich habe ... sie einfach in dem Glauben gelassen. Und als ich dann Ihnen gegenüber alles offiziell zu Protokoll geben musste, wollte ich meine Geschichte nicht verändern.«

Delft trommelte mit den Fingern. »Ein Mann wie Sie sollte wissen, dass es kein Pappenstiel ist, gegenüber der Polizei falsche Angaben im Blick auf ein Verbrechen zu machen.«

»Das weiß ich.«

»Und trotzdem haben Sie diese Geschichte all die Jahre über so stehen lassen.«

Mein Hirn registrierte am Rande, dass draußen ein Auto hupte. Tat es das nicht schon eine ganze Zeit?

»Ich – na schön.« Edwin hob die Hände. »Ja. Ich habe Sie angelogen. Ist es das, was Sie von mir hören wollen? Ich habe gelogen und ich habe die Lüge all die Jahre über im Raum stehen lassen. Na und? Das ist nebensächlich! Das ändert nichts an der Tatsache, dass Glatt schuldig ist. Alles, was er seitdem verbrochen hat, sollte Sie wirklich davon überzeugen. Der Mann hat es verdient, in der Hölle zu verrotten!«

»Nun, das mag er ja verdient haben«, gab Delft zurück, »aber wir stecken jetzt in einem schönen Schlamassel. Was, wenn Ihre Lüge, die Lüge, die Sie uns auftischten, um Ihr Gesicht zu wahren, letztendlich dazu führen würde, dass Glatt ungeschoren davonkommt?«

Edwin legte den Kopf schief. »Aber ich *bitte* Sie. Das wird nicht passieren. Diese Lappalie gegenüber allem, was Glatt auf dem Kerbholz hat?«

»Sie sind unser Hauptzeuge, Mr Tarell.« Delfts Ton wurde schärfer. »Stellen Sie sich nur einmal vor, wie Glatts Verteidiger Sie im Zeugenstand wegen Ihrer *kleinen* Lüge ins Gebet nimmt. Der wird sie auseinander nehmen. Er wird zur Jury sagen: ›Hey, der Mann hat in diesem Fall nicht die Wahrheit gesagt, wieso sollten Sie also annehmen, dass er ansonsten die Wahrheit sagt? Ach, und übrigens werden die Behauptungen meines Mandanten von den handfesten Beweisstücken Hemd und Pistole gestützt!‹ Immer davon ausgehend natürlich, dass es uns überhaupt gelingt, Glatt anzuklagen.«

Das Hupkonzert hielt an. Wer *war* denn das?

Edwin machte noch immer ein entrüstetes Gesicht, aber seine Wangen erbleichten. »Das kann doch nicht so schwerwiegend sein.«

»Ich fürchte doch.« Delft durchbohrte ihn mit einem langen Blick. »Und wir mögen keine Überraschungen vor Gericht. Wenn es also tatsächlich dazu kommen sollte, dass Sie vor Gericht gegen Glatt aussagen, packen Sie besser jetzt gleich aus. Haben Sie uns noch irgendwelche *anderen* Lügen aufgetischt?«

Edwins Gesicht verdüsterte sich. Er haute mit den flachen Händen auf den Tisch. »Das reicht! Dieses Gespräch ist beendet.«

Und wieder sprang er auf.

»Oh Jenna«, drängte ich sie, »lass uns lieber gehen. Er kommt –«

Ein Hilfssheriff kam um die Ecke getrabt und hielt auf den Vernehmungsraum zu, die Hand instinktiv an der Waffe. Er würdigte uns kaum eines Blickes, kam schlitternd zum Stehen und riss die Tür auf. Chetterlings Kopf wirbelte herum. Edwin erstarrte.

Die Geräusche aus der Eingangshalle wurden immer lauter. Mehr Gehupe. Stimmen, Rufe, noch jemand, der rannte.

Starr sah ich zu, wie der Kommissar und der Mitarbeiter ein

paar Worte wechselten. Chetterling fiel die Kinnlade herunter. Er machte eine Bewegung hin zu Delft.

»Was geht hier vor?« Jenna beugte sich zur Scheibe vor.

»Ich weiß nicht.« Doch was es auch war, es verhieß nichts Gutes. Und dabei war ich für diesen unendlich langen Tag schon mehr als bedient. »Aber wir müssen aus dem Gang verschwinden, ehe Edwin herauskommt. Er soll uns nicht sehen.«

Nervöse Blicke über die Schulter werfend, huschten wir ein Stück weit den Gang hinunter und um die Ecke in Richtung Delfts Büro. Hinter uns das eilige Getrippel mehrerer Füße, die aus dem Vernehmungsraum hasteten.

»Was geht hier vor sich?« Edwins Frage drang bis zu mir durch.

»Glatt ist hier!«, hörte ich Chetterling schnappen, dessen Stimme immer schwächer wurde, während er zum Eingang eilte. »Er hat sich mit einer Schusswaffe in seinem Auto verschanzt. Sagt, wir täten gut daran, ihm zuzuhören. Sonst würde er jemanden umbringen.«

Kapitel 42

Verwirrung wirbelte durch die Luft, flüchtige Geräusche und Anblicke prasselten auf Jenna und mich ein, während wir uns im Gang verdrückten. Vom Eingang her kamen scharfe Stimmen und Befehle. Das wenige im Gebäude befindliche Personal eilte die Flure entlang. In der Ferne hörte ich Glatt brüllen. Was sagte er?

Ich konnte kaum fassen, dass er hier war. *Hier*. Jetzt brauchten sie ihn nur noch festzunehmen.

»Das letzte Mal war er bereit, vier Menschen umzubringen.« Sergeant Delfts Worte gingen mir durch den Kopf. *»Und wie viele, glauben Sie, werden es diesmal sein?«*

Dumpfes Grauen erfüllte mich, als eine böse Vorahnung mir ihre Klauen in den Kopf schlug – eine Gewissheit, die zweifellos ebenso stark war wie jene, die Emily Tarell vor zwanzig Jahren verspürt hatte. Heute Abend würde jemand sterben.

Oh Gott, bitte lass nicht zu, dass einer dieser Männer stirbt. Bitte nimm nicht Chetterling!

Glatts vor Wut rasende Stimme war immer noch zu hören. Im Gebäude fiel der Geräuschpegel auf gedämpfte Schritte und gesenkte Stimmen.

Meine Handtasche hing wie ein Bleigewicht an meiner Schulter. Ich stellte sie auf den Boden. Jenna setzte die ihre ebenfalls ab. Wir sahen uns verstört an. »Was machen wir jetzt?« Ich hielt die Arme vor der Brust umklammert.

»Keine Ahnung. Aber ich muss sehen, was da vor sich geht.«

»Aber hier sind wir sicherer.«

»Schon, aber ... kannst du hier Däumchen drehen, ohne zu wissen, was vor sich geht?«

Ich stellte mir Schüsse vor, Schreie, die Verzweiflung, wenn man nicht wusste, wen es getroffen hatte.

»Nein.«

»Dann komm, wir schleichen uns einfach vorsichtig ein wenig näher heran.«

Jenna huschte den Gang zurück und zog mich hinterher. Wir bogen um die Ecke – und prallten in Edwin hinein. Er machte einen Satz und schien uns erst nicht einordnen zu können, die Emotionen der letzten Stunde standen ihm noch ins Gesicht geschrieben.

»Annie! Was ... was machen Sie denn hier?«

»Wir hatten mit Sergeant Delft sprechen wollen. Aber er war in einer Sitzung.«

»Oh. Tja. Ich hatte ihn auch sprechen wollen.«

Wir starrten uns gegenseitig an.

Glatt brüllte immer noch. Was spielte sich da draußen ab? »Ach, Edwin, dies ist meine Schwester Jenna.«

»Hallo. Sehr erfreut.« Edwins Blick wanderte zerstreut in Richtung Haupteingang.

Weiteres Geschrei aus der Ferne. Mir stockte der Atem. Glatt so dicht in meiner Nähe zu wissen – schon wieder. Auch ohne ihn zu sehen, konnte ich die Bösartigkeit seiner Gegenwart spüren. »Das alles ... was machen wir jetzt?«

Edwin sah mein verkniffenes Gesicht und seine Miene wurde weicher. Er berührte mich am Arm. »Entschuldigen Sie, Annie. Bei dem Rummel hier ... Ich bin ja so froh, dass Sie hier sind und in Sicherheit. Es tut mir aufrichtig Leid, was Ihnen zugestoßen ist. Genau das hatte ich gefürchtet – dass Glatt an Sie herankäme.«

»Ist schon gut. Danke.«

Er nickte, dann schluckte er und etwas Hartes stahl sich über seine Züge. »Ich gehe jetzt so weit den Gang hinunter, bis ich nach draußen sehen kann. Es ist zwanzig Jahre her, seit ich dieses Gesicht gesehen habe. Und wollen Sie die Wahrheit hören? Ich hoffe, dass es Glatt erwischt.«

»Das kann ich verstehen.« Jenna klang ganz nüchtern. Ohne Zweifel erinnerte sie sich an ihre eigenen Rachegelüste. »Wir können nur hoffen, dass er vorher nicht noch jemand anderen tötet.« Sie wandte sich zum Eingang. »Komm, Annie, wir gehen auch.«

»Aber das kann gefährlich sein.«

»Wir werden niemandem in die Quere kommen.« Sie gab mir einen Stups und wir bewegten uns den Gang entlang. Glatts Stimme wurde lauter, je näher wir kamen.

Chetterling, Delft und drei Hilfssheriffs drückten sich im Foyer hinter Wände, um nicht der Ungeschütztheit der Glastüren ausgesetzt zu sein. »Bleiben Sie zurück und aus dem Weg.« Der Sergeant streckte uns die erhobene Handfläche entgegen. »Glatt hat das Fenster ein wenig heruntergelassen und er hat eine Schusswaffe.«

Wir tauchten hinter die hölzerne Trennwand der Rezeption. Ich ging in die Hocke, bis meine Knöchel zu zittern anfingen und ich mich auf den Boden setzte. Kettengebete gingen mir durch den Kopf. *Bitte, Gott, mach, dass sie ihn kriegen; bitte, Gott, beschütze alle.*

»Ich will mit Chetterling reden!« Glatts gedämpfter Schrei war heiser. »Ich verlange zu wissen, was aus meinen Beweisstücken geworden ist!«

Wenn ich um die Trennwand herumlugte, hatte ich einen direkten Blick durch die Eingangstüren. Der Parkplatz war schwach von Straßenlaternen erleuchtet. Glatts Wagen stand in der Mitte, die Blinker blinkten im Abendlicht. Das Fenster zeigte zum Gebäude. Ein Polizeiwagenaufgebot versammelte sich an der Parkplatzeinfahrt, die roten und blauen Lichter flimmerten in der Dämmerung. Zweifellos saßen die Hilfssheriffs nicht länger am Steuer, sondern hatten sich hinter ihren Fahrzeugen verschanzt, die gezückten Waffen auf Glatts Auto gerichtet.

Was fiel Glatt eigentlich ein? Der Mann selbst war mir völlig schnuppe, aber er hatte Frau und Kinder. Die anscheinend keine Ahnung hatten, wer er war oder was er getan hatte. Ich dachte an meine beiden, Kelly und Stephen, und ihre bestürzten Gesichter über den Verrat ihres Vaters vor drei Jahren. Was für ein Schlag musste es da erst für Glatts Familie sein zu erfahren, dass er ein gesuchter Mörder war?

»Annie, zurück.« Jenna riss an meinem Hemd und zog mich wieder vollständig hinter die Trennwand zurück.

»Alle Mann sind bewaffnet.« Edwin lehnte gegen eine hintere Wand mit dem Gesicht zu Jenna und mir und hatte eine angespannte Miene. Sein Atem war hart und schnell. Die Augen schlossen sich für einen Moment, als müsste er sich davon überzeugen, dass dies wirklich geschah. »Meiner Meinung nach sollten sie einfach abdrücken. Ende und aus.«

Ich beobachtete, wie ihm eine beinahe greifbare Spannung aus den Poren strömte. Nach allem, was er durchgemacht hatte, konnte ich ihm das nicht verübeln. Ich stellte mir eine Szene vor, wie sie sich in wenigen Stunden ereignen würde: Glatt in Handschellen; Edwin ruft seine Mutter an, um ihr die Nachricht zu erzählen, Tränen der Wut und erschöpften Erleichterung in den Augen.

Ich lehnte den Kopf gegen die Trennwand. »Aber sie können nicht einfach vorpreschen; sonst könnte es sie selbst erwischen.«

»Licht aus.« Delfts Stimme.

Sekunden später war das Gebäude in Dunkelheit getaucht. Unwillkürlich überlief mich ein tiefer Schauder. Einen Augenblick lang war ich wieder im Wald, zusammengekauert und wartend, ganz allein.

Ich schob die Gedanken beiseite und konzentrierte mich auf meine Augen, die sich an die Dunkelheit gewöhnten.

Jenna ging in Hockstellung und richtete sich dann langsam zu voller Größe auf. Ich versuchte, sie wieder herunterzuziehen. Sie winkte ab. »Er kann uns nicht sehen.« Edwin erhob sich neben ihr. Er streckte mir die Hand entgegen. Ich zögerte, ließ mich dann aber von ihm auf die Füße ziehen. Wir standen nebeneinander, seine Finger schlangen sich beschützend um meine.

»Es wird alles gut werden, Annie.« Er drückte sanft.

Die verschiedenen weißen, blauen und roten Lichter der Autos draußen fielen durch Fenster und Türen auf die Wände und sorgten für eine Schummerbeleuchtung. Chetterling legte eine kugelsichere Weste an, im surrealen Stroboskopeffekt wirkten seine Bewegungen abgehackt und ruckartig. Ein Megafon neben ihm auf dem Fußboden war mal sichtbar, mal unsichtbar, sichtbar, unsichtbar.

Ich runzelte die Stirn im zuckenden Licht. Delft kauerte in der Nähe eines Fensters. Er warf einen Blick nach draußen und stieß einen leisen Fluch aus. »Die Presse ist da.«

Der Kommissar zog wieder sein Hemd über. »Was siehst du?«

»Einen weißen Ü-Wagen jenseits unserer Autos.«

»Wie haben die nur so schnell Wind davon bekommen?«, flüsterte Jenna.

»Die hören den Funkverkehr ab.« Ich konnte den Blick nicht von Chetterling abwenden. Er wollte nach draußen gehen. Nach draußen, um zu versuchen, Glatt das Leben zu retten, nach allem, was der Mann getan hatte.

Bitte, Gott, beschütze ihn.

Chetterling sprach in ein Funkgerät, um seine Bewegungen mit den Männern auf dem Parkplatz abzustimmen. Als Deckung hatte er sich ein Polizeiauto dicht am Eingang gewählt. Drinnen gingen zwei Hilfssheriffs neben der Tür in Stellung, um ihm Deckung zu geben. Ich wusste, dass ihn die Männer draußen ebenfalls decken würden.

»Ich bestehe darauf, dass Chetterling herauskommt!«, brüllte Glatt erneut. »Ich muss mit ihm reden!«

Chetterling kauerte sich mit dem Megaphon in der Hand hin. Jemand zog die Tür auf und er huschte nach draußen.

Sofort sicherte ein Mann die offene Tür, falls Chetterling sich schleunigst zurückziehen müsste.

Delft warf einen Blick durchs Fenster. »Er ist noch da.«

Ich stellte mich auf die Zehenspitzen, starrte auf Glatts Auto und versuchte, seinen Umriss zu erkennen. Man sah nur die Oberkante seines Kopfes, da er sich auf dem Fahrersitz zusammenkauerte.

»Ich will endlich mit jemandem *reden!*« Glatts Stimme wurde lauter. »Ich weiß, dass die Presse da ist. Ich will, dass die ganze Welt erfährt, dass Sie meine Beweisstücke ignoriert haben. Ich will, dass meine Familie das erfährt!«

Für einen Augenblick sah ich seinen Kopf, als er sich zum Beifahrerfenster lehnte.

»Hören Sie mich, Sie Presseleute? Wissen Sie, dass ich dem Sheriff's Department Beweise vorgelegt habe, die belegen, dass ich diese zwei Morde nicht begangen habe? Ich habe ihnen das Hemd gebracht, das Edwin Tarell angehabt hat, und die Waffe mit seinen Fingerabdrücken darauf. Und was haben sie damit gemacht? Nichts!«

»Mr Glatt!« Chetterlings tiefe Stimme dröhnte durch das Megaphon und wurde von den Autos und nahe stehenden Gebäuden zurückgeworfen. »Hier spricht Kommissar Ralph Chetterling. Ich bin hier, um mit Ihnen zu reden.«

Weitere Streifenwagen fuhren auf der Straße vor, sowohl von der Polizei als auch vom Sheriff's Department. Glatt verschwand unter seinem Fenster.

»Chetterling! Was haben Sie mit meinen Beweisstücken gemacht? Sie hatten mir versprochen, sie zu untersuchen.«

»Wir haben sie untersucht, heute. Und es hat sich alles bestätigt, Mr Glatt, genau wie Sie gesagt haben.«

»Und warum kam *das* dann nicht in den Nachrichten? Warum werde ich von aller Welt verfolgt?«

»Sie müssen hereinkommen. Dann können wir reden. Sie

tun sich keinen Gefallen damit, dass Sie da draußen mit einer Waffe sitzen.«

»Woher soll ich wissen, dass Sie mir die Wahrheit sagen?«

»Sie können mir vertrauen.« Chetterlings Worte hüpften über den Platz. »Sie haben mir doch schon Ihre Beweisstücke anvertraut, oder nicht? Und ich habe mich um sie gekümmert, genau wie ich gesagt hatte.«

Stille. Ich konnte Edwin atmen hören. Er hielt immer noch meine Hand. Die pulsierenden Farben schnitten mir wie Laserstrahlen durch den Kopf, trafen auf die Rückwand meines Schädels. Ich schloss die Augen.

»Warum haben Sie dann Edwin Tarell nicht verhaftet?«

»Aber das haben wir. Die Nachrichten, die Sie gesehen haben, waren verfrüht. Wir haben das Verhör mit ihm soeben abgeschlossen.«

»*Was?* Wie kann er es wagen zu sagen, ich sei in Untersuchungshaft!« Edwins Geflüster war heiser, seine Finger verstärkten ihren Griff um meine. »Das wird durch alle Meldungen gehen.«

Edwin hatte Recht. Das hatte er nicht verdient. »Ich weiß, aber das werden sie später klarstellen. Chetterling versucht lediglich, ihn dazu zu bringen, sich zu stellen.«

»Wer hat etwas davon, dass er sich stellt? Warum *erschießen* sie ihn nicht einfach?«

Er drehte sich zu mir und ich sah den Hass in seinen Augen glitzern. Die Intensität ließ mich frösteln. Da erkannte ich sie – Edwins Angst vor dem, was ihm bevorstand, wenn Glatt vor Gericht käme. Vor den höhnischen Fragen des Verteidigers und der öffentlichen Bloßstellung, gelogen zu haben. Vor dem stundenlangen angespannten Warten auf die Urteilsverkündung.

»Wenn Sie ihn verhaftet haben«, schrie Glatt, »warum habe ich dann nicht *sein* Gesicht in den Nachrichten gesehen?«

Eine Bewegung am hinteren Parkplatzrand fiel mir ins Auge. Zwei Beamte schlichen sich in der Deckung von Fahrzeugen heran. Nur eine Sekunde später kamen Stimmen aus den verdunkelten Gängen hinter uns. Drei Männer mit den Westen und Gewehren einer Spezialeinheit kamen um die Ecke.

»Delft«, sagte einer von ihnen leise, »wir sind da.«

Die Zeit verstrich, unwirklich und aufgequollen. Stimmen prallten in meinem Kopf zusammen – Chetterling und Glatt draußen, Delft, der sich mit seinen Männern besprach, Edwins Rachegeflüster. Die Spezialeinheit verschwand im Schatten, suchte sich Positionen. Dann bellte Delft Befehle in ein Telefon. Als er auflegte, verharrte er noch über dem Mobilteil. Draußen pulsierten die Lichter, Gestalten huschten in Verstecke und meine Haut kräuselte sich. Und wieder hatte ich das elende Gefühl, dass diese Szene nur böse enden konnte. Während ich Edwins Hand fest umklammert hielt, versuchte ich zu beten.

»Glatt!« Das war wieder Chetterling. »Kommen Sie heraus. Lassen Sie uns von Mann zu Mann reden, ohne Schusswaffen, ohne etwas dazwischen.«

»Zuerst will ich die Testergebnisse sehen. Und Edwin hinter Gittern.«

»Wie soll ich Ihnen diese Dinge zeigen, wenn Sie sich im Auto verbarrikadieren? Kommen Sie heraus. Dann können wir Ihnen alles zeigen.«

Ein Telefon klingelte. Delft nahm ab, seine Worte nahmen sich zum Fluss des Patts draußen wie eine Unterströmung aus. Das Mobilteil in der Hand haltend, ging er zur Tür und rief leise Chetterlings Namen. »Wir haben seine Frau an der Strippe.« Er hielt das Telefon hoch. Chetterling kam mit eingezogenem Kopf und Schultern heran, um es in Empfang zu nehmen, und zog sich dann schleunigst wieder in die Deckung des Streifenwagens zurück.

»Glatt, Ihre Frau ist am Telefon. Sie will mit Ihnen reden. Hören Sie gut zu, dann können Sie sie verstehen.« Chetterling hielt das Mobilteil ans Megafon. Die Stimme einer Frau, blechern, aber deutlich, waberte über den Parkplatz und flehte ihren Mann an, sich zu stellen, sich um ihrer beider Söhne willen keiner Gefahr auszusetzen.

»Ich habe das nicht getan, Beth!« Ein Schluchzen erschütterte Glatts Stimme. »Ich habe diese Männer nicht umgebracht. Du musst mir glauben.«

»Ich glaube dir, ganz bestimmt.« Die Stimme seiner Frau brach. »Komm einfach aus dem Auto raus, sodass sie mit dir reden können. Es wird alles gut werden.«

Ich schlug die Hand vor den Mund. Das Ganze war *fürchterlich*. Ich spürte die Qual der Frau.

Edwin höhnte. »Mit dem brauchen Sie kein Mitleid zu haben, Annie. Dann hat er eben Familie. Die hatte mein Vater auch.«

»Mir tut seine Familie leid, nicht e–«

»Und schauen Sie nur, was er Ihnen angetan hat.« Sein Griff um meine Finger verstärkte sich. »Sie entführt. Sie und Ihre Kinder bedroht. ›Bleib auf der Hut, Annie. Und am Leben.‹«

Mir war zu elend, um zu antworten. Meine Aufmerksamkeit blieb auf das Fenster gerichtet, auf die flehentlichen Bitten der Frau, die über die Autos purzelten, und die blitzenden Lichter. Glatts Antworten wurden zittriger, seine Stimme stockend. Meine Lungen fühlten sich schwer an, verklebt. Edwins Haltung machte mir langsam zu schaffen und Glatts Familiensituation war einfach zum Erbarmen.

Chetterling ließ das Telefon sinken. »Hören Sie, wie sehr Beth Sie liebt, Mr Glatt? Und jetzt möchte ich, dass Sie die Tür öffnen und die Waffe wegwerfen. Kommen Sie mit erhobenen Händen heraus und niemand wird Ihnen etwas zuleide tun. Das verspreche ich Ihnen.«

»Was ist mit meinen Beweisstücken?«

»Wie gesagt, die sind untersucht. Es ist alles erledigt. Sie wissen ja, diese Tests dauern nicht lang.«

Bleib auf der Hut, Annie. Und am Leben.

Edwins Worte wanden sich mir durch den Kopf. Ich spürte seine Finger in meinen.

Etwas ... was nur? Etwas an der Art, wie er die Karte zitiert hatte.

Etwas an seinem Gesichtsausdruck ...

Seine unverhohlene Art, Glatt den Tod zu wünschen. Zu wünschen, dass dies ein für alle Mal erledigt war – jetzt.

Bleib auf der Hut, Annie. Und am Leben.

Bleib auf der Hut –

Die Erkenntnis traf mich hart und sauber wie ein Eispickel mitten ins Herz. Ich entzog ihm meine Hand und schnappte nach Luft.

»Was ist?« Jenna beugte sich um ihn herum.

Edwin blickte mich missbilligend an. »Was ist, Annie?«

Nein. Ich musste mich irren. Das konnte nicht sein. Ich dachte falsch, erinnerte mich falsch. *Denk, denk!* Meine Finger ballten sich zu Fäusten. Ich drückte fester, als wollte ich mir eine logische Erklärung ins Hirn donnern. Mit zusammengekniffenen Augen knallte ich Filmspulen in meinen inneren Projektor. Schaltete ihn ein. Sah mich selbst

am vergangenen Samstag in meinem Büro stehen und mit Edwin Tarell telefonieren. Ihm sagen, ich könne unseren Termin nicht einhalten. Er fragt, warum. Ich sprudele etwas über die toten Rosen, die Karte hervor. »Ein Kommissar ist gerade auf dem Weg hierher und ich weiß nicht, wie lange das dauern wird, deshalb ...«

Meine Worte ersterben. Ich höre Edwin atmen.

»Bill Glatt hat Ihnen tote Rosen geschickt? Und Ihnen gedroht? Was hat er gesagt?«

»Im Prinzip, dass ich die Finger von dem Fall lassen soll ...«

»Annie, *was* ist los?« Jennas Stimme.

Meine Augenlider sprangen auf. Edwin starrte mich an. Ich konnte ihn nicht ansehen. Konnte nicht glauben ...

Bitte, Gott, nicht!

Ich wandte den Blick mühsam ab und starrte zum Fenster hinaus. Konzentrierte mich auf die Oberkante von Glatts Kopf, der mit Chetterling verhandelte. Mein Herzschlag geriet ins Stocken, während ich versuchte zu denken, zu *denken*. Mich anders zu erinnern.

Edwin legte mir die Hand auf die Schulter. »Annie, was ist?«

Ich schluckte. Als ich meine Stimme fand, gehörte sie einer anderen. Angespannt. Belegt. »Ich habe Ihnen nicht erzählt, was auf der Karte stand.«

»Häh?« Er zog mich zu sich heran. Ich zwang mich, ihm in die Augen zu schauen.

»Ich. Habe Ihnen nicht erzählt. Was. Auf der Karte stand.«

»Welcher Karte?«

»Die Drohung, die ich zusammen mit den Rosen erhielt.« Es schnürte mir den Hals zu, die Worte wurden dünn. »Sie haben gerade die Karte zitiert. Ich habe Ihnen aber nie erzählt, was darauf stand.«

Sein Gesicht erbleichte. »Natürlich haben Sie das. Sie haben mir das am Telefon erzählt, als Sie unseren Termin absagen wollten.«

Mein Kopf drehte sich hin und her, hin und her. »Nein. Habe ich nicht. Nein.«

Unsere Stimmen waren gedämpft. Delft und seine Mannen verfolgten gebannt, was auf dem Parkplatz vor sich ging, und schenkten uns keine Beachtung. Jenna beobachtete uns ganz starr.

Edwin zuckte die Achseln. »Dann eben jemand anders. Vermutlich Chetterling.«

»Chetterling? Wann hat er je mit Ihnen gesprochen? Ich habe doch selbst gesehen, wie er sich Ihnen heute Abend vorgestellt hat.«

»Sie haben das *gesehen?* Wann?«

Wie geschickt er den Spieß umdrehte und jetzt mich angriff,

doch seine Augen weiteten sich, als es ihm langsam dämmerte. Erst jetzt ging ihm auf, wie gut der hell erleuchtete Vernehmungsraum durch die Scheibe einzusehen war. Und welch unwahrscheinliches zeitliches Zusammentreffen es war, dass wir ausgerechnet jetzt hier waren.

»Was machen Sie – was *soll* das alles?« Er wandte sich mit verkniffenem Mund an Jenna. »Was für ein abgekartetes Spiel treiben Sie alle mit mir?«

Jenna starrte von seinem Gesicht zu meinem, ihr stand der Mund offen.

Ich konnte nichts mehr sagen. Ich konnte kaum mehr atmen. Ich wandte mich ab, meine Füße bewegten sich auf das Fenster zu, jeder Gedanke an meine eigene Sicherheit war wie weggeblasen. Ich schaute immer fassungsloser zu, hörte Chetterlings und Glatts Stimmen jetzt mit ganz anderen Ohren, betrachtete die Szenerie mit auf neue Weise entsetzten Augen.

»Kommen Sie, Mr Glatt, es reicht jetzt!« Der Kommissar wechselte das Megafon von einer Hand zur anderen und entkrampfte die Finger. »Ihre Frau wartet. Sie möchte Sie in Sicherheit wissen.«

»Sagen Sie mir erst die Testergebnisse! Sagen Sie aller Welt, was Sie herausgefunden haben.«

»In Ordnung, Mr Glatt. Wir wissen, dass das Hemd Edwin Tarell gehört hat. Auf dem Ärmel befinden sich Schmauchrückstände. Wir haben Edwins Fingerabdrücke auf der Waffe gefunden. Es ist alles ganz so, wie Sie gesagt haben, Mr Glatt. Und jetzt riskieren Sie das alles nicht leichtfertig.«

Bleib auf der Hut, Annie. Und am Leben.

Und dann geschah alles auf einmal, jene letzten sengenden Sekunden, die sich mir für immer ins Gedächtnis einbrennen sollten. Edwin schlich sich an mich heran, legte mir die Hand auf den Arm. »Worauf spielen Sie an, Annie? Was wird hier gespielt?«

»Sie haben eine Drohung zitiert, die Sie gar nicht wissen dürften.« Die Worte kamen mir in Stößen über die Lippen. »*Ihr* Hemd hat Schmauchrückstände. *Ihr* Abdruck ist auf der Waffe. Sie haben gestanden, Delft belogen zu haben.«

»Na und? Für all das hat sich eine Erklärung gefunden.« Edwin legte mir die flachen Hände an die Wangen. »Annie, bitte, Sie wollen doch wohl nicht sagen ... Das ist verrückt. Jetzt werde *ich* auf einmal von allen angeklagt!«

»Na, kommen Sie, Mr Glatt.« Chetterlings Stimme von draußen. »Es ist vorbei. Nach zwanzig Jahren ist die Wahrheit endlich ans Licht gekommen. Alle Welt wird das erfahren. Und vor allem, Ihre Familie wird das erfahren. Das verspreche ich Ihnen – wir haben alle Ihre Beweise bestätigt gefunden!«

»Und Sie haben Edwin?«

»Er ist hier, Mr Glatt. Wir haben ihn schon verhört.«

»Und ihn verhaftet?«

»Ja, das haben wir.«

Wut zerknitterte Edwin das Gesicht. Er funkelte erst Chetterling durchs Fenster an, dann wieder mich. Ich wich mit klopfendem Herzen vor ihm zurück.

»Woher wussten Sie das, Edwin? Woher wussten Sie, was auf der Karte stand?«

»Ihre Frau ist noch immer am Telefon, Mr Glatt! Sie weint. Sie möchte, dass Sie in Sicherheit sind. Genau wie Ihre Söhne. Kommen Sie jetzt heraus. Sie haben keinen Grund mehr, noch länger auf der Flucht zu sein.«

Stille. Edwin durchbohrte mich mit dem Blick. Sah in mich hinein, ja durch mich hindurch, Schock und Furcht und Grauen kräuselten sein Gesicht wie Wind das Wasser.

»Okay!« Glatts Stimme hob sich triumphierend. »Ich komme heraus!«

»Schön, Mr Glatt. Öffnen Sie langsam die Tür. Lassen Sie die Waffe über den Boden schlittern und zeigen Sie mir Ihre Hände.«

Edwin wandte sich mit offenem Mund zum Fenster. Ihm fiel alles aus dem Gesicht, seine Gliedmaßen wurden steif.

Glatts Blinker gingen aus. Die Autotür öffnete sich einen Spaltbreit.

»Nein. Nein, das darf nicht sein.« Die Worte purzelten aus Edwin heraus, verzweifeltes Leugnen. »Das kann nicht –« Er schoss mir einen letzten bestürzten, bittenden Blick zu, dann schob er mich beiseite. *»Nein!«*

Delft fuhr herum. Zu spät. Edwin stürmte schon an ihm vorbei und durch die offene Eingangstür. »Glatt!« Er kam schlitternd zum Stehen, streckte die Arme aus. »Ich bin Edwin Tarell. Siehst du? Sie haben mich nicht verhaftet!«

Der Sergeant hechtete nach draußen und warf Edwin zu Boden.

»Ich bin ein freier Mann, Glatt!«, schrie Edwin durch das Gewirr von Armen und Beinen. »Sie haben gelogen. Sie wollen *dich!*«

Ein Hilfssheriff sprang Delft zur Hilfe. Sie schleiften Edwin in Sicherheit, drehten ihn um und drückten sein Gesicht in den Boden.

Glatts Autotür ging knallend zu. »Wusste ich es doch! Ich hab's ja gewusst!«, schallte seine Stimme über die Autos und Menschen und blendenden Blitze aus Blau und Rot. »Sie haben gelogen, Chetterling!«

»Mr Glatt, hören Sie mir z–«

»Nein, das werde ich *nicht!* Ich höre auf niemanden mehr! Sie wollen meinen Tod. Sie werden mir *nie* glauben!«

Seine Gestalt kam hinter dem Steuer zum Vorschein, der Mund sprühte Flüche. Ich sah seinen verzerrten Gesichtsausdruck, sah die rechte Hand herumtasten, herumtasten. Und da wusste ich Bescheid. Mein Körper setzte sich in Bewegung, noch ehe mein Verstand das voll registriert hatte, noch ehe Chetterling oder irgendjemand anders reagieren konnte.

»Glatt, *halten Sie ein!«* Ich sprintete zur Tür und dachte an nichts anderes, als diesen Mann aufzuhalten – den Mann, den ich gehasst hatte, der in mein Haus eingebrochen und mich entführt hatte, den betrogenen Mann, der zwanzig Jahre lang vor einer blinden Justiz auf der Flucht war.

Er hob die Waffe.

»Nein, *nicht!* Ich weiß, dass Edwin schuldig ist!« Ich stürzte mich nach draußen ins Feuer der dutzende rotierenden Lichter. Meine Füße glitten aus und ich krachte zu Boden, Chetterling sprang mir bei, Jenna gellte meinen Namen, meine fuchtelnden Hände schoben den Kommissar zurück in Sicherheit.

»Ich liebe dich, Beth!«, brüllte Glatt. »Ich liebe euch, Eddie und Scott!«

»Glatt, *halten Sie ein!* Ich bin Annie Kingston –«

»Ich *liebe* euch!«

Chetterling schob mich so gerade eben hinter das Auto, sein eigener Körper immer noch eine Zielscheibe. Ich rappelte mich hoch und schrie gen Himmel: »Nein, hören Sie mir zu, ich weiß, dass Edwin –«

»Ich ... lasse ... mich ... nicht ... festnehmen!«

»Glaaatt!«

Ein Schuss zerriss den zerschlissenen Stoff der Nacht.

Samstag, 15. Mai

Kapitel 43

Glatt, halten Sie ein! Ich weiß, dass Edwin schuldig ist!

Ich ... lasse ... mich ... nicht ... festnehmen!

Zum hundertsten Male lief diese Szene in meinen Gedanken ab. Die Schreie, die pulsierenden Lichter, das Gefühl von Chetterlings Armen, als er mich in Sicherheit schob. Nacht und Tag, Tag und Nacht, unaufhörlich verhöhnte mich dieser Film in meinem Kopf.

»Annie?«

»Mmm.« Ich hob den Blick von der Holzmaserung des Küchentischs. Meine Finger waren um einen Becher Kaffee geschlungen, der mittlerweile lauwarm war. Wie lange hatte ich schon so dagesessen?

»Ich habe die Zeitung hereingeholt.« Jennas Ton war weich, beruhigend. »Die Geschichte ist wieder der große Aufmacher; möchtest du sehen?«

Ich schüttelte den Kopf. In den letzten drei Tagen hatte ich genug gelesen, genug in den Nachrichten gesehen. Fotos von Bill Glatt und Edwin und mir: das Dreieck des fälschlich Angeklagten; des raffgierigen, mörderischen Sohns; und der Künstlerin, die die Wahrheit erkannt hatte. Zu spät. Die Medien spielten verrückt, sie rissen sich um die Story wie halb verhungerte Hunde. Ich hatte Anrufe von Zeitungen aus dem ganzen Land bekommen, von jedem nationalen Nachrichtensender, von Klatschblättern und Talkshows. Unsere Telefone waren jetzt ausgesteckt. Wer uns kannte, konnte mich auf dem Handy anrufen.

»Es war nicht deine Schuld, Annie.« Unzählige Male war dieser Satz schon gesprochen worden – von meiner Schwester und allen anderen.

»Ich weiß.«

Mein Kopf versuchte mich von der Wahrheit dessen zu überzeugen, aber mein Herz ließ den Trost nicht gelten. Mein Handeln war töricht gewesen. *Töricht*. Damit hatte ich lediglich Chetterling in Gefahr gebracht. Nur Gebet konnte den anhaltenden Kampf in mir beruhigen, und das auch nur vorübergehend. Dave machte mir Mut, immer wieder zu beten, und versicherte mir, dass Gott wusste, was mich quälte. Dass er mich durchtragen würde.

Wenigstens war ich gerade noch rechtzeitig Christ geworden. Diese lausigen Tage hätte ich nicht ohne Gott durchstehen wollen.

»Ich werde für dich Frühstück machen.« Jenna legte die Zeitung auf den Tisch.

»Ich will keins.«

»Und ob du willst.«

Sie öffnete den Kühlschrank und holte Eier und Speck hervor.

Ich zog hinter ihrem Rücken eine Grimasse. »Jenna, hör auf, mich herumzukommandieren.«

»Irgendjemand muss das tun. Schau dir doch nur an, in was für einen Schlamassel du immer gerätst.«

Ich schloss die Augen. »Ach, bitte, nicht jetzt. Das verkrafte ich nicht.«

»Entschuldige.« Sie stellte die Nahrungsmittel auf die Theke und zog eine Bratpfanne unter dem Herd hervor. »Aber du hast damit angefangen.«

Sie war wild entschlossen, mich aus meiner Mutlosigkeit herauszulocken. Mich daran zu erinnern, dass sich die Welt noch drehte, dass die Kinder und ich jetzt in Sicherheit waren. Dass sie immer noch Jenna war.

»Gar nicht.«

»Wohl.«

Mein Handy klingelte. Ich starrte es missmutig an, ehe ich abnahm. »Hallo?«

»Hi, hier ist Ralph. Wollte nur mal hören, wie es dir heute Morgen geht.«

Was er in den vergangenen Tagen häufig getan hatte, obwohl ihn mein Handeln das Leben hätte kosten können. Ich schlug einen helleren Ton an. »Hi, Chetterling. Mir geht's gut, danke. Arbeitest du heute Vormittag? Wenn einer einen Ruhetag verdient hat, dann du.«

Er kicherte. »Nein, ich arbeite nicht. Und ehrlich gesagt, es ist schon so lange her, dass ich einen freien Tag hatte, dass ich kaum etwas mit mir anzufangen weiß.«

Das glaubte ich gern. Der Mann war das Dienstbewusstsein in Person. »Ja, ja. Ich konnte auch nicht einschlafen.« Ich streckte die Hand nach der Zeitung aus und drehte sie um, sah die Titelschlagzeile und schob sie weg. »Gibt es etwas Neues?«

»Ja, ein paar Sachen. Emily Tarell hat gestern endlich eingewilligt, mit mir zu reden. Ich bin mit ihr alles noch einmal langsam durchgegangen.«

Arme Emily. Ich konnte mir keinen Begriff davon machen, was für ein Schlag die letzten Ereignisse für sie gewesen sein mussten. Ich betete viel für sie. Irgendwann würde ich mit ihr reden, ihr erzählen, wie mich dieser Fall zu Jesus getrieben hatte. Doch fürs Erste hatte sie klar geäußert, dass sie mich nicht sehen wollte. Das verstand ich zwar. Aber es tat weh. »Wie geht es ihr?«

»Sie ist gebrochen. Sie hat versucht, alle Beweise zu leugnen, weißt du. Sie konnte das einfach nicht von ihrem Sohn glauben. Doch als er gestanden hatte ...«

»Das kann ich mir vorstellen. Ach, sie tut mir ja so leid.«

Jenna brach ein Ei auf und schlug es in eine Schüssel, dann griff sie nach einem zweiten. Rührei also. Nicht, dass sie mich nach meinen Wünschen gefragt hätte.

»Und wie geht es Sergeant Delft?«

»Ganz gut. Mal so, mal so. Er gibt natürlich nur ungern zu, den falschen Mann gejagt zu haben. Doch unter den Umständen hätte er nicht darauf kommen können. Auf jeden Fall ist er *froh*, den Fall gelöst zu haben.«

Edwin Tarell war nicht leicht zu knacken gewesen. Er hatte sich an seine Ausflüchte geheftet wie Seepocken an ein gesunkenes Schiff, bis die vernichtenden Fakten über Glatts Fahrt nach Kalifornien feststanden. Und dann hatte die Angst vor der Todesstrafe zu Edwins Kapitulation beigetragen. Stundenlange Verhöre und die Zusage auf lebenslänglich hatten ihm schließlich die Lippen gelöst.

Glatt war erst gegen Sonntagnachmittag von Kansas aufgebrochen – also erst über zwanzig Stunden nachdem jemand die fünfundzwanzig Dollar unter den Blumenkübel vor »Reddings Rosenladen« gesteckt hatte. Neben seiner Frau und seinen Söhnen beschworen zahlreiche Zeugen in der kleinen Stadt, Glatt an jenem Morgen gesehen zu haben: ein Tankwart, ein Nachbar, der Zeitungsjunge. Und sozusagen als letzter Tropfen meldete sich eine Zeugin, die das Geldverstecken beobachtet hatte. Zwar war es dunkel gewesen, doch hatte die Frau im Licht der Straßenlaterne kurz das Gesicht eines Mannes gesehen.

Sie identifizierte Edwin Tarell.

»Außerdem, Annie, hat Delft endlich den Produzenten von *American Fugitive* erreicht. Sie werden den Teil der Sendung nicht neu machen. Sie werden ihn einfach ausfallen lassen.«

»Kein Wunder. Sie werden ja auch kaum zeigen wollen, wie die von ihnen angeheuerte Künstlerin dafür gesorgt hat, dass der falsche Mann ums Leben gekommen ist.«

»Annie.« Chetterlings Ton zog sich zusammen. »Das ist nicht deine Schuld.«

»Ich weiß.«

Als Edwin zusammenbrach, kam die uralte Wahrheit heraus. Er war in der Mordnacht kaum wieder in sein Haus geschlüpft, nachdem er sein Hemd weggeworfen hatte, als er eine schattenhafte Gestalt seine Mülltonne durchwühlen sah.

Zwanzig Jahre lang hatte er gewusst, dass Glatt das verräterische Kleidungsstück besaß und dazu die Pistole mit seinen Abdrücken. Edwin hatte Glatt in ein falsches Licht gerückt; jetzt hatte Glatt *ihn* ausgetrickst. Damit war es vorbei mit den Plänen, den flüchtigen »Mörder« finden helfen zu wollen. Edwin konnte nur hoffen, dass Glatt auf der Flucht bleiben würde.

Und es klappte – zwei Jahrzehnte lang bis zur *American Fugitive*-Sendung.

Edwins Versuche, das Zustandekommen meiner Zeichnung zu verhindern, waren reine Verzweiflungsakte gewesen. Seine anonymen Anrufe beim *Record Searchlight* über die Fernsehsendung hatten dazu beigetragen, den Verdacht auf Glatt zu lenken.

Chetterling seufzte. »Na gut. Dann lass ich dich mal. Wenn du mich brauchst, kannst du mich jederzeit anrufen.«

Bei seiner Geduld kam ich mir so klein vor. »Danke, Ralph. Für alles. Du bist immer da gewesen. Du hast kaum geschlafen, ganz zu schweigen davon, dass du dein Leben für mich riskiert hast.«

»Mach dir darüber keine Gedanken. Das gehört alles mit zum Job.«

Möglich. Aber eine hysterisch schluchzende Frau im Arm zu halten, nicht. Und genau das hatte er getan – mitten im Chaos von Rufen, rennenden Füßen und der Bergung von Glatts Körper aus dem Auto. Und alles mit Kameras festgehalten, damit die Nation etwas zum Gaffen hatte.

Jenna goss das Ei-Milch-Gemisch in die Pfanne und drehte sich um, um Speckscheiben in eine Mikrowellenform zu legen. Meine Schwester. Immer kompetent. Immer alles im Griff habend. Und nächste Woche wollte sie mich mit auf einen Schießplatz nehmen, um mir Schießen beizubringen. Ausreden galten nicht. Im Anschluss an die Übungsstunde sollte der Kauf einer Waffe ähnlichen Typs wie ihre erfolgen. Chetterling hatte sie darin unterstützt. Ich hätte sie beide erwürgen können.

Ich legte auf und griff trotz besseren Wissens nach der Zeitung. Die Geschichte konzentrierte sich auf Glatts Frau und seine beiden Söhne. Mit Nachnamen Smith – die gefälschte Identität, die er ihnen vermacht hatte. Ich fragte mich flüchtig, ob sie den wohl von Gesetzes wegen behalten durften. Die Nachbarn erzählten von dem Mann, den sie als Tom gekannt hatten, einem langjährigen Buchhalter bei einem Eisenwarenladen im Ort. Auf seine Vergangenheit wären sie im Traum nicht gekommen. Er war ruhig und zurückhaltend gewesen. Wirklich nett allerdings nie. Schien immer über die Schulter zu gucken. Kurz angebunden. Führte ein strenges Regime in der Familie. War aber ein inständig liebender Vater und ein treuer Ehemann.

Ein Buchhändler sagte, er habe viele Krimis gekauft.

Die Beerdigung war für Montag angesetzt.

Drei Tode – alle in Wahrheit Edwin Tarells Schuld. Ihm war Glatts Selbstmord so anzulasten, als hätte er selbst den Abzug betätigt.

Trotzdem. Wenn ich mich doch nur schneller bewegt hätte ... eher erkannt hätte ...

»Du darfst diese ungerechtfertigten Vorwürfe nicht annehmen«, hatte Dave mich gestern gescholten. So oft, wie er in den letzten Tagen aufgetaucht war, um nach mir zu schauen, konnte er es mit Chetterling aufnehmen. Er hatte sogar mit einem Auflauf vor unserer Tür gestanden. Ein Mann. Der zwei Frauen eine Mahlzeit vorbeibringt. Er hatte mit mir im Wohnzimmer gebetet – direkt vor Jennas Nase. Sie hatte meinen neu gefundenen Glauben noch gar nicht hinterfragt. Es war vermutlich noch nicht die Zeit dazu. Doch zweifellos würde das schon bald Gesprächsthema werden.

Jenna richtete mir einen Teller mit der Hälfte des Rühreis und des Schinkens an und stellte ihn vor mich hin. Mein Magen knurrte. Es roch wirklich himmlisch. Sich selbst die restliche Portion auflegend, setzte sie sich an den Tisch.

Wir aßen schweigend.

Sie betrachtete mich aus den Augenwinkeln. »Was würdest du sagen, wenn ich hier dauerhaft einziehen würde?«

»Was glaubst du wohl? Genau dazu versuche ich dich ja schon seit letztem Sommer zu bewegen.«

»Stimmt. Jetzt ist es so weit.«

»Und wem verdanke ich diese hehre Entscheidung?«

Sie bedachte mich mit einem Blick. »Dem Umstand, dass du nicht auf dich selber Acht geben kannst.«

»Ach ja. Danke.«

»Gern geschehen.«

Ich täuschte lebhaftes Interesse an einem Stück Schinken vor. »Und was ist mit deiner Beratungstätigkeit in der Bay Area?«

»Das werde ich weiterhin tun. Nur eben von hier aus.«

»Und dein Haus in der Stadt?«

»Das behalte ich. Ich werde dort bestimmt öfter übernachten müssen, wenn ich Klienten besuche.«

Sie hatte alles schon durchgeplant. Schön zu wissen, dass sie ihr eigenes Leben genauso gut planen konnte wie meins. »Ich freue mich, Jenna. Wirklich sehr.«

»Gut.« Sie machte eine Pause. »Ich habe noch eine Idee.«

Die Art, wie sie das sagte ... »Au weia. Was denn?«

»Sobald die Kinder nächsten Monat Ferien haben, lass uns alle zusammen nach Hawaii fliegen. Wir müssen mal wieder am Strand faulenzen. Braun werden. Diese schreckliche Woche hinter uns lassen.«

Hm. Das war nun schon der zweite Plan in Folge, der mir tatsächlich gefiel. »Klingt herrlich. Das machen wir.« Ich starrte auf meinen Teller und überlegte. »Die Sache ist nur die, dass Stephen am 10. Juni seinen Gerichtstermin hat.«

»Das ist ein Tag vorm letzten Schultag; das habe ich schon nachgeguckt.«

Natürlich hatte sie das. »Aber was ist, wenn er Bewährung kriegt? Ich dachte, er dürfte dann nicht außer Landes oder so.«

»Chetterling hat gemeint, das sei kein Problem, solange du das Gericht davon in Kenntnis setzt und er in deiner Obhut bleibt.«

»Du hast mit *Chetterling* darüber gesprochen? Bevor du mit mir gesprochen hast?«

»Ich musste das doch abklären. Damit ich dir keine falschen Hoffnungen mache.«

Gut herausgeredet, Jenna. Aber da war etwas dran.

»Eins noch. Kelly liegt mir in den Ohren, ob Erin mitkommen darf.«

Dann hatte sie also auch schon mit den Kindern gesprochen. »Klar, warum nicht? Es ist für sie immer schöner, wenn sie eine Freundin mitbringen darf.«

»Stimmt. Und, äh, Erin möchte ihren Papa mitbringen.«

Aha, da lag der Hase im Pfeffer. Ich lehnte mich auf meinem Stuhl zurück. »Jenna. Das ist aber irgendwie ... komisch, findest du nicht? Wir zwei und er? Was werden die Leute denken?«

»Wir drei mit drei Kindern? Gar nichts werden die Leute denken.«

Ich hob das Kinn und betrachtete sie. Dachte an die vielen Male, die Dave in den letzten Tagen herübergekommen war. Bis auf das eine Mal, als wir gebetet hatten, hatte sie immer eine Ausrede gefunden, uns allein zu lassen. »Ist dies etwa irgendein abgekartetes Spiel von dir?«

»Nein.« Sie sah beleidigt aus. »Die Idee kam einzig und allein von den Mädchen.«

»Und du hast nicht etwa dazu beigetragen, ihnen diese Idee in den Kopf zu setzen?«

»Wo denkst du hin?«

Ich fuhr mir mit der Zunge über die Lippen. »Ah ja.«

»Stell das Misstrauen ein, Annie. Ich weiß ja noch nicht einmal, ob er überhaupt mitkommen will.«

Ich blickte durchs Küchenfenster zu Daves Haus hinüber. Das Haus, wo seine Frau Lisa gelebt hatte. Und gestorben war. Das Haus, in dem er sich bemühte, seine Tochter alleine großzuziehen. Das Haus, in dem ich gebetet hatte, um Christ zu werden.

»Von mir aus soll er mitkommen, Jenna, wenn er will.« Die Worte bildeten sich langsam. Überraschten mich. »Wir drei Erwachsenen brauchen alle Erholung. Und die Kinder auch.« Ich warf ihr einen Blick zu. »Außerdem, wenn Dave dabei ist, wirst du mir vielleicht nicht jede Minute vorschreiben, was ich zu tun und zu lassen habe.«

Sie machte einen Schmollmund. »Wer, ich?«

Wenn ich so darüber nachdenke, würde ich aber nicht darauf wetten.

Eine Bewegung draußen auf der Straße fesselte meine Aufmerksamkeit. Als ich mich zum Fenster drehte, sah ich einen Lieferwagen vor unserem Haus vorfahren. *Meine Herren!* Gab es denn niemanden mehr, der samstags ausruhte?

»Was ist?« Jenna konnte das Fahrzeug von ihrem Platz am Tisch aus nicht sehen.

Plötzlich schlug der Schriftzug auf dem Transporter bei mir ein: »Rosengruß Blumenversand«. Vor Angst war ich wie elektrisiert. Mein Mund ging auf, aber ich antwortete nicht. Stocksteif dasitzend sah ich einen Mann auf der Fahrerseite aussteigen, die hinteren Türen öffnen und eine lange weiße Schachtel herausziehen.

»Oh nein. Oh, Jenna, nein.«

Mein Tonfall ließ meine Schwester von ihrem Stuhl hochschießen und um den Tisch laufen, um aus dem Fenster zu gucken. Sie atmete hörbar ein, als der Mann unseren Gartenweg hochkam. Dann entspannten sich ihre Schultern. »Warte mal. Der ist mit einem offiziellen Lieferwagen da.«

»Schon, aber –«

Die Türglocke schellte. Ich fuhr zusammen. Wir starrten beide abwartend aus dem Fenster.

Jenna straffte sich. »Immerhin rennt er nicht weg; das ist ein gutes Zeichen.« Sie gab ein nervöses Lachen von sich. »Gütiger Himmel, das ist doch bloß jemand, der Blumen liefert. Was ist nur los mit uns?« Sie ging zur Tür. »Na komm, komm mit mir. Die sind eh für dich.«

Genau das fürchtete ich.

Der Lieferant stand mit einem angenehmen Lächeln auf der Veranda und hielt die lange Schachtel, als wäre sie aus Gold. Er blickte von Jenna zu mir. »Annie Kingston?«

Ich zuckte unwillkürlich zusammen. »Das bin ich.«

Er hielt mir die Schachtel hin. »Jemand denkt heute an Sie, Ma'am.«

Ich beäugte sie argwöhnisch. »Was ist da drin?«

»Ein Dutzend herrlicher roter Rosen. Eigenhändig von mir gepackt.« Das Lächeln wollte nicht von seinem Gesicht weichen.

»Sind die lebendig?«

Seine Mundwinkel verzogen sich. »Lebendig, Ma'am?«

Jenna verpasste mir einen leichten Stups. »Nimm einfach die Schachtel, Annie!« Sie nahm sie dem Mann aus der Hand und drückte sie in meine. »Vielen Dank, Sir, recht herzlichen Dank. Sie freut sich sehr. Wirklich.« Sie bedachte den Mann mit einem überdimensionierten Lächeln und winkte ihm noch nach, ehe sie die Tür schloss. »Herrgott noch mal, Annie!«

»Was soll ich denn –«

»Mach sie einfach auf!«

Halb aus anhaltendem Misstrauen, halb einfach um sie zu ärgern, trug ich die Schachtel gemächlich zum Küchentisch. Dann löste ich vorsichtig die gelbe Schleife und hob den Deckel. Süßer Rosenduft stieg in die Luft. *»Oh.«* Sie waren langstielig und von einem tiefen, samtenen Rot. »Die sind unglaublich schön!«

»Von wem kommen sie? Wo ist die Karte?« Jenna drängte sich neugierig dazu.

»Meine Zeit, wart's doch ab!« Ich wollte diesen Moment auskosten. Darin schwelgen. Mir hatte noch nie jemand Rosen geschickt. Noch nie. Behutsam nahm ich eine Rose heraus und bewunderte sie. Hielt sie mir an die Nase. Schloss die Augen und atmete einmal tief ein. Was für ein betörender Duft. Ich fuhr mit der Fingerspitze die weichen Blütenblätter auf und ab. Endlich, als ich es genügend ausgekostet hatte, gab ich sie meiner Schwester zum Halten, während ich einen kleinen weißen Umschlag aus der Schachtel nahm. Darin befand sich ein handschriftlicher Gruß.

Annie,
ich dachte, dieses Mal hast du echte verdient.
Ralph

Mir fiel das Kinn herunter. Einen Augenblick lang konnte ich einfach nur glotzen. »Die kommen von *Chetterling*?«

Jennas Kopf legte sich provokativ schief, bis sie mich seitlich ansah. Eine Augenbraue hob sich langsam. »Ja, ja, wer hätte das gedacht? Das hätte ich dem Mann gar nicht zugetraut. Vermutlich hat er dich heute Morgen nur deshalb angerufen, weil er es nicht abwarten konnte zu hören, ob du sie schon bekommen hast.«

Ich starrte noch einmal verdattert die Karte an, dann legte ich sie hin und nahm ihr die Rose aus der Hand. »Ach, Jenna, sei doch nicht ... Er bedankt sich einfach für meine Arbeit.«

»Ja, ja.«

Da ich spürte, wie ich errötete, drehte ich mich weg. »Die müssen ins Wasser.«

Eifrig machte ich mich daran, die Stiele einzuschneiden und die Rosen in einer Vase zu arrangieren. Jenna schaute mir derweil über die Schulter und sagte kein Wort. Das brauchte sie auch nicht. Meine Schwester ist Meisterin im beredten Schweigen.

Als ich fertig war, stellte ich die Vase äußerst behutsam auf die Mitte des Tisches und trat zurück, um die Blumen zu bewundern. Ihr Duft durchdrang den Raum. Wie sollte ich Chetterling dieses Geschenk jemals genug danken? Plötzlich hatte ich allein schon beim Gedanken daran, ihn anzurufen, Schmetterlinge im Bauch.

Jenna stand am Küchenfenster, hatte die Arme verschränkt und blickte mit der befriedigenden Gewissheit neuer Möglichkeiten von mir zu den Blumen und zurück. Ich wandte mich ab und wollte sie schon fragen, ob sie nichts Besseres zu tun hätte. Doch ohne jeden Grund wanderte mein Blick zum Fenster hinaus und über die Straße. Ich starrte zu Daves Haus hinüber.

Jenna folgte meinem Blick und sah mich dann lange und vielsagend an.

Ich blinzelte. »Was?«

Meine Schwester hob die offenen Hände und schüttelte den Kopf. »Annie. Aus dem halte sogar *ich* mich heraus.«

Jenna ging um mich herum, um das Frühstücksgeschirr abzuräumen. »Aber«, musste sie unbedingt das letzte Wort behalten, »ich würde schon sagen, dass du einen gewissen Kommissar anrufen solltest.«

Den Auftaktband der »Hidden Faces«-Serie von Brandilyn Collins sollten Sie nicht versäumen …

Brandilyn Collins
Die Nacht hat kein Gesicht
Roman

Verlag Johannis, Lahr
Bestell-Nr. 72 452
336 Seiten
kartoniert, 13,5 x 20,5 cm
ISBN 3-501-01513-5

Annie Kingston hat sich von ihrem Umzug nach Grove Landing ein ruhiges Zuhause für sich und ihre Familie erhofft. Doch dann wird ihre Nachbarin Lisa Willit brutal in ihrer Wohnung umgebracht. Lisas zwölfjährige Tochter Erin, die den Mörder gesehen hat, ist zu traumatisiert, als dass sie sofort eine brauchbare Beschreibung des Täters geben könnte. Annie, von Beruf Gerichtszeichnerin, wird von den Ermittlern um Mithilfe gebeten: Kann sie es schaffen, anhand von Erins Erinnerungen ein zutreffendes Phantombild zu erstellen? Denn wenn die Polizei am Ende nach dem falschen Gesicht fahndet, kann der Mörder ungestört sein nächstes Opfer in der Nachbarschaft suchen …
Annie fühlt sich überfordert. In ihrer Hilflosigkeit wendet sie sich an Gott, der bisher in ihrem Leben keine Rolle gespielt hat. Ein Wettlauf mit der Zeit beginnt – ein Wettlauf um Leben und Tod.

Weitere Romane von Brandilyn Collins im Verlag Johannis:

Wohin führst du mich?
352 Seiten
Bestell-Nr. 72 426
ISBN 3-501-01443-0

Mal mir ein »Ich liebe dich«
528 Seiten
Bestell-Nr. 72 434
ISBN 3-501-01462-7

Fang den Wind für mich
480 Seiten
Bestell-Nr. 72 444
ISBN 3-501-01493-7

Die einzige Zeugin
528 Seiten
Bestell-Nr. 72 428
ISBN 3-501-01451-1

Verschwiegen wie das Meer
528 Seiten
Bestell-Nr. 72 438
ISBN 3-501-01471-6